# バード・イメージ

## 鳥のアメリカ文学

松本　昇／西垣内 磨留美／山本　伸 編

bird image

金星堂

# 序にかえて

西垣内磨留美

渡り鳥、みるみるわれの小さくなり

——上田五千石

山里にいると鳥の声を聞かぬ日はない。しかし、その都度、姿を目にするかというと、必ずしもそうではない。この有り様が、人間がとらえる鳥というものを端的に表しているように思える。常にいることがわかっていながら、必ずしも身近とはいえない。この距離が、人間が鳥に対して抱くイメージに影響しているかもしれない。彼らは声を発することで、何の前触れもなく不意に私たちのテリトリーに侵入することができる。彼らはその敏捷さでもって易々と境界を越え、その気になれば私たちに物理的に接触することも可能である。しかし、私たちの側からするとそう簡単ではない。鳥と人間の不思議な距離は彼らを特異な存在として着目させる要因となり、人間は彼らから着想を得、また、彼らに意味を付与してきた。

この距離関係を可能にしたのは、彼らの飛翔能力であろう。滑空能力という、他の生きものと一線を画す特徴を持つ鳥が、文化的、文学的に特殊な扱いをされてきたのも納得が行く。鳥は、天空を飛ぶ故に、神のものとなり、また一方で、境界を行き来できる異界からの使者、また、異界そのものの表象となった。異端に容易に結びつき、同化の対極をも表象した。つまりは、既存の優勢な概念、マジョリティに対するアンチテーゼとなり、合理性を疑うものともなった。また、飛翔能力によってその自由さは他を凌駕する。彼らの自由を奪うためには、「かご」が必要であり、全体を覆えば、束縛の強さ、失う自由の大きさを際立たせる。このあたりが犠牲と解放のイメージの源流なのだろう。飛翔能力がまた一つ彼らに与えたのは、特有の視界である。地を這う生きものが右往左往するのを高みから眺めることのできる能力である。このことは、距離を置いたその視線を意識させることともなった。一つの章として独立させるには至らなかったが、本書の執筆者の多くが鳥の視線に言及し、論文はそれを意識した内容を含んでいる。

編集の経緯に少し触れておこう。私たちは、執筆者の想念を初めから枠にはめてしまうことを良しとしなかった。鳥をまっすぐに見つめ語ろうとする時に、それはその生き様に反する範疇にあると感じたからである。「かご」に入れることから出発するのは、「鳥」をテーマとする論集にそぐわない。（滑空するような心持ちで）アメリカ文化・文学を見渡す、そんな論集を編みたいと考えたのである。そこで、大まかな方向性のみ示し、個々の着想を自由に語ってもらい、カテゴリー化し、章立てとした。

編集を進める中で、私たちは自らに問うた。「なぜ、今、鳥なのか。」いや、今では遅すぎたくらいなのだ。地を這う生きものである人間が、不遜にも空に大穴を開けた今となっては。人間と特異な距離を保ち、異なる視角を持つものを意識の中心に置き、向き合うのには。他の生きものの食物になることが自然界の命の掟なのだという。自らを囲い、身勝手な都合で他の生物を囲い、私たちは自然界から外れたのかもしれない。横暴の上に成り立つ文明と知りつつ、私たちはコンピューターから、インターネットから、もはや離れることはできない。私たちこそ異界にいるのかもしれない。決定的に異なる能力を持ち、私たちと対極の自然界ともいえる鳥の映し出すものをとらえることにも意義がある。実生活に遍在し、数多くの作品に登場しながら、私たちがこの不思議な存在と文学、文化の中でどう対峙してきたのか、正面から検討する機会はそうなかったように思う。伊藤若冲に遅れること二〇〇年余、私たちの生業の中で改めて鳥と向き合うのもよい試みではないかと思われた。遅きに失したかもしれないが、鳥のイメージを洗い直すことによって、見えてくるものがあるはずである。

個々のレベルで反目していようがいまいが、研究活動はおびただしい数の拠点を持つネットワーク上に成立し、対象に注がれた視線は、そのネットワークにまた加担することになる。研究者として協働するためのネットワークの一つとなることもまた本書の目的である。一つの論考も、ネットワークの別の経路を迂回して接してみれば、新たな表情を持つ。できることなら、「鳥」というテーマに恥じぬ大きな視界の獲得をもたらすネットワークでありたい。論集という協働作業として多岐に渡るものを集めて行くことは全体像に近づく努力であるといったら言い過ぎだろうか。少なくとも気の遠くなるような努力の一石ではあろう。そして、それを支えるのが、対象と向き合う個々の研究者の全人的取り組みである。

滑空する時、鳥は全身に風を受け、風と一つになる。時にあらがい、時に最大限に利用する。この姿に、憧憬の念を抱かずにはいられない。文学的、文化的な事象と向き合う時、私たちは、そこから吹く風を感じ、全身で受け取っているのだろうか。そこで手にできるものを、他者を含めた生の中に活かしきれているのだろうか。こんな発想からも、鳥の体現するものはなかなかの大きさをもって、私たちの前にあることがわかる。

鳥は表象する、語りかける。何を、どのように。それに答える役割は、後に控えた多彩な執筆陣に譲ろう。

二〇一〇年　春告げ鳥を待ちながら

目次

## 第二章　異界と儀式



## 第三章　犠牲と解放

## 第四章　移動と記憶

# 第一章

# 民族と神話

# 囚われのワシ
## ――鳥の表象に見る二つのアメリカ

横田　由理

### 一　最高の霊鳥としてのワシ

北米先住民社会における鳥の表象といえば、神話物語に登場する北西部トリンギット族の創造主として、または南西部のトリックスターとしてのワタリガラスを始め、各地の生態系に応じて様々な鳥が挙げられるが、その最も代表的なものは「最高の霊鳥」とされるワシである。N・スコット・ママデイの代表作『夜明けの家』の中にも、しばしば引用される、ワシを描いた名場面が登場する。

それはオスとメスのイヌワシで、つがいになるための飛翔だった。急降下し、空中を舞い、体を傾け、互いに近づき旋回し、攻撃を装い、歓喜の叫び声をあげた。……メスはガラガラ蛇を掴んでいた。……空中で小さくなるまで上昇したメスは蛇を手放す。……オスは急降下し……蛇の頭を殴打し、いささかのぶれもない進路とスピードで滑空し、鞭のようなその長い体をピシャリと打った。……今度はオスが蛇を手放したが、メスはそれを追いかけはしなかった。その代わりに平原を見渡す上空へと舞い上がり、ほとんど姿が見えなくなり、遠くの山が霞む中で一つの黒い点のようになった。オスはその後を追う。アベルは二羽のワシが行ってしまうのをじっと見ていた。アベルは目を細めて、ワシたちが一度方向を変え、急降下し、その姿が見えなくなるのを見ていた。（一七―一八）

飛びながら蛇と戯れるワシのつがいを目撃した主人公のアベルは、この光景を「荘厳で、神聖な光景で、魔力と意味に満ちていた」（一五）と評している。ここにおけるワシは空のメディスン、蛇は大地のメディスンを表すと考えられているが、こうした神秘的な光景は神聖なるものが表出されており、その体験を通して部族の精神世界の象徴的中心に位置することによって霊力を授かるとともに、遭遇する生き物によって体験者の人生がコンテキスト化されると考えられている（S＝ガルシア　七七―七八）。すなわち、このワシとの結びつきにより、アベルは「イーグル・ウォッチャーズ・ソサエティ」の一員として認められ、ヘメスの部族社会の歴史的文化伝統の中に組み入れられるのである。こうして、ワシの「神聖なる光景」を目撃したことで、グランデ峡谷へのワシ狩りに同行を許されることになったアベルであるが、捕えられたワシの姿を見て嫌悪感を覚え、部族の掟に反してその首を絞めてしまう。拘束されたワシの無力な状態はアベルの心を恥と嫌悪の感情で満たした。アベルにとって檻の中のワシの姿は、自由と崇高の象徴であったその美しく完璧な舞姿を冒涜するものに思えたからである。アベルがワシに対して示した嫌悪と恥辱と共通する感情を表した個所が、ママデイの自伝的エッセイ集『名前』の中にも登場する。

北通りのターコイズ・キヴァの近くに檻の中で飼われているワシがいた。通りがかりにいつも私はそのワシに話しかけていた。長い間、そのワシは私をしっかりととらえており、それは暗い宿命のようであった。我々の間には、その金網を挟んで、強い恥の意識があった。（一四七）

アベルにとって、若き日のママデイにとって、ワシはあくまでも大空を優雅に舞う崇高で自由な存在でなければならなかった。ワシを捕えることは、プエブロの文化体系においては、宗教的に必要な犠牲と考えられたが（S＝ガルシア　四六）、それを理解できなかったアベルは部族の宗教的で儀式的な生活からさらに遠ざかることになる。しかし、アベルの部族社会への再帰属を暗示する作品の最終部では、アベルの走る姿がワシの舞う動きのような儀式的規範と結びつけられており、ワシの持つ宗教的象徴性がこの作品の中心テーマの一つとなっていることが分かる。

ワシの象徴する崇高な力は古来より多くの地域において、その社会文化構造の中に息づいてきた。それは、ワシの持つ生物学的特性に起因している。体が猛禽類の中で最大で天敵はなく、優美な舞姿とスピードを特徴とし、高さ一万フィートと最も高くまで飛ぶことができることから、太陽にまで飛翔する鳥として、至高性、聖性を付加された。「最高の霊鳥」として、ワシは、ヨーロッパの古代都市で国家や軍団の紋章として使用されたが、ローマ帝国でも皇帝や軍団の象徴として使われ、以後、ローマ帝国の後継者を自認するロシア帝国、ドイツ帝国などの国々でもその紋章として使われていった。

ワシはまた、アメリカ合衆国の国家権力の象徴であり、一七八二年、白頭鷲がアメリカ合衆国の国章となる。現在もアメリカの紙幣、コイン、大統領や軍隊の紋章などに使用されている他、一九六九年の月着陸の折には上陸モデュールの名前にもなり、「イーグルが着陸しました」というようにその偉業が伝えられた。ワシの持つ崇高性が国家権力、軍事力と結びついたこと、合衆国の国璽であるワシが、遡ればローマ帝国の政治力、軍事力の象徴を源泉とし、まさに帝国の象徴の流れの中にあることをまず確認しておきたい。次にこの帝国主義的権力と異なる次元に存在する、先住民の伝統社会におけるワシの文化的、宗教的な重要性を、さらに詳しく検証してみたい。

## 二　北米先住民とワシ

先住民の神話において、一般的に鳥は上空に住むものとして宗教的な力を表象するものが多く、神話の中で重要な役割を担っているが、特にワシは北米のほとんど全ての部族において、最高の霊鳥となっている。空の高みにまで飛んでゆくワシは、神の使いとして天界からのメッセージを伝える使者であり、人々の祈りもワシによって神に伝えられると考えられている。

また、平原インディアンの間では、すぐれた戦闘能力の象徴として、戦いにおける勇敢な行動、英雄的な行為などに対してワシの羽が与えられた。多くの平原部族に用いられている羽冠（羽飾り）はワシの羽を集めたもので、現在最も知られたインディアンの装束であり、その大きさが勇者を表象するものとなっている。ワシの羽の儀礼的な使用は祝福を与えるとともに癒しの力を施すとも考えられ、患者の患部にワシの羽をかざし、ワシの飛ぶ様子を真似てワシの持つ治癒力をもたらそうとされた。空洞になっているワシの骨はサンダンスの時に笛としても使用され、そのツメは魔よけとして使用される。

上空から全てを見下ろすワシの優れた視力、すなわち、生理学的な視力のヴィジョンはメタフォリカルなヴィジョンに通じており、ネルソンもこれを「完全なヴィジョン」（五四）と呼び、前述のアベルがワシの舞姿を目撃した場面においても、大地の全てを見ているワシのメディスンの力をアベルが必要としたのだと述べている（五四―五五）。生物学的な視力と内的な洞察力とのアナロジーは、同作品に登場する白人のオルギン神父に例証されており、片方の目が見えない神父は部族の人を理解できず、ワラトワの共同体の部外者であり続けている（チュートン　五七）。

リンダ・ホーガンは地球とそこに生きる生き物たちとの関係を綴ったエッセイ集『住処』(*Dwellings*) の中で、自然界の神秘的な力、スピリチャルな力について様々な角度から考察しているが、その作品の冒頭を飾るのが「フェザーズ」と呼ばれるワシの羽について語った章である。「何年もの間、私はワシの羽を求めて祈っていた」（一五）という一文で始まるこの章で、ホーガンは自分が最初に手に入れたワシの羽は病気になった時に祈祷師から贈られたもので、今でもそれを杉の箱に入れて大切に保管しているというエピソードから語り始める。そして、ある朝、ホーガンは長年待ち望んでいたワシの羽をついに手に入れる。ワシの羽を見つけたことに対してホーガンは、羽の軽さや空気の作用といった物理的な力より別の力――これを「物理よりも深いもの」（一七）と表現しているが――そうした力が働いていたと考える。すなわち、我々が自然の中で目撃する現象を説明できるのは西欧の科学やロジックだけでないことを指摘するのである。シュヴェニンガーはそうした神秘の力は地球生物学的な表現に依拠していると述べているが（一九五）、これはホーガンがローレン・アイズリーの「有機体として知られているあの神秘的な原理」という言葉を引いて、「この大地とすべての生命体は神の一部なのだ」と主張している言葉にも通じている（『住処』九六）。カヘーテも同様に、先住民の科学は知覚的現象学が基礎になっていて、その知識は大地との直接的な物理的、知覚的な経験に根ざしており、空間、時間、言語などの文化的概念も文化以前の生物学的意識を根源としていると説明している（四五―四六）。さらに西洋科学は自然を分析的に静止的にとらえるが、先住民の科学はダイナミックで永続的な創造がコアとなっているとその差異を指摘している（四六―五五）。

以上見てきたように、このワシの象徴に代表される二つの文化の差異が、ワシを含む自然界、特に土地に対する価値観の差異としてもアメリカ史を特徴づけてきた。

## 三　アメリカ合衆国と先住民——土地観・自然観の相違と北米植民地化の歴史

土地と先住民の関係は現代ネイティヴ・アメリカン文学の主要テーマの一つとして、多くの作家、批評家たちによって論じられてきたが、チュートンは「土地《ジオ》アイデンティティ」(geoidentity) という言葉で土地と先住民のアイデンティティとの関係を表現し、先住民の自己意識はホームランドの延長にあると指摘している。すなわち、土地の持つ物質性自体がホームランドの可能性の範囲を決定し、土地についての知識が自己に対する知識と緊密に連係し、共同体を含めたさらに大きな図式の中における自己の位置を悟らせ、人として自分は誰であるかという感覚を確定していくというのである（四九）。アンソニー D. スミスの「エスノスケープ」(ethnoscapes) という言葉も同様に、集合的重要性を帯びたある地形がある歴史的共同体「エスニー」(ethnie) と一体をなすものとし、そのエスニック共同体が詩的風景の固有な一部とみられることを示している（一五〇）。ここに先住民の交換不可能な土地との関係、狭い領域での移動もこの範ちゅうに含めると、ある種の「定着性」が生まれる。

一方、白人植民者のアメリカは西部開発のための西進に始まる領土拡大のその歴史の初めから「移動性」を特徴としていた。これにキャスティールはポール・ギルロイの奴隷船年代記からドゥルーズやガタリのノーマティズムなどのディアスポラ言説を付加させて、アメリカの移動性を特徴づけているが（三二）、この白人植民者の移動性と特定の土地との定着性を特徴とする先住民との差異が、植民地主義の支配／被支配の力関係とは別の次元で両者の相克を生み出してきたと言える。キャスティールがさらにその移動性は個人主義と自由という価値観と結びついていると指摘したように（二一）、それは前述の先住民の土地との共同体的な関わりとも対峙していた。

さらに、土着である先住民と土地との関係は「母なる大地」という言葉に象徴されるように、命を育む大地に対する敬愛の念に例証されるように、宗教的基盤を形成しており、特に聖地は先住民にとって神聖なるもの、信条や行動の基礎的なものを表象している。この先住民の聖地の聖性を認めない最高裁の決定について、デロリアはアメリカ合衆国の宗教的自由というものが、土地の神聖化を認めず、「宗教的理由のために土地を保護する」ということも含んでこなかったことの根底には、「自然界を形作る生命の構造の中に人間を位置づける宗教的世界観をもったもの」と「土地や命を無頓着に奪う」ものとの溝があるとし、その間には戦いは絶えないだろうと述べている（一、二七〇―二七九）。土地のスピリチャルな所有者である先住民と国家権力により政治的かつ法的な所有者となっていった白人との間の大きな溝である。シェイフィズはこの差異を「親族としての土地」と「不動産としての土地」の違いと定義しているが（一〇五）、キトリッジは「アメリカ西部で育った私たちが教えられた神話は農業的な所有というパストラルの物語であった。……その物語は侵略軍隊のように古く、本当のところ、人種差別的で、性差別的で、征服のための帝国主義的神話だった」（六二―六三）と指摘する。キャスティールもこれを補完するように、新世界の風景のパストラルな表象が土地からの先住民の排斥とパストラルな村の建設を招き、植民地主義的風景美学が植民地的統制と結びついていったと述べている（一〇―一二）。

こうした土地を所有物ととらえる西欧的商業主義とその結果として生じる搾取は自然界全体に及んでおり、その一例がワシとの関係にも見られる。ホーガンの『卑劣な精神』(*Mean Spirit*) は、一九二〇年代の石油資源を埋蔵するオセージ族の土地をめぐる植民地主義の暴力を背景に、土地と先住民との関係を描いた作品である。一般土地割当法（一八八七年）の下で先住民は土地と部族としての団結力を奪われていくが、ある日、主人公ベルは三千羽以上のワシがはく製にされるために殺され、トラックに積まれて都会に送られようとする光景を目撃する。

彼女は死んだ聖なるワシをじっと見つめた。それは殺され、トラックの後ろで、連れ去られていく小さな死んだ人間たちのようにみえた。……「ただの鳥だよ」と彼らの一人が言った。（一一〇）

ただの鳥にすぎないという業者たちの言葉がベルを過激な行動に駆り立てる。トラックから死んだワシを必死で降ろそうとして男たちに取り押さえられたベルは、刑務所に送られることになる。ワシの大量殺戮は合衆国の法律によると違法ではなく、それに抗議したベルの方が法に反したものとなる。生態系への破壊的行動は違法ではなく、国の法律によって罰せられることもない（シュヴェニンガー 二〇〇）。自然界における聖なるものの象徴であるワシをただの商品として扱う拝金主義は、先住民にとって神聖なものであるその土地を交換可能なただの商品として換金していった連邦政府の姿勢と共通していた。作品の最終部では、殺人事件の捜査にやってきたラコタ族出身のレッド・ホークが、合衆国の法律は自分に真実を伝えてくれることもなければ、オセージの人々やその土地を守ってくれるものでなかったことを悟る。これに対し、ホーガンは合衆国によって施行される法よりもアメリカの大地により長くより深く息づく法があることを『パワー』の中でも訴えている（一六〇）。

『ダコタ・ウーマン』は一九七〇年代のレッド・パワーの中心的人物の一人であり、宗教的指導者、メディスン・マンであったクロー・ドッグの妻のメアリー・クロー・ドッグがその歴史を綴った自伝的小説であるが、クロー・ドッグが空を舞うワシの姿を見てしばしの幸せに浸る場面で始まる第一五章は「囚われたワシ」("The Eagle Caged")と題されている。革命を望み血の気立つ都会に住む若いインディアン達とは意見を異にするリザベーションに住む長老たちも、「土地を売るな」というクロー・ドッグの言葉には耳を傾けたことをメアリーは回想する（二二六）。しかし、クロー・ドッグはウーンディド・ニー占拠の中心人物の一人として十三年の刑を受け、まさに「囚われたワシ」となってしまう。宗教的な力を持つ「ワシ」が国家権力の「ワシ」に捕えられたという象徴的な出来事であった。

以上述べてきた二つの作品の中で問われている、ワシの象徴する国家権力の一形態としての司法制度、法律と先住民の関係をさらに詳細に検証してみたい。

## 四　法的権力・司法と先住民——主権と市民権

先住民と合衆国との間に交わされた条約が権力の一形式であったように、司法は植民地主義による先住民への抑圧の形式として機能してきた。南西部を代表する先住民作家の一人であるオーティーズも『ファイトバック』の中で南西部の先住民の土地と労働が搾取されてきた歴史を語り、文化と政治が分かちがたく絡み合っていることを指摘したが、その合衆国帝国主義の歴史において、「宗教的使命を帯びたマニフェスト・デスティニーと呼ばれる、果されるべき神からの使命」（三四九）によって、法が国家に更なる発展や経済的、社会的利益をもたらすことを目的に制定され改定されていく中で、連邦政府のインディアン関連法も、議会の絶対的権力の下で、国益に利するよう制定されていったと述べている（同）。シルコウも『死者の暦』の中で合衆国が先住民の土地を奪ったことに対する抵抗の詩を、弁護士でもある詩人のウィーズル・テイルに法律用語を多用して吟唱させているが（七一四—七一五）、この詩は合衆国が植民地主義の罪で有罪であると宣言し、譲渡不可能な先住民共同体の土地を不動産に変えていった合衆国の植民地主義の歴史を告発している。

先住民全体が合衆国の法に縛られ「囚われの身」となる歴史は、土地の搾取と部族主権の侵害が複雑に絡み合って進展していった。一八二三年のジョンソン対マッキントッシュ裁判に始まり、最高裁によって承認されたように、部族主権は合衆国憲法によって合衆国の主権に従属することによってのみ認められるようになる。一八三一年、チェロキー・ネーション対ジョージアの判決で裁判長のジョン・マーシャルが「国内的従属国家」(domestic dependent nations) と定義したように、先住民の主権は依存的主権という撞着語法的な地位にある（シェイフィズ 一二七）。

市民権も一八二四年になってようやくインディアン市民法制定により、合衆国に住む全ての先住民に与えられるが、それは連邦政府によって認められた部族の法的なパラドックスを含んでいた。すなわち、主権をもった合衆国の市民となることによって、インディアン市民法に縛られるリザベーション居住者はシェイフィズの言う合衆国の「植民地的主体」(colonial subject)（四四）となり、その結果、合衆国の法律という牢獄の中で生きることになる。マーフィーが一八三一年の最高裁の判決はインディアンを市民にも外国人にもしなかったと語るように（二四）、今福も、植民地の「インランダー」たちは「劣位にあり」つつ「その場所に所属している」ものとされ、彼らの物理的不動性・静止性という性格が「ネイティヴ」という言葉の意味の中に込められたとし、「ネイティヴ」という概念が、「場所」の概念と分かちがたく結びつきながら否定的な、すなわち植民地主義的なディスクールにおける一種の侮辱的なこととして彫琢されていったと先住民の特異な立場を説明している（一六）。

冒頭に紹介したワシの舞姿に表象された自由と崇高な精神を理想としてアメリカの大地で自由に生きてきた先住民が植民地主義の犠牲者となり、アベルが嫌悪した恥ずべき「囚われのワシ」となってしまったことは、失業と貧困、アルコール中毒や高い自殺率、犯罪率に苦悩する現在の先住民の現状が如実に語っている。シェイフィズも先住民の置かれた特異性について、アメリカ帝国主義のもとで展開した元々親族関係を基礎とした先住民共同体の歴史的変化は、他のアフリカ系、アジア系など祖先の地を離れてきたマイノリティ共同体とは異なり、トマス・ビオルギとラリー・ジンバーマンが「後期帝国主義」と呼ぶ状況を生き続けていると述べている（一二七）。現代ネイティヴ・アメリカン文学の中で作家、批評家たちが繰り返し語る土地との関係も、クック・リンが「この大陸の元々の住民としての部族の特別な立場」（九三）を明らかにする政治的な営為に他ならない。

サウス・ダコタ州のフランドゥローから第二次大戦へと出兵していった一人の先住民の回想の言葉がある。

> 出兵に先立ち、私の栄誉を讃えて名付けの儀式が行われた。儀式が最高潮に達したとき、私はホクシラ・ワステ（良い少年）というインディアン名と一本のワシの羽を与えられた。私の髪が短すぎてその羽根を髪に結ぶことができなかったので、私はネクタイの箱に私のワシの羽を入れ、自分の国への勤めを果たすために旅立って行った。
>
> （バード　九）（傍点部筆者）

## 五　まとめ――「囚われのワシ」と「囲まれる土地」、そして現在

エドワーズは、マーガレット・アトウッドにとって、地図は風景についての物語であるばかりでなく、個人とアイデンティについての物語でもあり、それらは領土獲得についての争いばかりでなく、自然界についての変化する概念も明らかにするものであったと語っている（九三）。また、「帝国の地図は地方性や近隣性が植民地主義による所有不動産の書き込み線に完全に従属しているという空間の抽象化を示し、その結果、植民地化された主体の経験は失われ、領地はその経験の外にある抽象的な境界によって定義されるようになる」（八七）ことを指摘している。同様に、

ディモックが空中からの眺望は人間を表舞台から退却させ、その記録を消し去り、その非永久性を浮かび上がらせると述べたように（一九二）、空中から距離を持って作られた地図は、地に足をつけたものの存在を排斥した。ここに、先住民が全知の崇高な力と結び付けた全てを見渡すワシの優れた視力、はるか上空から地上の小動物の動きを把握するワシの視力との歴然とした相違が示されている。植民地化される空間の構図、犠牲者をリザベーションという一定の住居空間に閉じ込め境界を決定していった構図は、ホームと呼べる場所から見知らぬ土地へ、自己感覚を育成したなじみのある空間から自己主体を破壊する抑圧的で脅迫的な空間への移動を内包し、先住民保護の名の下でその事実が隠ぺいされた。犠牲者の行動は、先に検証したように、境界を作り出した権力を持つものによって制限される。この厳格な政治的統制と制限の課せられた閉じられた境界内は「囚われの空間」に他ならなかった。

しかし、二十一世紀を迎えた現在、リザベーションと都市との境界はあいまいになり流動化が加速しており、ホーネットの『セージ・ドリーム、イーグル・ヴィジョンズ』のような、ワシの象徴を中心テーマに都市インディアンの部族社会への再定住を描いた作品も生まれてきている。また、ウォーマックの『火の中で溺れて』では、空を舞うワシは十数羽に増え、戯れるカップルはオス同士を想像させ、ゲイの生活体験に照らし合わせ飛翔自体の意味も変化していく。このように、ワシの象徴は、歴史的社会的変化の中で、アベルのワシからホーネットやウォーマックのワシまで変化しつつも自然界と結びついた価値体系の中で生き続け、大地と共同体という先住民にとっての中心的な価値観とともに依然として先住民の精神世界を支えている。ワシの象徴を含む土地の倫理は宗教的であると共に政治的である。ホーガンも「命を大切にするために」と題されたインタビューの中で、自分にとって大切なもの、スピリチャルなことと政治的なことは一つになっていると述べている（一三一）。シルコウが『死者の暦』で繰り返し描いたように、政治的、財政的、軍事的権力を保持する現代の「破壊者たち」が暴力志向と人間と大地への無関心を共有し、地方性を無視したよりグローバルな視点から貪欲で破壊的な帝国的衝動を生み続けている現在、より倫理的でホリスティックな世界観の中でワシを描いたこれらの作品の持つ意義は少なくない。

## 参考・引用文献


Bird, Sid. "The Journey Begins." *On the Homefront: South Dakota Stories*. Ed. Charles L. Woodard. Brookings, SD: South Dakota Humanities Council, 2007. 9.

Cajete, Gregory. "Philosophy of Native Science." *American Indian Thought: Philosophical Essays*. Ed. Anne Waters. Malden, MA: Blackwell, 2004. 45–57.

Casteel, Sarah Phillips. *Second Arrivals: Landscape and Belonging in Contemporary Writing of the Americas*. Charlottesville: U of Virginia P, 2007.

Cheyfitz, Eric, ed. *The Columbia Guide to American Indian Literatures of the United States Since 1945*. New York: Columbia UP, 2006.

Cook-Lynn, Elizabeth. *Why I Can't Read Wallace Stegner and Other Essays: A Tribal Voive*. Madison: U of Wisconsin P, 1996.

Crow Dog, Mary, and Richard Erdoes. *Lakota Woman*. New York: Harper Perennial, 1990.

Deloria, Vine Jr. *God is Red: A Native View of Religion*. Golden, CO: Fulcrum, 1994.

Dimock, Wai Chee. *Through Other Continents: American Literature across Deep Time*. Princeton: Princeton UP, 2006.

Edwards, Justin D. *Postcolonial Literature: A Reader's Guide to Essential Criticism*. New York: Palgrave Macmillan, 2008.

Hogan, Linda. "To Take Care of Life: An Interview with Linda Hogan." *In Survival This Way: Interviews with Native American Poets*. Ed. Joseph Bruchac. Tucson: U of Arizona P, 1987. 119–33.

——. *Mean Spirit*. New York: Ballantine Books, 1990.

——. *Dwellings: A Spiritual History of the Living World*. New York: Norton, 1995.

——. *Power*. New York: Norton, 1998.

Hornett, Danielle M. *Sage Dreams, Eagle Visions*. East Lansing, MI: Michigan State UP, 2004.

Kittredge, William. *Owing It All*. St. Paul, MN: Graywolf, 1987.

Momaday, N. Scott. *House Made of Dawn*. Tucson: U of Arizona P, 1968.

——. *The Names*. New York: Harper & Row, 1976.

Murphy, Gretchen. *Hemispheric Imaginings: The Monroe Doctrine and Narratives of U.S. Empire*. Durham: Duke UP, 2005.

Nelson, Robert M. *Place and Vision: The Function of Landscape in Native American Fiction*. New York: Peter Lang, 1993.

Ortiz, Simon. "Fight Back: For the Sake of the People, For the Sake of the Land." *Woven Stone*. Tucson: U of Arizona P, 1992. 285–365.

Scarberry-Garcia, Susan. *Landmarks of Healing: A Study of House Made of Dawn*. Albuquerque, NM: U of New Mexico P, 1990.

Schweninger, Lee. *Listening to the Land: Native American Literary Responses to the Landscape*. Athens, GA: U of Georgia P, 2008.

Silko, Leslie Marmon. *Almanac of the Dead*. New York: Simon & Schuster, 1991.

Smith, Anthony D. *Myths and Memories of the Nation*. Oxford: Oxford UP, 1999.

Teuton, Sean Kicummah. *Red Land, Red Power: Grounding Knowledge in the American Indian Novel*. Durham: Duke UP, 2008.

Womac, Craig S. *Drowning in Fire*. Tucson: U of Arizona P, 2001.

今福隆太『クレオール主義』青土社、一九九一年。

# アメリカン・イーグルとバード・ウーマン
## ――初期アメリカの国家形成と先住民政策

白川　恵子

### 一　ワシントン・パロディーとバード・イメージ

ロシア人画家ヴィタリー・コマールとアレクサンダー・メラミッドによる『アメリカの夢』と題された連作絵画（一九九六―九七）には、建国の父ジョージ・ワシントンと白頭鷲が効果的に配され、アメリカの覇権が明示されている。例えば『翼は伸びゆく』では、大型地球儀の背後に佇むワシントンが、白頭鷲の頭と人間の身体を持った半鳥半人の怪物的赤子を抱き、『優越感』と題された作品においては、鉤爪にアメリカ国旗を挟み持つ巨大白頭鷲に跨ったワシントンが、ソ連製携帯型対戦車ロケット弾、通称ＲＰＧを担いで攻め込む姿が描き出される。さらに『我らが生き方』では、白スーツを身にまとった白頭鷲頭の男性が、ワシントンの肖像つきの真紅の旗を高々と頭上に掲げ持っている。初代大統領が描かれているのは、国璽《こくじ》にて白頭鷲が抱える盾の内部であり、くちばしにアメリカ標語の帯をくわえるこの白頭鷲男の右足元には、あたかもアメリカのありかたを全面肯定するかのように、百パーセントの文字が配されている。米ソ両大国の革命に触発されて創作されたと言われるこれらの絵画が、ソ連崩壊後の二十世紀末アメリカ覇権主義を苛烈に揶揄しているのは言うまでもなかろう。[1] だが、コマールとメラミッドの連作によって我々が改めて気づくのは、このように分ち難く結びついたワシントンと白頭鷲の象徴によって、アメリカが暴力的なまでに権力を行使したのは、何も現在に限ったことではなく、まさにそれらのアイコンが構築された建国期からであった事実である。

そもそも国家の象徴たる印章決定のために国璽選定委員会が三次に渡り召集され、六年間の協議の後、様々な提案を退けて最終的に一七八二年に決定された白頭鷲のシンボリズムは、古代シュメールの伝統や古代ローマの共和制の理念に依拠すると同時に、ネイティヴ・アメリカンとの関連を意識した図案でもあった。すなわち白頭鷲と十三の矢、および「多の一」(E Pluribus Unum) の標語が刻まれた国璽は、アメリカの連邦制がイロコイ連合の政体を参照し構築されたのと同様、ネイティヴ・アメリカンの精神性と実利性を踏襲する意匠でもあったのだ。こうしてアメリカは、独立革命に際し、新国家形成のために、ヨーロッパの伝統と同時に、それとは異なる先住民の精神性をも意図的に自意識内部に織り込み、彼らの合議制の実質的合理性を取り入れた。にもかかわらず、その後、「和合」の名のもとに行ったのは、自らが手本とした先住民を征服、駆逐していく暴力的な国家拡大政策であった。

皮肉にも、初代大統領ワシントンが先住民との交渉に際して、諸部族の首長に贈ったインディアン・ピース・メダルの裏面には、国璽が刻まれた。またジェファソンのルイジアナ購入後、大統領の命を受け、先住民に「偉大なる白き父」への服従を強いたルイス=クラーク探検隊が彼らに贈ったピース・メダルにも、白頭鷲が用いられた。この折に、一行が、こんにち最も有名な先住民女性の一人であるサカガウィーア、通称バード・ウーマンを同行させ、彼女の存在が隊の成功に大きな影響を与えた経緯を我々は知っている。しかもアメリカの領土拡大という「明白な運命」遂行に図らずも貢献してしまった「鳥女」サカガウィーアは、その後、二十世紀初頭の女性参政権運動のためのシンボルとして、また多元文化主義のイデオロギーの推進役としても利用された。アメリカが地政学的にも、政治的にも「羽ばたく」のに奇しくも関与した伝説の先住民女性の姿は、主に中西部以西地域に設立された多くの彫像によってアメリカ発展の象徴的存在として讃えられるようになる。その賞揚ぶりにより、彼女の肖像が、初代大統領の一ドル札と同等価値を持つ貨幣に採用され、その肖像の裏面に刻まれた白頭鷲とともに、こんにち広く流通、消費されているのは周知である。[2]

以上の経緯が示すのは、国璽および国家形成過程において、鳥のイメージが比喩形象として用いられ、それがネイティヴ・アメリカンとの関連をも暗示するという興味深い接続性である。本稿の目的は、独立革命以降の国家生成期において、アメリカがいかに先住民の精神性や実質性を内包し、合衆国のイデオロギーのために利用してきたのか、そしてその際に、いかに「バード・イメージ」が喚起されるのかを示すことにある。以下の論考では、まずは植民地アメリカと先住民との関連を概観した後、国璽がどのように定められ、それが合衆国連邦制の理念をどのように表しているのかを考察し、さらに国家拡大に際する対ネイティヴ・アメリカン政策とインディアン・ピース・メダル、およびサカガウィーアとの関連について論述する。

## 二　先住民と白頭鷲

国璽として定められて以来、白頭鷲は国家そのもの、およびアメリカ精神の象徴となったが、アメリカの形象化および擬人化の例は、国璽選定よりもずっと以前から成されていた。新大陸発見以降、ヨーロッパの画家たちが新世界を描く際には、必ずと言って良いほど半裸の先住民女性を用いたのである。ヤン・ファン・デル・ストラートの有名な『眠れる「アメリカ」を覚醒するヴェスプッチ』（およそ一五七五）は言わずもがな、フェルディナンド・ジョージの書物『実物のアメリカ描写』（一六五九）の扉頁に掲げられた図版も、マーティン・ド・ボス作品を模したエイドリアン・コラート二世による『アメリカ擬人図』（一七六五―七五）においても、新大陸が先住民女性と等号でつながれて認識され、表象されているのは一目瞭然である（アイサックソン　一―三）。一方、植民地の人々も自分たちとネイティヴ・アメリカンとの繋がりを強く意識していた。独立革命期前夜の植民地が、イギリスからの分離を睨み、ヨーロッパの伝統とは一線を画すネイティヴ・アメリカンに自国の姿を重ねた様は、モホーク族に扮装して襲撃したボストン茶会事件からも窺える。イギリス商船に乗り込んだ愛国派が、わざわざ先住民に扮したのは、決して偶然からでも悪戯からでもなく、「輸入もののお茶がイギリスの圧制と重税を象徴するのに対し、インディアンのイメージはその反対のものを象徴していた。すなわちインディアンは、台頭しつつあるアメリカ人としてのアイデンティティを表す〝商標〟であり、ボストンのみならず大西洋沿岸の諸都市を含む新しい土地での自由を意味する革命的シンボルだった」からである（グリンデ&ヨハンセン　一一二）。

先住民を体制転覆の象徴的記号としたアメリカは、一七七六年七月四日、独立を世に知らしめる。そして独立宣言が採択された同日、大陸会議はもう一つ、重要な決議をする。それは、ベンジャミン・フランクリン、ジョン・アダムス、トマス・ジェファソンを委員とし、アメリカ合衆国国璽のための意匠を選定する委員会の発足であった。以降、銘の決定は紆余曲折を重ね、三次委員会まで足掛け六年に渡り十四名が携わる長き論議の後、一七八二年六月二十日、現在の国璽デザインとなる。この最終決定された白頭鷲こそが、先住民の叡智を内包する図像なのである。だがそもそも第一および第二委員会が議会に最終案として提出した国璽図案は、白頭鷲とは無関係の、むしろ旧世界との歴史的繋がりを極めて意識した意匠であった。それらがことごとく却下された後、白頭鷲のデザインが初めて提案されたのは、第三次委員会においてであったが、この折にすら、鷲は図案の一部にごく小さく描かれるに過ぎなかった。それを後に第三次委員会に送り込まれた議会書記官のチャールズ・トムソンが劇的に変化させる。トムソンは、白頭鷲を端役的アイテムとしてではなく、中心的存在として大きく図案化し、第一、第二委員会で提示されていた標語、楯や星と雲などのデザインを組み合わせた。こうして細部調整の後、現在の国璽意匠が完成したのである（図版1）。

図版１
アメリカ合衆国国璽（表）

白頭鷲を中心に据えて描くよう提案した、いわばアメリカ国璽の生みの親トムソンは、植民地時代から十五年の長きに渡り議会の書記を務め、議長であるジョン・ハンコックを除けば、各植民地の代表者でないにもかかわらず、独立宣言文に署名した唯一の人物である。ゆえにその政治的実務力は容易に推測できる。また彼は、国璽制定後、連合規約下で成された最大の成果である北西部領地条例（一七八七）の主な起草者と目されており（グリンデ&ヨハンセン 一九四）、憲法制定会議の書記も務め上げ、その誠実さや知性、公正さや博識は、高く評価されたと言われている。トムソンは、先住民との関係、およびアメリカが領土を拡大し成長する様を幻視した上で、実質的な国家体制モデルの構築と運営に貢献した建国の父の一人であると言えよう。だが、トムソンに関して、こうした実務レベルの偉業とともに興味深いのは、その公明正大で実直誠実な性質ゆえ、先住民と植民地人との間に取り交わされた一七五七年のイーストン条約の際、その議事進行を記録するよう先住民より直々に指名され、一年後には、デラウェア族（別名レナピ族）の一員として認められるべく養子縁組がなされ、「真実を語る男」を意味する部族名を与えられたという、興味深い来歴である（パターソン&ドゥーガル 七一、ヒエロニムス 一五七、グリンデ&ヨハンセン 一九四、二四七）。つまりアメリカ国璽の考案には、植民地が独立を具体的に考えはじめるおよそ二十年も前に、先住民と養子縁組していた人物が深く関係していたことになる。

白頭鷲図案は、このように各委員会の叡智を集結した上でトムソンが考案したわけであるが、白頭鷲を意匠とする事例そのものは、古代ギリシャ、ローマ、エジプトの神話にも、ヨーロッパ各国の通貨にも、また紋章図鑑にも数多の例が確認されている。しかも採択された国璽に極めて近似のそれが、バイエルンはニュルンベルグの医師兼植物学者ヨアヒム・カメラリウスによる紋章図鑑（一五九七）の中に、トムソン案の二世紀以上も前に既に紹介されている。実際、第一次委員会メンバーのフランクリンが一七〇二年版の同書を所有していたことから、フランクリンと親しかったトムソンが、この紋章図鑑の白頭鷲を参照したと考えるむきも多い。カメラリウスの紋章図鑑とトムソンの国璽案素描があまりにも似通っているため、国璽決定に際して、アメリカとヨーロッパとの関連を重視したがゆえに、トムソンはカメラリウスを踏襲したのだと考えるのも、なるほど極めて自然であるのかもしれない（パターソン&ドゥーガル 九五-一〇二、ヒエロニムス 一六六―六七）。

しかしながら、そもそも植民地アメリカが、新たな国家としてのアイデンティティを模索するに当たって、一方ではヨーロッパ旧世界との関係を完全に断ち切れないまま、だが他方で先住民との強い繋がりを前景化して独立を果たしたのならば、国璽決定に際してもまた同じプロセスを経たのだと考えるのが妥当であろう。長らく書記を務め議会での議事を正確に記録し続けたトムソンは、フランクリンを始め、アダムスやジェファソンがどれほどイロコイ合議制の利点に傾倒していたか、誰よりも良く知っていたはずである。憲法批准期間中にイロコイ連合について「ガリア時代のローマ人に比せられる」（グリンデ&ヨハンセン 二四六―四八）と評したトムソンの言からも、先住民と古代ローマ人とを同等にみなしていたことが分かる。トムソンは、ヨーロッパの紋章学とともに、ネイティヴ・アメリカンにとっての白頭鷲の意義もまた理解していたに相違ない。デラウェア族の養子となった彼は、その優れた実務的バランス感覚によって、国璽策定に関しても、ヨーロッパの伝統と先住民の精神性を接合し、アメリカの意匠へと描き直したのである。

元来ネイティヴ・アメリカンにとって白頭鷲は、率直、真実、壮麗、強靭、勇気、叡智、権力、自由を象徴する崇高なる鳥であった。先住民の伝統によると、神はこの世を創造する際に、鷲を空の主として選んだという。創造主に近き空の高みにまで舞い上がり、他のどの鳥よりも広い俯瞰を得られる鷲は、創造主の使いであるとされ、こんにちでも神聖な鳥と考えられているのだ。アメリカの連邦制、憲法制定時に、建国の祖父たちが合議制の手本としたイロコイ連合部族は、「大いなる平和の木」を、抗争を廃し、合議による和平体制実現のための象徴とした。そしてその木の頂に、羽を広げた白頭鷲を配し、和平を乱す敵に目配りし、かつ権力濫用を監視する、いわば見張り番の役割を託したのである（ヒエロニムス　一五八―六一、グリンデ&ヨハンセン　二三―三一）。

トムソンが参照した可能性が高いとされているカメラリウスの紋章図鑑における白頭鷲が掴むオリーブの枝と矢束は、それぞれ平和と戦いを象徴しているが、ネイティヴ・アメリカンにとって矢束は、戦争ではなくむしろ団結と和合の意味を持つ。アメリカは、国璽の鷲の頭をオリーブ側に向けることで戦いよりも和平への願いを示しつつ、同時に矢に見立てた十三州を互いに結束させるために、先住民の教訓をも取り入れ、矢束の意味をいわば二重に利用したのである。「大いなる平和の木」の頂で鷲が掴む五本の矢が、イロコイ五連邦の力と統一の象徴であったのならば、アメリカは、植民地の出自にふさわしく矢の数を十三に変更させることで、旧世界の専制を回避しながらも、広大な面積と多数の邦を民主的に治統する連邦制の政治機構を構築する術を大衆に示すことに成功したのだ。既にフレンチ・アンド・インディアン戦争の頃より、フランクリンの分断された蛇の挿絵に親しんでいたアメリカ人にとって、ネイティヴ・アメリカンの矢束の喩えによる州間結束の教訓は、限りなく自然に受け入れられたに違いない。

さらにアメリカが、政治体制のみならず、国璽制定においてもヨーロッパおよび先住民文化の混成主体国家として成立しているのだと示すために、いまひとつ別の例を紹介しておきたい。トムソンは、国璽の図案を議会に提出する際に、鷲が支える盾のデザインの意味について、以下のような説明を付した。「[白頭鷲の胸部分の]紋章盾は、盾上部(the chief)の横縞紋と[その下の]縦縞(pale)紋によって構成されており、この二つの紋は、盾に用いられる最も高貴なるかたちである。異なる二色の同幅の縦帯(paly)部分は、幾つかの州が堅く一つに結合しながら盾上部(a Chief)を支えていることを示し、盾上部の横縞紋は、全体を統合する議会を表現している。[鷲がくわえる]標語は、こうした和合を暗示している。つまり紋章の縦帯(the pales in the arms)は、盾上部(the Chief)によって堅く結びついており、また盾上部も、縦帯紋の強き結合によって支えられている。これらはアメリカ合衆国連合と議会を通じた和合の保持を示しているのである」(アメリカ国務省公務局 五)。トムソンの説明が、まさしく合衆国連邦制の理念を表しているのは言うまでもない。だが盾文様を表わすこれらの語が、ネイティヴ・アメリカンとの関係性の中で使用されたときには、別の読みも可能になる。先住民の首長は、最も一般的にchiefと表現され、一方、先住民が白人を往々にしてpaleと呼ぶ慣習に鑑みれば、白頭鷲は、比喩形象としても、また字義的文書としても、ネイティヴ・アメリカンとヨーロッパ系アメリカ人とが、協合して――しかしあろうことか後には、前者が後者の武力行使をうけて――成立した国家の意匠なのだと幾重にも強調されていることになるだろう。

国璽決定に大きな影響を与えたトムソンは、クエイカーの教育を受け、ネイティヴ・アメリカンから土地を奪いとる横暴な手法を嫌ったと言われている。ところが皮肉にも、彼が作成に関与した北西部領地条例が、その後、領土拡大と州昇格に伴う人種問題を前景化させたのもまた事実である。実際アメリカは、程なくルイジアナ地域を入手し、かの地を治めるべく「発見の踏査隊」という名の軍隊を派遣したジェファソンは、新国家のアイデンティティを求め、政体の手本としたはずの先住民およびその文化を征服凌駕する政策を引き継ぎ、貫くことになる。こうした矛盾を写し取るかのように、その折にも白頭鷲が象徴的に使用されるのである。

## 三　インディアン・ピース・メダルとルイス＝クラーク踏査隊

建国以来、アメリカの先住民政策において、インディアン・ピース・メダルが果たした役割は計り知れない。インディアン・ピース・メダルとは、主として時の元首の肖像や紋章などの象徴的な図像を刻んだ大小様々な大きさの銀製、または銅製メダルの総称で、部族および部族連合との交渉や条約締結時、また先住民要人が首都を訪れた折や、政府代表が先住民居住地域を訪れた折に、友好と忠誠の証として首長や著名な戦士らに贈られた。その起源は、ジェファソンが「太古の昔からの慣習」と言うほどに古く、合衆国に先んじて、フランス、スペイン、イギリスによって導入、実施されていた（プルーチャ xiii）。先住民側は、このメダルを名誉の証として重視し、死に際しては、ともに埋葬し、あるいは代々子孫に引き継いでいくほど、極めて高い価値を置いていた。ヨーロッパおよびアメリカの覇権を示すメダルを、先住民側が好んで求めたというのは何とも皮肉な話であるが、メダルを贈られた先住民の首長や戦士が、誇らしげにそれを首に掲げ肖像画や写真に納まる様が、こんにちでも多数残っている。

もちろん、メダルそのものには何ら法的効力はなく、単に外交的かつ補足的なものでしかなかった。しかしその意義と効果を当初から熟知していたワシントン大統領の陸軍長官ヘンリー・ノックスは、これで親イギリスである先住民をアメリカ側につけられるなら鋳造の費用など安いものと、一七八七年、アメリカの国璽を刻んだ銀製メダルの製作を、早々に大統領に進言している（プルーチャ 三）。アメリカ造幣局設立以前より生産されたピース・メダルは、以降、十九世紀を通じて数多作られて先住民に贈られ、ルイス＝クラーク探検による太平洋までの陸路探索によって辺境の部族との交渉が必須であると改めて証明された後には、ピース・メダル配布に関するガイドラインも作られた。「インディアン局規定」（一八二九）によると、メダルは部族の中で影響力を持つ者にのみ贈り、その際に、儀礼的行為を印象づけるために適切な演説を行って配布すること、またどの大きさのメダルを、部族のどの地位にある者に贈るべきか等が定められている。中でも注目すべきは、首長が既に他国のメダルを持っている場合には、それを放棄させアメリカのメダルと取り替えさせるという件りである（プルーチャ xiii）。つまりインディアン・ピース・メダルとは、先住民がメダルに対して持つ名誉観を利用しつつ、「友好・和平」という糖衣錠により彼らを支配するとともに、ヨーロッパ列強との北米大陸の領土獲得戦線の前哨としての役割をも果たしていたのである。

こうした重要な意義を有する初期ピース・メダル、すなわちジョージ・ワシントンとトマス・ジェファソンのそれには、興味深いことに、白頭鷲が刻まれている。最初のワシントン・メダルは、一七八九年の大統領就任の年に鋳造された。楕円メダルの表面には、鳥羽の頭飾りの先住民がトマホークを棄て、アメリカを表象する女神ミネルヴァからピース・パイプを手渡される様が、粗野な彫りにより示されている。その後、比較的精巧な彫塑となった一七九二年のメダルにおいては、甲冑《かっちゅう》のミネルヴァが軍服のワシントンに取って代わり、友好の手を結ぶ二人の背景には、あたかも先住民の野卑なる狩猟慣習と対比させるかのように、アメリカ文明を示す農耕の模様が描かれた（ラバーズ 八三）（図版2）。これら二種のワシントン・メダルとも、裏面には、国璽の白頭鷲が刻まれている。興味深いのは、双

**図版 2**
**ジョージ・ワシントンのインディアン・ピース・メダル（表裏）**
（アイサックソン 195-96 頁）

方ともメダルの表面図案に描かれている先住民がトマホークを棄て友好を示しているのに対して、女神であれ将軍であれ、合衆国を示す側は、腰にサーベルを下げたままとなっている点である。尤もミネルヴァもワシントンも武勇と直結しているのだから、これ以上の作為は他にないのだが、一方には武器の放棄を強いておきながら、もう一方が武力を保持しているということは、先住民をアメリカのイデオロギーの中に同化してしまおうという意図のあらわれに他ならない。

　ワシントン・ピース・メダルの白頭鷲が、特に際立って強調されたのは、アンソニー・ウェイン将軍が、一七九四年インディアン部族連合との抗争に勝利し、翌年、インディアンとのグリーンビル条約締結を記念して、メダル贈与とともに行った演説においてであろう。ウェインは、先住民に対して、アメリカへの忠誠を、以下のように説く。「ここに集いし全ての部族の者たちよ、聞くが良い。私はあなた方に兄弟として話をしよう。私は大統領とアメリカ十五大国家の名の下に、あなた方を全て、その子供として受け入れよう。私はあなた方にメダルを授ける名誉を与えられたが、これは、アメリカ十五大国の父であり、あなた方の父である大統領の手から与えられると考えて頂きたい。アメリカ合衆国があなた方とあなた方の全ての部族に平和を与え、あなた方を白頭鷲の翼の庇護の下に受け入れた今日という日を記念して、これらのメダルを、あなた

図版３
トマス・ジェファソンの
インディアン・ピース・メダル（裏）
（アイサックソン 194 頁）

方の子供のまたその子供にまで引き継いでいって頂きたい。」ちなみに、この折に贈られたメダルは、表裏両面とも白頭鷲が刻まれたワシントン特殊メダルであった（プルーチャ 九、八八）。こうして本来先住民の叡智の表象であったはず白頭鷲は、彼らを抑圧・支配するアメリカ国家権力の象徴へと変化したのである。

ジェファソンのインディアン・ピース・メダルは、大中小の三種の大きさで鋳造された円形のメダルで、表面には、大統領の肖像と名前が刻まれている。裏面にはトマホークとピース・パイプが交差して配置され、その下に、白人軍人と先住民の二つの手が握手するデザインとなっている。将校の軍服袖の手はアメリカ政府を象徴し、銀製の腕飾り《リストバンド》をつけた手は、アメリカに忠誠と友好を誓うネイティヴ・アメリカンを表している。そしてこの先住民の腕飾りに、翼を広げた白頭鷲がくっきりと刻まれ、図案の余白に「平和と友好」の文字が付されているのだ（アイサックソン 一九四、プルーチャ 九〇―九一）（図版３）。先住民との「平和と友好」が、合衆国軍人の手によってもたらされる皮肉や、戦いを示すトマホークと平和を表すパイプが奇妙に交差する図案もさることながら、ここに刻まれている白頭鷲つきの銀製腕飾りそのものが、ピース・メダルとともに先住民側に渡される贈物であったことからすると、メタレベルで提示された鷲には、二重の意味でネイティヴ・アメリカンを支配せんとする合衆国側の意思が刷り込まれていると考えられるだろう。

このジェファソン・ピース・メダルは、ルイスとクラーク探検においても、その効果を遺憾なく発揮する。周知のとおり、ルイス＝クラーク探検隊とは、一八〇三年のルイジアナ購入に伴い、セントルイスからミズーリ川上流地域を経て太平洋岸に至るまでの陸上通商路と、周辺地域の地勢や先住民の生活、動植物の生態を調査する命を受けたメリウェザー・ルイス大尉とウィリアム・クラーク少尉が率いた約三十名からなる軍隊組織の踏査隊である。彼らは一八〇四年五月にセントルイスを出発し、約十八ヶ月をかけて太平洋に至った後に帰路につき、最終的には一八〇六年九月に出発地に帰着する。領土拡大の「明白な運命」を具現化した初期西部開拓部隊が、広大な未開の荒野とそこに居住する先住民について、どれほど貴重な情報をもたらしたかは、想像に難くない。だが一行が成した最大の成果は、陸路探索や博物学的学術貢献以上に、アメリカ政府代表として、先住民にルイジアナ購入に伴う利権譲渡の説明をし、アメリカ合衆国大統領が全先住民の新たな「偉大なる父」であると知らしめたことにあった。なぜならミシシッピ川以西の領土は、一七六二年以降はスペインの支配下に置かれ、一八〇〇年以降はフランスによって治められたため、同地の先住民首長たちの中には、両国からのピース・メダルを受け取っていた者が多く存在していたからである。

ルイスとクラークが探検を命ぜられた地域、殊にミズーリ川流域のインディアン部族は、既にヨーロッパ列強の「メダル外交」に精通していたので、彼らと友好関係を築くには新たにアメリカのピース・メダル配布が必須であると考えられた。そこでルイスとクラークは、ジェファソン・ピース・メダルやワシントン・シーズン・メダルなど、大きさの異なるメダルを少なくとも実質四種、しかも大量に取り揃え、出会った部族の要人たちに、アメリカ国旗や探検隊が先住民部族と友好を結んだことを示す証明書《サーティフィカット》、また貝殻玉《ワムパム》、上着、腕飾り、ハンカチなどとともに贈っている。ネイティヴ・アメリカン側が、こうした気前のよい行為をいかに解釈したかはさておき、少なくともアメリカ側は、先住民がメダルを重視する慣習を巧みに利用し、儀式的演説で効果的演出をしつつ、あらゆる部族は、白頭鷲の庇護の下に屈しなければならないのだと刷り込み続けたことになる。

ルイスとクラークの探検隊が最初にメダルを贈ったのは、一八〇四年八月、一行の野営地カウンシル・ブラフスにおいてであった。オットー族およびミズーリ族に対し「子供たち」と呼びかけるルイスの語りは、以降の演説の原型となる。「子供たちよ。われわれはアメリカ十七大国家の偉大なる支配者から認可され派遣されて来た。われわれは、あなた方のみならず、ミズーリ川流域の赤色人［インディアン］の全てに対し、アメリカ十七大国家の偉大な族長とあなた方の以前の父であるフランス人およびスペイン人との間で会談が持たれ、ミズーリ川およびミシシッピ川沿いに住むルイジアナの全白人は偉大な支配者の命令に従うと決められたことを伝えるために来たのである。偉大な支配者は彼らを自分の子供として受け入れた。……彼らは、もはやフランスやスペインに属する臣民ではなく、アメリカ十七大国家の市民となったのであり、あなた方の偉大な父である大統領の命令に従わなければならない。」（明石 六〇）。こうした儀式的演説の折には、大統領の権威を知らしめるために、ショットガンや大砲の砲火がなされたというが（ソルジャー 一三二）、軍人の手を刻んだピース・メダルを、軍人一行が、武器の顕示とともに贈る様は、「平和と友好」とは明らかに不似合いだ。

初代ワシントン大統領から第二十三代ベンジャミン・ハリソン大統領に至るまでの約一世紀間のインディアン・ピース・メダルのデザインの変遷を分析したラバーズは、「平和と友好」の構築のために対等であるべき白人と先住民の関係が、初期のピース・メダルにおいては、左右対称の構図に体現されていたが、強制移住が完了する頃には、対照関係が次第に崩れ、前者が後者を抑圧し、アメリカ文明に同化しえない先住民は滅びていく運命にある旨を示す意匠・構図にとって代わっていったと指摘する。同化か絶滅かの選択を突きつける暴力的意図は、先住民を表象する絵画や彫刻にも示され、そもそも「友好」とは支配・征服を正当化し、「明白な運命」遂行のための詭弁でしかなかったと主張する（七九—九四）。共存を意図したワシントンやジェファソンの時代から、強制移住と駆逐へ、さらに同化への先住民政策転換に従い、メダルの左右対称の構図および図案が変化していくというラバーズの指摘には、なるほど説得力がある。だが、白頭鷲を掲げるワシントンとジェファソンの初期メダルが、仮に表面的には、先住民とアメリカ人との同等の関係を示すように見えたとしても、常にその意匠内外に武力が暗示されているのであれば、共和政期アメリカが先住民との対等な関係を意図していたとは言い得まい。彼らが考えた「共存」の背後には、共栄があるのではなく、優劣と支配の概念が盤踞しているのだ。だとすると、先住民に数多配布された白頭鷲は、次には何を、誰をその「翼の庇護の下に」加え入れ、従えるのか。白頭鷲のアメリカは、どのような支配と利用を、バード・イメージによって継続させるのか。

## 四　鳥女の利用価値

ルイスとクラークの探検隊は、先住民部族に対してピース・メダル外交を展開したが、興味深いことに、先住民の口承では、このメダルが、探検隊に従事した先住民女性にも与えられたとの伝説が残っている（クラーク&エドモンズ一二六—一二八）。いかにも尤もらしいこのような伝聞が報告され続けるほどに探検隊の成功に大きく貢献したとされる人物の名は、サカガウィーアといい、ヒダーツァ族の言葉で「バード・ウーマン」を意味する。こんにちアメリカ史上最も有名な伝説の先住民女性の一人であるサカガウィーアに、ジェファソンのピース・メダルが贈られたとの伝承が——その真偽の程はさておき——残り、かつ現在、彼女自身の肖像が初代大統領と同価の一ドル硬貨に白頭鷲とともに刻まれ流通しているという偶然、いわば初期アメリカの「バード・コネクション」とも言うべき関連は、いささか出来過ぎの感があるけれども、これがアメリカ国璽と先住民政策との関係性を示す一例であり、またピース・メダルが白人側の戦略のために相当に配布されていたことの一例を示すには相違ない。さて、このサカガウィーアだが、ポカホンタスと同様にアメリカの発展のために自己犠牲的貢献をした伝説の先住民女性の役割を与えられることとなる。彼女は、白頭鷲の権威を知らしめる軍隊一行に貢献したのみならず、没後も繰り返しアメリカの進歩・発展のイデオロギーを喧伝するために利他的な役割を強いられ続けたのである。ならば、我々としては、ルイス＝クラークの時代からいまに至るまで、彼女がいかに表象され、いかに利用されてきたのかを問うてみるべきだろう。

こんにち複数のバージョンが存在する彼女の伝記情報は、多分に伝説的であり、彼女の名前の綴りや意味、出身部族に関しても諸説あるものの、主にルイスとクラークおよび隊員の日誌に基づき構築されたサカガウィーアの一生は、概ね以下の通りである。サカガウィーアは、一七八八年頃に、現在のアイダホ州テンドイ周辺に居住するショショーニ族（別名スネーク族）の集落に生まれた。およそ十二歳の時に、ヒダーツァ族（別名ミネタリー族）による捕囚にあい、彼らの居住地に連れて行かれる。同地にてヒダーツア族、マンダン族に対して毛皮交易をしていたフランス系カナダ人の商人トゥーサン・シャルボノーが賭けで彼女を入手したため、彼の妻の一人となる。一八〇四年十月、ルイス＝クラーク探検隊がミズーリ川を遡上しマンダン砦にて越冬していた折に、シャルボノーは、先住民との通訳役として探検隊へ雇い入れられるように自ら働きかけるのだが、夫の探検隊参加に伴い、サカガウィーアの同行も決定される。この時彼女は身重であり、翌一八〇五年二月にジャン・バプティスト・シャルボノー、通称ポンプを出産。探検再開の四月には、生後二ヶ月の乳飲み子を背負い、過酷な道程に参加。この様がのちに設置される立像や貨幣に表象されることになる。サカガウィーアは、途中、熱病を乗り越え、幾多の自然の猛威にも極めて勇猛に耐え、食糧確保と隊の世話役として、時に通訳として、シャルボノー以上に有益に一行に貢献したという。殊に平原地帯から太平洋岸までの山脈《ロッキー》越え道程には馬が必須であり、ショショーニ族出身の彼女の助力は、不可欠であった。実際、兄カメアウェイト首長率いるショショーニ族との再会の折には、探検隊は、彼女のお陰で馬と案内人を確保できた。兄妹の再会も束の間、一行は更に進み、一八〇五年一一月に太平洋岸に到着。二度目の越冬の後、一八〇六年三月に帰路につき、八月に隊がサカガウィーアに最初に出会ったマンダン砦に帰着する。その後のサカガウィーアがどのような人生を送ったのかは定かではない。彼女について現存する数少ない資料によると、一八一二年に娘を出産した後、同年暮れに現在のノースダコタで腐敗熱のためおよそ二十代半ばで夭折したとされている。

ルイスがシャルボノーに宛てた手紙で、「われわれが認める以上に、［サカガウィーアの］その仕事に対し大きな報奨を与えられて当然である」（明石 二二〇）と書き送り、ルイスとクラークの日誌にも、彼女の行動や交渉力が夫よりも数段有能であると度々記されるほどサカガウィーアの存在は探検隊にとって重要であったにもかかわらず、彼女自身はあくまでも夫につき従う先住民女性でしかなかった。昨今のサカガウィーアに対する注目度の高さから、あたかも彼女が通訳兼案内役として当初から「雇われ」、ルイスとクラークの先頭に立ち、積極的に隊を率いたかのように解釈される向きもあるが、実際には、彼女は正式契約によって通訳として雇い入れられた訳でも、道案内人として依頼され探検隊に加わったわけでもない。ショショーニ族との交渉のために、ルイスとクラークが、実のところシャルボノー以上にサカガウィーアを当てにしていたにせよ、彼女は副次的参加者でしかなかった。従って、踏査終了時にシャルボノーには報酬が支払われたのに対して、彼女には何も与えられなかった。また、戦いには幼児や女性を同行しないという先住民の習慣のため、本来は軍隊集団である彼らが先住民部族からおしなべて友好的であると認識されたのも、赤子を背負ったサカガウィーアの存在によるところが極めて大きく、その意味においても彼女はルイスとクラークの成功に貢献したのに、結局、探検終了後のサカガウィーアが重用されることはなく、事実上、長らく忘れ去られる存在となった。

ところが、その後およそ一世紀の時を経て、彼女は「復活」する。二十世紀初頭に巻き起こったサカガウィーアの再評価により、彼女の偉大さが改めて注目されたのである。そもそもサカガウィーアの「伝説」が量産・受容されるようになったのは、ちょうど探検隊百周年記念にあたる世紀転換期に、アメリカ辺境の消滅と、女性選挙権獲得運動が同時に巻き起こった歴史的背景に拠るところが大きい。ワンダ・ピロウによると、サカガウィーアは具体的には、「明白な運命」、女権運動、多元文化主義の三種のアメリカン・イデオロギーの体現者として伝説的存在となったという。探検隊の百周年記念に際し、先住民女性が、少なくとも二人の英雄的白人将校以上に劇的なリバイバルを遂げたのには、以下の事情があった。

国勢調査によりフロンティア消滅が報告された一八九〇年は、同時にウーンディット・ニーの戦いを最後に先住民との西方地域における長年の抗争が終結し、その脅威が消え去った年でもあった。実質的な恐怖からの解放に伴い、先住民殺戮に対する罪の意識と領土拡大の「明白な運命」の概念とが結合し、「殲滅・虐殺」の実体を「文明化・進化」へと読み替える弁明の傾向が強まっていく。そんな折にサカガウィーアは、格好のモデルとして見出される。ほぼ一世紀も前に、「明白な運命」の旗手として白人軍人一行に西方への道を指し示したネイティヴ・アメリカン娘が存在していたとの言説は、暴力的服従を強いた先住民政策を進化の行程にすり替えるために最適であった（ピロウ　五）。本来は犠牲者側に属する先住民女性が、率先して領土拡大に貢献し、探検隊の太平洋路踏査を成功させたとの言説が紡ぎだされれば、白頭鷲が成してきた服従政策への罪悪感を薄めるのに役立つのだから、彼女は生前も死後も、願ってもない「協力者」となる訳だ。ところが一方、先住民の側から見れば、彼女はネイティヴ・アメリカン版「マリンチャ」とも映る（マックベス　六二）。彼女が白人文明のために尽力したとの言説が強調されればされるほど、同時に彼女は先住民の大地を白人に奪わせしめた裏切り者にならざるを得ない。こうしてサカガウィーアの「先導者」神話が構築されるとともに、愛国者にして売国奴であるという、相反する立場を同時に負わされることになったのである。

女性参政権獲得運動とサカガウィーアという、一見無関係に思われる組み合わせには、オレゴンの小説家エヴァ・エメリー・ダイが深く関連している。彼女はルイス＝クラーク探検百周年記念を睨み、一九〇二年に『克服――ルイスとクラークの真実の物語』を上梓するのだが、執筆のため資料にあたっていた彼女は、この折に「ヒロインを見つけたわ！」と叫んだという。クラックマス郡オレゴン女性参政権協会の会長を務めていたダイにとって、女性として、母としての資質を発揮し、探検隊の男性たちの世話を引き受け、生まれたばかりの赤子を背負いながらも、男性に劣らず苦難の旅に耐え抜いたサカガウィーアの勇敢さは、まさに女権獲得運動のシンボルに映ったのである。また、後に、一行が二回目の越冬地をどこにすべきか定めるため隊員による多数決が行われた折に、クラークの黒人奴隷ヨークとサカガウィーアにも投票権が与えられたという日誌報告が、初の女性参政権の事例として「発見」されていく（イェンセン 七五、トマズマ 六八）。ほどなく、ポートランド女性クラブでは、ダイを会長として、「サカガウィーア像設立協会」が組織され、資金調達の後、アリス・クーパーにより、ポンプを背負い、白人文明が荒野を切り開くための道を示すべく、前方に向かって手を差し伸べるサカガウィーア像が完成する。一九〇五年、ポートランドでは、ルイス＝クラーク百周年記念博覧会と全米女性参政権協会の年次大会が開催されたが、この折に像の除幕式が行われた。さらに「サカガウィーアの日」の開会式では、当時、既に八十歳を越えていた女権活動家スーザン・B・アンソニーが、「愛国的行為を成し遂げた女性を記念して像が建てられたのは、歴史上これがはじめてです。……ですが、この国の広大な地域の発見において、女性がその手助けをしたと知ることは、ほんの始まりでしかないのです」と演説したという（マックベス 五八―五九、ピロウ 五、ランズマン 二七三―七四）。こうしてサカガウィーアは、白人文明推進の貢献者と同時に、女性参政権運動のアイコンをも付加され、白人女性からすらの利用される記号になったのである。ちなみに、この時、サカガウィーアを白きアメリカのための「愛国者」に仕立て上げたスーザン・アンソニーは、先住民女性に先んじて一ドル貨に採用さている。アンソニー硬貨は、一九七九年から一九八一年にかけてと一九九九年に鋳造されたので、二〇〇〇年に登場するサカガウィーア硬貨は、奇しくもちょうどその後を引き継ぐことになった。しかも両者のコインの裏面を司るのは皮肉にも「明白な運命」を喧伝するかのように先住民に配布されたピース・メダルに積極的に使用された白頭鷲というおまけもつく。

さて、白頭鷲がくちばしにくわえるアメリカのモットーが「多の一」であるのは前述の通りだが、探検隊におけるサカガウィーアの存在そのものが、このアメリカ理念の具現化に一役かうと見なされたのである。あらためて隊の構成を確認するならば、そこには、軍隊の将校と下士官に加えて、毛皮商人、山師の探検家、更には黒人奴隷と先住民女性が含まれているのがわかる。こうした構成員の多様性によって、まさしくアメリカ民主主義の理想であるところの様々な出自を有する階級と人種、両性が、「多の一」を証明するかのように探検隊を成功に導いたと解釈され（ピロウ 七—八）、さながらメルヴィルの捕鯨船上の文化的多元性の先取りの様相を呈したのだった。殊に先住民であるとともに女性であるサカガウィーが隊にもたらした多様性は大きい。捕囚によって異なる部族文化を知り、フランス系カナダ人の夫との間に生まれた混血の赤子の母でもある彼女の存在そのものが、文化的・人種的融合を暗示し、特定部族のアイデンティティを棄て、発見隊全体のため、ひいては全アメリカのために献身する「万人のためのサカガウィーア」像が構築されていく。「多の一」のイデオロギーの下、サカガウィーアは、主体的な個から数多の他のための客体へと変化させしめられたのである。こうしてサカガウィーアは、「明白な運命」の体現者から女性参政権獲得運動のアイコンとなり、最終的には「人種のるつぼ」の中に溶かし込まれ、まさしく白頭鷲が示す多文化主義のアメリカを支える一つの記号的存在として、植民地化される歴史的客体として、賞揚されると同時に消費されてきたのである（ピロウ　七―八）。

白人文明敷衍のために尽力する「インディアン・プリンセス」としてのサカガウィーアは、当然ながら他の「スクウォー」とは異ならねばならないのだから、文学作品においては、彼女の容貌も思考も行動そのものも白人化され表象されてきたとピロウは指摘する。

図版４
2000 年発行のサカガウィーアの１ドルコイン（表裏）
（注２参照）

だがこれは文学テクストに限ったことではなく、彫像においても同様の傾向が見られると言ってよかろう。しかしいくら白人化されたとしても、白人にはなれないところに彼女の利用価値は存する。政治的・文化的マイノリティーの分をわきまえ、決して白人と同等の主体とはならぬこと、すなわち白人のために己が身を挺するが、あくまでも自身を劣勢領域内に留め置き、その境界を侵犯しないことが物語の要請であり、彼女がかくも評価されるための必須要件なのだ（ピロウ　八―一三）。こうしたサカガウィーアの限定的かつ特徴的な表象は、同価であるワシントン紙幣を凌駕する流通には決してならぬ通貨であること、否、むしろワシントン紙幣の前に全面降伏したかのようなお粗末な流通ぶりのドル貨であること、そしてまた白人女性の先達アンソニー・コインの後を引き継ぎつつも、同時にワシントンとアンソニーの一ドルが共に有する白頭鷲のモットーを受け入れ、その裏面に納まる存在として全米に知れ渡っている事実と奇妙に共振しあう。二〇〇〇年に造幣局が発行したサカガウィーアの金色一ドル貨は、グレナ・グッドエイカーがショショーニ族の女性をモデルにサカガウィーアを想像しつつ、肖像を描いた。ポンプを背負いこちらを振り向き見定める彼女の傍らには、「自由」と「我々は神を信じる」というアメリカ定番の標語が刻まれている。実はだれもその真の姿を知らないサカガウィーアは、かようにアメリカの産物として図案化され、アメリカの信条を背負わされ続けているのである（図版4）。

## 五　コインの中の虚像

初期アメリカにおけるバード・イメージを求めて国璽成立過程、ピース・メダルの先住民政策、およびルイス＝クラーク探検隊について考察してきた我々が、本論を閉じるに当たり、アメリカ国家の拡大と完成に「貢献した」サカガウィーアに関して、最後に今一度問うておきたいのは、果たして彼女が、単に抑圧され、搾取され、利用されて終わるだけの存在であったのかということである。サカガウィーは、本当に「白人性」を繰り返し提示し続けるために再生産されてきただけの存在に過ぎないのか。彼女は何を奪われ、何をもたらしたのだろうか。

まずはサカガウィーア・リバイバル以降、彼女が白人言説構築の役に立ったのと同等に、先住民伝承の豊かさを知らしめた功績を指摘せねばならないだろう。もちろんサカガウィーアに関する歴史的資料の少なさそのものが、マイノリティーとしての彼女の立場を明示し、ひいては彼女にアメリカの先住民政策を正当化する役割を負わせてきたのは否めない。しかし一方で、記録されなかったからこそ記憶され、その伝説が語り継がれているのもまた事実だろう。彼女が踏査隊終了後、出身のショショーニ族のもとに戻ったとの説は、こんにちでも根強く残り、学術的研究書にも言及されてきたのである。先住民の伝説によると、サカガウィーアは、シャルボノーのもとを去った後、息子や養子とした甥と再会し、ウィンド・リバー居留地で首長の妻ポリヴォとして尊敬され、指導者的役割を果たしつつ一八八四年まで生き続けた伝説の女性となっている。もちろんこうした伝説が、地元観光のためにも一役かっているのは言うまでもない。サカガウィーアに関する白人言説と先住民伝説とは、ある意味コインの表裏の関係にあると言ってよかろう。

サカガウィーアがアメリカのイデオロギー喧伝の道具として「白色化」され「啓蒙化」されてきたと主張するピロウは、論考の最後に、サカガウィーアを「褐色化」する動向を紹介する。白人性再生産のために植民地化され他者化され続けたサカガウィーアは、しかし同時に、単純で一元的な解釈を拒む「抵抗する主体」でもある。彼女の解釈不可能性、換言すれば、多種多様な解釈を可能にする豊かな表象主体は、例えば、ポーラ・ガン・アレンによる一九八三年の詩「サカガウィーアいろいろ」において、放浪者、雄弁家、指導者、母、妻、奴隷、案内人、愛国者、首長、裏切り者として描かれる。スーザン・アンソニーを揶揄し、伝説と史実とを多様に操るアレンの詩におけるサカガウィーアの表象は、明らかに搾取された先住民女性の声を取り戻さんとする「反」物語の意図に満ちている（ピロウ 一三一―一七）。

だが、サカガウィーアが提示する暗黙の抵抗は、彼女を「褐色化」する言説の中にわざわざ探さずとも、実は、サカガウィーア・コインの中に、より厳密に言えば、我々が辿ってきた国璽とインディアン・ピース・メダル成立の歴史および彼女の一ドル貨の背景の中に見出せるのではなかろうか。サカガウィーアの解釈不能性／解釈多様性が、「褐色化」を開くのは、白人イデオロギーのための利用可能性と同様、要は元々彼女についての正確な詳細を誰も知りえないという大前提に依拠しているからに他ならない。だとすると押し付けられてきた役割に対するサカガウィーアの復讐は、利用可能性の一環として採択されたコイン意匠内部にも刻み込まれているはずだ。一つには、一見、白頭鷲の配下に服するかに見えつつも、その実、白頭鷲を裏面に従え、それと同等の権威を纏った存在を知らしる形象として。もう一つには、アメリカに、暴力的国家形成の歴史を露呈させる装置として。なぜならば、独立に際して旧世界とは異なる新国家としてのアイデンティティを先住民の中に求め、連邦制構築と国璽制定において、彼らの叡智を採択して誕生した国家が、領土拡大であれ、女権獲得であれ、多文化主義であれ、そのイデオロギーをネイティヴ・アメリカン女性に負わせるとき、我々は、先住民殲滅政策正当化への弁明の背後に、実際には、常に立ち現れ、決して消え去ることがない先住民の影が、存在し続けてきたことに気付かざるを得ないからだ。アメリカは、西暦二〇〇〇年という記念すべき年に、サカガウィーアと白頭鷲を同時に鋳造することによって、自らが構築してきたはずの正史を無意識的に脱構築してしまっているのである。

白頭鷲の中心に配置された楯が上部横帯紋 (chief) と縦帯紋 (pale) による分かち難い結合により成立しているのと同様、ハード・ウーマンとアメリカン・イーグルは表裏の関係を結びながら流通している。「滅んで」しまった先住民の鳥女は、皮肉にも白頭鷲を裏面に従え「戻って」きたのだ。もともとイロコイの和平を乱す敵を監視する役割を果たしていた鷲は、合衆国の国璽として採用されたが、ひとたび国璽の権威を有するや、その本来的な意義を変化させ、知恵を授けてくれた先住民に暴力的支配を強いていった。ところが自らが殲滅させた先住民への罪の意識を払拭すべく利用してきたサカガウィーアを二十世紀末にあらためてコインの意匠に決定し、その裏面に白頭鷲を刻むとき、結局アメリカは、過去の歴史に対する正当化に成功しているどころか、その罪を清算できずに、かえって反復している様を露呈させてしまう。恐らくサカガウィーアの最大の抵抗は、アメリカ発展のために好都合なペルソナを与えられ続けてきた暴力に対する無言の抗議と警告を、あえて白頭鷲の反対面におさまりながら、大衆に知らしめ続けることなのであろう。コインに刻まれたサカガウィーアも、実は真の彼女の姿ではないのだから。

## 注

1 これらは、コマールとメラミッドが、デイヴィッド・ソルジャーとともに創作した、ワシントン、レーニン、およびデュシャンについてのオペラ『革命の真実』の上演後、それに関連し『アメリカの夢』シリーズの一環として描いた連作絵画であり、本稿が言及した以外の、例えば、レーニン、スターリン、ヒトラーが登場する作品なども、同シリーズには含まれている。アメリカおよびソ連の革命と両国の関連性に触発され創作されたこれら連作については、以下のサイトを参照のこと。<http://www.komarandmelamid.org>

2 但し、二〇〇九年発行のサカガウィーア・コイン（ネイティヴ・アメリカンの一ドルコイン）の裏面は、白頭鷲から農耕する先住民女性の姿に、さらに二〇一〇年発行の新コインの裏面は、イロコイ連合の和合を表す五本の矢とハイアワサ・ベルトのデザインにとって変わっている。サカガウィーア・コインのデザインの詳細やその裏面の変遷、および先住民一ドルコイン法については、アメリカ合衆国造幣局のウェブ頁参照のこと。<http://www.usmint.gov/mint_programs/nativeAmerican/>

## 引用文献

Chuinard, E. G. "The Actual Role of the Bird Woman: Purposeful Member of the Corps or Casual 'Tag Along'?" *Montana: The Magazine of Western History*. 26.3 (Summer 1976): 18–29.

Clark, Ella E., and Margot Edmonds. *Sacagawea of the Lewis and Clark Expedition*. Berkeley: U of California P, 1979.

Grinde Jr., Donald A., and Bruce E. Johansen. *Exemplar of Liberty: Native America and the Evolution of Democracy*. LA: U of California P, 1991.『アメリカ建国とイロコイ民主制』星川淳訳、東京：みすず書房、二〇〇六年。

Hieronimus, Robert with Laura Cortner. *The United Symbolism of America: Deciphering Hidden Meanings in America's Most Familiar Art, Architecture, and Logos*. Franklin Lakes, NJ: New Page Books, 2008.

Hilger, Sister M. Inez. "A 'Peace and Friendship' Medal." *Minnesota History*. 16.3 (Sep., 1935): 321–23.

Isaacson, Philip M. *The American Eagle*. Boston: Little, Brown and Company, 1975.

Jensen. Earl L. "The Bird Woman Cast a Vote." *Montana: The Magazine of Western History*. 27.1 (Winter 1977): 75.

Lansman, Gail H. "'Other' as Political Symbol: Images of Indians in the Woman Suffrage Movement." *Ethnohistory*. 39.3 (Summer 1992): 247–84.

Lubbers, Klaus. "Strategies of Appropriating the West: The Evidence of Indian Peace Medals." *American Art*. 8.3/4 (Summer/Autumn, 1994): 79–95.

McBeth, Sally. "Sacajawea: Legendary, Historical, and Contemporary Perspectives." *Women's Place*. Ed. Karen Hardy Cardenas, Susan Wolfe and Mary Schneider. Vermillion: U of South Dakota P, 1985. 57–63.

Peterson, Richard S., and Richardson Dougall. *The Eagle and the Shield: A History of the Great Seal of the United States*. Washington D.C. The Office of the Historian, Bureau of Public Affairs, Department of States, 1978.

Pillow, Wanda. "Searching for Sacajawea: Whitened Reproductions and Endarkened Representations." *Hypatia*. 22.2 (Spring 2007): 1–19.

Prucha, Francis Paul. *Indian Peace Medals in American History*. 1971. Norman: U of Oklahoma P, 1994.

Soldier, Lydia Whirlwind. "Lewis and Clark Journey: The Renaming a Nation." *Wicazo Sa Review*. 19.1 (Spring 2004): 131–43.

Thomasma, Kenneth. *The Truth about Sacajawea*. Jackson: Grandview, 1997.

U.S. Department of State, Bureau of Public Affairs. *The Great Seal of the United States*. Washington, DC, 2003

明石紀雄『ルイス＝クラーク探検——アメリカ西部開拓の原初的物語』京都：世界思想社、二〇〇四年。

＊本稿は、独立行政法人日本学術振興会科学研究費補助金（課題番号二〇五二〇二五九）の助成を受けたものである。

# ワタリガラスの神話
## ――ハイダ族の神話と歴史をもとに

林　千恵子

### はじめに

アラスカ南東部、フィヨルド地形の最も奥深い入り江に位置する小さな町を初めて訪れたときのことである。波の穏やかな海と、急峻な山にはさまれた町は、日中でも静かで、九月のひんやりと澄んだ空気が満ちていた。快晴の空を仰ぎながら味わう食事に心おどらせ、店先のテーブルで特大のサンドイッチを開こうとしたときだった。驚いたことに、真っ黒な鳥にあっという間にとり囲まれてしまった。ワタリガラス (raven) だった。テーブルや椅子の上、屋根の上にずらりと並んで、横取りするでもなくこちらの顔をじっと眺めている。呆気にとられた私の姿を店内で見ていた人が大いに笑った。今から思えば、ワタリガラスの神話になじんだ人々には、私の姿は物語の一場面に見えたかもしれない。

この町に限らず、アラスカや太平洋北西部沿岸ではワタリガラスはきわめて身近な鳥であるが、ネイティヴの人々はこの鳥を特別な存在として物語に読み込んできた。北のエスキモーやコユーコン・アサバスカンから、アラスカ南東部のクリンギットやハイダといったグループにいたるまで、多くの部族がカラスに関する神話を代々受け継いできた。話の内容は部族によって違いがあり多様であるが、一つの点では共通している。即ち、ワタリガラスは創世神話の神だという点である。カラスが神として活躍する神話とは、一体どのようなものなのだろうか。また人々はそこから何を読み取ってきたのだろうか。本論では、ハイダ族（Haida）（特に現在のブリティッシュ・コロンビアのクィーン・シャーロット島に暮らした人々）に伝わったワタリガラスの神話を取り上げ、創造主カラスの特徴とそれが表象するものを考察する。さらに、ハイダの生き残りの歴史の上にワタリガラスの神話を重ねてみることによって、人々にとってもつ神話の意味を明らかにしたい。

## 一　ワタリガラスの神話

アラスカに見られるカラスの神話が、実はベーリング海峡をはさんだシベリアにも存在することを知って、その痕跡を追っていたのは星野道夫であった。ネイティヴの古老からの聞き取りを進めていたが、悲運にもその途上で急逝したため、かえってワタリガラス伝説の存在が広く認知されるようになった。シベリアにとどまらず日本でもカラスの神話はよく知られてきた。「カラス鳴きが悪いと人が死ぬ」「カラスの夜鳴きは凶事の兆」[1]といった凶事を知らせる鳥としての言い伝えが見られる一方で、広島県の厳島神社や和歌山県の熊野大社をはじめ、カラスを神の使いとして祀る神社は少なくない。熊野の神の化身であるヤタノカラス（八咫烏）は猟師を獲物へと案内したといわれ（『神道集』）、また『日本書紀』に表されるカラスは山中で迷った神武天皇を大和まで案内する。

しかし、アラスカ先住民の神話で語られるワタリガラスは、その特徴や役割などにおいて大きく異なっている。日本の「神様の使い」に対して、アラスカ・ネイティヴのワタリガラスは創造主そのものであり、加えて、性格は矛盾に満ち、行動はこっけいで笑いを誘う。アラスカ先住民の間で最も有名な神話の一つ「光を盗んだワタリガラス」("The Raven Steals the Light") からはその特徴がよく見て取れる。ビル・リード (Bill Reid) とロバート・ブリングハースト (Robert Bringhurst) が著した物語(『光を盗んだワタリガラス』)にそって内容を述べてみたい。

洪水が地球を覆う前、一人の老人が一人娘とともに川岸の家で暮らしていた。当時世界はすべてを飲み込むほど真っ暗だった。この漆黒の闇は一人の老人と関係があった。老人は箱をもっていた。その中にはそれよりやや小さな箱が入っており、その中にはまた小さな箱というように、無限の数の箱が入っており、最後の箱には宇宙のすべての光が閉じ込められていた。

ある日カラスは歌声を追って老人の家にたどり着く。家の壁板に耳を押しあてていると、老人の次のようなつぶやきが聞こえる。箱の中には「世界のすべての光がある。それは全部わしのものだ。誰にもやらん。娘でもだ。娘はひょっとしたらウミウシのように不恰好な姿かもしれん。そんなことをあの娘もわしも知りたくないからな」(二〇)。カラスはこの老人がもつ光を盗もうと決心する。しかし、家は堅固で入れない。カラスは考え抜いた末、ある案を思いつく。カラスはツガの葉へと姿を変え、川に落ち、娘が水を飲むときに体内に入る。[2] そして、娘のお腹の中でたっぷり眠って成長し、人間の子供として生まれる。赤ん坊は長い嘴のような鼻をもち、光る目をした異様な容姿であったが、祖父は惜しみない愛情を注ぐ。

愛情を得るにつれて、カラスは光を求めて家中を探すようになり、家の隅にある大きな箱の中に光があると確信する。ある日その蓋を取るが、祖父が気付いて叱る。カラスは決して光のことにはふれずに、大きな箱がほしいとうるさく抗議し、その後何日もかけて甘えたり、不機嫌を装ったりしながらねだり続ける。祖父は根負けして、外側から箱を一つ、また一つと渡してしまう。最後には、美しい白熱の玉の形をした光が現れる。それを一瞬だけもたせてほしいと子供は頼む。老人は拒むが、また負けて孫の手に渡す。光が彼に渡った瞬間、子供はカラスへと姿を変え、家の煙穴から暗闇の世界へと飛び立ってしまう。

世界はすぐに変化を見せ始め、生命がうごめき始める。手に入れたすばらしいものがカラスには嬉しかったが、あまりに喜んだため、ワシが近くに来るまで気が付かなかった。ワシの鍵爪から逃れようとしたとき、運んでいた光の半分を落としてしまう。それは石だらけの地面に落ちて、大きな破片とたくさんの小さな破片に砕け、空へと跳ね返って月と星になった。ワシに世界の端まで追いかけられ、疲れきったカラスは最後に残りの光を放す。それは雲の上にやさしく浮かんだ。その最初の光は老人の家の煙穴から入っていった。大切な光を失い、孫に裏切られて老人はひどく泣いていたが、光が届いてはじめて娘の顔を見た。娘の顔は日の出の空に映えるツガの葉のように美しかった。

このように、ハイダの神話では絶対的に正しい神の意思によってではなく、ワタリガラスの不注意や失敗によって世界が形作られ、人間もその恩恵を受けるようになっていく。月や星や太陽だけではない。湖や川も、運ぶのに疲れたカラスが空からこぼしていく。

人間もまたカラスの意図しない形で生まれてくる。「ワタリガラスと最初の人々」によれば次のような具合である。カラスが退屈して海外線を歩いていると、かすかなキーキー言う声が聞こえる。海岸をくまなく見ると、巨大なハマグリの貝殻が砂に半分埋まっていた。その中には、小さな生き物がいっぱい詰まっていた。「退屈しのぎ」を見つけたカラスは、殻に閉じこもって出てこない生き物を、おだてたり脅したりしながら外へと誘いだす。現れ出たのは、カラスと同じ二本足だが肌は青白く、裸の奇妙な生き物だった。これこそハイダ、最初の人間だった。[3] カラスは「新しいおもちゃ」で楽しむが、男しかいないこの生き物に飽きてしまい、赤ヒザラガイ（red chiton）という貝を彼らにむかって投げる。すると、この貝は小さな生き物の繊細な性器にしっかりと吸着する。この退屈しのぎのゲームの後、貝からハイダの男女が生まれてくる。

## 二　創造主カラスが意味するもの

厳かで聖なる神の物語を期待する人々からすれば、ワタリガラスの神もこの世の成り立ちも、不真面目で茶化しているように感じられるかもしれない。しかし、ネイティヴ・アメリカンの神話にふれたことがある人はこう言うだろう。これこそが先住民の神話である、と。創造主のカラス（Raven）は、ネイティヴ・アメリカンの神話に登場するコヨーテと同様にトリックスターである。[4]

トリックスター・カラスを最も端的に形容するとすれば「貪欲にして狡猾」である。[5] 食欲と好奇心と性欲が旺盛でいつも満足できず、欲望を満たすために動き回り、頭を使う。たとえば、川や湖が本土にあると耳にすれば島を出て飛んでいく。「川や湖そのものにはあまり関心がなかったが、美味しい魚のことを考えると興味がわいた」（二七）からである。そして、見つけた魚を一度に多く運ぶにはどうしたらいいかと考え、足元の地面を引っ張り、基盤から引き離し、毛布のようにくるくると巻いて湖や川をその中にきっちりと巻き込んで自分の島に運ぶ（「ビーバーの家からサケを盗んだワタリガラス」より）。カラスの欲求が原動力となり、世界の姿が変わっていく。

ただし、その好奇心や貪欲が裏目に出て、窮地に陥ることもしばしばである。たとえば、ある大男の漁師の家の中を盗み見ていたときのこと、中に釣り糸をたれると魔法のようにオヒョウが釣れる箱を見つけて仰天し、自分もその技をものにしたいと思う。漁師が出て行った隙に、その漁師に変身したワタリガラスは、漁から急に戻ったふりをして家に入り込む。見よう見まねで魚を釣った後、漁師の美しい妻と睦まじくなる。ところがそこに夫が急遽帰宅し、正体をすぐに見抜かれる。カラスは棍棒で容赦なくたたかれ、壁や床に繰り返し打ち付けられ、体はバラバラになり、結局厠に捨てられてしまう（「ワタリガラスと漁師の大男」より）。

しかし、不死の存在のトリックスターは変身してよみがえり、性懲りもなく欲望を追求する。体を元のように整えながら、厠にやってきた漁師の妻の臀部に触れようとする。すると今度は数人の漁師に骨を砕かれ、肉を裂かれて、釣り糸に結び付けられ、海へと投げこまれる。そこでまたなんとか体を再構成して、今度はスプリングサーモンに変身する（「嘴が折れたワタリガラス」より）。このように、その性質ゆえに苦境に立たされながら、自在に姿を変えて乗り越え、反省するかと思えばまた一悶着を起こしていく。

リチャード・ネルソンは、この創造主にしてトリックスターのカラスについて「よそ者の目から見ると、その能力と性格がひどく不釣合いだ」（八〇）と指摘する。たしかに、カラスは不釣合いと矛盾を体現するかのようである。たとえば、全能の力をそなえながら自分の食欲は制御できない。緻密な計画で巧妙に人間や動物をだましながら、一方でひどく間が抜けている。ルイス・ハイドは、本来トリック・スターは「曖昧と両面価値、二重性と表裏、矛盾と逆説の、謎に満ちた体現者」（七）だと述べている。しかし、トリックスターとはこのようなものであり、ワタリガラスはトリックスターだからこのような矛盾を示すのだという理屈は成立しないだろう。そもそも、このような矛盾を抱えたトリックスターがなぜ神なのだろうか。

この疑問は逆に、疑問を抱く側の価値観を照射する。即ち、神は人間とは隔絶した犯しがたい存在であるべきだという考えであり、善と悪のように価値は明確に二分されており、神は善を体現しその力を行使するはずだという考えである。一方、ネイティヴは、神に対して理想的で模範的な性格を付与したいという衝動はもっていない。そのため、違和感もない。[6] そもそも、神話を神の物語とするなら、神とは何か。ジョーゼフ・キャンベルはその著書『神話の力』の中で、次のように述べる。神とは「人間の生命や宇宙の中で働く、かりたてる力 (motivating power) や価値体系の擬人化であり、あなた自身の肉体のさまざまな力と、自然のさまざまな力との擬人化」(二八) である。そして、ハイダの神話を書きおこしたリードとブリングハーストは、創造主カラスについてこう言い切る。「頭がよく、複雑で、ひねくれ、独創的で、じっとしていないハイダの本質をつきつめた存在」であり、「矛盾を抱えたすべての人間の精髄」(四二) である、と。

では、ハイダにもつながるトリックスターの行動は人々に何を伝えようとしているのだろうか。『光を盗んだワタリガラス』の序文の中でクロード・レヴィ＝ストロースはワタリガラスの役割をこう述べている。

嘘つきで横柄で好色で糞便趣味があるしばしばグロテスクなキャラクターを、アメリカンインディアンが自分たちの神々の中で重視していることに、人々は時として驚かされる。しかし、先住民の考えでは、ワタリガラスは二つの時代の節目にいる。その昔、不可能なことはなかった。最も法外な望みもかなっていた。しかし、現代は人間と動物がまったく異なる性質をもつようになってしまっており、必要性という印が刻まれている。人間が住む世界では社会生活は規則に従い、自然はその意思に従っている。もはや私たちには何もできない。トリックスターはしばしば自らの苦い経験を通してこれを発見する。(『光を盗んだワタリガラス』一二)

レヴィ＝ストロースに従えば、トリックスター・カラスは時代の変化への徹底した抵抗を示す存在として考えられるのかもしれない。そそっかしく、節度がないキャラクターは、時代の変化の中でその欲深さゆえに痛めつけられ、悲劇的にさえ見える。しかし、ジェラルド・ビゼナーは、トリックスターが白人好みの悲劇的な表象や英雄にされることを非難する。ビゼナーはアニシナベ族のトリックスターについて、それが悲劇的な終局を表すものではなく、「それどころか、ネイティヴのトリックスターは創造や季節を茶化し、自分たちのネイティヴらしい生きのこりを茶化しまくる」(一二)と言う。

ビゼナーとリードとブリングハーストの言葉を借りれば、ハイダのワタリガラスの物語は、ハイダの人々のしたたかな生き残りを表しながら、自分たちのその苦闘を茶化していると考えることもできる。では、実際にこの神話とハイダの生き残りとはどのように関連しているのだろうか。ハイダは白人侵入に武力抵抗したことで知られるが、その闘いに神話は何らかの役割を果たしたのだろうか。十八―十九世紀のハイダの歴史を描いた『ワタリガラスの嘆き』をもとに、ハイダの人々がこの神話を保持しながらどのように歩んできたのかを見ていくことにしたい。

## 三　ハイダ社会の変化と衰退――『ワタリガラスの嘆き』

『ワタリガラスの嘆き』は、クィーン・シャーロット島(地元の人々がHaida Gwaiiと呼ぶ島)に生きたハイダ族の歴史を、十八―十九世紀に活躍した三代の首長を中心に描いた物語である。首長イーダンスー(7idansuu)の息女からの聞き取りによって、資料が残っていなかった人物の詳細や従来の文献資料の間違いが明らかにされた。物語では、白人との接触によって社会・文化の衰退が進む様子が語られるが、その一つの原因として自民族の貪欲や野心が指摘されている点で注目される。

物語に最初に登場する少年ヤッツ (Yatz) はワシ・クランの中でも最も尊敬を集める家系に属している。クラン（氏族）とはハイダを構成している母系の血縁集団で、ワシとワタリガラスの二つが存在し、人々はどちらかのクランに属する。生まれた子供は母親のクランに属するため、ヤッツは叔父であり首長のイーダンスーに引き取られている。ヒーレン (Hielen) という村に暮らしているが、一七七五年の春、ヤッツと叔父は白人の乗る「飛ぶカヌー」と遭遇し、船へと招かれる。ラッコのマントと交換に銃と（鉄製の）斧の先端を受け取った二人は、船での出来事をポトラッチ[7]（伝統的な宴）で語り、村の人々の興味をかきたてる。一方、この海域で驚くほど豊富に入手できるラッコの美しい毛皮に英国船は魅了される。英国はこの島を気に入り「クィーン・シャーロット島」と名づけ、ハイダと英国船の間で交易が始まる。これと同時に、部族社会に致命的な打撃を与える問題が生じ始める。

まず、白人との武力衝突が深刻化する。一七八九年、ヤッツの姉が嫁いだ首長コヤー (Koyah) の村では、海上沖にレディ・ワシントン号がやってきて、船長ケンドリックが大勢の村の人々を乗船させる。当時は、インディアンに対する警戒心から、代表者のみを乗船させて交易することが常識であったが、横柄なケンドリックがそれを無視して許可を出す。その結果、綿製品をほしがっていた村人が、船長の洗濯物を失敬するという事件がおこる。激怒した船長は、首長コヤー等を捕らえ、髪を奴隷のように切り落とし、船の塗料を顔に塗りつけ鞭打ちにする。さらに、首長の命と引き換えにシャツの返却を要求したうえに、村にある毛皮すべてを持参させる。この屈辱に対して報復を決意したコヤーは、二年後に村人を率いて蜂起する。しかし、逆にイギリス側に制圧され、彼の妻子を含めて膨大な数の死者を出す。生きのびたコヤーは、その後ケンドリックの息子が乗る船を拿捕して焼き払い、彼の首をはねる。このように、報復の争いが続き白人への不信感がましていく。

しかし、人々の心の荒廃や部族の人口激減にさらに大きな影響を与えたのは、疫病とキリスト教とアルコールであった。より正確にはこの三者の複合的作用であった。たとえば、首長イーダンスーは白人の魔法使い（宣教師）にこう教えられる。神は異教徒の偶像を好まれず、トーテムポールもポトラッチも踊りもすべては悪だと。当然ながら、人々は当初この話には納得しない。ところが、白人がもちこむ新しい病気が人々の考えを変えていく。島の東海岸で新たな病気が流行し始めたとき、有名なメディスン・マンが、自分には治療できないことが分かる。しかし、彼はこれを認めるわけにもいかず、治療のための新しいパワーを得ると言う建前で、断食をしてトランス状態に入る。そこで彼は一つのビジョン（幻視）を得る。それによれば、ハイダが暮らす村はいずれもまったく人が住まなくなっており、トーテムポールも家もカヌーも何も見えない。残った村はマセット（Massett）とスキデゲート（Skidegate）の二つだけだった。また、トーテムポールを立て、遺体安置箱を所有するがゆえに、人々は罰せられて燃える湖の中で苦しんでいる様子が見えたという。一八二九—三〇年には、このビジョンの内容がハイダの人々の間で繰り返し語られ、人々の意識に暗い影を落とすようになる。一八六〇年代初頭には、追い討ちをかけるように天然痘が村々を襲い、人口は激減し、村の墓地は死体であふれかえる。人々はいたるところで「神はトーテムポールがお嫌いだった」とつぶやくようになる。

　疫病の流行は、ゴールドラッシュによる白人人口の急増によってもたらされたが、同様に、流入する人々は町にラム酒やウィスキーをもちこみ、[8]これが人々を蝕んだ。白人が頻繁に利用する港町では、ネイティヴが酔ってふらつくようになった。酔ったうえでの激しい喧嘩が殺人に発展するようになり、火酒（firewater）を飲んだ人々は首長の話には耳を貸さなくなった。ちょうどカラスが食欲につられて漁師の罠にやすやすとひっかかるように、人々は酒に手を伸ばして身を滅ぼした。また、酔ったハイダとクリンギットの間で部族間衝突が起こるようになった。「貪欲に対するカラスの呪い」（一一六）さながらであった。

こういった社会の荒廃に対して、首長たちはどう対応していたのだろうか。何か打つ手はなかったのだろうか。彼らは白人の総督に酒の取締りを要請する一方、誇りこそ自分たちを守る砦だと信じ、部族の誇りを維持・回復しようと努める。そのために必要とされたのが神話である。新たにイーダンスーを継いだ新首長は、特定の家族や家系にとってではなく、ハイダ全体にとって重要な神話を考え抜く。そして、ワタリガラスの神話が選ばれ、物語の内容を刻んだポール（story pole）が作られる。それを配した「神話の家（Myth House）」も完成する。この家で開かれるポトラッチでは、首長によってワタリガラスの叙事詩が語られる。部族間対立で人々が殺気立ったときには、人々の心を癒すべく、三日続けてその叙事詩が語られる。また、首長の後継者となるダーイーガング（Da·ax̱iigang）は、伝統芸術によってハイダ文化の価値を人々に認識させようとする。神話に登場する伝統的なモチーフを、粘土質岩のスレートという新しい素材に彫る芸術家として著名となった彼は、世界のどこにも見られない漆黒の美しい彫刻によって、欧米社会からの関心を集めるようになっていく。

しかし、白人社会からの関心の高まりとは反対に、ハイダ社会の荒廃と分裂は加速する。その原因となったのは、人々の無気力などではなく、むしろ人々の野心と変化への渇望であった。たとえば、人口が減った村の多くは首長も失っていた。適切な家系の出身の者であれば、空いた地位につくことは可能であった。ただし条件があり、ポトラッチを開いて皆に承認され、紋章のついたトーテムポールを掲げることが求められた。自らの野心を満たすため、ポトラッチと彫刻の代償に妻や娘をゴールドラッシュの野営地に売るものも現れた。北西部沿岸では、競い合うようにポールがたてられ、その高さも次第に増していった。（歴史上この時期はトーテムポールの黄金時代と呼ばれ、村が繁栄していたと見なされている。また一般には、ポールの高さがクランでの地位を表すと解釈されてもいる。[9]）しかし、高さを競い林立するポールからは、過去への敬虔さは失われていった。

一方、首長の息子グウー（Gu-uu）はキリスト教に傾倒していく。彼は、宣教師の指導を受けた村が、疫病の被害を免れたことに強い印象を受けていた。高貴な血筋の彼の行動は、新しい文化に関心を抱く若者たちに影響を与えていく。他の部族より先進的であることを自負してきたハイダの人々は、伝統文化の堅持を遅れと感じるようになる。チムシアン族は実際に村で読み方を教えていて、大きなブラスバンドもある。いつ自分たちは学ぶことができるのか。「自分たちは遅れをとっている」（一七〇）と苛立つ。こういった中で、一八八四年にはポトラッチ法が施行され、ポトラッチの開催や参加が禁止された。ハイダの人々が神話を語り・聞く場は失われることになった。村の若者も、白人の新しい様式を吸収し「先住民文化から抜け出すこと（to get out of the blanket）」（一七五）に熱心になった。

部族の分裂と混乱を防ぐために首長が下した苦渋の決断は、若い世代を支持し、改宗することであった。一八八四年、首長は家族で洗礼を受ける。首長イーダンスーの名前は Albert Edward Edenshaw に変わった[10]。本来であれば母方のクラン（ワタリガラス）の名前を名乗るべき息子も、息子として同じ名前がつけられた。つまり、自分たちの始祖であるワシもワタリガラスも否定することになった。皮肉にも、あらゆる形に変身しながら生きのびるカラスの子孫は、白人へと変身することで生きる道を選択することになった。さらに、首長は決断し、新しい土地――メディスン・マンが存続できると予言したマセットの町――へと人々を移住させる。若者が白人の教育を受けられるようにと考え、住み慣れた土地をあとにしたのである。

## 結び

首長イーダンスーはその見事な着こなしと振る舞いで「きっと彼は白人よ」と白人の婦人に言わしめたという。彼は神話のカラスさながらに立派に白人に変身した。しかしその一方で、移住した場所で、伝統様式に則った家を建立してポトラッチ・ハウスと名づけた。禁止されたポトラッチは公然と継続し、招待した白人を伝統の踊りと唄で圧倒したという。また、神話を敬遠する若者にはワタリガラスの物語を語って魅了したという。イーダンスーの試みからは、部族が文化を維持するために、ハイダがハイダであるためには神話が必要であり、それを共有する場が必要であったことがうかがえる。

ワタリガラスの神話は、たしかにこっけいで人を楽しませる役割を果たす。しかし、単なる気晴らしや娯楽では決してない。それは、端的に言えば、ネイティヴに生き残りの知恵を教えるものである。アサバスカンの神話を語るキャサリン・アトゥーラは、ワタリガラスの神話について「自分たちの健康と安全、そして生き残りを守る方法」(一)を教えるものだと語っている。また、ラグーナ・プエブロ族の血を引くレスリー・マーモン・シルコウは、神話ではないものの、物語(story)がもつ意味について、同様の指摘を行っている。即ち、物語はプエブロの知識と信念の総体を維持する手段であった。文字という記録手段をもたない人々にとって、文化全体と世界観――「生き残りに必要な証明済みの戦略を備えた世界観」(八七)――を世代間で維持し、伝えていくためには物語が必要であったと述べている。

先祖伝来の土地を離れたハイダの人々にとって、神話はまた、祖先が生き抜いてきたという事実を示すものであり、自分たちをワタリガラス(あるいはワシ)の子孫だと認識させるものでもあった。逆に言えば、神話が失われれば、部族との繋がりや、歴史と文化、そして生き残りの知恵は失われる。激変する社会の中でも神話が受け渡されてきたことは、ハイダの人々の危機感を伝えている。現代社会に生きる私たちもまた、彼らの歴史から神話の重要性を学ぶべきかもしれない。

## 注

1 鈴木 一六〇―六一参照。

2 様々な版があり、カラスがトウヒの針葉に変わるとするものもあれば、小さな魚や苔に変身したとするものもある。『神話の循環』一七参照。

3 クリンギットの神話では人間は土から作られ、コユーコン・アサバスカンの神話では人はまず石から作られ、その後土から作られることになっている。『神話の循環』三七、アトゥーラ 一三五参照。

4 リチャード・ネルソンは「嘘つきにして泥棒、大食漢にして高位にあるトリックスター」(八〇)と評する。

5 たとえばニキ・マッカリーはコユーコンに伝わる「太陽を盗む物語」を「創造主カラスの狡猾さ、貪欲、能力、そして並外れた創造力」(五八)を示す代表的な物語として挙げる。

6 ネルソン 八〇参照。

7 ハイダやクリンギットをはじめとする先住民社会で行われていた宴を指す。一般に、招待した人々を供応し、贈り物を渡し、伝統の唄や踊りが披露される点が注目されるが、ハイダの場合は、首長への就任を皆の前で申し出て承認を受けたり、クランにとっての重要なことを皆に認めてもらう場であり、遠隔地のハイダもしばしば招待を受けた。また、そこは神話が語られる場としても重要であった。

8　ハリスは、当時もちこまれる悪質な酒に対して若いイギリス人技師が抗議した文書を引用している。それによれば、先住民に売りつけられていたウィスキーは、本物の酒をほとんど含んでおらず、その度数は製造者が注入した硫酸銅や硝酸からきていたという。ハリス　一一五—一一六参照。

9　クラマー　一一参照。

10　フォート・シンプソンという村では、意味を理解しない宣教師がクラン間での婚姻を「花嫁を買う習慣」として否定し、同一クランの中での婚姻を進めたという。ハリス　一七四参照。

## 引用・参考文献


Attla, Catherine. *Sitsiy Yʉgh Noholnik Ts'in': As My Grandfather Told It*. Fairbanks: Alaska Native Language Center, 1983.

Campbell, Joseph and Bill Moyers. *The Power of Myth*. New York: Random House, Inc., 1988, 1991.

Carfield, Viola E., and Linn A. Forrest. *The Wolf and the Raven: Totem Poles of Southeastern Alaska*. Seattle: U of Washington P. 1948, 1992.

Harris, Christie. *Raven's Cry*. Seattle: U of Washington P, 1966,1992.

Hyde, Lewis. *Trickster Makes This World: Mischief, Myth, and Art*. New York: North Point Press, 1997, 1999.

Kramer, Pat. *Totem Poles*. Vancouver: Altitude Publishing Canada Ltd., 1998.

McCurry, Niki and Eliza Jones. "*Sitsiy Yʉgh Noholnik Ts'in': As My Grandfather Told It*" *A Teachers' Guide*. Fairbanks: Alaska Native Language Center, 1985.

McDermott, Gerald. *Raven: A Trickster Tale from the Pacific Northwest*. Orlando: Harcourt, Inc., 1993.

Nelson, Richard K. *Make Prayers to the Raven: A Koyukon View of the Northern Forest*. Chicago: The U of Chicago P, 1983.

Reid, Bill and Robert Bringhurst. *The Raven Steals the Light*. Seattle: U of Washington P, 1984, 1996.

Silko, Leslie Marmon. "Landscape, History, and the Pueblo Imagination: From a High Arid Plateau in New Mexico." *On Nature: Nature*,

*Landscape, and Natural History*. Ed. Daniel Halpern. San Francisco: North Point Press, 1987.
Smelcer, John E. *A Cycle of Myths: Native Legends from Southeast Alaska*. Anchorage: Salmon Run Press, 1993.
——. *The Raven & the Totem*. Anchorage: A Salmon Run Book, 1992.
Vizenor, Gerald. *Fugitive Poses: Native American Indian Scenes of Absence and Presence*. Lincoln: U of Nebraska P, 1998.『逃亡者のふり』
大島由起子訳、開文社出版、二〇〇二年。
国松俊英『カラスの大研究　都会の悪者か　神さまの使いか』ＰＨＰ研究所、二〇〇〇年。
新谷尚紀『ケガレからカミへ』岩田書院、一九九七年。
鈴木棠三『日本俗信辞典』角川書店、一九八二年。

# マラマッド「ユダヤ鳥」の鳥に混在する移民、ユダヤの歴史そして伝統文化

君塚　淳一

## はじめに

「鳥は移民する国への同化を今日まで意味し続けている」――ジョナサン・ローゼン

翼を広げ自由に空を飛び回れるが定住はできぬ渡り鳥。籠に入れられ餌付けされて暮らす籠の鳥。だがどちらにしても敵の多い鳥にとって、身の危険は常に伴うもの。この背反した状況は、まさに冒頭に掲げた現代ユダヤ系アメリカ人作家ローゼンが言う「移民」と「鳥」の関係を巧く言い当てている。またそれは同時に差別と迫害という歴史の中、「離散の民」と称されてきたユダヤ人そのものをも例えていると思えてならない。ユダヤ系アメリカ人作家バーナード・マラマッド（一九一四―八六）の作品には、時空を自由に浮遊する過去の歴史を背負った亡霊のごとき人物や、牢獄のような現実から逃れられぬ者たちが多く登場するが、これも設定上、ある意味ローゼンの言う「鳥」そのものである。

東欧ロシアからアメリカへ移民したユダヤ人が増大したのは、十九世紀末から二十世紀初頭。当時ロシアではユダヤ人はペイル地区に押し込まれた上、彼らを組織的に襲うポグロムも多発し、そのためアメリカへと脱出する者が増加した。[1] マラマッドの父親がアメリカへウクライナのユダヤ人村から身の危険を感じて移民したのもこの時期で、脱出が遅ければ祖父同様、コサック兵か反ユダヤ主義者によるポグロムで殺害されていた、そう父は息子によく話していたとマラマッドの家族関係が詳細に語られる娘ジャナ・マラマッド・スミスによる伝記『父は本』(二〇〇七)にある(二一三)。だが新天地アメリカは移民者から届いたいわゆる「アメリカ・レター」で綴られる内容(カーハン 六二)とは別世界、「溝には乳と密が流れる楽園」(イージアスカ 九)ではなく、その暮らしの多くは、息の詰まるテナメントと低賃金、重労働の連続の搾取工場との往復(ゴールド 二二八―三〇九)で、ここで当時の移民の現実を作品に取り込んで描いたエイブラハム・カーハン(一八六〇―一九五一)、アンジア・イージアスカ(一八八〇―一九七〇)、マイケル・ゴールド(一八九三―一九六三)らの作品を改めて事細かに更に繰り返して紹介するまでもなく周知のことだろう。その後も『アシスタント』(一九五七)を始め「停戦協定」(一九四〇)、「最初の七年」(一九五三)などそのモデルとして描かれた雑貨商の店主の生活苦は、そのままマラマッドの父と重なることもよく知られていることだ。その点からすれば「籠の鳥」にも天敵は現れるし、餌がもらえなければ逆に籠から出られぬ苦悩に満ちた「牢獄」[2]となるのだ。

ユダヤ移民大量流入時代に彼らの心の支えとなったユダヤ系新聞『フォワード』紙の編集主幹として紙面で同化を促した、『デイヴッド・レヴィンスキーの出世』(一九一七)などの著書で知られる前出カーハンは、バード・ウォッチャーでもあった、とローゼンは自著『ザ・ライフ・オブ・ザ・スカイズ』(二〇〇八)で紹介している。自らバード・ウォッチャーとして多くの作家と鳥の関係を記したこの著書で、『フォワード』紙で一九九〇年代英語版の編集に携わった現代ユダヤ系作家ローゼンは、カーハンを「新参ユダヤ移民に向かい同化を促してさえずる鳥」に例えている。だが更に同著でのローゼンによる引用で興味深いのは、一九〇三年、祖国ロシアで大ポグロム発生（the Kishinev pogrom）の惨事を耳にしたカーハンの即座にした行動が、双眼鏡を手に鳥を見に出かけたエピソードだ（ローゼン 一一九）。想像されるのはカーハンが「鳥と移民」「鳥とユダヤ人」「危機からの逃亡と渡り鳥」を意識、無意識に関わらず、ともかく関連付けて、自身の心の動揺を鎮めるために出かけたという点である。

## 一　ユダヤ鳥という〈鳥〉が蘇らせる旧世界という民族性

一九六三年出版の短編集『白痴を先に』（一九六三）所収の「ユダヤ鳥」は、現代アメリカのユダヤ系アメリカ人家庭に、突然、イデッシュ語を話す黒尽くめのユダヤ鳥が現れる。この寓話的な設定に、批評家筋は作品におけるシンボルとしてイメージのみに言及することが多く、オクショーンは二次大戦後の状況から「鳥はホロコースト生存者」というイメージで作品に触れるのみであり（一一三）、またソロタロフのように作品の細かな概要説明に終始するに留まっているのはよい方で（七七―八二）、ヘルターマンに至っては「最も危険なテーマの一つである反ユダヤ主義（ユダヤ教の意味を忘れたユダヤ人）を扱っている」（一二八―一二九）と一言でまとめ距離を置いて突き放している。はたしてこの「ユダヤ鳥」とはいかなる作品なのか。まず作品の内容を確認しながらマラマッドが作品においてユダヤ鳥に託した意味を探っていきたい。

マラマッドはかつて「ユダヤ鳥」の執筆動機を以下のように語っている。まず作品の着想はユダヤ系アメリカ人詩人ハワード・ネメロフ（一九二〇—九一）の息子が自分に懐いたカラスを人間として見なすという内容の短編「あるカラスについての話」（一九六二）からヒントを得、タイトルの方はスズキ科の魚である jewfish から jewbird という造語を思いついたこと。そして書き出すと迷いもなくすぐにカラスをユダヤ人にしたこと。シュワーツという名をその鳥につけ、そこから反ユダヤ主義のストーリー展開を思いつき、鳥を襲う反ユダヤ主義者はいるのかという疑問も湧いてきたというものである（チュース 一四九）。

作品はまさに黒尽くめの鳥が偶然に開いていたハーリー・コーヘンのアパートの窓から入り、母親の容態が悪化し休暇を繰り上げて帰宅し、一家で食事中だった彼のラムチョップの脇に舞い降りるところから始まる。「ゲバルト（たいへんだ）」、「ポグロムだ（ユダヤ人への虐殺）」とイデッシュ語を話す自らをシュワーツと名乗るこのユダヤ鳥は、渡り鳥でしばし翼を休めたいと宿とわずかな食事そして『ユダヤ新聞』(*The Morning Jewish Journal*) を一家の主人コーヘンに求めるのである。

いうまでもなく jewbid からも、シュワーツという名前からも彼が身を明かす前からユダヤ人であることは明らかだ。おまけに黒尽くめの外観は伝統的なユダヤ人の服装で（Schwartz はイデッシュ語で「黒」の意味）、また「渡り鳥」と自ら名乗ることでそこから直接「移民」がイメージされ、逃げたカナリアの鳥籠に入れというコーヘンの命令を拒否する彼は、まさに定住を断る「渡りの鳥」「離散の民ユダヤ人」の象徴であるのだ。彼はまた体を前後に揺らしながら「ユダヤ教の祈り」を捧げ、コーヘンに望む食事もユダヤ人の好物である「子持ちニシンの酢漬け」であり、コーヘン一家の食卓に並ぶ飽食のアメリカのギトギトと脂ぎった「ラムチョップ」とは正反対であることを印象づける。そしてそこから読者はシュワーツに旧世界から迫害を逃れて来た移民一世、そして髭を蓄えたユダヤ老人のイメージを思い浮かべるのである。事実、彼は祈る際に祈祷用ショールも帽子も聖句箱もないことを指摘されると自らを急進改革派の年寄りだと告げ、コーヘンの老人に対する辛らつな言葉使いを叱り、リウマチを病んでいるとも訴えるのである。つまり彼は世代としては現在危篤状態のコーヘンの母親と同じあるいはその前の世代に属していると考えるのが妥当であろう。またユダヤ鳥を苦しめる反ユダヤ主義者（天敵）として、マラマッドはシュワーツに鷲、コンドル、鷹、ときには目をえぐるカラスを作品内で挙げさせ、また後半にてコーヘンによる彼への嫌がらせとして鳥の最大の天敵「猫」を息子にプレゼントし、家で飼い始めるのである。

このように「（渡り）鳥」「移民」という既述したようなイメージに加え、そこにユダヤ人のイメージを付加することが可能であることを思いついたマラマッドが、このユダヤ鳥を生み出すに至ったことは容易に理解できるものである。そしてまたユダヤ鳥は明らかに読者に現代アメリカの文化に生きるユダヤ人一家に対し、ユダヤの過去つまり移民前の旧世界を背負った民族性を意識させる存在として、彼らの前に舞い降りたことになる。

## 二　異界としての過去からの使者たちと〈鳥のイメージ〉

既述したように「旧世界と新世界」という異界、「過去と現在」そして「ユダヤ民族の歴史と同化したユダヤ系アメリカ人」を結びつける、時空を超えて現れる存在が、マラマッドの作品では特に短編では度々、登場させられる。その設定として特徴的であるのは、いずれも、アメリカに同化しユダヤの伝統文化を省みぬ主人公に対し、それを咎めるかのように異界から送り込まれてきた使者の如く、彼らが現れる点である。そして現代のユダヤ系アメリカ人を旧世界へ誘う入り口は、あるときは朽ちたシナゴーグやユダヤ人墓地であったり、また貧しい老夫婦のテナメントや移民後に細々と続けてきた商店であったりと様々だ。

まずここではマラマッドの他作品との比較から作品の設定に対し考察を加えていきたい。例えば短編としてはマラマッドの代表作に挙げられる「魔法の樽」(一九五八)の世俗的なラビを目指す学生レオ・フィンクルへ送られた亡霊のような仲人業サルズマン。またアメリカでユダヤ人であることに嫌気がさしイタリアでバカンス中の「湖上の貴婦人」(一九五八)のフリーマンの前に現れたのはまさに亡霊というべきイザベラ。「銀の王冠」(一九七三)では現代医学が匙を投げた父の病を治そうと、奇跡を起こすという元ラビを訪れ、この老ラビから要求される銀の王冠制作のための銀貨を、胡散臭《うさんくさ》いと最期は拒否する理科教師ガンズ。そこで描写されるシナゴーグ自体が旧世界に時空を越えてタイムスリップした雰囲気を醸し出すと同時に、老いた元ラビは信じるか信じないかと息子の父への愛情が試されることにある。それと同時に知的障害として描かれる彼の娘リフキールは、手厚く保護されるべき存在で民族の伝統文化そのものとも重なり保護する継承者を求めているようにも感じられる。また「天使レヴィン」(一九五八)の運に見放された夫婦の前に突如として現れるのも黒人天使レヴィンで、彼の存在を信じるか否かが、彼らが救済されるかどうかを決定することになる。しかしこれら挙げた例の中で一見、異質に思えるのは、老いた父親メンデルが金策をして知的障害のある息子アイザックをカリフォルニアの親類へ送るまでを描いた「白痴を先に」(一九六三)で登場するメンデルの命を狙う死神ギンズバーグだ。だが継承の対象としての守るべき息子(リフキール同様、民族の伝統文化にも例えられる)を死守する父の姿は、反伝統・文化のレオやフリーマン、ガンズなどとは好対照であり、そこに窺える作家の意図はユダヤ性を守る意識であると言わざるを得ない。

このような作品の中でも特に〈鳥のイメージ〉という点では、「最初の七年」(一九五八)で描かれる靴屋の主人フェルドが、娘ミリアムの相手にと選ぶマックスが、マラマッドにより「鷲」に例えて描写されている点は興味深い。

なぜなら既述したようにユダヤ鳥シュワーツが反ユダヤ主義者として挙げているのが「鷲、コンドル、鷹そして同種のカラス」で同胞となるべき鳥の種であるからだ。つまりこの「最初の七年」において「鷲」に例えられている対象が異教徒ではなく同胞のユダヤ人マックスである点は見逃してはならない。この冷酷で計算高い、ミリアムに言わせれば物質主義者の公認会計士を目指す男マックスと対称的に描かれるのは、フェルドの故国ポーランドから移民したホロコースト生存者で「繊細な心を持つ読書家にて、収容所での過酷な生活により老人のように変えられた」ソウベルである。[3] このようにマックスを物にしか関心のない物質主義者と罵り、ソウベルの方を愛すミリアムを創造したマラマッドの意図は明らかで、ソウベルがホロコーストを生き抜いた「異界」から訪れた守られるべきユダヤの伝統・文化として描かれていることは言うまでもない。作品最後でマラマッドはミリアムをとおして、父親フェルドにこのソウベルを改めて見直す機会を与えているのである。

「ユダヤ鳥」の場合はどうであろうか。まずコーヘンの設定が既に挙げた例に漏れずアメリカに同化したユダヤ系アメリカ人として描かれていることは明らかである。職業として設定されている「冷凍食品のセールスマン」というのもいかにもアメリカ的な職業である。これも暗にコーヘンがユダヤの伝統や文化から離れそれを尊重しない「アメリカ人」であることを示唆しているに他ならないし、更には、息子モーリーの成績はさておき、彼にアイビーリーグを目指させるのも、コーヘンのアメリカのワスプ社会への同化志向を表しているに他ならない。また母親の容態の異変に休暇は切り上げたものの、行間からは母親への愛情（これは伝統や文化に置き換え可能）は伝わってこないよう描かれていることも、その延長線上で考えられる。

マラマッドは作品で、「伝統・文化」は尊重し、手厚く保護する必要があると描き、醜き者、知的障害、老人など「伝統・文化が現代的且つ便利そして洗練された」ものではなく、合理主義に徹するこのアメリカの、同化ユダヤ人にとっては、時には「厄介で手がかかる」ものであると訴えてきたことは明らかだ。そしてそれを同化ユダヤ人と対面させ彼らの真意を問うよう展開させる。マラマッド作品における「異界からの使者たち」、彼らは作者からその使命を受け、姿は異形で主人公を惑わす存在として、作品に選ばれて現れる。その点でユダヤ鳥シュワーツはマラマッドにとって絶好の設定となったに違いない。

## 三 〈鳥のイメージ〉に更に付加された伝統と文化

「オマエは幽霊でもディブックのたぐいでもないんだな?」(「ユダヤ鳥」一〇三)

既述したマラマッドの娘ジャナによる伝記『父は本』で特に興味深いのは、マラマッドのユダヤ民族への意識が一般的に解釈されている以上に強い点で、作品執筆においてもユダヤ色が強く出過ぎないようにバランスを取りながら書いていたことも指摘されている。[4] その点で、この作品では人間ではなく〈鳥のイメージ〉ゆえに効果的に伝統文化への作家の意図が、そしてその民族的主張が巧妙に付加されて描き得た点が、既に述べた以外にもある。ここではその二点を中心に述べていくことにする。

この二点を探る場合に、最も重要となるのはユダヤ鳥シュワーツが鳥の姿でありながら人間の言葉を話す老ユダヤ人として描かれていることにある。既述したように、この設定を批評家筋は、寓話的作品のひとことで片付け、マラマッドの話す動物が登場する作品、例えば『旧約聖書』を基に書かれた長編『神の恩寵』(一九八二)の言葉を話すチンパンジーやヒヒの類や、馬から人が現れる半身半馬の短編「話す馬」などを、ひと括りに扱い、寓話性を強調して論じる場合が多いのが事実である。寓話の形態を用いていること自体が、ストレートにリアリズムで描くことを緩和しつつ、そこに間接的に読者への作家の強きメッセージを取り込ませる意図が備えられてことを見過ごしてはならない。原爆で地球が大洪水に呑まれたというノアの大洪水のパロディで始まる『神の恩寵』や旧ソ連で自由を奪われた人間「話す馬」という寓話性の中に作家の意図を探ることは別の機会に譲ることにし、まず作品で動物に言葉を話させること自体、ユダヤ人にとっては旧世界への想像力を喚起する役目が持たされていることを、まずここで明らかにしておくべきだろう。この状況はユダヤ人たちに長年言い伝えられてきたディブック（悪霊）を連想させるもので、悪霊・死者の魂などや悪魔が人間や動物に憑依した状態を言うもの。この節で引用したようにコーヘンも作品冒頭でユダヤ鳥シュワーツに問いかけている。つまり他の同種な作品と同様、「鳥」に人間の言葉を話させることも、単に寓話性への指摘以上に、ユダヤ人読者に移民前の旧世界を思い起こす「ディブック」の存在として機能させられているからだ。[5]

問題とはこの寓話性をオブラートにし、いかにマラマッドが作家としての意図をそこに込めているかを読みとることである。その答えはユダヤ鳥シュワーツの最期にある。息子モーリーが算数で0点を採り、コーヘンの母親が息を引取った翌日、コーヘンは妻と息子が不在中にシュワーツと一戦を交え、結局、鼻に噛み付かれるなど負傷も負うものの、彼はシュワーツを殴ると脚を掴み振り回した挙句に放り投げる。冬が終わり春になり雪が解けた道端で、無惨な姿で死んでいる彼を妻と子は見つけることになる。「誰の仕業か」と聞く息子モーリーに母親は「反ユダヤ主義者の仕業よ」（「ユダヤ鳥」一一三）とだけ答え、作品は終えられる。シャワーツを痛めつけ追い出したコーヘンの行為が、シュワーツの死に少なからず関係していることを想定して読者が読むことは明らかだ。またマラマッドの熱心な読者なら出版年は後になるが、一九一一年にロシアで起きたメンデル・バイリス事件を題材にした彼の『修理屋』（一九六六）で描写される雪の中でのポグロムの場面や、短編「停戦協定」（『ピープル族と未収録短編』一九八九）の冒頭にある主人公リバーマンの子供時代ロシアで目撃した農民が襲われる描写を即座に思い出すかもしれない[6]。

しかしこの最期も危篤である近親者を抱え、彼らへの信仰や愛を試される作品、例えば「銀の王冠」や「天使レヴィン」の結末を考えてみたらよい。前者ではガンズは父を亡くし、後者のマニャシュヴィッツの妻は健康を取り戻した。特に後者のハーレムの黒人天使の存在を信じたマニャシュヴィッツが作品最後で妻に語る彼の言葉「ユダヤ人はどこにでもいるもんだね」（「天使レヴィン」五六）は、皮肉にもユダヤ教への信仰や伝統文化を軽んじるユダヤ人へ対称的に語られ響いているように聞こえてならない。ユダヤ人を支えている伝統や文化は守られるべきもので、同胞意識の上に成立し、外見で判断するべきものでない。そうするものならいともたやすく崩れ落ちるものなのだ。

このようにユダヤ鳥がユダヤ系アメリカ人の移民としての歴史、伝統文化を備えたユダヤ人、連想させるディブック（悪霊）としての存在、そして守られるべき存在として描かれていると考えるならば、言うまでもない。まさにこの作品は鳥のイメージで描かれることで、マラマッドによりそのユダヤ的な要素を隠喩として見せる効果を最大に使用されている作品として考えられると言ってよいだろう。

「これは娘のリフキールだ。娘は完璧ではない。だがご自身のイメージで創られた神そのものが完璧なのだ」「娘なりに、彼女は完璧なのだ」（「銀の王冠」七）

## むすび

マラマッドがこの「ユダヤ鳥」を執筆し発表した時代は一九六〇年代にあたるが、この時期は周知のようにアメリカでは五〇年代までの価値観が若者文化により一掃された〈対抗文化の時代〉であった。そこでは当然なことながら若者からは古い伝統文化は否定され新たな価値観が生み出されていた。ユダヤの伝統文化の保持に対し崩壊が懸念されたのも当然のことであった。チャールズ・ハーバート・ステンバーは「一九五〇年代に比べてユダヤ人はかなりアメリカ社会の中で差別無く受け入れられてきた」と指摘しているし（二〇八）、またその一方でトーマス・ピアッザは「一九六〇年代の対抗文化がユダヤ系アメリカ人の若者にとって、ユダヤの伝統文化という概念も崩してしまい、ユダヤ・アイデンティティ崩壊の危機感があった」（二五四）と述べていることからも、マラマッドがこの時代背景を受けて、作品執筆を思い立ったと考えても不思議はない。それは娘ジャナが語る父マラマッドのユダヤ人意識の強さを考えると納得がいくことでもある。

ユダヤの宗教そして伝統や文化が危機に晒されるのは、「ユダヤ鳥」シュワーツが時空を超えて現れた歴史的過去となった旧世界のポグロムや暴動と言った迫害から、移民したアメリカでの同化問題、そして六〇年代対抗文化で収まらない。サミュエル・C・ヘイルマンは『アメリカのユダヤ人の肖像――二十世紀世紀後半』（一九九五）にて詳細な数字を提示し、九〇年代のアメリカの不況がユダヤ系アメリカ人家庭にユダヤの伝統文化教育の継承を困難にさせていると指摘している（一一六―一七）。費用と手間のかかるコーシャ食をはじめ、シナゴーグやユダヤ人コミュニティの会費や寄付金、子どものためのユダヤ教育（ユダヤ学校、ユダヤ人サマーキャンプ、イスラエル短期研修など）を賄う費用の捻出に苦労が要るからだ。

このようにマラマッドの作品においても、特にこの「ユダヤ鳥」はその鳥（渡り鳥）という存在において旧世界はもとより、移民としての過去、そしてユダヤの伝統文化をもユダヤ系アメリカ人に常に思い起こさせ、守っていかねばならないことを訴える点で効果的に書かれている作品であることは言うまでもない。シュワーツは今後も、マラマッドの意志を継いで新たな問題に直面する世代へ、偶然に開いている窓から時空を越えて飛び込み、ディブックのごとく人間の言葉で語りかけるのである。

注

1 Howe, Irving. *World of Our Fathers: The Journey of the East European Jews to America and the Life They Found and Made*. New York: A Touchstone Book,1976. 6–7 を参照。

2 マラマッドにとって「牢獄」(prison) は、言うまでもなく多くの作品群におけるテーマの中の一つであり、様々な状況下で脱出できぬ登場人物が描かれる。

3 君塚淳一「ソウベルの金槌」『ユダヤ系アメリカ短編の時空』日本マラマッド協会編、北星堂書店、一九九七年を参照。

4 マラマッドの娘ジャナは、父親マラマッドの大学仲間や生活するコミュニティでかなりまわりの異教徒を意識して暮らしていたこと、*The Fixer* (1966) をはじめユダヤ性が濃く出る作品は、執筆の際にユダヤ主義が前面に出ぬよう苦心していたことを明かしている。また年齢を重ねる毎に父親のユダヤへの意識が高まり読む内容もユダヤの歴史や宗教いついてのものが増えたとも彼女は指摘している。たとえば Smith, Janna Malamud. *My Father Is A Book: A Memoir of Bernard Malamud*. New York: Houfhton Mifflin Company, 2006. の p. 202 参照。

5 『修理屋』の冒頭は、主人公ヤーコフ・ボクが事件発生によりポグロムの記憶を思い出す。一歳で父親はコサック兵に殺害されたこと、小学生の時には口にソーセージを詰められたユダヤ人が豚に片腕を食べられている無惨な光景を目撃したことだ（四一五）。一方「停戦協定」のこの場面は、マラマッドの娘ジャナの『父は本』によれば、マラマッドの父マックス父親はコサック兵に殺害された可能性もあり、この作品に少なからず影響している。（一一）

6 ディブック (Dybbuk) については、例えば既述したゴールドの *Jews Without Money* (1930) では移民一世たちが旧世界を思い出しながら悪霊の話をしているし、イージアスカは *Red Ribbon on a White Horse* (1950) の中で "Jeremiah's Dybbuk" を書いている。また多くのユダヤ民話から題材を採るI・B・シンガーが作品の多くで "Dybbuk" を登場させているのは言うまでもない。そして十九世紀末から二十世紀前半にユダヤ系移民の憩いとなった〈イディッシュ・シアター（ユダヤ演劇）〉にて、中でも人気を博し、最多上演の記録を持つとも言われているのが民話に題材を得て書かれた Shloyme Ansky (1863–1920) の『ディブック』(*The Dybbuk*, 1916) で、一九三七年にはハリウッドで映画化もされた。

## 引用・参考文献


Cahan, Abraham. *The Rise of David Levinsky*. New York: Harper Torchbooks, 1960.

Cheuse, Alan, and Nicholas Delbanco. *Talking Horse*. New York: Columbia UP, 1996.

Farrell, Grace. *Isaac Bashevis Singer Conversations*. Jackson: UP of Mississippi, 1992.

Gold, Michael. *Jews Without Money*. New York: Carroll & Graf Publishers, Inc, 1984.

Heilman, Samuel C. *Portrait of American Jews: The Last Half of the 20th Century*. Seattle: UP of Washington P, 1995.

Helterman, Jeffrey. *Understanding Bernard Malamud*. New York: U of South Carolina P, 1985.

Malamud, Bernard. "The Jewbirds." *Idiots First*. London: Chatto & Windus, 1980.

——. "Angel Levine." *The Magic Barrel*. New York: Farrar, Straus & Cudahy, 1958.

——. *The Fixer*. New York: Farrar, Straus & Giroux, 1966.

——. "The Silver Crown." *The Rembrandt's Hat*. New York: Farrar, Straus & Giroux, 1973.

Nemerov, Howard. *A Howard Nemerov Reader*. Columbia: U of Missouri P, 1991.
Ochshorn, Kathleen G. *The Heart's Essential Landscaoe: Bernard Malamud's Hero*. New York: Peter Lang Pulishing, Inc., 1990.
Rosen, Jonathan. *The Life of the Skies*. New York: Farrar, Straus and Giroux, 2008.
Smith, Janna Malamud. *My Father Is A Book: A Memoir of Bernard Malamud*. New York: Houfhton Mifflin Company, 2006.
Solotaroff, Robert. *Bernard Malamud: A Study of the Short Fiction*. Boston: Tayne Publishers, 1989.
Yeizierska, Anzia. *Bread Givers*. New York: Persea Books, 1975.

# 「さえずり」と「はばたき」が表象する時空間
## ――チカーノ詩人アルテアーガともう一つのアメリカス

井村　俊義

## はじめに

アイルランドとギリシャの血を受け継ぎながら日本を終焉の地として選んだラフカディオ・ハーン（小泉八雲）が、鳥や虫の声にとりわけ愛着を感じていたことはよく知られている。異言語が飛び交い口承文化に恵まれた「ダブリン」「ニューオーリンズ」「マルティニーク」「ニューヨーク」などの街で暮らしてきたハーンにとって、異国の言葉と鳥のさえずりはどこかで交錯していたのだろう。つまり、音素の差異のシステムによって意味を作り上げるのではなく「音そのものに宿る意味」を直観的に彼は感じとるのである。初めて日本の地を踏んだときの日々を記した『日本瞥見記』（一九七五）でハーンは五感を総動員して日本の風物を描写しているのだが、そのなかで、早朝の松江でウグイスのさえずりを耳にしたときの印象が記されている。「いかにも悠々迫らず、ほれぼれとした陶酔のうちに、この金句の一音一音を、しみじみと味わうように歌うのである」（二〇〇）と書いたあとに、難解な法華教の経文を長々と引用している。おそらく当時のハーンにはウグイスのさえずりと同じように経文は解読可能な「意味」をともなうものではなかった。しかし「ホー、ケッキョー!」と鳴くウグイスの冴え渡る声が「母語」や「異語」と同一の地平におかれることによって、おそらく「もう一つ」の世界を彼に体感させたのだろう。鳥のさえずりは私たちが知覚し得ない世界を暗示していたのである。

## 一　異界への通路

明治から昭和にかけて活躍した幸田露伴は『音幻論』(一九五八)の冒頭で「音は幻である」と述べたあとに、西洋由来の言語学とは無縁の場所から「音そのものに宿る意味」について奔放に自説を展開している。現代思想に決定的な影響を与えたフェルディナン・ド・ソシュールの「シニフィエとシニフィアンの恣意性」を露伴は受け入れないのである。つまり、自然音が「音」になり、音はやがて「幻」のように変化してゆく、と彼は考えた。言葉はもともと実体と密接に関係していたのだが、音声は幻のように変容していくということである。「擬音」と題された最後の章で、ホトトギス、カッコウ、ウグイス、百舌、鴉、雉、雁、雀、燕、鳩、雲雀、鶴、梟などを例にあげて「鳥の名はその鳴く声によって名づけられた例が多いもので即ち擬した音である」ことを説明している。つまり、さえずりと鳥の名称には関係があり、それによって、鳥の声は私たちの言語風景に紛れ込んでいるのである。

とはいえ、露伴は「擬音」によって言葉の成り立ちをすべて説明できると考えているわけではない。むしろ、自然音が「音」に変化しさらに幻のように変化することで、言葉はつねに私たちの手をすり抜けてゆくというイメージのなかにある。その抜け殻だけを取り上げればシニフィアンとシニフィエは恣意的となるだろう。露伴は結局、言語風景の実体を「発する人」と「聴く人」のあいだに成立する可変的な世界と捉えて次のように書いている。「元来、言語といふものは二元のものである。即ち発する人が一つ、聴く人が一つ、その聴いた人が復元する時に至って、又、発する人が復聴する時に於て言語は成立つのである。それであるから言語といふものはそのもの一つで、すなはち発音者のみを以て論ずるのは寧ろ滑稽なことであって、聴く人聴かせる人が一圏をなして初めて成立つものである」(二〇一)。音は幻のようにとらえどころのないものであるが、それを発する人と聴く人のあいだに刹那的な意味の世界を成立させる。「音そのものに宿る意味」は実体から遠ざかって変化していきながらも、発する人と聴く人の対話のなかでふたたび呼び起こされて「もう一つ」の世界を構築しつつ両者に捉まえられる。しかしまた、手に触れたかと思えた瞬間にそれは消え去っていることだろう。鳥のさえずりが通常では触れることのできない「もう一つ」の世界への通路を示唆しているように、人間同士の会話においてもまた異界への入り口の扉はつねに開かれているのである。

アメリカのポストモダンの詩人チャールズ・オルスンは幸田露伴のこのような問題意識ときわめて近いところにいる。オルスンは「投射詩論」のなかで「詩人が耳で聞き取るものと、自らの呼吸の高まりの両方を記述できなければ、詩は死んでしまう」(二七八)と述べている。詩人の「息」が詩の体裁に反映し、その詩は息づかいを反映した「もう一つ」の世界を体現している。一般的には意味をともなわないとされる息に耳を傾けることで詩行等は変化し、それによって初めて詩は意味ある風景を私たちの前に映し出し始めるのである。

メキシコのミチョアカン州に居住するプレペチャ族は、音の高低を駆使した声調言語を用い、さらに息に意味を乗せるようにして会話を行う。その発声方法は通常の言葉とは異なる意味を担うことによって新たな世界を描いているに違いない。沈黙のなかでだけ聞こえる息づかいにインディオは異界への入り口を見る。「沈黙によって、インディオはほかの言葉も知る。インディオは、鳥や植物や樹の言葉を知る。彼は、大地や川や太陽の言葉を知っている」（三八）とまるで散文詩集のような『悪魔祓い』（一九七五）のなかでル・クレジオは書きつけていた。パナマのエンベラ族などのインディオの生活に入り込み一貫して彼らの側に立とうとするル・クレジオは、この著書のなかですでにインディオ世界の特殊な構造を見透していた。インディオの歴史はそれ以外の近代的な人間の歴史からすると「平行的」であり「眼に見えない」「霊魂の世界」（八二）であるという。沈黙と息がその「もう一つ」の世界の在処を教え、それによって、鳥のさえずりは意味あるものへと変質するのである。

以上のことを踏まえるならば、インディオとのつながりを重視するチカーノの精神世界が、異界を暗示するものの導きを通して理解されるのは意外なことではない。英語とスペイン語、詩と散文、神話と自伝などが融解する『ボーダーランズ　新たなメスティーサ』（一九八七）においてチカーナ作家のグロリア・アンサルドゥーアは、異文化を取り込む際に生じる抵抗と痛みを乗り越える通路としてウィツィロポチトリの母である女神コアトリクエを導入する。コアトリクエが切り開く異界の通路および世界のことをアンサルドゥーアは「コアトリクエ・ステート（コアトリクエの位相）」と呼び「コアトリクエは矛盾の表象である。アステカの宗教や哲学にとって重要なすべてのシンボルが、その姿に統合されているのである」（六九）と説明した。チカーノおよびメキシコ人の起源はアステカの神々とともにある。彼らの身体に色濃く刻印されたアステカ族は、コアトリクエの息子である太陽神・軍神・狩猟神のウィツィロポチトリの神託に従って現在のアメリカ南西部に位置する「アストラン」を出てメキシコへ向かい、一三四五年にテノチティトラン（現在のメキシコシティ）を建設した。その神託とは「湖の中央にある石の上に生えているサボテンを探せ。その上に鷲が蛇をくわえて翼を広げているだろう。その土地こそが都を建設する場所である」というものである。現在のメキシコの国旗の中央に描かれている起源の物語が示唆しているように、アステカの神々は過去の物語のなかの架空の存在ではなく、いまにおいても異界へと誘う道案内人である。アンサルドゥーアが選択したシンボルも「眼に見えない霊的な存在」であることによって異界への扉を開いている。とするならば、アンサルドゥーアの代名詞となっている「ボーダーランズ」は、米墨国境の境界線をまたぐさまざまな文化がただ賑やかに混淆している状況を指しているわけではないことがわかる。多様な文化の背後には無数の文化の蓄積があって、それらが衝突しながらも融合していく際に立ち上がる異界にまで想像力が及んでいるのである。スピリチュアルな次元における通路がなければ、すでに獲得している文化を携えつつ異質な文化を摂取することはできないからである。異界の声がもたらすパラダイムの脱構築は、閉塞した社会を解放するための必然的な選択肢であった。

## 二　詩としてのアメリカス

旧大陸と新大陸で独自に発達した文明が十五世紀の終わりに衝突することによって、アメリカス（南北アメリカ大陸およびカリブ海）は異文化が混淆する土地へと徐々に変容していった。そのようなアメリカスを表象するために「異界への通路」という発想は欠かせないものである。なぜならば、複雑に対立する文化をある特定の立場から一方的に描写することは不可能であり、両者を媒介する言葉と論理がなければ全体を映し出すことはできないからである。どちらに偏ることなく新たな風景を描き出すことなしに、私たちは異質な文化を共有することはできない。相容れないものを受容しながら表現しようと試みるための通路は、異文化混淆の民であるチカーノのその長くはない歴史のなかでいくつもの花を咲かせてきた。アンサルドゥーアの作品もその一つであり、フランシスコ・X・アラルコン、パット・モーラ、ファン・フェリペ・エレーラなど何人もの作家たちが多くの作品をすでに残している。ヨーロッパの声と先住民の声、さらにはその背後にある無数の声とそれらが混淆した声が重層的に重なり合うとき、アメリカスに埋もれていたかすかな声は鳥のさえずりのように新たな歴史を語り出す。

アメリカスを一つのトポスと捉えながら古今東西の人びとの声を反響させる試みの最高の到達点の一つが、チカーノ詩人であり批評家でもあったアルフレッド・アルテアーガの代表作『カントス』（一九九一）の冒頭「カント・プリメーロ」である。コロンブスによる新大陸の「発見」という歴史上比類のない文化的な混淆をアルテアーガは九連の詩のなかに巧みに描き出した。鳥のさえずりに乗せてアメリカスの歴史を現前させようとする壮大な叙事詩は、東洋と西洋、あるいは過去と未来の声を、時間と空間を越えて照らし出す。一連は「到着」というタイトルに続き、次のように始まる。

最初に、島。
真実の十字架。
もう一つの島。
大陸。
境界線、半分は水、半分は金属。
鳥たちの島、「ククラナン」。
鳥たちの島、
「ククラナン　パチャクテック！」
さえずりは島中に響く、

大気や木々に「ククラナン　パチャクテック！」
メスのさえずり。「リクイ
アンセアクナック　ヤウアルニイ　リチャカウクタ！」
メスの鳥たちの島、想像せよ
さえずり、大気、木々を、また時には
静寂、棘の擦れ合う音を。

一四九二年十月十二日にいまのバハマ諸島の東端にあたるグアナハニ島にクリストーバル・コロン（コロンブス）は「到着」するやその島を「サンサルバドル島」と名づけた。四度にわたる航海のなかで「もう一つの島」と彼が考えた土地はじつは「大陸」であったが、この稀有な探検家は植民地運営のしがらみのなかで自らの達成した真の意義を確認することなく、スペインで一生を終えた。「境界線、半分は水、半分は金属」は欧米諸国の帝国主義的な侵略の末に生まれた米墨の国境線について述べている。「境界線」を「水と金属」のような異質な二つの要素で表現する方法論を「ディフラシスモ」と呼び、これはアステカの詩人が使用した詩的技巧である。たとえば「街は水と丘」であり「身体は手と足」、「詩は花と歌」のように表現される。街には水と丘が隣接しており、身体には手と足があり、詩は必然的に声を出して歌われるものだったからである。「境界線、半分は水、半分は金属」とは、米墨の国境線が東側のリオグランデ川の水と西側の人工的な金属製のフェンスによって成り立っていることを表現している。このようなディフラシスモの表現方法を冒頭に掲げることで『カントス』がナワトル語の世界観を受け入れていることを、アルテアーガは評論集『チカーノ詩学』（一九九七）のなかで自ら解説している。ディフラシスモこそがアステカ族の、そしてアルテアーガとチカーノの方法論なのである。

カタカナの部分はインカ帝国最後の皇帝トゥパク・アマルの声（ケチュア語）である。チリのノーベル文学賞詩人パブロ・ネルーダの「征服者たち」という詩の冒頭にもエピグラフとして掲げられているアマルの言葉は、木々に響き渡る鳥の声と混ざり合うようにして語られる。「母なる大地よ、どのようにして私が敵によって血を流したのかを目に焼きつけてくれ」という叫びは、アメリカスの歴史に響き渡る不可欠な声としてアルテアーガには聞こえたに違いない。アメリカスの歴史から征服者たちによって侵略されたという事実を拭い去ることはできないのである。しかも、トゥパク・アマルはその後、何度も生まれ変わる「霊的な存在」となったことは重要である。トゥパク・アマル二世を名乗る十八世紀のホセ・ガブリエル・コンドルカンキはラテンアメリカ諸国がスペインから独立するための礎を築き、二十世紀には「在ペルー日本大使公邸占拠事件」を起こしたペルーの左翼武装組織もトゥパク・アマルを名乗った。トゥパク・アマルは過去の忘れ去られた人間ではない。人間は時が過ぎ去れば消えてゆくような空しい存在ではなく、死は「終わり」を意味しない。死ぬことによって共同性や故郷に参加することで、人は連続性の相関のなかで初めて意味ある人生を手に入れるのである。トゥパク・アマルの声は「さえずり」になぞらえられてアメリカスを構築し続ける。次に掲げる四連においても鳥は、アメリカスを浮上させる「声」と「思考」を司るものとして描かれる。

木々が思考を捉えた。
鳥たちと陸上のものがそれらを
船で運んできた。彼女は知っていた
それらの考えを、それらの歌を聴いたことがあった。
さらにもう一つの島があるというのか？

鳥、音、おそらく真珠
黄金？　エデン＝グアナハニ、あるいは
別の場所？　「おお、わがマリーナ、私のさまよう
手、それらはなすがままに、前、
後、あいだ、上、下」
西。

コロンブスが初上陸したグアナハニ（サンサルバドル）島は楽園のようなエデンとはほど遠く、乗組員たちの不満を高めるだけだった。しかし、第三次航海の一四九八年八月二十日に、コロンブスはマルガリータ島で原住民から大量の真珠を獲得している。その際に彼は「エデンの園」を発見したと報告し「ここはアジアである」との確信を深めたのであるが、ついに「黄金」を見つけることはできなかった。台詞のなかの「マリーナ（マリンチェ）」は、一五一九年にアステカ帝国を征服したエルナン・コルテスの通訳兼愛人である。敗者であるアステカ側からコルテスに贈られた何人かの女性のなかにマリーナはいた。ナワトル語、マヤ語、その他いくつかのインディオの言葉を話し、スペイン語もすぐに習得したマリーナをコルテスはその後も長く重用したのである。メキシコ壁画運動の時代に活躍したホセ・クレメンテ・オロスコが描いたコルテスとマリーナの絵画は、エデンの園のアダムとイブとして描かれている。マリーナが旧大陸と新大陸の最初の架け橋となり、さらにアメリカスにおけるメスティソの第一子であるマルティン・コルテスを生んだ女性だったからである。詩のなかでマリーナが登場する台詞は、十六世紀イギリスの形而上詩人ジョン・ダンの詩句（エロティックな描写で有名な「エレジー」）が使用されている。男性としてのヨーロッパが女性としてのアメリカに魅了され、そしてアメリカが籠絡される関係を表現している。ヨーロッパはアメリカとい

う女性を愛撫しながらやがて「西」へと向かうことになる。

このあとの七連はアイルランドの小説家ジェイムズ・ジョイスの『ユリシーズ』(十八章「ペネロペイア」)、八連は十六世紀に新大陸で生まれた探検家であり詩人のガスパール・ペレス・デ・ビリャグラの『ニューメキシコの歴史』、最終の九連は十七世紀に生を受けたメキシコの女流作家ソル・ファアナ・イネス・デ・ラ・クルスの『アスンシオン』と『サン・ペドロ・ノラスコ』からの言葉を引用しながら、アメリカスに飛び交う多言語性・多文化性を表現している。

## 三　ハチドリとエピファニー

「さえずり」とともに「はばたき」もまた鳥に欠かせない属性である。はばたくという行為によって鳥は地上の束縛から解放された。上下左右に移動できる鳥は平面の移動しか許されていない人間とは異なった視点を有していると想像できる。さらに、ハチドリはそのような一般的な鳥の属性をはるかに凌駕した能力を持っている。アメリカスにしか生息しないハチドリは他の鳥と同じように飛行するだけではなく、空中において後ろ向きに飛んだりホバリングしたりすることさえできるのである。ペン・オークランド・ジョゼフィン・マイルズ賞を一九九八年に受賞したアルテアーガの詩集『青いベッドのある部屋』(一九九七)は、散文詩のもつ可能性を最大限に追求した難解かつ無限の広がりを感じさせてくれる作品であるが、その第九章「飛行(flight)」はハチドリに焦点が当てられている(第四章「息(breath)」はチャールズ・オルソンに触れられている)。アルテアーガは言う。「ハチドリが私を魅了する理由の一つは飛び方にある。ハチドリが他の鳥たちにとってもつ意味は、鳥一般が私たち人間にとってもつ意味と同じである」（三三）。つまり、鳥と人間のあいだに深淵が横たわっているのと同じくらいに、ハチドリは鳥のなかでも特別な存在だというのである。いうまでもなく、前進し続ける動きと空中で停止する動きのあいだには大きな違いがあるのだが、とりわけ「動きながら停止する」という行為がアルテアーガに「不可能を可能にする」（三五）とまで言わせた要因であろう。

この詩のなかで著者は、メキシコとアメリカの国境地帯にあるロサリートという海辺の街に出かける。国境の街ティファナとエンセナーダの中間に位置する寂れた街である。ロサンゼルスからメキシコまで「魂に空いてしまったブラックホール」を埋めるためにこの街にやってきた詩人は「汀に立ち、背中を海に向けて、砂浜の方を向き、顔で風を受けながら」自らがハチドリとなって思いを巡らせる。その様子はまるでヴァルター・ベンヤミンが言う「歴史の天使」になったかのような印象的な風景である。歴史の天使は未来ではなく過去に顔を向け、進歩の比喩である風に煽られながら未来へと運ばれていく。天使が見ているのはただ積み重ねられてゆく廃墟だけである。天使はその場所になんとかホバリングしながら、死者たちを蘇らせて破壊したものを修復しようとしている。しかし、風に煽られてその思いを果たすことができないでいる。その間にも、あらゆる時空間を均一化させようとする近代化の風は、私たちの心にブラックホールを空け、死者たちを永遠の過去へと葬り去る。

陸から吹く強風が乾いた砂を巻き上げ海に向かって吹きつけていた。汀に立っていると輝く白い砂がこちらにぶつかってくる。湿った砂地を越えて私をかすめ過ぎては海へと飛んでゆく。自然が生み出す錯覚に違いないが、より白い砂はとりわけ私をめがけて吹きつけてくるように見えた。ごわごわとした風に向かって私は翼のように腕を広げた。明るい砂と暗い砂、波の音と風の音、風それ自身。翼を広げた私。瞬間的に私は飛ぶとはどういうことかがわかった気がした。あとになってこのことを母に話すと「それは神様がくださったひとときよ」と応えてくれた。エピファニーである（三三五）

詩人はメキシコからバークリーに戻ってからも緑のハチドリを目にして「エピファニー」という言葉を発している。ルーマニア生まれの宗教学者ミルチャ・エリアーデが理論化した「エピファニー」は神が顕れる特別な場所である。聖なるものが顕れるヒエロファニーのなかでもとくに「石」において「神の顕現」は起こる。その「固さ、粗さ、恒久性」（二〇二）が「世界の中心」のシンボルとなる条件を兼ね備えている、とエリアーデは豊富な具体例を提示しながら説明する。実際に、アステカ族の都であるテノチティトランを建設する目印となったサボテンも「石」のうえに生えていた。そして、サボテンの上で蛇をくわえ羽を広げている鷲は、アステカの人びとに神託を授けたウィツィロポチトリの化身だとも言われている。とするならば、神はテノチティトランの石に生えたサボテンに顕現したエピファニーである。では、神の顕現であるハチドリとウィツィロポチトリはどのようにつながるのであろうか。じつは、ウィツィロポチトリの名前は「ウィツィリン」（ハチドリ）＋「オポチトリ」（南の（左の）で「南の（左の）ハチドリ」を意味している。南のハチドリであるウィツィロポチトリは、ハチドリという鳥に姿を変えていまでもアメリカスの各地にエピファニーをもたらしている。ハチドリを通してアメリカスの人びとは異界との通路を行き来する神々を思い起こし、共同性を成立させている歴史の中へと入り込みながら自らは何者かを問い直すのである。

## おわりに

鳥はつねに人間の生活の近くにあった。私たちは日常的にさえずりを耳にし、はばたきを目にしてきたはずだ。とはいえ、大半の人びとにとって鳥は別世界の住人だった。そのような状況のなかで、言葉のはざまで生きることを強いられた一部の人たちは鳥の「声」を、そしてその「動き」を特別なものとして受容していた。窮屈な国家言語に幽閉された私たちにとっていま必要とされているのは、ハーンや露伴、ル・クレジオやアルテアーガのような、鳥の「さえずり」や「はばたき」から異界を感じとれる能力を醸成することではないだろうか。

一五〇年以上前にアメリカの東部を生きたヘンリー・ソローの代表作『ウォールデン』には「音」と題された章がある。音の主人公はもちろん鳥たちである。「水」と「金属」から形成された「境界線」が作られるきっかけとなったメキシコ・アメリカ戦争（一八四六―四八）と同じ時代に（ソローはこの戦争と奴隷制度に抗議して投獄されたことがある）、文明の音と鳥のさえずりを同一の地平で聴いているソローがいる。さえずりと汽車の音は交錯しながらソローの耳に入ってくる。

ある日の午後のこと、私が窓辺に座っていると、家が建つ明るい林の上空に何羽かのタカが姿を現し、円を描いて飛びました。すると、私の視界を二羽、三羽とリョコウバトの群れが猛烈な勢いで横切り、そのうちの一羽が、私の家の後ろのストローブマツの太枝にあわてたように止まって、ひと声、空に向かって鳴きました。湖に目を移すと、ミサゴが、まるで鏡のようになめらかな湖面をかすめて飛んでいきました。ミサゴは、湖面にさざ波をたてた一瞬あとには、もう一尾の魚を足に掴んでいました。そのうちに戸口の前の池の茂みから、一頭のミンクがそっと顔を出し、岸辺に潜むカエルを口で捕らえました。池の茂みでは、食物を求めるコメクイドリが飛びかい、時にスゲに群れをなして止まり、草をしならせました。その間、私の耳には三〇分ほども、ボストンからこの池に旅人を運ぶ汽車の音が、ライチョウの太鼓のような羽音そっくりに、聞こえては消え、消えては聞こえました（一四六）

しかし不思議なことに、その交錯する音に紛れて聞こえてくるのは古今東西の文学作品や人物の声であった。「森の生活」でソローは神話や聖書や聖典と何度も対話をしている。ギリシャ神話や論語や旧約聖書、『国富論』『ビーグル号航海記』『ロビンソン漂流記』は、さえずりや汽車の音とともに「もう一つ」の世界観をコンコードに作り出す声の役割を果たしていた。文字言語が声や息づかいから離れ、もはや残響のようにしか届かない近代社会では、ソローのように書物の「声」を「さえずり」に乗せながら聴くことのできる感性がとりわけ求められていると言えるだろう。

## 引用・参考文献


Alarcon, Francisco X. *Snake Poems: Aztec Invocation*. San Francisco: Chronicle Books, 1992.

Anzaldúa, Gloria. *Borderlands/La Frontera: The New Mestiza*. San Francisco: Aunt Lute, 1987.

Arteaga Alfred. *Cantos*. Chusma House Publications, 1991.

——. *House with the Blue Bed*. San Francisco: Mercury House, 1997.

——. *Chicano Poetics: Heterotexts and Hybridities*. Cambrigde UP, 1997.

——. "Aesthetics of Sex and Race." *Feminism, Nation and Myth: La Malinche*. Ed. Roland Romero and Amanda Nolacea Harris. Houston: Arte Publico Press, 2005.

Cypess, Sandra Messinger. *La Malinche in Mexican Literature: From History to Myth*. Austin: U of Texas P, 1991.

Herrera, Juan Felipe. *187 Reasons Mexicanos Can't Cross the Border. Undocuments 1971–2007*. San Francisco: City Lights, 2007.

Lanyon, Anna. Malinche's Conquest. St Leonards: Allen & Unwin, 1999.

León-Portilla, Miguel. *Aztec Thought and Culture: A Study of the Ancient Nahuatl Mind*. Norman: U of Oklahoma P, 1963.

Mora, Pat. *Nepantla: Essays from the Land in the Middle*. Albuquerque: U of New Mexico P, 1993.

Ruiz, Delberto Dario. "Teki Lenguas del Yollotzin: Colonialism, Borders, and the Politics of Space." *Decolonial Voices: Chicana and Chicano Cultural Studies in the 21th Century*. Ed. Arturo Aldama and Naomi Quiñonez. Bloomington: Indiana UP, 2002.

Urrea, Luis Alberto. *Hummingbird's Daughter*. New York: Back Bay Books, 2005.

エリアーデ、ミルチャ『エリアーデ著作集　第二巻』久米博訳、せりか書房、一九七四年。

オルソン、チャールズ「投射詩論」『現代詩手帖　ビート読本』斉藤修三訳、思潮社、一九九二年。

ソロー、ヘンリー『ウォールデン　森の生活』今泉吉晴訳、小学館、二〇〇四年。

デリダ、ジャック『声と現象』林好雄訳、筑摩書房、二〇〇五年。

ル・クレジオ、J・M・G『悪魔祓い』高山鉄男訳、新潮社、一九七五年。

金関寿夫『ナヴァホの砂絵　詩的アメリカ』小沢書店、一九八〇年。

小泉八雲『日本瞥見記　上』平井呈一訳、恒文社、一九七五年。

幸田露伴『露伴全集　第四十一巻』岩波書店、一九五八年。

杉浦勉『霊と女たち』インスクリプト、二〇〇九年。

百川敬仁『「物語」としての異界』砂小屋書房、一九九〇年。

吉田喜重『歓ばしき隠喩』岩波書店、一九八四年。

# 第二章

# 異界と儀式

# フィリップ・ロス『人間の染み』
## ——カラスに魅せられて

坂野　明子

### はじめに

フィリップ・ロスの二〇〇〇年の小説『人間の染み』*The Human Stain* は二〇〇三年ロバート・ベントン監督によって映像化された。監督が「クレイマー vs. クレイマー」の著名監督、主演の二人が「羊たちの沈黙」の名優アンソニー・ホプキンズと、今をときめく美人女優ニコール・キッドマンという陣容となれば、当然のことながら日本でも公開され、それなりの注目を集めた。とはいえ、ロスの読者が違和感を覚えたのは映画のタイトルが「白いカラス」となっていた点である。原題は *The Human Stain* であり、小説のタイトルを変更してはいない。日本公開にあたって、「人間の染み」では魅力に乏しいと判断した配給側が、観客動員数の増加を狙って変更したものと思われる。確かに、ホプキンズ演じる主人公コールマン・シルクが黒人の出自を隠蔽し白人として生きてきたこと、また、キッドマン演じる薄幸の女性フォーニアが一羽のカラスに強い思い入れを抱いていたこと、それらから総合的に判断すれば、この命名は的外れなものとは言えないだろう。

だが、原作では、カラスは黒人の肌の色と直接的に結びつけられているわけではない。むしろ、カラスという鳥の表象するものと、人間たちの行動、および行動の背後にある心情が響きあうことによって、作品世界が形成されている。したがってカラスに「白い」という形容詞を付すことによって喚起される人種的イメージは原作の理解のうえでは必ずしも益にならないだろう。本論は『人間の染み』におけるカラスの表象を解き明かしつつ、作品全体の意味を探ろうとするものである。

## 一　カラスの表象

カラスを和英辞典で引けば、crow と raven という二つの言葉が示される。raven はアメリカ文学ではすぐにポーの詩が思い出され、『野鳥と文学――日・英・米の文学にあらわれる鳥』でも、そういう事情から raven はアメリカ文学のセクションに入れられている。しかしながら、『人間の染み』においてはカラスはあくまでも crow である。フォーニアが自分のカラスへの思いを語る箇所で、彼女は、raven は空高く飛び、「(飛行高度) 記録を破り、賞を獲得する」(一六七) のに対し、crow は自分の欲しいものを手に入れるために飛んでいるだけだから、記録のことなど無関心で、そこがいいと語っている。つまり詩的なイメージをかきたてる raven よりも、現実派で身近な存在の crow に惹きつけられているのである。

通常カラス (以下、crow の意味で使用させていただく) は人々に愛される存在とは言い難い。近年、大都市ではカラスの被害が増大し、各自治体はカラス対策を余儀なくされている。逆に言えば、カラスはそれだけ人間のすぐそばで生息しているということだが、同じようにそばに生息しているスズメやハトなどと比べても、負のイメージが強い。これは間違いなくその容姿と関係しているだろう。桝田隆宏は『英米文学の鳥たち』において、「喪服や闇の世界を連想させる全身漆黒の羽の色」のため、「洋の東西を問わず、カラスは不吉な鳥として死や不幸と結びつけられてきた」（一三二）と指摘し、多彩な事例を紹介している。

一方、カラスのもう一つの特徴は、その賢さである。頭のよさを示すエピソードに事欠かないカラスだが、『人間の染み』との関係で言うなら、ヒトの言葉を真似できる能力を有する点に注目したい。作品中、親鳥からはぐれ、ヒナの頃から人間に育てられ、その結果、言葉を話すようになった一羽のカラスが登場する。フォーニアはそのカラスにプリンスという名前をつけて可愛がっているが、プリンスの鳴き声自体、人間のカラスの鳴き真似を真似するという屈折を経たため、奇妙な発声法となり、他のカラスからは異端として苛められる存在となっている。

ところで、カラスの上記のイメージと特徴、すなわち「不幸の暗示」と「物真似能力」は物語の根幹と深く結びついている。『人間の染み』という作品は、成功した（実は黒人の）ユダヤ系大学教授コールマン・シルクが悲劇的な死を遂げるにいたる軌跡を描き出す格好を取っているが、伝統的なフィクションの形式、「全知の作者による語り」の形式にはなっていない。ロス作品にはお馴染みの作家ネイサン・ザッカマンが語り手［＝物語の書き手］として登場するのである。数年前に前立腺がんを病んだネイサンは前立腺切除手術を受け、手術は成功したものの、尿漏れの心配を絶えずしなくてはならない身となり、人との付き合いを避けて、ニューイングランド地方の小さな湖のほとりでひっそりと暮らしていた。しかし、コールマンと知り合い、友情を結び、秘密を抱えたまま死んでいった彼の「悲劇」を身近で目撃したことから、ネイサンはコールマンの物語を再構築する決意をする。「彼の災厄（disaster）と変装（disguise）を自分の作品の主題に」（四五）しようと心に決めるのである。

書き手ネイサンがいみじくも宣言したように、作品はカラスのイメージと特徴に関わる物語になっているが、留意しておきたいのは、この二つは互いに密接に関連していること、具体的には、物真似したことで仲間はずれになったプリンスの例に見られるように、「変装＝なりすまし」が「災厄」を呼び寄せる関係になっている点である。

## 二 「なりすまし」の果て

主人公コールマンの場合を見てみよう。コールマンはニュージャージー州の黒人一家に生まれた。父は元は検眼士をしていたが、大恐慌で職を失い、鉄道の食堂車のウェイターをして生計を立てていた。母は病院で看護士をしており、白人医師からも信頼されるしっかりした女性だった。子供はコールマンを含めて三人で、当時の黒人の家庭としてはめぐまれた環境に育ったと言えるだろう。正確な言葉使いを何よりも大事に考える教養人の父は、シェイクスピアをこよなく愛し、日課のように子供たちにシェイクスピアを読んで聞かせた。それぞれ優秀な子供たちの中でも、コールマンは特に学業に優れ、さらに、白人として通用するほど肌が白かった。とはいえ、彼は最初から白人になりすまそうとしたわけではない。

ハイスクール時代、ボクシングが得意な彼がレフェリーの補佐役として、コーチとともに陸軍士官学校とピッツバーグ大学の試合に出かけたことがあった。このとき、ユダヤ系のコーチから「黒人であることを言うな、そうすれば、ピッツバーグ大学のコーチがお前に目をつけ、白人だと思い、奨学金を用意して入学させてくれるだろう」と言われるが、ボクシングのような荒っぽいスポーツを嫌い、コールマンには黒人大学のハワードに入学し医者になることを期待している父のことを考えて、彼はこの時点では、「白人になりすます」ことはしていない。

そういう彼を変えたのは、ハワードでの体験だった。友人とワシントン・モニュメントを見に出かけ、ウルワースに立ち寄り、ホットドッグを買おうとして店員に初めてニガー呼ばわりされたコールマンはショックを受ける。しかし兄のウォルトと違って、彼は黒人の権利のために立ち上がる道は選ばなかった。黒人運動の全体志向性、そこに内在する「我々」という概念になじむことができなかったのだ。「大きな彼ら（マジョリティとしての白人）が偏見を押し付けるのも我慢ならないが、小さな彼ら（黒人）が連帯という形で倫理を押し付けてくるのも我慢ならなかった」（一〇八）彼は、集団の一人ではない「単独性 singularity」を求めていく。どんなものとも深く結び付くことなく、自由にすべりぬけていく生き方を選択するのである。[1]

彼にとって幸いなことに、ハワードに入って間もなく父が急死した。さっそくコールマンは大学をやめ、白人として軍隊に入隊する。駐屯先の白人向けの売春宿で黒人であることを見抜かれてさんざん殴られ放り出されたこと、除隊してGIビルで入学したNYU時代に北欧系の女性と知り合い、恋仲になったものの、彼女を家のディナーに招待し、彼が黒人であることを知ったとたん彼女が離れていったことなどの辛い経験を経て、彼は最終的に決心する。白人への「なりすまし」を徹底させること。だから彼はユダヤ系のアイリスと結婚するにあたって、母を訪ね、アイリスには「両親は死んだ、兄弟はいない」と話したと伝える。ショックを受けた母からは「お前は雪（snow）のように白い肌をしているけれど考え方は奴隷（slave）と同じだね」（一三九）と言われてしまうのだが。

こうして彼の「なりすまし」は完成し、ユダヤ系の古典文学研究者としてニューイングランドの小さな大学に職を得た後は、大学改革の行政手腕を発揮し、学部長にまで上り詰めていく。その間生まれた四人の子供たちも、妻のアイリスの髪が縮れ毛であったこともあり、黒人の血を疑われるようなことはなかった。だが、いわば功成り名を遂げた後に落とし穴が待ち受けていた。教室に現れない学生二人のことを幽霊の意味で「spooks」と呼んだところ、たまたま彼らが黒人だったため、黒人の蔑称の意味に解釈され、人種差別主義者だと糾弾されてしまうのである。時あたかも九十年代後半のポリティカル・コレクトネス全盛の時代である。コールマンが「文脈から考えて幽霊の意味でしかありえない」、「自分は幼いころから父親に言葉は厳密に使うように躾けられた」と訴えても、調査委員会のメンバーは少しも耳を傾けてくれず、コールマンは退職を余儀なくされる。さらにその間のストレスがこたえたのか、妻のアイリスがあっけなく死んでしまったのである。

もし彼が「実は自分は黒人なのだ」と告白していたら、事態は違っていたかも知れない。しかし、自分を白人であると信じて成長した子どもたちに衝撃を与えることを考えて、彼は真実を明らかにしなかった。ところが、そういう彼にとってさらに皮肉な事態が出来する。妻の死後知り合い、愛しあうようになった、自分の娘ほどの年齢の女性フォーニアの元夫レスターが、ベトナム帰還兵でＰＴＳＤを患っており、その彼から見れば、コールマンはベトナム反戦運動に熱心だったユダヤ系知識人の一人にほかならず、激しい憎悪（反ユダヤ主義）のターゲットになってしまうのである。コールマンへの怒りに燃えるレスターは自ら運転するトラックを車線から大きくはみ出させ、コールマンとフォーニアが乗る対抗車に突進させる。衝突を避けようとした彼らの車は勢いあまって、道路わきに転落、二人とも即死という悲劇が起きたのだった。

## 三　フォーニアの場合

ユダヤ系知識人への「なりすまし」が引き起こした「自らの死＝災厄」、コールマンの死はそのように解釈できるだろうが、フォーニアの場合はどうだろうか。フォーニアはニューイングランドの裕福な家に生まれたが、幼い頃に両親が離婚し、母親が再婚したところから運命が暗転する。継父に性的な暴行を受け、十四歳で家を飛び出してから、フロリダで怪しげなこともしながらなんとか食いつなぎ、ようやく結婚した相手はベトナム帰りの暴力亭主、たまらずに二人の子供を連れて離婚したものの、その二人の子供を火事で焼死させてしまう。まるで絵に描いたような不幸の連続だが、おそらくこれらの不幸から身をまもるためなのだろう、フォーニアもまたある「なりすまし」を実行する。非識字者のふりである。

字が読めないふりをすることによって人は何を得るのか。二つのことが考えられるだろう。ひとつは「蔑まれるべき哀れな存在」としてレッテルが貼られる結果、他者が心の中にそれ以上踏み込んでこないこと、つまり、他者と深い関係を持たなくてすむこと。もうひとつは文字を介して入ってくる情報をシャットアウトできること。どちらも自分と他者、自分と社会との間に衝立を立てる効果を持ち、フォーニアはそうすることによって自分の心の闇が外部にあらわになることを回避しようとしたのだと思われる。

非識字者になりすましたフォーニアは三つの仕事、大学の用務員、郵便局のトイレ掃除係、農場の乳牛の世話係をかけもちでやっている。ところで、これら三つの仕事に共通するのが排泄物の処理であり、一方で、勤め先自体は、郵便局は別としても、人間の「知」と関連の深い職場だという点を見逃すべきではない。もちろん、大学はいいにしても、農場については説明が必要だろう。フォーニアが働く農場はエコロジーに強い関心を持つ大学出の二人の女性が経営しており、有機農業を旗印にしている。彼女たちがいかに「知的」であるかは、フォーニアの葬儀での弔辞の言葉遣いから明らかである。だが、有機などと言いながら、肝腎の牛の排泄物の処理は実はフォーニアが行っている。大学についても同様で、知的活動にいそしむ教授たちのトイレの掃除は彼女が引き受けている。ここから浮かび上がるのは、徹底して、形而下の世界の住人であろうとする彼女の姿、知や言葉や観念や内面世界などの形而上の世界に背を向けようとする姿である。

作品の中盤でコールマンの部屋に泊まった翌朝、ニューヨーク・タイムズの記事を読んで聞かせる彼に憎しみを覚え、家を飛び出し、カラスのプリンスに会いに行くフォーニアの姿が描かれるが、彼女は繰り返し「間違いは泊まったこと」（二三四）と考える。セックスするのは構わない。ある意味で男の排泄物の処理をすることだから。また自分も形而下的存在を保つことができるから。しかし、この日、一夜を過ごし、内面にも関わるような会話をしたのは間違いだった。彼女は「愚かなフォーニアはいろいろなものにちゃんと注意を向けてきた」、「愚かでいることが私の偉業なの」（二三三—三四）などの、己の正体を明かすような発言までしている。その結果、コールマンが彼女に「読み聞かせ教育」を施そうとするに至ったのだ。まるで彼女を「知」の世界に引き上げ、彼女の内面に踏み込もうとするかのように。

たまらなくなったフォーニアはオーデュボン協会に保護されているカラスのプリンスのところに駆けつける。係の女性からプリンスが自分のことを取り上げた新聞記事の切り抜きを壁から引きちぎってしまったことを聞かされ、フォーニアは「プリンスは誰にも自分の過去を知られたくなかったのよ」（二四〇）と笑う。直前のコールマンの家でのエピソードから判断して、彼女のこの言葉は誰にも知られたくない彼女自身の心の闇を示唆していると考えてよいだろう。とはいえ、プリンスに対しては彼女は「なりすます」必要を覚えない。だから、プリンスに向かってフォーニアはコールマンには語らなかった内面、子供たちを失って以来心から離れない自殺願望や、自分を見捨てた母への強い恨みを語ってきかせる。そして極めつけは、前日にコールマンからもらったオパールの指輪である。ほとんど婚約指輪に等しいこの指輪を彼女はプリンスの檻の中に置いていってしまう。まるで、カラスと婚約することによって、人間世界から締め出された存在としての彼女の「なりすまし」、「字も読めない哀れな女」のイメージを完成させるかのように。

フォーニアとコールマン。カラスのように巧みに自分以外のものになりすまし、生きてきた女と男。あげくは女はカラスと婚約し、男はその女と婚約したと信じている。こうして二人はカラスのもう一つの表象、不吉な運命に絡めとられる。彼らの激烈な事故死は読者にそういう思いを抱かせる。実際、コールマンの死んだ朝、彼が勤めた大学のキャンパスは人気なく「カラスばかり」(二八一)が目立ったという。本論の冒頭で、「人間たちの行動や心情がカラスの表象と響きあっている」と述べたが、ここまでの議論でそれが明らかにされたと思う。ただし、ここで終わってしまっては『人間の染み』の作品全体を理解したことにはならない。これからはカラスから離れて、作品の、別の、しかし同じように重要な側面について議論していきたい。

## 四　歴史からの逃走——その不可能性

ロスの読者にはあらためて断る必要もないだろうが、この作品は一九九七年の『アメリカン・パストラル』、一九九八年の『私は共産主義者と結婚した』とともに、「アメリカ三部作」を構成している。「アメリカ三部作」は第二次大戦後のアメリカ史に正面から取り組んでおり、『アメリカン・パストラル』はベトナム反戦運動、『私は共産主義者と結婚した』はマッカーシズムが作品の重要なモチーフとなっている。ロスは三作目を書くにあたって、「自分はほかにどの時代を知っているか」と自問し、「なんだ、今が、一九九八年があるではないか」と考えたという。[2] 一九九八年はクリントン大統領とモニカ・ルインスキーのスキャンダルに合衆国中が揺れた年であり、魔女裁判を想起し、アメリカに今なお根付くピューリタン精神に不快感を覚えた人も少なくない。ロスがその一人であったことは疑いなく、また、当時の社会を席捲していたポリティカル・コレクトネスについても同じように感じていたことが作品の随所に表れている。このことを捉えて『人間の染み』をキャンパスを舞台にPCに対するロスの苛立ちをぶつけただけと断じる批評も存在する。[3] しかし「アメリカ三部作」の他の二作品が示すように、ロスは「歴史と個人のダイナミックな関係」に関心があるのであって、社会現象の表層的な風刺に興味があるわけではない。『人間の染み』は人間の営みを「同時代史」の枠組みで捉えようとしたものなのである。

ロス研究の第一人者デボラ・ショスタクはこの点に関連して鋭い指摘をしている。主人公コールマンの白人への「なりすまし」は「歴史からの逃亡」(二五八)だったが、作家ロスが作品全体として明らかにしたのは「主体は結局歴史の外で生きることはできず、歴史を止めることもできないことだった」と彼女は主張する。作品全体を考えるとき、この議論には疑いの余地がないが、ここからは、いかにコールマンが「歴史」に追いつかれてしまったかを、他の登場人物の造型を検証することで見ていくことにしたい。

コールマンの「なりすまし」は彼に成功をもたらし、家庭の幸福ももたらした。しかし順風満帆に思われた彼の人生を二つの罠が待ち受けていた。その二つの罠にはそれぞれ二人の人物が絡んでいる。一人はデルフィーン・ルーというコールマンの同僚にあたる若い女性教授、もう一人はすでに言及したフォーニアの夫レスター・ファーリーである。

デルフィーンはフランス出身で、文学研究者としてイエール大学大学院で理論を学んだ後、コールマンの勧めるアシーナ大学で教鞭を取るようになった。二十代でありながら言語文学科の学科長に選ばれた彼女はまさにアカデミック・エリートと呼ばれてしかるべき存在だが、実は彼女は、知的にも性的にも魅力的な母親に対する強いコンプレックスを抱えており、精神的には幼い部分を残していた。エレーヌ・B・セイファーはデルフィーンについて「高等教育から知恵（wisdom）を得ることがなかったため、精神的に混乱している」（二一二）と述べている。また、恵まれた育ち、受けた教育の高さなど、フォーニアの対極にあるとも言えるデルフィーンだが、彼女が学習した言語世界は彼女をむしろ孤独にしている。学究生活を続ける中で、彼女は自分が学んできた英語が「アカデミックな英語であって、アメリカ英語でさえなく」（二七六）、アメリカ人たちと気軽に話すことができない自分を見出すのである。

ところで、ある意味では自然なことなのかも知れないが、一見華々しいエリートでありながら本当のところは自信がなく、孤独で、精神的には大人とは言えないデルフィーンは、学者として大学行政従事者として立派に仕事をこなしてきたコールマンに男性としての魅力を覚えていた。しかし、コールマンは採用の面接のときにも他の教員と違って彼女の業績に圧倒された気配がなく、彼女は、アカデミックな言語を操りながら実はからっぽな自分のことを見抜かれているのではないかと恐れ、コールマンを憎む気持が芽生えてしまう。そこに持ち上がったのが例の「spooks事件」である。彼女は絶好のチャンスとばかりにコールマンを叩くが、もちろん、このとき彼女が恃むのはPCの理論である。また、大学を辞めたコールマンがフォーニアと愛人関係にあることを嗅ぎつけたときは、大学の学部長まで務めた男が非識字者の掃除婦という圧倒的な「弱者＝女性」を利用していると、今度はフェミニズム的攻撃をしかける。つまり、彼女は流行の理論を楯に主張しているに過ぎないのだが、逆に言えば、本来ならコールマンに太刀打ちできる経験も人格の厚みもない人間に、時代（＝歴史）は強力な武器を与えたのである。

コールマンを待ち受けたもう一つの罠はフォーニアの元夫レスターである。彼はベトナム戦争をともに戦った友人ケニーの首のない遺体を記憶から抹消できず、PTSDに苦しんでいる。サポーターのグループとともに戦死者の名前を彫り込んだ「移動式ウォール」を見にいっても、彼はほかの仲間のように過去との和解へと向かうことができない。むしろ、ケニーの名をウォールに見つけ、「徴兵逃れでありながらホワイトハウスに入り込んだ奴（クリントン大統領）」や「反戦運動をやっていた知識人ユダヤ野郎（コールマン）」への怒りを増幅させてしまう。彼は「歴史」に過度に呪縛されており、あらゆる事象を「ベトナムの記憶」というレンズを通して見てしまうのである。したがって、彼にとってコールマンを殺すことは「歴史的帰結」だったと言えるのかもしれない。

しかし、実際はコールマンは「ユダヤ野郎」ではなく、黒人だった。ネイサンは、葬儀に現れたコールマンの妹アーネスティーンからそのことを聞かされる。妹はコールマンのことを「ミスター決意」（三二五）と呼び、彼が仮借なく家族を捨て、自分の択んだ道を突き進んだ経緯を説明する。さらに彼女は「今だったら色が白くても白人になりますなんて考えなかったことでしょう。黒人のほうが奨学金をもらうチャンスが大きいですから」（三二六）と言葉を続ける。しかし、彼は公民権運動を待つことができなかった。だから、白人からの差別を回避し、黒人との連帯にも取り込まれないための「独自の自分」を選択した。それは「ミスター決意」の強靭な精神と、ボクシングが得意なことに表れている優れた敏捷性の両方を兼ね備えることではじめて可能な生き方だった。

ネイサンは考える。コールマンは歴史から自由な自分を作り出し、成功を収めたが、最後には「歴史のわなに墜ちてしまった」（三三五）、つまり出し抜いたつもりの「歴史」に追いつかれてしまったのだ、と。というのも、歴史とは何も過去のことだけではない、コールマンが予想もしなかった歴史、今ネイサンが執筆をしているこの時点でも時々刻々「形成中の歴史」、それもまた紛れもなく「歴史」なのである。ロスがアメリカ三部作で一九九八年を取り上げた意味はまさにここにあると言えるだろう。

チェコ出身で当時パリに亡命していた作家ミラン・クンデラは一九八〇年のロスとの対談で、「過去の記憶を失った国民は次第に自分を失っていく」（九八）と述べて、ソビエトからの圧力により現代チェコ文学の出版を禁じられている祖国の状況を慨嘆している。おそらくこれは個人についても言えることで、コールマンのように過去の記憶を切り捨てることは、結果的に自分を失うことになるのではないだろうか。タングルウッドのクラシック・コンサートのリハーサル会場でネイサンが最後にコールマンとフォーニアの姿を見かけたとき、彼が二人を「空っぽの二人 a pair of blanks」（二一三）と感じるのはこのことと関係するだろう。そして（レスターという第三者の手が加わってはいるが）印象として彼らがまるで吸い込まれるように死に向かっていったことも、その延長にあるのではないだろうか。

## 結び

『人間の染み』はカラスの表象から導き出される「なりすまし」と「災厄」の個人的な物語であると同時に、人間と歴史との関わりを問いかける、より大きなパースペクティブを含む作品でもあることを検証してきたが、最後にタイトルについて考えてみたい。モニカ・ルインスキーのドレスに残った大統領の精液の染み、ネイサン・ザッカマンの尿漏れの染みなど、作品中、「染み」にあたるものは幾つも言及されている。中でも、フォーニアがコールマンに語って聞かせる（とネイサンが想像する）ピストル自殺者の部屋の掃除の描写は重要なヒントを与えてくれるように思われる。壁にはりついた血、骨、肉。いくら拭っても落ちない染み。それらは人間が生きていた痕跡であり、我々いのだ。ネイサンが人間の排泄物を描き出すことを忘れることは、人間が人間の生物学的な生が基本的にそういうもので出来ていることを忘れることは人間存在の一番重要な事実を忘れることに等しい。[4]

デヴィッド・ブラウナーはロスの小説に排泄物への言及が多いこと注目し、ロスの場合は「スイフト的糞便学的オブセッションによるのではなく」（七一）、内臓を含む人間存在のすべてをとらえたいと思っているからだろうと推察している。作品の最終シーンはロス文学のそのような特徴をよく表している。コールマンの兄に会うべくニュージャージーへ車を走らせる途中、ネイサンはレスターが凍結した湖の上で魚釣りをしているところに遭遇する。コールマンの物語を書く必要上からレスターとしばし会話をしたのち、背を向けたネイサンはふと後ろを振り向き、白い湖面上のレスターの姿に強い感銘を受ける。「氷の下の水は湧水がいつも出ていて循環しており」（三六〇）、いわば自動浄化装置を持っている一方、氷の上にバケツを伏せて座っているレスターは、一点の黒い「染み」に見えるのだ。いや、人間である限り、清らかな水にはなり得ない。人間であるとは「染み」であると同意なのである。

したがって作家であるネイサンがするべきは、まさにこの「染み」を描き出すことである。だから、ネイサンのことを作家と知って、どういうものを書くのかと聞くレスターに、ネイサンは「あんたのような人たちのことだ」（三五六）と答え、タイトルは「人間の染み」になるだろう、「完成したら送ってやるよ」と付け加えている。むろん「あんたのような人たち」はレスターだけでなく、コールマン、フォーニア、デルフィーン、そして自分自身も含まれることだろう。こういう人々の「内臓を含めた全存在」を、彼らが歴史という時間軸のなかで相互に関わりながら生きていく姿をネイサンは描き出すことだろう。だから、彼は五年間におよぶ隠遁生活に終止符を打つべき時が来たと考えながら、牧歌的な風景をあとにするのである。

## 注

1 作品中、"the sliding relationship with everything" (108) という表現が使われている。

2 Jeffrey Charis-Carlson. "Philip Roth's Human Stains and Washington Pilgrimages." *Studies in American Jewish Literature* (*SAJL*). vol. 23. 2004. 105.

3 たとえば Ronald Emerick はこの作品を「教育についての風刺」と捉え、アメリカの大学がピューリタンの遺産から逃れられないことをロスが問題視していると述べている。"Archetypal Silk." *SAJL*. vol. 26. 2007. 73.

4 ロスの「人間の染み」についての思いは次の一節によく表れている。
The stain so intrinsic it doesn't require a mark. The stain that precedes disobedience, that encompasses disobedience and perplexes all explanation and understanding. It's why all the cleansing is a joke. A barbaric joke at that. The fantasy of purity is appaling. (242)

## 引用文献

Brauner, Daivd. "Aemrican Anti-Pastoral." *SAJL*. vol. 23. 2004. 71.
桝田隆宏『英米文学の鳥たち』大阪教育図書、二〇〇四年。
奥田夏子・山崎喜美子・川崎晶子・蒲谷鶴彦『野鳥と文学』大修館書店、一九八二年。
Roth, Philip. *The Human Stain*. Boston: Houghton Mifflin Company, 2000.
——. *Shop Talk: A Writer And His Colleagues And Their Work*. Boston: Houghton Mifflin Company, 2001.
Safer, Elaine B. *Mocking the Age: The Later Novels of Philip Roth*. Albany, New York: State U of New York P, 2006.
Shostak, Debra. *Philip Roth-Countertexts, Counterlives*. Columbia, South Carolina: U of South Carolina P, 2004.

# 鳥の言葉に耳を傾ける
## ——ゾラ・ニール・ハーストンの『彼らの目は神を見ていた』におけるハゲタカによるコール・アンド・レスポンス

田中　千晶

### 一　ハゲタカによるコール・アンド・レスポンス

本稿で取り上げるゾラ・ニール・ハーストンの『彼らの目は神を見ていた』（一九三七）には、人間の言葉を話す鳥が登場する。主人公ジェイニーの三度の結婚を描くこの作品は、ハーストンの評伝の著者であるロバート・E・ヘメンウェイが「愛の物語である」（『ゾラ』二三一）と述べ、バーバラ・クリスチャンが「黒人文学において初めて、我々は、外部からではなく、内部からの一人の黒人の少女の成長を感じる」（五七）と説明しているように、ジェイニーとティーケイクの愛の物語、あるいはジェイニーの自我の探究の物語として一般的に論じられてきた。本稿において焦点を当てるのは、この作品の第六章に書かれているハゲタカのボスとその手下たちによる会話である。[1] イートンヴィルの町の人気者だった一頭の騾馬が死んだ際に、町の人々による葬式が行われ、葬儀を終えた人々は、頭上を飛び交うハゲタカの集団に騾馬の死体の処理をまかせて立ち去る。離れたところにある木の上で待機していたボスのハゲタカが伝令を受けてやってくると、ハゲタカたちは次のように話し出す。


「何がこいつを殺したのか?」

手下のハゲタカたちが一斉に答えた。「ほんのわずかの脂肪です。」

「何がこいつを殺したのか?」

「ほんのわずかの脂肪です。」

「何がこいつを殺したのか?」

「ほんのわずかの脂肪です。」

「誰がこの葬式の任務を果たすのか?」

「おれたちです!!!!!」

「よし、始めていいぞ。」(六二)[2]

コール・アンド・レスポンスと呼ばれるこのような呼びかけと応答が終わると、ハゲタカたちは騾馬の死体に飛びかかり、騾馬を骨だけにしてしまう。この場面について、ジョン・F・キャラハンのように、「コール・アンド・レスポンスの多声的な巧みさ」(一二五)を示す描写として肯定的に論じる批評家がいる一方で、ダーウィン・T・ターナーのように、この場面を含めた第六章全体が本題から外れており、不必要であると批判する批評家もいる(一〇七)。その中で、ヘンリー・ルイス・ゲイツ・ジュニアは、次の引用のように、ハゲタカが人間の言葉を話すこの場面が読者の意表を突くものであることを指摘している。「とりわけ、このアレゴリーは、読者が抱いていたかもしれない、これが現実の世界を描いた小説であるという幻想を完全に打ち砕く。……挿入されたこのハゲタカのアレゴリーを目にするやいなや、読者のこの予想は大きく覆される」（『シグニファイング』二〇一）。また、マリア・タイ・ヴォルフはこのエピソードをファンタジーととらえ、それを受け入れるのか拒絶するのかという「読者への挑戦」（ゲイツ『ゾラ』二二七）が行われていると説明している。

それに対して本稿では、アフリカ民話やアフリカン・アメリカン民話の中で、鳥が隠されていた真実を告げる役割を果たしていることに注目する。例えば、『アフリカの民話』の中の「鳥の告げ口」では、妻を嫌う男が、妻を殺した後に、一羽の鳥が現れて「お前は魔物」（アブラハムズ　四八八）と歌い始める。何度殺してもまた生き返るこの鳥は、殺した妻の両親の家を男が訪ねた際にも歌い続けたために、男の悪事は暴かれ、男は妻の親族の手によって焼き殺される。また、『アフリカン・アメリカン民話』にも、息子を殺し、夫にその肉を食べさせた母親の前に、息子の霊が鳥となって現れて「母さんは僕を殺した、父さんは僕を食べた」（アブラハムズ　一一三）と歌い、それを聞いて真実を知った父親が母親を殺す物語が収録されている。[3] 以下の章では、『彼らの目は神を見ていた』において、ハゲタカたちがコール・アンド・レスポンスの中でどのような真実を告げているのかを考察していく中で、この作品に密かに書き込まれたもう一つの物語を明らかにしていく。

## 二　死神による呪い

初めに取り上げるのは、コール・アンド・レスポンスの前半で三度繰り返される、わずかの脂肪が年老いた騾馬を死に至らしめた、というハゲタカたちによる指摘である。この指摘は、それまで食べ物も満足に与えられず酷使されていたために痩せ衰えていた騾馬が、ジェイニーの二番目の夫ジョーに買い取られた後、働くことなく山盛りの飼い葉を与えられて体に「脂肪」(五八)がついたために死んでしまった、という皮肉な事実を明るみに出す。さらに、ジョーが病気になった際にも筋肉が「脂肪」(七八)へと変わっていくことから、この指摘は、この作品における騾馬とジョーとのつながりも示唆している。そして、この「脂肪」による騾馬とジョーとの結びつきは、両者が共に死ぬ間際に死神と格闘する、というもう一つの共通点をわれわれに思い起こさせる。

騾馬、ジョー、死神のこのようなつながりは、コール・アンド・レスポンスの後半で、ハゲタカたちが葬儀の任務を果たすのは自分たちだと主張していることを理解していくための鍵となる。その際に見逃すことができないのは、ジョーの病気が既に手遅れだと医者に告げられた直後に、ジェイニーが死神について思いを巡らせている次の引用である。ボスのハゲタカがコール・アンド・レスポンスの前に離れたところにある木の上で呼び出しを待っていたのと同様に、死神もまた離れた高い所にある家で呼び出しを待っていることが、この引用の中で明らかにされる。

> そこでジェイニーは死神のことを考え始めた。はるか遠くの西方に住む、巨大な角張った爪先をした奇妙な存在、死神。側面もなく屋根もない演壇のように水平な家に住む偉大なる霊。死神には覆いは必要ないし、どんな風も彼に吹きつけることはない。彼は世界を見下ろす高い所にある家に立っている。……彼は、来るように命じる伝令を待っている。……かわいそうなジョディ!(八四)

さらに、この引用に書かれている「覆い」と「風」は、ジェイニーと三番目の夫ティーケイクがハリケーンに襲われてエヴァグレーズという町から逃げ出した後の次の引用にもわれわれの目を向けさせる。

ジェイニーは喜んでその紙を見た。それはまさしくティーケイクを覆うためのものだった。その紙に寄りかかって、それを押さえつけることは可能だった。とにかく風は前ほど悪くはなかった。まさしく覆うためのもの。かわいそうなティーケイク！（一六五）

この引用は、道端で疲れ果てて横になっているティーケイクを覆うために丁度いいタール紙が一枚飛んできたのを見つけた時のジェイニーの喜びと、風が少し弱まったことへの安堵を表しているだけであるかのように見える。しかし、布や毛布ならともかく、ハリケーンの最中に飛んできた一枚のタール紙がそれほどジェイニーを喜ばせるものなのかという疑問、この引用の中の「まさしく覆うためのもの」という言葉の不自然な反復、そして最初の引用の中の「かわいそうなジョディ！」と同じ自由間接話法によって描写されている二つ目の引用の中の「かわいそうなティーケイク！」、さらに、このタール紙を手にした直後に風がジェイニーを持ち上げて彼女が水の中に落ち、助けようとしたティーケイクが狂犬病の犬に噛まれてしまうというその後の展開、という四つの点に注目した時、この二つの引用の中に覆いと風が出てくることが偶然の一致ではないという見方が可能になる。

覆いと風がフードゥーにおいて死神に呪いを依頼する際の重要な要素であることは、この作品の四年前に出版された『騾馬とひと』の中に記述されている。ハーストンがニューオーリンズでフードゥーのまじない師に弟子入りした経験を記したこの『騾馬とひと』に書かれた儀式の中で、「偉大なる霊」と呼ばれる死神に呪いを依頼する際に、生贄の羊は次の引用のように紙で覆われる。「詠唱が続く間、羊の頭と肩甲骨の間が撫でられた。……羊は願い事が書かれた九枚の紙で覆われ、その上には土がかぶせられた」（二〇二）。また、「西の風が彼らの息を吹き飛ばし、髪の毛を生えさせず、指の爪を剥がし、骨を砕いてしまいますように」（一九七）という呪いの言葉が示すように、死神には東西南北それぞれから吹く風を使って様々な災いをもたらす力があることも記述されている。すなわち、『騾馬とひと』に書かれている、紙で覆ったり風を使ったりして死神に呪いを依頼する方法と、『彼らの目は神を見ていた』の二つの引用の中のジェイニーの言葉と行動を結びつけた時、「死神には覆いは必要ないし、どんな風も彼に吹きつけることはない」という最初の引用の中の修辞疑問は、「死神は覆いとして何が必要かしら？　それに何の風が彼に吹きつけるのかしら？」という文字通りの意味にもとらえることができるのである。[4]このとき、最初の引用は、ジェイニーがジョーへの呪いを死神に依頼する際に必要な覆いと風について考えていることを表すものとなり、二つ目の引用は、彼女がティーケイクに呪いをかけるためにちょうどいい覆いの紙を見つけて喜び、その上で呪いにふさわしい風向きを確認していることを示すものとなる。このように、二つの引用に共通する「覆い」と「風」は、病気の夫ジョーを心配する妻、疲れた夫ティーケイクを思いやる妻であるジェイニーとともに、死神に二人の夫への呪いを依頼する恐ろしい妻としてのジェイニーの姿を作品の中に出現させる。

## 三　ぞっとするような女性の物語

しかし、ここで疑問として浮かぶのは、自分の行動を厳しく管理し、時には激しい暴力を振るう二番目の夫ジョーに対してジェイニーが憎しみを募らせていることは、作品の中で明確に描かれているのに対して、三度目の結婚でようやく出会えた理想的な夫であるはずのティーケイクになぜ呪いをかける必要があったのか、という点である。その理由として、この作品には、ジェイニーを深く愛しているティーケイクが、その一方で浮気をしたり暴力を振るったりしていることもまた描かれていることをあげることができる。エヴァグレーズでの生活が落ち着いた時、ジェイニーは、ティーケイクが若い女と二人でとうもろこし畑にいる場面を発見する。また、ジェイニーとミセス・ターナーの弟との仲を疑ったティーケイクは、「自分がジェイニーを所有していることを再確認する」（二四七）ために、人々の前でジェイニーを叩いている。[5] とりわけ注目に値するのは、この暴力の後のジェイニーの沈黙である。浮気の後には、ジェイニーがティーケイクを非難し、派手な喧嘩が繰り広げられているが、ティーケイクの暴力の後は、ティーケイクと彼の友人との会話が続くだけで、ジェイニーがそのことについてどう思ったかについては全く記述されていない。そのために、この不気味な沈黙の中でジェイニーが夫への報復を死神に依頼し、次の章のハリケーンの場面で死神に指示された通りに「覆い」と「風」を使って呪いをかけた、と考えることもできるのである。

　二つ目の疑問は、白人家庭の中で祖母ナニーに育てられたジェイニーがどのようにして呪いをかける方法を知ることができたのか、という点である。この疑問については、ジェイニーがジョーとの結婚生活に絶望を感じている次の引用の中に、彼女が初めて死神、もしくは死神とのパイプ役となる「誰か」とのつながりを持ったことが示唆されている。

> そしてある日、彼女は座って、自分の幻が店の仕事に取りかかったり、ジョディの前で彼の言いなりになったりしているのをじっと見ていた。その間中ずっと、彼女自身は、髪や服に風を感じながら木陰に座っていた。そのあたりにいた誰かが、寂しさを活力あふれる夏の季節に変えようとしていた。
> 
> そのことが起こったのはこれが初めてだったが、しばらくすると、それはよくあることになったので、彼女は驚かなくなった。それは麻薬のようなものだった。ある意味では、それは彼女が物事に対して折り合いがつくようにして

くれたのだから良いことだった。彼女は、尿だろうが香水だろうがおかまいなしに吸い込む土の鈍感さで、すべてのものを受け取った。（七七）

この引用の四行目の「そのこと」は、これまでの先行研究では、ジェイニーが自分自身とその幻に分裂することであり、その後の記述もその分裂についての描写であるととらえられてきた。しかし、『騾馬とひと』の中に記述されているように、フードゥーでは呪いのためにグーファーと呼ばれる墓場の土がしばしば用いられ、尿と香水も呪いのために必要とされる品であることから、六行目の尿や香水を吸い込んだ土についての言及は、単なる比喩ではなく、ジェイニーが実際に「誰か」から、その土を含めた呪いのために必要な様々な品を受け取ったことを示していると読み取ることもできる。[6] このように考えたとき、「そのこと」は、これまでの先行研究ではほとんど注目されることのなかった、その直前に記述されているジェイニーの孤独な毎日を変えてくれた「誰か」との出会いであると考えることが可能になり、その「誰か」との交流によって、ジョーが急に老けこみ、「彼のまわりにはすでに何か死のようなものがあった」（七七）というこの引用の直後に描写されているような状況がもたらされた、ととらえることもできるのである。[7] このように、ハゲタカによるコール・アンド・レスポンスの前半の「脂肪」が結びつける騾馬とジョー、騾馬とジョーがともに死ぬ間際に死神と格闘すること、尿と香水を吸い込んだ土、死神がボスのハゲタカと同様に離れたところで呼び出しを待っているというジェイニーの言葉、その言葉の中に出てくる覆いと風、ジョーの死、ティーケイクの浮気と暴力、再び言及される覆いと風、ティーケイクの狂犬病、という描写をつなげていくと、この作品に断片的に嵌め込まれた死神による呪いの物語が浮かび上がる。[8]

この呪いの物語は、カーラ・ハロウェイがこの作品が冒頭から「遠くにいる船という難問」（ゲイツ『ゾラ』七〇）

によって読者を悩ませると指摘しているような、いくつかの難問に答えを見出す手がかりを与えてくれる。例えば、愛情が冷めているとはいえ、二十年間夫婦として暮らしてきたジョーが死んだ直後の、少しも取り乱すことなく町の人々の前で夫を失った悲しみに満ちた妻の姿を演じる冷静沈着なジェイニーの態度は、自らの意志によって彼を死に追いやったからだと考えると理解可能になる。そして、ティーケイクに噛みついて彼を狂犬病に罹らせた犬の目が「憎しみ」（一六七）に満ちていたことも、呪いの結果だと考えると説明がつく。

また、この作品の中に呪いの物語が書き込まれていると考えた時、ティーケイクの死が時間の問題だと医者に告げられた直後のジェイニーの思いを示す次の引用の中の大文字で表されている「彼」は死神でもあることになる。「青い天空上層の空間の奥のその向こうに『彼』は座っていた。……『彼』はティーケイクと自分にこんなことをするつもりだったのか。……おそらく『彼』はこの苦しみを長びかせて、これでもう十分だとみなした時、彼女に合図を送ってくれるのだろう」（一七八）。この作品の中では、神がしばしば大文字の「彼」で表されているために、この引用もまた、ジェイニーが絶望の中で神について考えているととらえるのが一般的であろう。しかし、ジョーの命が長くないことを医者に告げられた直後にもジェイニーが死神のことを考えていたこと、そしてこの引用が書かれている第十九章の冒頭の文の中で、"Him-with-the-square-toes"（一六八）という形で、角張った爪先をした死神もまた大文字の「彼」で表されていることの二つの点から、この引用における「彼」は死神であり、依頼した懲らしめが予想よりもはるかに厳しかったことに当惑したジェイニーが、死神からの終了の合図を待っていると考えることもできるのである。[9]

さらに、本稿の考察にとって最も重要な点として、この呪いの物語に着眼してこの作品を読み直した時に、愛の物語におけるジェイニーとは全く違う彼女の姿が現れることを指摘することができる。例えば、第一章の最後に書かれている「時はすべてを年老いたものにするために、穏やかに移りゆくまだ浅い闇は、ジェイニーが話している間に、ぞっとするような年老いたものとなった」（七）という描写は、ジェイニーが夕暮れ時にフィービーに話し始め、語り終えた時にはあたりは闇に包まれていたことを示す時間の経過の比喩であるかのように見える。しかし、この引用の中の「怪物のような」「極悪非道の」「ぞっとするような」を意味する“monstrous”という語の間に、「多くの」を示す“poly”という語を挿入した、ＯＥＤにも載っていない“monstropolous”というハーストンによる造語と、本稿でこれまで論じてきた呪いの物語を結びつけることによって、甘い結婚を夢見ていた少女が、時間の経過とともに、死神との交渉によって夫に呪いをかけることをも厭わない、ぞっとするような年を重ねた女へと変貌していくことが、最初の章において示唆されていることになる。[10]

同様のことが、難問の一つとして先行研究の中で様々に論じられてきた作品の冒頭の「そして、女性たちは覚えていたくないことはすべて忘れてしまい、忘れたくないことはなにもかも覚えている。夢は真実である。そのために彼女たちはその考えのもとに行動し、ふるまう」（一）という引用についても言える。この引用は、自分の望みを自分自身の行動によって真実へと変え、死神との交流によって二人の夫を死に追いやったことは記憶から消し去る、ぞっとするような女性の一人としてのジェイニーの姿を浮かび上がらせる。さらに、作品の最後の場面で、イートンヴィルの自分の家の寝室に一人座っているジェイニーが、「ここに平和があった」（一九三）と考える場面も、夫に呪いをかけ、夫に取り憑いた狂った犬が自分を殺そうとした際には夫を撃ち殺し、もはや夫の浮気や暴力に心を乱されることなく彼との愛にあふれた思い出とともに生きることのできる日々を平和だと考える、怪物のような女性についての描写となる。このように、呪いの物語は、愛の物語の中に、様々なぞっとするような女性としてのジェイニーの像を次々と映し出していく。

しかし、この作品にはティーケイクに呪いをかけたとはとても思えないジェイニーの言葉や行動が描かれているために、この呪いの物語は、このように難問のうちのいくつかに答えを見出す手がかりを与えてくれる一方で、さらなる難問を生み出していくこともまた指摘することができる。例えば、ジェイニーが、ティーケイクの体調が悪いことがわかった際に、すぐに近所の医者を呼んでいることは、彼女自身が死神に依頼して呪いをかけたことと矛盾する。また、その医者からティーケイクの死が時間の問題だと言われた後に「あの時あの湖で自分が牛の尻尾から滑り落ちて溺れて死んでいればよかったのに」(一七八)と考えたり、ティーケイクの死後は何時間も泣き続け、葬式の時も喪服を着る気になれないほど悲嘆にくれたりしているジェイニーが、死神に夫への呪いを依頼するとは考えられない。[11]このように、この作品の中に、ティーケイクを心から愛する妻と、ティーケイクに呪いをかける妻が混在すると考えた時、ジェイニーについての描写のうちのどれが彼女の本当の気持ちで、どれが彼女の演技なのかは、謎のままに残される。

また、ハリケーンそのものが、ジェイニーと死神との交流によってもたらされたものなのか、そうだとすれば、ジェイニー自身がハリケーンによって命を失うかもしれなかったことをどう考えればよいのか、という新たな疑問も生まれる。[12]そのために、この死神との交流もまた、ジェイニーが二つに分裂することと同様に、彼女の幻想に過ぎないのではないか、という見方も可能になる。このように、この呪いの物語は、いくつかの謎を解消しつつ、さらなる謎を生み出し、夫を深く愛する妻の物語と、夫を憎む妻の物語、そして現実の世界を描いた物語と、理性では理解不可能な物語という、それぞれ矛盾する二つの物語の間で読者を宙吊りにすることになる。

## 四　鳥の言葉に耳を傾ける

これまで考察してきたような、ある物語の中に読者に気づかれない形で別の物語を書き込む手法は、アフリカン・アメリカンが奴隷制時代から受け継いできた彼ら独自の表象の方法の一つである。ヘンリー・ルイス・ゲイツ・ジュニアは、『シグニファイング・モンキー』の中で、フレデリック・ダグラスの奴隷体験記の中の記述を用いて、標準英語の話し手にとって「意味のない、わけのわからない言葉」(六七)が、アフリカン・アメリカンにとっては様々な意味を持っていると説明している。また、ヒューストン・A・ベイカー・ジュニアも、チャールズ・W・チェスナットの『魔法使いの女』には、語り手ジューリアスが話す物語に加えて、ジューリアスが自分の言葉の「音」によって女主人にまじないをかけて彼女の病気を悪化させたり回復させたりする「もう一つの物語」(四七)を見出すことができることを指摘している。さらに、有名な民話をタイトルに使ったトニ・モリソンの『タール・ベイビー』の中に、「歌う骨」というもう一つの民話に基づいた物語が密かに書き込まれていたり、「意味不明」を意味する語をタイトルに用いたイシュメール・リードの『マンボ・ジャンボ』という作品の中に、アメリカへの痛烈な批判が断片的に嵌め込まれていたりする例も見出すことができる。[13]

ハーストンもまた、『彼らの目は神を見ていた』の中に、紙による覆い、風、尿、香水、土という、標準英語における意味とは別の意味を持つ言葉をつなげることによって浮かび上がる「もう一つの物語」を書き込んだといえる。ハーストンは、「征服者ハイ・ジョン」というエッセイの中で、アフリカン・アメリカンのフォークロアにおける英雄であるジョンについて、「彼は遊び騒ぎ、愚かな振る舞いをし、滑稽に見える。しかし、そのつもりになれば、あなたがたはその背後により深いものを読み取ることができるのだ」(『完全な物語』一四三)と記述している。『彼らの目は神を見ていた』においても、愛の物語、自我の探求の物語の背後に、憎しみの物語、理性では理解不可能な物語の断片を嵌め込み、「もう一つの物語」を紡ぎ出すことが行われていると考えることができる。この物語は、それ自体整合性を持たず、さらには作品の整合性をも破壊し、愛と憎しみ、現実の世界と呪術の世界が混沌として混ざりあった空間を作品の中に創造する。

以上の考察から、『彼らの目は神を見ていた』において、現実の世界を描いた物語の中に突然登場して人間の言葉を話すハゲタカは、意味不明なコール・アンド・レスポンスを繰り広げることで作品の中にほころびを作り出し、このような空間の始まりを告げる役割を果たしているといえる。西欧的な視座から見れば読者を戸惑わせるこのハゲタカは、民話の中の鳥たちが人々の知らない真実を伝えているように、この後に死神による呪いの物語が始まることを密かに予告する。そして、コール・アンド・レスポンスの後半でハゲタカが自分たちの役割を強調していることは、本来は死体の後始末をする脇役にすぎない彼らが騾馬の葬儀の中心となるのと同様に、タイトルに神が用いられ、作品の中でもしばしば神について言及されているために、あたかも神を中心とした物語であるかのように見えるこの作品の中に、呪術的な力を持つ死神がジェイニー、ジョー、ティーケイクの運命を操る物語もまた書き込まれていることを示唆しているといえる。このように、意味不明であるかのようなハゲタカの言葉に耳を傾けることによって、『彼らの目は神を見ていた』は、真実と虚偽、善と悪、現実と幻想とが表裏一体となった、ぞっとするような物語としてわれわれの前に立ち現れる。

## 注

1 「黒人の表現の特徴」というエッセイの中で、ハーストンはアフリカン・アメリカンのヒーローたちとして、兎、熊、ライオン、ハゲタカ、狐の五つの動物をあげている。八六三参照。

2 ハリケーンの場面でも、数多くのハゲタカが一箇所に集まって飛び交う描写が見られるが、このときのハゲタカは言葉を発することはない（一五五）。『完全な物語』に収録されている「口論の骨」という短編の中でもこの騾馬の葬式のエピソードが用いられているが、そこでは、騾馬を「腐食動物」（二〇九）のなすがままにまかせたと書かれていて、ハゲタカとは特定されておらず、コール・アンド・レスポンスもない。また、ラングストン・ヒューズと共同で書いた戯曲『騾馬の骨』では、騾馬は既に四年前に死んで骨になってしまったという設定になっている。

3 『アフリカの民話』の中の「私を捕るなら気をつけて、気をつけて」でも、鳥が自分を捕まえようとした家族に向かって警告の歌を歌う。また、『アフリカン・アメリカン民話』の中の「私を撃たないで、ダイヤーさん」は、狩りが好きな男に、鳩がその後に起こることを歌で伝える物語である。

4 『騾馬とひと』の中には、呪いをかける際に、既に引用したような紙で覆う方法以外に、蛇の皮や布で覆う方法も描かれている。一九九、二一〇参照。

5 『ヨナのとうごまの木』（一九三四）の主人公ジョンも、妻を愛していながら浮気を繰り返し、時には暴力を振るう。ティーケイクの浮気や暴力について、シェリル・A・ウォールは「黒人文化を受け継いだ子であるティーケイクは黒人男性のもつ黒人女性に対する否定的な態度も受け継いでいただろう」（ゲイツ『ゾラ』九三）と説明している。バレリー・ボイドも、ティーケイクの暴力に注目しているが、ボイドはこの暴力がジェイニーがティーケイクを射殺するという結末を仄めかすものであると指摘している。三〇四参照。

6 尿については『騾馬とひと』二三三参照。香水については二〇七、二二五、二七五、二七八に、グーファーについては一九六、二二七に記述されている。また、ハーストンは『彼らの目は神を見ていた』をハイチで執筆したが、この作品の翌年に出版されたハイチやジャマイカについての著書『わが馬よ語れ』（邦題『ヴードゥーの神々――ジャマイカ、ハイチ紀行』）の第十六章にも、グーファーについての詳細な説明がある。

7 ティーケイクは、退屈な時間を「活力あふれる夏の季節」(一四一)へと変えることのできる男だと描写されている。そのために、この引用は、「誰か」の力によって、ジョーとの寂しい生活からティーケイクとの結婚生活へと変化したことを示しているととらえることもできる。

8『ヨナのとうごまの木』においては、主人公ジョンの浮気相手が呪術師に呪いを依頼し、その後にジョンの妻が病気になって死んでしまうことが描かれている(二二五―二二六)。ヘメンウェイは、『ゾラ・ニール・ハーストン伝』の中で、『彼らの目は神を見ていた』が、「年上の女と若い男の恋のエッセンスを表現しようとした意味においてのみ自伝的である」(二三一)と説明しているが、本稿の考察にとっては、『騾馬とひと』の中に記述されている、フードゥーのまじない師に弟子入りした経験を通しての、死神の呪いに関する深い知識も自伝的要素として見逃すことはできないといえるだろう。ハーストンは自伝『路上の砂塵』の中でも、恋愛について書いた後に、「人生は、疑問を投げかけ、物事の始まりと終わりを支配する、死神と呼ばれる二つの頭を持つ霊が、すべての答えを握っている。そしてたとえ私がすべてを知っているとしても、秘密の事柄は私だけの胸にしまっておくつもりだ。」(二一一)と死神について言及している。また、ヘメンウェイが、一九四〇年二月のハーストンと十八歳年下の二度目の夫プライスとの離婚訴訟の裁判記録として、被告であるプライスは、原告であるハーストンがハイチに住んでいる間に習得した「『黒魔術』や『ヴードゥー教のまじない』と呼ばれるものを行使されることに身の危険を感じていた。……[原告は]被告が言う通りにしないと、自分には『彼に呪いをかける』力があると言っていた」(二七四)と記述していることも、本稿における呪いの物語を示唆するものとなっている。

9 このとき、「神様は考えておられるとおりに行動されないこともあるのだろう」(一七八)というこれに続く文は、「神様は『彼』が考えたようなことはなさらないだろう」という意味でもあることになる。

10 この語は、一六一ページでも用いられている。この引用に言及している先行研究として、キャラハン 二二五、パヴリック 二一一、ゲイツ『シグニファイング』一九五参照。

11 ティーケイクの体調が悪い時に、ジェイニーがフードゥーのまじないで人を危害から守るとされている「カラシの種」(一七五)を探してくると言っていることや、ジェイニーが犬の目に浮かんでいた「憎しみ」(一六七)に言及していることも、彼女自身が呪いを依頼したことと矛盾する。カラシの種については、『騾馬とひと』一八七、二七八参照。

12『騾馬とひと』において、ハーストンは、自分が「雨をもたらす者」という名を与えられ、「偉大なる霊は嵐の中で私に話しかけることになっていた」（二〇〇）と記述している。

13 拙論「〈帝国〉への逆襲――Toni Morrison の *Tar Baby* に隠蔽されたフォークロア」（『アメリカ文学研究』四十三号）、「彷徨する幽霊――*Mumbo Jumbo* に書き込まれたパルマコンとしてのジェス・グルー」（『関西アメリカ文学』四十三号）参照。

## 引用・参考文献


Abrahams, Roger D. *African American Folktales: Stories from Black Traditions in the New World.* New York: Pantheon, 1985.『アフロ-アメリカンの民話』北村美都穂訳、青土社、一九九六年。

Baker, Houston A. Jr. *Modernism and the Harlem Renaissance.* Chicago: Chicago UP, 1987.『モダニズムとハーレム・ルネッサンス――黒人文化とアメリカ』小林憲二訳、未来社、二〇〇六年。

Boyd, Valerie. *Wrapped in Rainbows: The Life of Zora Neale Hurston.* New York: Scribner, 2003.

Callahan, John F. *In the African-American Grain: The Pursuit of Voice in Twentieth-Century Black Fiction.* Urbana: Illinois UP, 1988.

Christian, Barbara. *Black Women Novelist: The Development of a Tradition 1982–1976.* Westport: Greenwood, 1980.

Gates, Henry Louis Jr. *The Signifying Monkey: A Theory of Afro-American Literary Criticism.* New York: Oxford UP, 1988.『シグニファイング・モンキー――もの騙る猿／アフロ・アメリカン文学批評理論』松本昇他訳、南雲堂フェニックス、二〇〇九年。

――, and K. A. Appiah. *Zora Neale Hurston: Critical Perspectives Past and Present.* New York: Amistad, 1993.

Hemenway, Robert E. *Zora Neale Hurston: A Literary Biography.* Urbana: Illinois UP, 1977.『ゾラ・ニール・ハーストン伝』中村輝子訳、平凡社、一九九七年。

Hughes, Langston, and Zora Neale Hurston. *Mule Bone: A Comedy of Negro Life.* New York: Perennial, 1991.

Hurston, Zora Neale. "Characteristics of Negro Expression." *Hurston: Folklore, Memoirs, & Other Writings. The Library of America.* New York: Literary Classics, 1995. 830–46.

――. *Dust Tracks on a Road.* 1942. New York: Harper, 1996.『路上の砂塵』常田景子訳、新宿書房、一九九六年。

——. *Jonah's Gourd Vine*. 1934. New York: Harper, 1990.『ヨナのとうごまの木』徳末愛子訳、リーベル出版、一九九六年。
——. *Mules and Men*. 1935. New York: Harper, 1990.『騾馬とひと』中村輝子訳、平凡社、一九九七年。
——. *Tell My Horse: Voodoo and Life in Haiti and Jamaica*. 1938. New York: Harper, 1990.『ヴードゥーの神々——ジャマイカ、ハイチ紀行』常田景子訳、新宿書房、一九九九年。
——. *The Complete Stories*. New York: Harper, 1995.
——. *Their Eyes Were Watching God*. 1937. New York: Harper, 2006.『彼らの目は神を見ていた』松本昇訳、新宿書房、一九九五年。
Pavlic, Edward M. *Crossroads Modernism: Decent and Emergence in African-American Literary Culture*. Minneapolis: Minnesota UP, 2002.
Turner, Dawin T. *In a Minor Chord: Three Afro-American Writers and Their Search for Identity*. Carbondale: Southern Illinois UP, 1971.
ロジャー・D・アブラハムズ編『アフリカの民話』北村美都穂訳、青土社、一九九五年。

＊本稿は黒人研究の会四月例会（二〇〇九年四月二十五日、キャンパスプラザ京都）で行った口頭発表の原稿に加筆・修正したものである。

# スーラという異端の鳥
## モリスンによる空の視点

峯　真依子

### はじめに

なぜ、モリスンは『スーラ』を書くにあたって、これほどまでにボトムという名の「ただの集落」（一〇）を丹念に描いたのだろうか。この作品は、圧倒的な個性を持つスーラと、スーラの死後もふくめれば、そんな彼女と半世紀近く渡り合うネルの二人の女の友情がテーマである。二人は、いわく付きの少女時代をボトムで共に過ごし、ネルの結婚を機に一度スーラが十年間ボトムを離れるものの、ほとんどのエピソードはそこで起きる。故に舞台はボトムであることは間違いないのだが、しかしこう言ってよければ、モリスンはボトムそのものを書き過ぎるのである。ボトムに吹く風、舞う埃、雨を待つ夜、ときには天変地異にまで及び、自然を巡る多くの描写は、時折、奇異に思えるほど冗長である。

ボトムとは、オハイオ州メダリオンという小さな川辺の町、そこの丘にある小さな黒人集落であるが、そもそも奴隷制度の時代に黒人が白人から騙された、そんなジョークがこの集落の始まりだとされる。奴隷に難しい仕事ができたなら肥沃な最低部の土地を少しやるという約束だったのだが、いざとなると主人は惜しくなり「神様が下界を見下ろされるときには、最低部《ボトム》になる……あそこは天の最低部《ボトム》で——最上の土地なんだぜ」（一一）と、丘の上のやせた土地をボトムと言いくるめ奴隷に与えた。よってボトムの黒人たちは「白人が肥沃な谷底に住み、黒人が上の丘に住んで、毎日文字通り白人たちを見くだすことができるという事実に、わずかばかりの慰めを見出すようになった」（一二）という。

『スーラ』で、主要な登場人物よりも先にボトムの様子が詳述されることについては、たとえばザディッ＝シラッシーが「物語の構造内部に、共同体が重要な位置を占める」ことを認めた上で「スーラのモラルに関わる行為を評価するバロメーターとして、共同体が機能する」（五〇）と主張する。しかし、モリスンは単に、ボトムという古い道徳観を持つ古い共同体とスーラとを、そこから逸脱する者として対立させることで、スーラのユニークさや存在感を強調したかったのだろうか。だとしたら『スーラ』という作品を際立たせている面白さはどこにあるのだろうか。

このスーラとボトムという問題を、方法として歴史学者、阿部謹也の中世史論の助けを借りてあきらかにしたい。阿部は、西欧中世には大宇宙と小宇宙の二つの空間が存在したことを繰り返し主張しているのだが、実は『スーラ』のボトムは意図的に、そのような近代以前の意識を保存する集落として設定されているからである。非常にわかりやすい例を挙げればシャドラックだが、彼がボトムの人たちを引き連れ、最後に水の中で溺死させてしまう様は、「パイド・パイパーの一隊」（一九一）と描写されており、すでに風呂本（一九八六　二一五）によっても言及されているが、中世の伝説、ハーメルンの笛吹き男を連想させずにはおかない。

つまり、『スーラ』という近代小説の中には、中世の世界観で生きるボトムという集落の姿が描かれているのであり、そのことを問えば、作品のこれまで見えなかった一面が、はっきり見えてくるのではないだろうか。そしてキーワードとなるのが、鳥なのである。

## 一　おびただしい鳥の表象

コマツグミ(Robin)は、アメリカの人々に最も親しまれている鳥であるといってよい。背面は灰色、胸はレンガ色、陽気な懐かしい調べで鳴き、春告げ鳥として名が高い（奥田他　一〇六）。かつてコマツグミが、エミリ・ディキンスンによって、生命の息吹や春の喜びの象徴として詠まれてきたことと比較すれば[1]、モリスンのコマツグミに対する描写はいささか不可解で、不吉である。

やっかいなコマツグミの群れといっしょに、スーラはメダリオンに帰ってきた。その小さな、ヤムイモのような胸をして震えている鳥がいたるところにいて、ごく幼い子供たちまで興奮のあまり、意地悪く石を投げて歓迎するいつものやり方を忘れてしまっていた。この鳥の群れがどこから、なぜやってきたのか、知っている人は誰もいない。人々にわかっていることはただ、どこに出かけようとかならず真珠色をした鳥の糞を踏んづけてしまうこと、たえずコマツグミが人々の周囲を飛び回り、死んで落ちてくるので、洗濯物を干したり、雑草を引き抜いたり、ただ玄関のポーチにすわっていることさえむずかしくなってきた、ということだけだった。（一〇七）

このコマツグミの襲来と共にボトムに帰郷したスーラは、すぐに祖母のエヴァ[2]を不潔で貧乏で悪名高い老人ホームにたたき込み、親友ネルの夫ジュードと寝るなどの奔放な性生活を送る。よってボトムには混乱がもたらされるのであり、なお一層コマツグミの明朗な従来のイメージからは遠ざかるのである。しかし、春告げ鳥は一般的にリニューアルや変化という含意を持っているのであって、たとえ『スーラ』のコマツグミが不吉さや混乱を象徴しているようであっても、ボトムにはたしかにリニューアルや変化が訪れているのである。

コマツグミの大群を、ボトムの人々はどのように見たのだろうか。彼らは初め、何故おびただしいコマツグミの群れがやってきたのかわからなかったものの、その鳥と共に十年ぶりに帰郷したその後のスーラの悪行の数々によって、間もなく腑に落ちるところとなる。エヴァは「あの鳥がやって来たのにはわけがあったんだってこと、もっと早く気がつけばよかった。」(一〇九—一〇)とスーラに言い、ボトムの他の住人たちは問題が起きるごとに「スーラの帰郷を告げる厄病神のようなコマツグミの襲来」(一三六)を思い出す。やがてスーラは「悪魔」(一四三)と呼ばれるようになり、コマツグミの襲来はスーラにまつわる不吉なオーメンとして記憶されるのである。

このようにコマツグミの大群がスーラの悪魔性の予兆となることについて、ハリスは「モリスンのコミュニティには……迷信と民間信仰がある。伝統的に自然界は、彼らに啓示される前兆や意味を探すための論理的な場所であった」(七〇)と言い、アフリカンアメリカンには本来、出来事の因果関係を森羅万象の中に求める伝統があり[3]、それがモリスン作品の中にも生かされていると主張する。

そこで、アフリカンアメリカンの古い民間伝承ばかりを集めたJ・メイソン・ブルーワーの『アメリカの黒人伝承』[4]を開いてみると、「迷信」の章にはあらゆる自然界にまつわる迷信、悪魔の手先の鳥や幸運を運んでくる鳥までもが分類されているのだが(二八八—九)、「コマツグミの大群」はどこにも載っておらず、このモチーフはモリスンの創作だと考えられるのである。つまり、モリスンの自由な想像力によって、典型的なまでに明朗な春告げ鳥に、新たなイメージが付与されたと言える[5]。

たしかにハリスの主張するように、モリスンの描くコミュニティには、迷信や民間信仰という形で、アフリカンアメリカンの伝統的な自然への態度が残されている。しかし、ひとつ疑問が残る。なぜ、彼らにとって自然界は、何らかの意味や整合性を与えてくれるのだろうか。つまり、鳥を見て、すなわち「スーラを連れ帰ったコマツグミ」(一四三)と解釈する、そのようなボトムの人々の自然に対する感性こそが重要ではないだろうか。次は、そのようなボトムの人々の自然観について掘り下げたい。

## 二　大宇宙と小宇宙

ボトムの人々の自然観を理解する上で、次のような描写がある。

……まずひどい風が吹いた。風のほうが先だった。ハナがエヴァに向かって子供たちを愛したことがあったかと訊いた日のちょうど前の晩、風が丘の上に吹き荒れ、部屋を鳴らし、ドアをがたがたにした。ありとあらゆるものが揺れ、ボトムに住む人々はこわがったが、雨になると思ってそれを歓迎した。窓が外れて落ち、木々は枝を吹き折られた。人々は最初の稲妻が閃くのを待って、夜半すぎまで起きていた。ある人々は雨水を受けるために、樽の蓋を取りさえした。彼らは雨水を飲んだり、それで料理するのが好きだったからだ。(九〇)

物語の進行にとってもそれほど重要なエピソードではなく、見逃してしまいそうな些細な描写だが、彼らの自然観がよく表れていると思われる。やや先走った言い方になるが、この作品を、二十世紀初頭の黒人集落を舞台にした近代小説という枠組みでのみ理解していいものだろうか。横の比較をするとわかりやすいのだが、たとえば同じ一九三〇年代を描いたエリスンの『見えない人間』に、このように風を恐れ、雨水を好む人物が思い浮かぶだろうか。つまり、モリスンは近代小説というには、あまりにも古い人々の意識をボトムの情景に書き込むのである。

阿部の西欧中世史論を援用し、ボトムの人たちの自然観を理解することは、あながち間違いではないだろう。阿部によれば、現代人がひとつの宇宙のなかで暮らしているとするならば、古代、中世の人々は二つの宇宙のなかで暮らしていたのであり、「古代、中世の人々にとって宇宙は大宇宙マクロコスモスと、小宇宙ミクロコスモスからなりたっていると考えられていた」（一〇八）。また、二つの宇宙の構図が一元化されてゆくなかでヨーロッパ文明が成立し、それが近代社会において全世界に広がっていったが、このような大宇宙と小宇宙という二つの宇宙観は「かつては世界のどの民族にもみられるものであった」と言う（一一九）。

では、大宇宙と小宇宙とは、具体的にどういうことなのだろうか。阿部によれば、小宇宙とは一般的には家のことであって「家の垣根《かきね》の外はもう大宇宙であると思われていた」（一一一）。また、基本的に家を単位とする小宇宙のなかで「家の幸・不幸、人間の運・不運、病気や不作、戦争や災害《さいがい》などのすべては、家の外に広がる大宇宙（森や川、海や山、野原、そして天空と地下の世界）からやってくると考えられていた」（一二四）と言う。つまり中世の人びとが、かろうじて掌握しえたのは小宇宙だけで、自分の理解に及ばない幸福や不幸が生じた場合には、それは小宇宙の外の世界、すなわち自然界である大宇宙からやってきたと考えられていたのである。そしてもしも「村のまわりが垣根《かきね》で囲まれるようになると、村はひとつの小宇宙として意識される」（一五六）ようになった。

さらに阿部は言う。

　私たちは水道の水も雨水も基本的には同じ水だと考えていますが、中世の人には飲料用に家の中に汲《く》みおいた水と、大洪水《だいこうずい》の水や暴風《ぼうふう》の波のうねりが同じものとは考えられていませんでした。（一一七）

つまり阿部の言う小宇宙とは、『スーラ』においてはボトムのことだと言っていい。なぜならば、地理的にボトムとは一本の道しかない丘の上の集落であり、谷間の町の白人が「たまたま用があってこの丘にのぼってくることがあれば」（一〇）という程度にしか来客は滅多になく、垣根はなくとも常に孤立した空間としてあったからである。そしてモリスンは、ボトムが極めて古い宇宙観を保存した共同体であったことを確認するかのように、シャドラックという狂人を共同体からはみでそうな場所、川岸の丸太小屋に住まわせて、中世の『ハーメルンの笛吹き男』を再現させるのである。

　一方で大宇宙とは、ボトムの外の世界であり、それはシャドラックの行った戦争であり、ボトムを襲う異常な天候であり、貧困に始まって、黒人に考えられるおよそすべての不運をもたらす白人の世界である。そこは、小宇宙に暮らす人々にとっては諦めざるを得ない領域であり、またそれゆえに大宇宙は脅威である一方で、不可思議な力に満ちたものでもあったのではないだろうか。興味深いことに、そういった大宇宙を経験し、大宇宙から戻ってきた者、なおかつ大宇宙と小宇宙（ボトム）を行き来できる者は、ボトムに異能者となって戻ってくるのである。もちろん全員ではないが、エヴァ、シャドラック、スーラ、彼らは、ボトムから排除されつつも同時に畏怖の念を抱かれる者たちである（エヴァは、スーラにだけそのような姿として映っていたのだが）。また、エイジャックスの母親はかたくなに魔術の世界を探究する女であった。魔術や霊はいわば超自然であり、彼女も大宇宙を相手にしていた者だといってよい。

以上のように、二つの宇宙観につらぬかれたボトムの人々にとって、自然や空とは大宇宙のことであり、鳥はそんな大宇宙からやってくる存在であったといえる。そしてスーラも、外の世界からやってきた存在であった。「人々は夜、入り口のドアにほうきの柄を横に渡したり、玄関の石段に塩をまいたりした」（一三七）ように、ボトムの人々のスーラに対する恐怖は、通常の人間に対するそれとは思えない種類の怖れ、穢れに対する恐怖に満ちており、つまり彼女は単なる嫌われ者だったのではなく、不可解で制御しがたい大宇宙からやってきた、ダイナミックな悪として、忌み嫌われたことがわかるのである。

## 三　スーラの飛翔

ここで、スーラ自身が鳥とどのように関係するのかについて、目を向けてみたい。ディクスンが指摘するように、「飛行」のメタファーはモリスン作品に広く用いられる（一五三）。そこで、ここではとくにスーラが繰り返し飛翔すること、もしくは落下すること、と言っている点に注目したいと思う。たとえばスーラは、再会したネルが他のボトムの女たちのように平凡な女になってしまったことに驚いて、次のように思いめぐらす箇所がある。

……ネルは彼女らの一員になってしまった。考えることといったら、張りめぐらした車輪のような蜘蛛の巣にもう一つの輻《や》をつけることだけで、乾いた薄暗い場所に、自分の吐いた唾で垂れ下がり、下に待ちかまえる蛇の息よりも、自由意志で落ちるのを恐れる蜘蛛の一匹になりさがった。その眼は、網にひっかかったはぐれ者のよそ者をあんまり一心に見つめているため、背後にあるコバルト色の空も、隠れ家の隅々までさしこむ月の光も目に入らない。……しかし、自由意志による落下は……創意だった。もし彼女たちが、物の味を充分に味わいたければ、つまり、本当の意味で生きたければ、羽を上手に使うこと、足の抱え方をおぼえること、何よりも下へ向かう飛翔にすっかりからだをゆだねることが必要だった。（一四五―六）（傍点は峯）

スーラの飛翔。これを理解するためにはまず、ある決定的な事件を起こしてしまった、彼女の少女時代にさかのぼる必要がある。スーラはネルと川辺で遊んでいた際に、チキン・リトルという男の子を、川に落として死なせてしまう。スーラは動揺し、泣きじゃくったのだが、しかし葬儀の後にはもうスーラとネルの手は「冬の間、蝶はどうなるのかしらと考えている二人組の女の子にふさわしく、やさしく絡みあっていた」（八一）。つまりこの事件によってスーラは、罪悪感というものが長続きしないことを身をもって知る。

罪悪感、すなわち、それはキリスト教の教義のように、後天的に誰かから教えられて学ぶものであって、生まれたままの人間に初めから備わっているものでは決してないのだということに、スーラが経験的に気づいてしまったのではないだろうか。そして次の事件が起きる。母親のハナがスーラの目の前で焼死してしまうのだが、祖母のエヴァは「スーラがハナの焼けるさまを眺めていたのは、驚きのあまりからだの自由が利かなくなったからではなく、面白かったからだということを確信していた」（九五）。

一方、そのエヴァは、燃えるハナを救おうと一本しか残っていない足で（もう一本はかつて子供たちを貧困から救うため列車に轢かせ鉄道会社から保険金を手に入れたという噂があった）、三階の窓から飛び下りるのである。

怪我をして血を流しながら、彼女は焔に包まれて踊っている人影めがけて自分のからだを投げ出そうとして、虚空をつかんだ。しかし、狙いははずれ、からだは、ハナの煙から約十二フィート離れたところに叩きつけられた。(九三)

結局、スーラが気づいたのは、剥き出しの感性であり、人が燃えていて面白い、そう思ったから面白い、というような、非常に危険で、教化も社会化もされないままの感性のあり方だったのではないだろうか。そして成人して後も、自分の感性の絶対的な肯定はいよいよ凄みを増し、手垢のついたもの、誰かがあらかじめ作っておいたもの、お仕着せの思考のパターンには徹底的に興味がもてない。

たとえば、「わたし、ほかの人間なんて誰も作りたかないよ。自分だけを作りたいんだから」(一一一)と母性愛を否定し、「彼女には野心がまったくなく……貪欲さも、人の注意をひいたり、お世辞を言ってもらいたい欲望も全然なく」(一四四)、つまりエゴもない。そして死に際しては、見舞いに来たネルが、スーラのビーズの留金がついたバッグに「財布もなければ、小銭入れもない」(一六八)と気がついて愕然とするのである。いうなればスーラは、貨幣経済にさえ興味がなかったのである。

ところで、不特定多数との性交渉の後で「男の名前を思い出そうとして」(一四九)いたようなスーラだったが、エイジャックスと再会し恋に落ちる。彼女のこれまでの性的放縦を思えばギャップを覚えるが、二九歳の初恋である。誘惑をしに来たエイジャックスは、「青い空にふちどられ」た瓶の贈り物を携え「青いガラスの窓越し」(一五〇)に彼女を見つめるのである。また、「寝室で飛び立たせた蝶を入れた壺」(一五四)、エイジャックスの愛する飛行機の話、リンドバーグ、この恋は飛行するものたちであふれている。

また、スーラとエイジャックスの性交渉で、これまでの男性とのそれとは異なってスーラが上に乗り、「恐ろしい高みと思われる所から、はるか下のほうにある男の顔を見下ろしていた」（一五六）。そして、そのような高みにいる性交渉の間、スーラは自分が「ジョージア松のよう」（一五六）だと感じ、エイジャックスのことを深い土の「ローム層」（一五八）だと思う。要するにスーラは、エイジャックスを介して、自然界、つまり大宇宙へ飛ぶことができるのである。

しかし、この恋に終わりが来る。スーラが、ネルやボトムの女性たちのように男性を「占有すること」（一五八）のときめきを覚えたとき、エイジャックスはやがてスーラが平凡な女になっていく予感を覚えるのである。そしておだやかながらも、一瞬の失望を覚えて、エイジャックスは航空ショーを見に旅立つ。一方で、エイジャックスとの関係において飛び続けることに失敗したスーラは、[6]自分で死を決めたような死に方をし、こうつぶやく。

> もうこれ以上新しい歌はないんだし、わたしはありったけの歌を歌ってしまった。もう全部の歌を歌った。ありったけの歌を歌ってしまった。（一六五）

すなわち、そこで初めて読者は、彼女がこれまでずっと歌を歌っていたことに気づく。不吉さを身にまといながら、コマツグミの大群を連れてボトムに帰ってきたスーラであったが、実は彼女自身がコマツグミのようにずっと歌っていたことが明らかになるのである。それは鳥のメタファーにふさわしい。もちろん、幸福な春の調べなどではないだろう。手がかりは、スーラが飛翔すること、もしくは落下する、と言っていたことである。ひょっとすると彼女は飛翔することの自由を歌っていたのではないだろうか。たとえばモリスンは、雑誌『ニムロッド』でのインタビューで飛翔について次のように述べている。

もし人が文字どおり飛ぶとしたら、飛ぶためには何が必要でしょう? もしあなたが泳ぐのなら、水を信頼し協力し合わなければなりませんね。だけど、もしあなたが足を一歩上に踏み出し、そして飛んだなら? 飛ぶためには、あなたはどういう状態で、何を感じ、何を知って、何をする必要があるでしょう?……すべての重さ、すべての虚栄心、すべての無知を放棄し、捨てなければなりません。そして、あなたの身体のハーモニーを信頼して、確信を持たねばならないでしょう。(四九)

つまりモリスンは、スーラを通して、借り物の概念や、お仕着せの思想、前もって誰かに用意された道徳や母性愛、家族愛、貨幣経済にいたるまで、私たちがどこかで依存し、気がつけば自らの身を重くする、あらゆる常識的なものを疑わせようとしているのではないだろうか。そして、非常に危険な方へ読者を誘惑するのである。飛べ、と。スーラは死ぬ間際に、エヴァがかつて、娘のハナを助けるために飛び下りた窓をしきりに眺める。たしかに、エヴァも飛んだのである。やがてスーラは、呼吸が止まっていることに気がつくと、「痛くさえなかったわ。そのうちネルに話してあげよう」(二八〇)と、十二歳の頃のような興味でもって、次は死という新しい冒険に感傷もなく飛び降りるのである。

## 結び

スーラが死んで二十五年が経過した一九六五年に、ボトムは消滅する。[7] 時代は公民権運動のピークであり、アフリカンアメリカンを取り巻く環境は、まさに希望に満ちあふれているはずだが、「川が魚をみんな殺してしまった」(二〇九)ため、シャドラックは長い間、魚を売っておらず、老人ホームではエヴァが「あの古くなったオレンジジュースは飲まないからね。あのなかにゃ混ぜものがしてあるからね」(二〇三)と、保存料の入るようになったオレンジジュースと、つまり近代化とひとりたたかっている。

また、人間と人間の基本的な関係は決定的に変わり、常に誰かが誰かの家に寄ったり、声をかけることもなくなって、雑多な世界は失われた。「ただ、別々のテレビと別々の電話がある別々の家があるだけで、お互いに訪ねあうことはまれになってきた」(二〇〇)と、ネルは言う。「白人たちがボトムの高いところにテレビ局の尖塔を建てかけており」(一九九)ゴルフコースができるという噂もある。

かつてコマツグミの大群がやってきたボトムには、もうじき緑の芝生がのっぺりと広がる。テレビ塔からは、メダリオンだけでなく、アメリカ全土にも均一で同一の情報が同時に流れている。つまり、ボトムに保存されていた、古い宇宙観、大宇宙と小宇宙は消滅し、一元化された世界がそこにあるのである。

ここは違う、別の世界。ボトムという小宇宙と、不可思議さに満ちた大宇宙があったからこそ、飛んでいって越えてみたいという意志も生まれたのだろうか。一九六五年を描いた最後の章は、あれだけいたコマツグミが、もはや一羽も飛んでいない。つまりモリスンは、スーラの飛翔とコマツグミに、鳥＝外部を象徴するもの、自分達の生活圏(小宇宙)の外からやってくるもの、もしくは飛翔するという行為は、自分の生活圏の外へ出ること、という意味を与えていたのではないだろうか。

ところで、モリスンの作品の登場人物たちは、「飛ぶこと」で結ばれている。手垢がついた生き方という意味で、あらゆる重力に逆らったスーラを描いたモリスンは、次に発表した『ソロモンの歌』では、黒人の古い神話の力を借りて、驚くべきことに本物の重力と対決してみせるのである。

注

1 エミリ・ディキンスンの、作品番号六三四、八二八でRobinが詠われている。奥田を参照。

2 エヴァと鳥の考察については若干存在する。エヴァが息子のプラムを焼き殺す場面でのエヴァの「巨大なアオサギ」(五七)とアフリカ的なコンセプトとの関連についてはジェニングス(五五)、また同場面でのエヴァの「ワシの大きな翼」(五九)は聖書の「黙示録」のアリュージョンだというハント(四五二)の指摘もある。

3 近年、「アフリカ的宇宙観」からモリスン作品を考察する研究が多く見られるようになり、ジェニングス、ザディッ＝シラッシー、風呂本(二〇〇七)、吉田、ヒギンスなどが挙げられる。小説の内側の必ずしも西洋とは相容れない要素に注目している点では、本論文も最近の動向に属するものである。しかし、アメリカ黒人に残るアフリカ的痕跡を探究するという意味では、ハースコヴィッツから続く「アフリカの先祖探し」の延長線にあり、その場合、二つ問題がある。まず文化人類学的アプローチに偏った場合、文学評論としての存在感はどこにあるのかということ、また、一方でモリスンの作品には事実、ギリシャ悲劇からフォークナーまでの影響が垣間見えるため、特殊アフリカ論に終始した場合、彼女の文学の豊穣さが見えなくなるということである。モリスンの non-western concept ともいうべきそれらの要素にどのような批評の言葉を与えていくことがふさわしいのかは、今後の課題としたい。

4 不吉な鳥には、南部の湿地帯に生息するヒメアカクロサギ (small《ママ》 blue heron) が薬草の知識に長けた悪魔の医師と呼ばれるなどする他、キアオジ (yellowhammer) など。一方で幸福な鳥には、フラミンゴ (pink flamingo) などが挙げられている。

5 ただ、一九二七年にヴァージニア出身のブルースギタリストでボーカリストでもある、Luke Jordan によって録音され、広く知られているブルースに "Pick Poor Robin Clean" があり、曲調は不思議な明るさに彩られているものの Robin が羽や頭や足をもがれる歌詞である。これも春一辺倒の Robin のイメージではないと言える。Luke Jordan. "Pick Poor Robin Clean." *Never Let the Same Bee Sting You Twice* (Document Records, 2005) DOCD-5678.

6 モリスンの作品に飛翔というテーマがあることを論じるディクスンまたスーラは飛翔に失敗はしたが、「地下に避難したり、冬眠するのではなかった」(一五七) と、エリスンやライトの作品との間テキスト性を示唆する。

7 「メダリオンという名称が呼び起こすのは、メダルの形状、丸いデザインである……ボトムは、再生の可能性があり、というのもメダリオンという町の名前によって暗示されるがごとく、環によって取り囲まれているからである。」(三四七) という、森の鋭い洞察もある。

## 引用・参考文献


阿部謹也『自分のなかに歴史をよむ』筑摩書房、一九八八、二〇〇四年。

荒このみ「転位の楽園――トニ・モリスンの *Sula*」『津田塾大学紀要』第二一巻、一九八九年。一―一六。

Bjork, Patrick Bryce. *The Novels of Toni Morrison: The Search for Self and Place Within the Community*. New York: Peter Lang, 1992, 1994.

Brewer, J. Mason. *American Negro Folklore*. Chicago: Quadrangle Books, 1968.

Bryant, Cedric Gael. "The Orderliness of Disorder: Madness and Evil in Toni Morrison's *Sula*." *Black American Literature Forum* 24.4 (1990): 731-45.

Dickinson, Emily. *The Complete Poems of Emily Dickinson*. Ed. Thomas H. Johnson. New York: Back Bay Books, 1976.

Dixon, Melvin. *Ride Out the Wilderness: Geography and Identity in Afro-American Literature.* Urbana and Chicago: U of Illinois P, 1987.

Ellison, Ralph. *Invisible Man.* New York: Vintage, 1980.『見えない人間Ⅰ・Ⅱ』松本昇訳、南雲堂フェニックス、二〇〇四年。

風呂本惇子『アメリカ黒人文学とフォークロア』山口書店、一九八六年。

——「先祖と向き合う姿勢」『もっと知りたい名作の世界⑧ ビラヴィド』吉田廸子編著、ミネルヴァ書房、二〇〇七年。三一—四三。

Harris, Trudier. *Fiction and Folklore: The Novels of Toni Morrison.* Knoxville: The U of Tenessee P, 1991, 1997.

Herskovits, Melville J. *The Myth of the Negro Past.* Boston: Beacon Press, 1941, 1990.

Higgins, Therese E. *Religiosity, Cosmology, and Folklore: The African Influence in the Novels of Toni Morrison.* New York: Routledge, 2001.

Holloway, Karla F. C., and Stephanie A. Demetrakopoulos. *New Dimensions of Spirituality: A Biracial and Bicultural Reading of the Novels of Toni Morrison.* Westport: Greenwood Press, 1987.

Hunt, Patricia. "War and Peace: Transfigured Categories and the Politics of *Sula.*" *African American Review* 27.3 (1993): 443–59.

Jennings, La Vinia Delois. *Toni Morrison and the Idea of Africa.* New York: Cambridge UP, 2008.

小谷耕二『南部文芸復興期の「歴史」小説および自伝に関する文化史的研究』平成１２年度〜平成１４年度科学研究費補助金　基盤研究（C）（2）研究成果報告書、二〇〇三年。

McDowell, Deborah E. "The Self and Other: Reading Toni Morrison's *Sula* and the Black Female Text." *Toni Morrison.* Ed. Harold Bloom. Philadelphia: Chelsea House, 2005. 51–65.

峯真依子「黒人奴隷と自由の帰趨」『九州大学比較社会文化研究』第二一号、二〇〇七年。八三—九六。

Mori, Aoi. "The Tower of Babel and Reversal of the Power Structure in Toni Morrison's *Sula* and *Paradise.*"『広島女学院大学大学院言語文化論叢』二〇〇六年。三三一—五〇。

Morrison, Toni. *Sula.* New York: Vintage Books, 1973, 2004.『スーラ』大社淑子訳、早川書房、一九九五年。

——. "Interview by Pepsi Charles." *Nimrod.* 21/22 (1977): 43–51.

Novak, Phillip. "Circles and Circles of Sorrow: In the Wake of Morrison's *Sula.*" *PMLA* 114.2 (1999): 184–93.

太田好信「媒介としての文化」『メイキング文化人類学』太田好信／浜本満編、世界思想社、二〇〇五年。三九―六五。

奥田夏子、他『野鳥と文学　日・米・英の文学にあらわれる鳥』大修館書店、一九八二年。

Reddy, Maureen T. "The Triple Plot and Center of *Sula*." *Black American Literature Forum* 22 (1988): 29–45.

高橋晶子「『ビラヴィド』における鳥のイメージ」『宮城学院女子大学　英文学会誌』第三六号、二〇〇八年。八〇―九二。

田中千晶「闘争の場としての「空」――「フライング・ホーム」と『ソロモンの歌』における飛翔」『木と水と空と――エスニックの地平から』松本昇／横田由理／稲木妙子編、金星堂、二〇〇七年。一八五―九九。

辻内鏡人『現代アメリカの政治文化』ミネルヴァ書房、二〇〇一年。

吉田廸子「近代と対峙するコスモロジー」『もっと知りたい名作の世界⑧　ビラヴィド』吉田廸子編著、ミネルヴァ書房、二〇〇七年。一一六―二七。

Zauditu-Selassie, Kokahvah. *African Spiritual Traditions in the Novels of Toni Morrison*. Gainesville: UP of Florida, 2009.

# カーニヴァレスクな未来
## ——ナロ・ホプキンソン『真夜中の泥棒』とアフロフューチャリズム

鈴木　繁

### 一　アフロフューチャリズムとは何か

一九九三年に出版された評論「ブラック・トゥ・ザ・フューチャー」において、アメリカの文化評論家マーク・デリーは、未来的なテクノロジーやSF的想像力を利用した作品をつくるアフリカ系アメリカ人の作家やアーティストをとりあげ、文学だけでなくポピュラー音楽やコミック、そしてグラフィティ・アートも含めたアート・ムーブメントを「アフロフューチャリズム」と銘打った。[1]この中で言及された作家には黒人SF作家であるサミュエル・ディレイニー、オクタヴィア・バトラー、スティーヴン・バーンズ、チャールズ・サウンダース、また音楽家ではジョージ・クリントンやサン・ラー、そしてグラフィティ・アーティストのラメルジーなどがいる。しかしながら、デリーがこうした芸術家たちを纏め上げ、ムーブメントとして立ち上げようとした背景には、「二十世紀の技術文化の文脈において、アフリカ系アメリカ人のテーマや関心事を扱うスペキュラティブ・フィクション」(一七九)が極めて少ないという事実認識があった。[2]というのも、デリーによれば、アフリカ系アメリカ人の歴史と経験とは、「不幸な植民地主義や奴隷制、そして人種差別主義」によって刻印されており、それは「異星人による誘拐といった修辞や隠喩として表現されている」（一八〇）からだ。

アフリカ系アメリカ人とは、まさに現実的な意味において、異星人によって拉致された人々の子孫たちである。彼らはSF的な悪夢の中で暮らしているのであり、そこでは目に見えないが、しかし頑固なまでに譲らない不寛容さのフィールドが彼らの運動を挫折させてきたのだ。公的な歴史は彼らの過去の遺産を消し去り、そして黒人の身体にはテクノロジーが施された――焼印や強制的な避妊処理、タスキーギー事件、そしてティーザー銃などが容易に思い浮かぶだろう。[3]（一八〇）

たしかに西洋と非西洋の出会いは、人類と異星人との出会いのように「未知との遭遇」として了解できるかもしれない。しかしながら、その遭遇は、資本主義の拡大と帝国主義・植民地主義、そして奴隷貿易などによる搾取と抑圧にあふれた不幸な歴史の始まりでもあった。またこれらの制度的な暴力は、黒人の身体を客体化し、道具化し、白人の「主人」たちへ労働力を提供する機械的な存在として扱ってきたと言える。デリーがここで行ったのは歴史をまたひとつのスペキュラティブ・フィクションとして読みかえる作業であり、虐げられた者たちからみた歴史は「主人たちの歴史《マスター・ナラティヴ》」とは大きく異なる可能性を示唆している。このエッセイは影響力をもって批評家、文学研究者、そして作家たちに迎えられた。事実、デリーのエッセイをうけて、二〇〇〇年には、アフリカ系の作家・編集者であるシェリー・トーマスは、アフリカ系の作家たちのスペキュラティヴ・フィクションを集めたアンソロジー『ダーク・マター』を編纂し、二〇〇四年にもその続編を刊行している。[4] また、二〇〇二年には黒人文学研究家のアンドラ・ネルソンが『ソーシャル・テキスト』誌においてアフロフューチャリズム特集を行い、「アフリカ系のディアスポラ文化研究に新しい方向性」（九）を与えるテキスト群だと評している。

アフロフューチャリズムが重要だと思われる理由のひとつは、近代科学や合理性、啓蒙思想と帝国主義・植民地主義との関係を批判的に読み解く態度と、テクノロジーによってその身体を補綴しサイボーグ的・混交主体を作り上げる意思にある。なぜなら帝国主義や奴隷制を正当化したイデオロギーや言説は、黒人たちをして近代を特徴づける「理性」や「合理性」の外側、または反対のもの、つまり「非理性的な他者」として客体化してきた。こうした排他的な二元論的言説の暴力に対しては、エスニック・スタディーズやポストコロニアリズムなどの文化批評理論と運動が批判してきたとおりである。しかしながら、白人／黒人、支配者／被支配者といった単純な二項対立構造は、黒人たちの運動によっても維持されてきた。たとえばパンアフリカニズム運動やブラック・ナショナリズムといった運動は、しばしばアフリカ系の民族文化を「土着的」で「原始的」、また「均質な何か」を共有しているとみなし、しばしばそれらを本質化することで、支配的・抑圧的な「白人文化」に抵抗の拠点を作り出してきた。こうした民族文化を本質化する傾向に対して、ベル・フックスは「黒人のアイデンティティの複数的な経験を」無視し、そうした多様性を無視することは「容易に黒人たちを、分離主義的ナショナリストか同化主義者、または黒人にアイデンティファイしているか、白人にアイデンティファイしているか、といった二つの範疇にのみ閉じ込めてしまう」（二九）危険性があると訴えている。[5]

アフロフューチャリズムが強調するのはそうした還元主義的な態度ではなく、多様性と混交性に満ちた彼らの歴史的経験の複層性である。アフロフューチャリストたちは「アフリカ系アメリカ人」だけではなく、地域的にも北米やヨーロッパで活躍していたり、ネイティヴ・アメリカンやインド系の血を引く者もいる。また、アフロフューチャリズムは文字テキストを中心とした芸術だけでなく、音楽や踊りなど身体性に深く関わるアート・シーンにもよくあらわれる。アフロフューチャリズムのマニフェスト的な書物『太陽よりも輝いて』(一九九八)においてコドウォ・エシュンは新造語《ネオロジズム》を散りばめ、ジャズ、テクノ、ヒップホップ、文学、哲学を横断して「サンプリング」し、黒人アーティストたちによる技術文化を賞賛している。また、映画監督のジョン・アコムフラはドキュメンタリー『歴史の最後の天使』(一九九五)において、SF的な想像力を使ったミュージシャンのジョージ・クリントンやデリック・メイ、DJ・スプーキーなどを取り上げている。こうしたアフロフューチャリストたちは、電子テクノロジーやSF的な想像力を積極的に自らの作品にとりこむ。そして彼らは、自らの身体に刻印されたテクノロジーを、その使用者として主体化し、客体化の暴力をそのシステムへ送り返す。言い換えるならば、アフロフューチャリズムのサイボーグ的・混交的な比喩表現の多くは西洋/非西洋、近代/非近代、自然/文明、人間/機械といった単純な二項対立を根本的に脱構築していく。ポール・ミラーが言うように、アフロフューチャリズムは「歴史的な批評」を提供し、「アフリカ系のアイデンティティが未来的に置き換えられることに対して、過去をひとつの反省的な場として生き抜くことが、現在において、浄化的な経験となる」(段落一)としている。その魅力は人種主義、奴隷制、そして植民地主義から引き継ぐ負の遺産を破壊する欲望と、西洋におけるアフリカ系の子孫たちのコミュニティーの未来を、懐古的に審美化することなく、文化技術史の文脈において再創造しようとする意思の間のダイナミズムにある。

このアフロフューチャリズムの運動の中で、ナロ・ホプキンソンは、タナーリヴ・デュー、ジュエル・ゴメス、ニシ・ショールといった女性の作家たちとともに重要な位置を占めている。ホプキンソンはジャマイカ生まれで、十六歳のときにカナダのトロントに住んでいる作家であり、主にサイエンス・フィクションとファンタジー作品を書いている。第一作目の小説『ブラウン・ガール・イン・ザ・リング』(一九九八)は、その年から始まったワーナー・アスペクト小説コンテストでベスト小説賞を獲得し、同時にその年のローカス賞も受賞した。また、批評家たちによる評価も高く、北米の大学では文学の授業だけでなく、エスニック・スタディーズやポストコロニアル文学・理論を扱う授業でもしばしば取り上げられている。その後は、カリブの出身の小説家たちが描く幻想的な作品群をファビュリスト・フィクションと呼び、そうした作品を集めたアンソロジー『ワタノキの根のささやき』(二〇〇〇)を編纂し、また自身の短編集『スキン・フォーク』(二〇〇一)を出版した。彼女の作品群はアフロフューチャリズムの大きな推進力ともなっており、『ダーク・マター』にも二編ほど彼女の短編が収められている。近年は、自らのウェブサイトにおいて朗読会の様子を報告したり、インタビューを掲載したりしてアフロフューチャリズムの推進にも貢献している。

この作家が突出して魅力的なのはその多様な文化的・民族的背景であり、自身はジャマイカ、ガイアナ、トリニダードといった西インド諸島の国々で育ち、父に連れ添って一時アメリカのコネチカット州に移ったのち、十六歳の頃からカナダのトロントで暮らしている。こうした多様な文化的背景と度重なる異文化間の移動が、彼女の小説世界を豊穣なものにしている。たとえば、彼女の作品には、西洋のSFの未来的装置や舞台と、アフロ・カリビアンのクレオール言語や神話、民間伝承、そして宇宙論《コスモロジー》が共存している。また、故郷や帰る土地を失った者たちを主人公としたものが多く、批評家グレゴリー・ルートレッジが言うように、「ホプキンソンはディアスポラの状態にあるアフリカの文化を前景化し、アフリカ系の子孫を主人公や脇役にそえることで彼らを特権化」(五)している。アフロ・ディアスポラ的な文化遺産や民族的な記憶を積極的に利用する彼女の文学表現は、西洋/男性/白人が支配的なSFという領域において、周辺化された主体的位置から声を発しており、一九九七年に亡くなった黒人女性SF作家オクタヴィア・バトラーを継ぐ存在と言えるだろう。

## 二　未来に投影された「ブラック・アトランティック」

『真夜中の泥棒』（二〇〇〇）は、ホプキンソンの第二作目の小説であり、前作と同様にSF的な設定とアフロ・カリビアンの伝統を融合させた作品となっている。題名にある「真夜中の泥棒」とはトリニダードのカーニヴァルに登場する、よく親しまれているフォークロアの登場人物である。彼はしばしばケープをまとい、死を象徴する装飾類をつけた泥棒の服を着ており、笛を吹いて人々の注目を集め、ときに「自分はアフリカの王子であり、奴隷として連れ去られ、見慣れぬ人々の世界にやってきて、生き残るために泥棒になったのだ」などという作り話をし、観客からお金を集めたりする。このパフォーマンスは拍子をともなって意味の通じない言葉をつなげたり、またときには携帯している銃をつきつけ観客を脅したり説得したりする。この語りは「泥棒語り《ラバー・トーク》」として知られるもので、彼は言葉を巧みに操り、相手を騙し（または楽しませ）、そのカリプソ的な「語りの技術」を展開する点でトリック・スター的な存在である。小説の舞台はトゥーサンと呼ばれる惑星であり、人々は電子ネットワークとテクノロジーが十分に発達した文明の中で暮らしている。トゥーサンの住人のほとんどは小型の装置によって脳・視覚神経を直接電子ネットワークに接続しているサイボーグたちであり、「グラニー・ナニー」と呼ばれる人工知能によって彼らの安全や生活は管理されている。物語全体はタンタンという少女を中心に展開する。タンタンは、市長である父親アントニオのもとで幸せな生活を送っていたのだが、ある日父親が妻イオーネの浮気を発見してしまう。アントニオは妻の浮気相手である愛人に決闘を挑み、殺さないというルールのもとカーニヴァルの日に決闘が行われる。しかし、アントニオは相手の動きを鈍らせる目的で使った毒がもとで、意図せず決闘の相手を殺してしまう。父を助けようとしたタンタンは、父親とともに「ニュー・ハーフウェイ・トゥリー」と呼ばれる犯罪者が送られる異世界に運ばれてしまう。その

「次元の帳《とばり》」をまたいだ世界では、トゥーサンとは全く異なり、進んだテクノロジーは存在せず人々は暴力と貧困に囲まれて暮らしている。また、その土地には人間以外にも鳥やトカゲのような姿をした「ドゥエン」と呼ばれる生き物たちや、人間に襲いかかる巨大な鳥「ジャンビー・バード（幽霊鳥）」などが住んでいる危険な場所でもある。小説は、この土地において経験する放浪と、自然界の生き物たちとの交流を通して生き残る術《すべ》を学び成長するタンタンの姿を描いた物語である。

　この小説が他のスペキュラティヴ・フィクションに比べて特異な点はその用語選択《ディクション》である。ホプキンソンはこの二作目において大胆にカリブのヴァナキュラー言語であるクレオールを導入している。カリブという土地はアフリカ系の子孫や白人、インド系、中国系などさまざまに異なる民族が暮らす場所であり、それぞれの民族的文化がダイナミックに混ざりあい、相互に影響しつづけている場所である。言語も同様でありさまざまに異なる国家言語や民族言語、ヴァナキュラーが混ざり合っている。[6]『真夜中の泥棒』において、ホプキンソンはジャマイカとトリニダードのヴァナキュラー言語を併せて使っている。その理由についてホプキンソンは、インタビューで次のように答えている。もし、標準の英語で書いたとしたら、「カーニヴァル的なお祭り騒ぎ」（段落七）のリズムや感覚を伝えられなくなってしまうだろうとしている。ここで彼女が強調するのは、言語のもつ音楽性である。それはたとえ文字テキストで書かれていようが、ヴァナキュラー言語の使用は音律や抑揚、拍子を伝えるものであり、彼女の小説世界を支える重要な要素なのである。事実、『真夜中の泥棒』は、後に述べるように、文字テキストが中心化された世界ではなく、音声とリズムといった音楽性でつながる世界のあり方を提示している。

　この作品におけるホプキンソンの言語に関する企図は単にクレオールの使用だけにとどまらない。たとえば、人工知能システムである「グラニー・ナニー」という名前は、十八世紀においてジャマイカの奴隷反乱を組織した革命家であり「魔術師」としても伝説化されている人物から取られている。また人々が電子ネットワークに接続する際のオペレーティング・システムは西アフリカの神話に登場する神の名前「エシュー」が使われている。このようにホプキンソンは我々が二十世紀の後半から使い始めた科学技術の用語や装置、そして一九八〇年代のサイバーパンク小説の術語をアフロ・カリビアンの伝統によって書き換えている。こうした用語の「書き換え」について、ホプキンソンはインタビューで次のように答えている。

私たちがテクノロジーをどのように考えているかに興味がありました。多くの科学技術についての物語やパラダイムは、ギリシャとローマの神話と言語を参照しています。たとえば、宇宙船は「アポロ」、電話を「テレフォン」、そして人間＝機械インターフェイスは「サイボーグ」と名づけられています。それは単にわたしたちが作り上げてきた科学技術の名前だけではなく、科学技術の様式を形作っています。主としてアフリカのディアスポラ文化はどんなテクノロジーを創るのだろう、また彼らはどんなテクノロジーについての物語を語るのだろうか、と考えました。（段落四）

ホプキンソンは続けて、「言葉はわれわれの思考を形作る」ものだと述べている。一見、中立的で客観的に思われる科学やテクノロジーの用語は、文化的・歴史的に特殊な場所に起因しているのであり、文化の連続性は過去から引き続くだけでなく、連続性そのものがギリシャ・ローマといった時代を崇拝《フェティシャイズ》することで、作り上げられているということだ。ここで科学文化思想家であるダナ・ハラウェイの言葉を思い出してもいいだろう――「科学とは文化」（二三〇）なのである。ホプキンソンは、覇権的な西洋文化や伝統を書き換える手段として、スペキュラティブ・フィクションという西洋の伝統内部から書き換える手段として、ヴァナキュラーとアフロ・カリビアンの文化言語伝統を使い、現在のサイバネティクスと情報科学の用語を書き換えている。言い換えるならば、ホプキンソンは、この小説において、クレオールという文化言語空間が示す歴史的に構築された状況——帝国主義と啓蒙思想、奴隷貿易とそれらに対する抵抗の歴史、特にポール・ギルロイが言う「近代のカウンターカルチャー」(三六)としての「ブラック・アトランティック」という文化的・歴史的な空間を、スペキュラティブ・フィクションというジャンル小説の中で〈未来〉に投影させている。事実、父アントニオとタンタンが「次元の帳」をくぐって別世界に運ばれる様子は「はるか昔にアフリカ人たちが故郷から運び去られたように、閉じ込められた空間のなかに囚われていた」(七四)と、奴隷貿易の修辞によって特徴づけられている。こうしたアフロ・カリビアンの文化・言語にヴァナキュラー化されたサイバーパンク的世界に触れることは、いかにわれわれの世界が西洋発の言語や文化を自然化し、科学文化史の文脈においてそうとは気づかずに使用してきたか、という事実を明らかにする。この意味でホプキンソンの小説の言語・文化混交性とは、多様に異なる文化それぞれの反映や反復ではなく、創造的な介入である。彼女の描く未来は、必ずしも「白人」が覇権的に表象される『スター・ウォーズ』のような世界ではなく、多様性と混交性に満ちた未来世界なのだ。ホプキンソンのスペキュラティブ・フィクションとは、西洋のマスターナラティブを、そのディアスポラの視点から書き換えることにより、西洋の文化自体の「普遍性」を再び、特殊性・局地性に送り返し、その規範性に対して文化政治学的な交渉と調停を行っている。

## 三　鳥との生活から学ぶこと

小説の大部分は、タンタンと彼女の父親アントニオが送られるニュー・ハーフウェイ・トゥリーと呼ばれる流刑地において展開される。この異世界への強制移動は、植民地主義的な想像力とアフリカ人たちのディアスポラの物語が重ね合わされている。先に述べたように、この土地は、トゥーサンから罪人が送られる次元が異なる世界であり、そこではAIが存在しないだけでなく、たくさんの恐ろしい生き物が生息している世界でもある。なかでも、ジャンビー・バードと呼ばれる巨大な鳥が生息している場所である。アフロ・カリビアン民間伝承や迷信では、この鳥は「死の使い」または「死の象徴」としてしばしば登場する。また、この流刑地には犯罪者たちのほかに、ドゥエンと呼ばれる先住民たちも住んでいる。ドゥエンという名はトリニダードとトバゴの民間伝承においてよく登場する、洗礼をされずに死んでしまった子供の彷徨う魂が具現化した人物たちだ。ホプキンソンの小説では、彼らは身体は小さいものの成熟した大人として登場し、ドゥエンの男性たちはトカゲのような姿で、また女性たちは鳥のような姿で登場し、彼女たちは言葉を話すよりも「歌をさえずる」ことでコミュニケーションをする。この異世界に運ばれたタンタンと父アントニオは、そこで出会ったチチバッドと呼ばれるドゥエンに助けられる。アントニオは見知らぬこれらのものを「醜く」て「危険」だとして蔑むが、タンタンは、チチバッドとすぐに友達になる。この異世界で生き抜くために、チチバッドは両者に知識と忠告を行うが、未開な場所の住民を蔑むアントニオは聞く耳をもたず、自らの命を危険に晒してしまう。こうしたドゥエンやジャンビー・バードが生き続けているニュー・ハーフウェイ・トゥリーという土地は、アフロ・カリブ的フォークロアが生き抜いている空間であり、そこでは犯罪者たちだけでなく、トゥーサンにやってきた人間たちが駆逐してしまった生き物たちがいまだ生息し続けている場所でもある。小説の前半部においてエシューは次のように、タンタンの知らない過去の歴史を語る。

エシューは、人間たちがやってきてトゥーサンを自らのものにしてしまう前に生息していた動物たちについて語った。「鶏とか牛とかのこと？」「いいえ、お嬢様。それらは地球からやってきたものです。この土地に昔から生きていた動物群たちです。巨大なジャンビー鳥とかドゥエンたちとかです。……ジャンビー・バードは以前はそれほど小さくなかったのです。」「小さいですって！ジャンビー・バードって牛のように大きいじゃない？」「ジャンビー・バードは朝ごはんとして牛を食べて、正午にはおなかが減って戻って来るくらいなんですよ。」エシューは、タンタンの喉が引き起こすノイズを聞き取ったのかもしれない。エシューは「お嬢様、心配しないでください。トゥーサンにはもう巨大なジャンビー・バードはいません。安全ですよ。」「ドゥエンはどうなの？　ドゥエンがいるっていったじゃない。」……「お嬢様、私はドゥエンについてはあまり知りません。」としばらくして言った。「その土地の動物群です。今は絶滅しました。」（三二―三三）

小説の冒頭部で説明されるこれらの情報は、タンタンがまだ知らない人類が到達しこの惑星を開拓する以前の歴史であり、同時にアフロ・カリビアンの民族的記憶でもある。過去の記憶に再びアクセスし、その物語世界を生き抜くことで、タンタンは成長し、「真夜中の泥棒」となるのだ。このことはディアスポラの歴史を、抑圧と排除の歴史という視線ではなく、それが周辺化さている文化を再発掘することによって、そこから異なる世界の見方、また後に述べるように、「生きる叡智」を引き出す作者の意思が伺える。

小説の焦点はタンタンの身体的・精神的成熟に当てられているが、その成熟は度重なる流浪の経験、暴力と虐待、そして他者との共生体験を通して語られる。まずこの流刑地において、思春期を迎えたタンタンは、遭遇する男性のほとんどすべてから性的な視線を浴びせられる。つまり、タンタンの女性としての身体は性的な対象としてのみ受身的に了解されるのだ。なかでも、彼女の身体にむけられた性的行為は、その父アントニオによって行使される。自らの妻イオーネをトゥーサンに残してきたアントニオは、この土地で新しい妻ジャニセットを得たにもかかわらず、母の面影を残すタンタンを求め、彼女にたいして性的行為を繰り返す。まだ幼いタンタンはその行為を理解できないため拒むこともできず、父の性的欲望のまま、最終的に父の子を宿してしまう。後にタンタンに好意をもつ男性と出会い二人でその土地から去ろうと約束した夜、泥酔した父が再び現れ彼女を強姦しようとする。その際に、タンタンは父を殺してしまう。流刑地とはいえ他者を殺した罪に対しては、極刑が待っている。そのことを知っているチチバッドに救われた彼女は、ドゥエンたちが住む巨大な森林に囲まれた人間界とは隔絶した場所へさらに「流浪」することになる。

人間たちのコミュニティーから離れドゥエンたちとの共同体で学ぶのは、人間中心の世界観とは異なる文化・世界の認識構造である。人間たちが所有の概念に囚われているのに対して、ドゥエンたちは共有と交易の論理で生きている。たとえば、人間たちは自らが蔑むドゥエンたちの言語を学ぼうとはしないが、ドゥエンたちは人間たちの言葉を学び、異なる文化共同体とつねに交易をしている。チチバッドはその共有の論理を「もし人々がその優れた才能と資質を分け合うことをしなければ、世界は終わってしまう」（一二二）と説明する。こう述べるチチバッドに、ニュー・ハーフ・ウェイの人間たちは、「ドゥエンたちは迷信的だ」（一二一）と嘲笑する。また、それぞれの共同体の懲罰制度も対照的に描かれる。人間たちは「殺人者に対しては死刑」という恐怖において共同体を運営し、この流刑地にある共同体を管理していこうとする一方、ドゥエンたちの共同体は、「ひとつ命を奪ったら、二つの命を救わなければならない」という償いの論理でもって運営されている。この言葉は小説の後半、マントラのように繰り返され、タンタンの運命を決定づける言葉となる。

タンタンが鳥の姿をもつドゥエンたちと暮しはじめてから気づくのは、自然に囲まれた中で暮らす彼らの社会は決して「原始的」ではなく、より洗練された文明と文化知識によって営まれていることである。特に対照的なのは、人間の共同体が銃や車、そして戦車などの鋼鉄のテクノロジーを開発するのに専念しているのに対して、ドゥエンたちは、自然から得られる材料や交易から得た材料で編み物や日用品を作り出している文化であることだ。また、ドゥエンたちからタンタンが学ぶ重要なことは、人間社会とは異なるジェンダーとセクシュアリティーの関係である。それは身体性の違いから語られる。たとえば、ドゥエンたちは、おしなべて女性のほうが身体が大きく力がある存在として描かれている。ドゥエンたちはみな鳥の羽を持って生まれてくるが、成長するにしたがい男性のドゥエンは羽を失う一方、女性のドゥエンは羽が生えそろい空を飛べるようになる。タンタンの思春期が、父親の子を孕むことで自ら女性的身体とその成長を忌み嫌うものだとしたら、空を飛び交う女性のドゥエンたちの身体が体現するのは、女性的身体への成長は解放と自由の象徴として示されている。黒人女性ＳＦの研究家マデゥー・ドゥベイはこの部分を「彼女（タンタン）の自らの身体とセクシュアリティー、そして妊娠を脱病理化」し、「人間社会の父権制から批判的な距離をとる過程を通して、タンタンは『怪物性』を女性の身体や人間以外の動物たちの自然性ではなく、本来それが帰属しているはずの性的虐待をする人間の男性性に起因させている」（四二）と述べている。つまり、当初タンタンが自身の身体を「忌み嫌い」、内に宿した「怪物的」な子供を忌み嫌うようになるが、「怪物的」なのはそうした女性の身体ではなく、むしろ女性身体を性的な対象としてのみ扱う男根中心的な態度である、ということだ。物語は、タンタンの贖罪の行為――「ひとつ命を奪ったら、二つの命を救わなければならない」――を達成するすることで終わる。ここで救われる「二つの命」とはタンタン自身の命と、胎内に宿した生まれてくる子供の命である。このようにしてタンタンは、中心化され透明化されている人間中心の父権的・男性中心的な文化コードを、鳥のような生き物たちドゥエンとの共同生活を通して学んだのだ。ドゥエンたちがアフロ・カリビアンの民間伝承から取られている事実は、ホプキンソンが「生の肯定」への契機と西洋的・男性中心主義的な枠組みへの解毒的効果を、ディアスポラの状態にある文化知識と叡智に見出していることの証しである。

小説のクライマックスは、ニュー・ハーフウェイ・トゥリーにおけるカーニヴァルの中で、タンタンが「真夜中の泥棒」の女性版「泥棒女王《ラバー・クィーン》」を演じる場面である。このときまでにタンタンは父親の子供を宿しており、嫉妬に駆られたジャニセットに追われる身となっている。鋼鉄のテクノロジーである戦車に乗って、タンタンを捕らえにきたジャニセットは、人々の前でタンタンを罵りはじめる。その際にタンタンは言語を操りつぎのように自己のアイデンティティを虚構化し、肯定する。

女ではない。私の名前はタンタン、TとAN、タイノ族を償う者であるアナカオーナ、竜骨船を操るアニークリスマス、ヤヤ・アサン・テワ、アシャンテ戦士の女神、逃亡奴隷を守るばあやであり、小母であり、母であり、国を守る者であるナニー。お前のでたらめで、これらの人々を汚すことなかれ！（三二〇）

TとANという音のつながりのみで歴史上の異なる人物をつなげていくこの語りは、まさに「泥棒語り」的な言語的パフォーマンスである。そこで言及される人物たちは、フォークロアにおいて伝説化されている女性たちであり、また歴史的に帝国主義や奴隷制などの支配に抵抗した女性の指導者や革命家たちである。こうした革命的な女性たちをつなぎあわせ、彼女らに並ぶ「泥棒女王」としてカーニヴァレスクなリズムとともに自らを主体化する行為は、ドゥエンの女性たちが「歌をさえずる」ことでコミュニケーションをとるのと同様、言語のもつ音声的な側面を以って行われる。文字文化が近代においては西洋の男性・白人文化を権威的に保証してきたとするなら、タンタンの「声」はそれを非白人・女性の革命家たちとともに、転覆をはかろうとするのである。

この場面がカーニヴァルの最中であることも重要である。ミハイル・バフチンは『フランソワ・ラブレーの作品と中世・ルネッサンスの民衆文化』において、カーニヴァルに内在する、固定した価値観や既存の世界の秩序を掻き乱し、再調停する機能を見出した。バフチンによればカーニヴァルとは「見世物ではなく、人々がそれを生きるものであり」、「カーニヴァルの法、つまり自由の法のみに従属する」（七）としている。こうしたカーニヴァルのもつ日常の階級構造を崩す反権力・反権威的な態度と「自由な生」を肯定する文化は、祝祭的なものとしてカリブの文化に根強く残るものである。カリブ文学の専門家である山本伸によればカーニヴァルとは、異なる人種が暮らすカリブという土地において、「もっともカリブらしい文化表現」であるとし、その精神性は「近代が追求しつづけ、その結果さまざまな歪みを生み出すことになってしまった西欧型合理主義への対抗概念的価値」（一三九）である、としている。ホプキンソンの小説が最後の舞台をカーニヴァルに設定しているのは、こうしたカーニヴァルに内在する文化政治学的な交渉と調停の力に注目しているからだろう。

## 四　結論

ナロ・ホプキンソンの小説『真夜中の泥棒』は、小説全体が多文化的・多声的カーニヴァレスクな世界を形作っている。ホプキンソンは、自身が編纂した書物『ワタノキの根のささやき』の序文において、次のように述べる。

北米のサイエンス・フィクションとファンタジーは世界に対して合理的で懐疑的な態度から出来上がっている。それは説明できないものは、科学的手法か独立した実証方法のいずれかによって、存在すると証明されなければならない、という態度だ。しかし、カリブの人々は、世界の他の人々と同じように、異なる世界観をもっている。非合理なもの、説明できないもの、不思議なものは、日々の出来事と共存しているのだ。(xii–xiii)

この意味においてホプキンソンが描いたニュー・ハーフウェイ・トゥリーという異世界は、現実世界から切り離された別世界ではなく、日常性に重なり合う形で存在する世界の「関係性のあり方」を示すものだろう。こうした異界のあり方は、ホプキンソンが引用で述べるように「世界の他の人々」の多くが共有する世界の認識の様式でもある。この発言は西洋的世界の認識方法は、普遍でも自然でもなく、特殊で局地的なものである、という主張だ。この意味で、ホプキンソンの小説『真夜中の泥棒』は、覇権的な西洋の文学的伝統と文化的規範に対して創造的な介入と再配置を行っている。彼女の小説がカーニヴァレスクな言語とリズムによって遂行的に示すのは、西洋近代的規範性を批判的に問い直し、ジェンダーとセクシュアリティーの関係性を組みなおすことだ。こうした「もうひとつ別の《オルターナティヴ》」関係性を模索する際に、アフロ・カリビアンの豊穣な民間伝承を文学的想像力資源のひとつとして利用し、特に鳥の姿を持つドゥエンたちを女性的で男性原理を批評する力を持った登場人物として書き換えることで、規範化された世界観を撹乱する。同時にディアスポラの文化と近代科学技術を融合させる彼女のアフロフューチャリストとしてのヴィジョンは、SFという西洋／男性が中心的な場所を占めるジャンルフィクションの文脈においても貴重な声たりえている。グローバル化が進み、異なる文化的背景の人々との「未知との遭遇」が加速する現在において、どのように社会的な関係性を結んでいくのか、人間とそれ以外の生物、人間と環境の諸問題をいかに思考するのか、またその際にどのような想像力が我々に必要なのか、について重要なヒントを与えてくれる作品だろう。

## 注

1 Mark Dery. "Black to the Future: Interviews with Samuel R. Delany, Greg Tate, and Tricia Rose." *Flame Wars: The Discourse of Cyberculture.* Duke UP, 1994 を参照。コドウォ・エシュンの『太陽よりも輝いて』によれば、「アフロフューチャリズム」という用語は、イギリスの音楽ライターであるマーク・シンカーが初めて使用した、としている（一五〇）。

2 「スペキュラティブ・フィクション」は、現在ではサイエンス・フィクション、ファンタジー、ホラー、ユートピア／ディストピア・フィクション、歴史改変物語など写実主義とは異なるジャンル・フィクションを包括的に指す用語として多く使われている。

3 タスキーギー事件は、タスキーギー梅毒事件とも呼ばれる事件で、一九三二年から一九七二年にわたって、アラバマ州のタスキーギーにおいて、約四百人の黒人たちが梅毒研究の「実験」に使われた事件。特に、ペニシリンの発明以降も適切な処置が患者たちに対して行われず、後にその生命倫理や研究者たちの情報の一方的所有などが問題になった。

4 その題名である「ダーク・マター」は「暗黒物質」という宇宙空間に存在するとされる仮説的な物質であり、「目に見えず」、白人中心の社会の西洋社会のなかで、つねに「他者」(xiv) として了解されてきた黒人性を象徴的に示している。

5 アフリカの文化伝統に高度な数学的・幾何学的パターンであるフラクタルが存在することを主張するロン・イグラッシュによれば、他の文化研究家たち、例えばコーネル・ウェスト、ヒューストン・ベイカー、ホーテンス・スピラーズそしてヘイゼル・カービーも同様にアフリカ系アメリカ人の文化言説と実践を本質的に審美化する傾向にたいして同様の指摘している、とする(一九〇)。

6 ホプキンソンによれば、カリブの文学シーンにおいて、クレオール言語で書くことは「許容されている」ことであり、クレオール言語の使用は、一九八〇年代のマルティニーク出身のパトリック・シャモワゾー、ジャン・ベルナベ、ラファエル・コンフィアンらの「クレオール性(クレオリテ)礼賛」運動が好い例であるように、文学文化的運動としても重要である。

## 引用・参考文献


Akomfrah, John, dir. *The Last Angel of History*. New York: Icarus Film, 1996.

Bakhtin, Mikhail. *Rabelais and His World*. Bloomington, IN: Indiana UP, 1984.

Dery, Mark. "Black to the Future: Interviews with Samuel R. Delany, Greg Tate, and Tricia Rose." *Flame Wars: The Discourse of Cyberculture*. Duke UP, 1994.

Dubey, Madhu. "Becoming Animal in Black Women's Science Fiction" *Afro-Future Females: Black Writers Chart Science Fiction's Newest New Wave Trajectory*. Ed. Marleen S. Barr. Columbus, Ohio: The Ohio UP, 2008.

Eglash, Ron. *African Fractals: Modern Computing and Indigenous Design*. New Brunswick, NJ: Rutgers UP, 1999.

Eshun, Kodwo. *More Brilliant Than the Sun: Adventures in Sonic Fiction*. London: Quartet Books, 1998.

Gilroy, Paul. *Black Atlantic: Modernity and Double Consciousness*. Cambridge: Harvard UP, 1992.

Haraway, Donna J. *Simians, Cyborgs and Women: The Reinvention of Nature*. New York: Routledge: Free Association Books, 1991.

hooks, bell. *Yearnings: Race, Gender, and Cultural Politics*. Boston: South End Press, 1990.

Hopkinson, Nalo. *Midnight Robber*. Young Bloods: Stories from Exile 1972–2001 (2001).

——. "Interview with Halo Hopkinson" *SF World.com*. March 13, 2000. August 29th, 2009 <http://www.sffworld.com/interview/76p0.html>.

——, ed. *Whispers from the Cotton Tree Root: Caribbean Fabulist Fiction*. Montpelier, VT: Invisible Cities Press, 2001.

Nelson, Andra. "Introduction: Future Texts." *Social Text*. 20.2 (2002): 1–15.

Rutledge, Gregory E. "Nalo Hopkinson" 2002. *Faculty Publications: Department of English*. <http://digialcommons.unl.edu/englishfacpubs/25> August 25th, 2009.

Thomas, Sheree R., ed. *Dark Matter: A Century of Speculative Fiction from the African Diaspora*. New York: Warner Books, Inc., 2000.

山本伸『カリブ文学研究入門』世界思想社、二〇〇四年。

# 第三章

# 犠牲と解放

# アメリカを見る鳥、映す鳥
## ――『アラバマ物語』試論

西垣内 磨留美

### はじめに

ハーパー・リーの『アラバマ物語』(一九六〇)は、人種問題を扱ったその複雑なテーマ故に読者に賛否両論あり、発売当初、一躍ベストセラーになるかと思えば、販売禁止運動が起きる騒ぎにもなった。しかし、今では、文学作品というより、教材というほうが通りがよいかもしれない。ほとんどのアメリカ人は少年少女の時代に作品に接したことがあるはずである。そのテーマの他に、子ども――実際には成長後であるが――視点で語られること、二十三章に顕著であるが、随所に見られる父子、時には兄妹の会話が初学者と師の会話で進める学習形態として適用できたこと、そして、平明な文章で、時には説明過剰なほど内容が明示されていることが、今日の学校の教室で受け入れられた要因となり、総じて教材となりうる良書という評価に落ち着いたということなのであろう。

しかし、そのことで、教材の側面が強調され、文学性が過小評価され、文学批評の俎上にあまりのぼらなかった嫌いがある。「学校用」になってしまったのである。そして、読者を導く教科書としての是非が問われたのである。しかし、この種の問題で一つの小説に答えを求めようとするほうが間違っている。公民権運動の波がアメリカを覆った後、新世紀になってなお、問題は複雑化し、解決が進展しているとは言えない。ハリスは、二〇〇七年にアラバマの教育委員会が勧めた「地区単位」の学校制は事実上の再人種分離政策であると指摘している(八)。問題を、あるいはそれが絡み合う混沌を浮き彫りにする、そして考えさせる。教室での使用に耐える作品という点では、『アラバマ物語』は十分その使命を果たしている。

結局のところ、これまでの論評の多くが、『アラバマ物語』の教科書的側面に幻惑され、その枠内で批評が行われたのではなかろうか。この作品にあるのは、教材の価値ばかりではあるまい。原題 (*To Kill a Mockingbird*) が示すごとく、作品の重要なシンボルとして現れるマネシツグミのイメージを手掛かりに、文学作品としての、また名作とされる映画としての『アラバマ物語』を検討し直すのが本稿の試みである。

## 一　マネシツグミは良き鳥

作品の語り手であるスカウトの父アティカス・フィンチが弁護を請け負ったのは、白人女性をレイプしたかどで起訴された黒人青年トム・ロビンスンである。事件の起こった場面は描写されないが、これが冤罪であることは、アティカスによって明らかにされる。アティカスの弁護に加え、「被害者」メイエラの属するユーウェル家と黒人たちを比較できる立場にいる読者にとっては、黒人たちの暮らしぶり、法廷での態度が傍証となり、メイエラが誘惑しトムが拒絶したというトムの主張が真実であり、ユーウェル父娘の主張がでっち上げであることを確認することができる。トムは、「悪さはせず精一杯歌を聞かせてくれるだけ」なのだから撃ってはいけない善良で罪のないマネシツグミなのである（一一九）。これが真実である。しかし、この真実がいとも簡単にねじ曲げられ、トムが悪しき鳥となる世界が存在する。メイコームの町の人々にとっては自明の、しかし実はきわめて不合理な論拠しか持たぬ白人優位の神話を標榜する夢想世界である。不都合な真実は覆い隠され、南部のカースト制度が守られ、「繭の中の蚕のように」共同体の人々の安寧が保証される夢の世界である（二八八）。

ここで言う南部カースト制度とは、中流以上の白人（町の人々）―貧しい白人（森の人々）―黒人という階層をなした社会であり、元は黒人小屋であった家に住み生活保護を受けるユーウェル一家は貧しい白人と黒人の境界にいる。ユーウェル家は、教育的、就労的な面で森の人々の下位に位置し、上位の人々から蔑まれ、その娘メイエラは黒人青年トムにさえ哀れみの感情を起こさせる。しかし、この感情はユーウェル家にとっては屈辱以外の何物でもなく、黒人からの憐憫など、白人優位のゆるがぬ夢の世界ではあってはならないことであった。彼らは何も持たないが、「白さ」だけは持っていたのである。生活の様子、父親ボブ・ユーウェルの稚拙な仕返し、どれを取っても品性の点で黒人たちのほうが明らかに優っているが、どんなに優れていてもそれは異次元にあるものなのだ。ごみため同然のユーウェル家の前を抜けると、清潔でいい匂いのする黒人たちの集落があるという地理的設定がそれを物語っている。ユーウェル家は階層の底辺にいるが、そこは同時に境界であり、超えれば異次元の世界なのである。

おとなしく異次元にいる限り、マネシツグミは撃たれることはない。しかし、「メイエラ・ユーウェルが口を開け悲鳴を上げた瞬間に、トム・ロビンスンは死んだも同然だったのだ」（三二三）。トムは撃たれる運命にあった。彼の主張は、夢想世界の絶対神話――白人は善、南部女性は清廉――への挑戦だったからである。神話への脅威となった時点で「良き鳥」という彼の属性は危ういものとなる。夢想世界では、トムは白人女性の純潔を汚した掛け値なしの悪しき鳥でなければならない。トムの主張を認めることは、守らなければならない夢想世界の崩壊を意味したのである。

夢想世界にいる人々はトムの弁護をするアティカスに圧力をかける。町の人々は弁護をやめるよう説得しようとし、また暴徒が留置所にいるトムを襲おうとする。アティカスは彼らを跳ね返す。真実を覆うべく押し寄せてきた夢想世界をここでは押し戻したのである。しかし、夢想世界が勝利する時が来た。トムの無実の証明に加え、娘へのボブ・ユーウェルの虐待もアティカスによって暴露され、ユーウェルの人物像という背景も相まって、冤罪が明々白々であったはずの裁判で、トムに有罪の評決が下るのである。

黒人とは一線を画す地位が保証されたとはいえ、ボブ・ユーウェルが極悪非道の輩であることに変わりはない。娘を虐待し、無実の黒人青年トムを死に追いやった裁判の後、わずか一週間定職に就くのみで、酒をあおるだけの元の生活に戻り、真実を暴いたアティカスを逆恨みし、フィンチ家の子どもたちを襲う。子どもたちを救ったアーサー・ラドリーの手にかかり、命を落とすことになるのだが、ナイフの上に倒れたことにされ、人々から忘れ去られる。トムという犠牲者は出したが、悪者は倒れ、勧善懲悪がここに完成したのである。

法廷で陪審員となったのは、自分の名前さえ書くことがおぼつかない森の人々であり、彼らはトムを襲おうとした暴徒と同じ階級の人々である。陪審員の中に町の人々は一人もいない。冤罪であるにせよ、「不正」をなすレイシストは森の人々と表向きは繕うことができる。この裁判において、読者はトムの罪ではなく、法律にも社会の規範にも触れない、それ故もっと深刻な町の人々の罪を知ることになる。町の人々は、ユーウェルの罪を知りながらトムの有罪判決を是としユーウェルや森の人々の側に立つ、また一方で、日頃はユーウェルや森の人々を蔑み黒人を庇護するという両義的態度を持つ。黒人を排除することで階級社会を守り、プア・ホワイトに不正の責任を負わせたことで自らの正義を保ったのである。

町の人々の姿勢は、当時のアメリカ南部社会において決して特異なものではない。ホベットらは、アメリカの偏狭さと不当さの責任は貧民層にあるとする「ホワイト・トラッシュ・シナリオ」の存在を指摘し、教育を受けずに影響力のないプア・ホワイトは、彼らに付与された負のステレオタイプに反駁する力を持たないとする（一一五）。レイが『完全に白とは言えない』第四章で検討しているように、十二指腸虫症、裸足、泥は、プア・ホワイトの典型的イメージであるが、留置所を襲った暴徒の一人カニンガムの息子ウォルターに付された特徴に見事に合致する。これは作中の町の人々ではなく、作者によって付与されたステレオタイプである。ウォルターの上を行くのがユーウェル家の子バリスである。それでもウォルターは洗濯されつぎのあたった服を着ているが、バリスは、スカウトが「見たこともないような不潔な」子どもで、学校は年に一日出席するのみである（三五）。子どもの違いによって端的に表され、ユーウェル家はプア・ホワイトの中でも最下層に位置することがわかる。ユーウェル家は、三代に渡って生活保護を受けている。子どもたちには教育が与えられない。つまり、社会の底辺から這い上がるのは絶望的だということである。物語で設定された時代は一九三〇年代で大恐慌の時期に当たるが、貧困層は大恐慌になっても違いがわからないというほどの常態化した困窮ぶりであった。一九三三年にアラバマの十の郡で行われた調査によれば、物納小作人（シェアクロッパー）のうち四〇パーセントが地主に対し一年を越える債務があり、破産か債務超過に陥った年は労働年数の八〇パーセントという高さであった。彼らの三分の一は全く読み書きができず、三分の一は読み書きができるにせよ文書での指示を読みこなす能力はなかった（フリント 二九五）。

アティカスは、ユーウェルの娘メイエラを「酷い貧困と無知の犠牲者」と呼ぶ（二七二）。しかし、直後に白人女性が黒人男性を誘惑したという社会の掟破り、そしてそれを隠すための偽証を糾弾する。アティカスも、貧困が教育のなさやモラルの低下を招くという構図の見えるこの家族の悲劇の深みに目を落としてはいない。ましてや町の人々の意識にとまることはない。夢に遊ぶ人にはどうでもよいこと、深刻な問題は外界にはじき飛ばせばよい。夢の世界にそぐわぬ者は異端なのだ。なぜなら、ロックリーが指摘するように、「生活と行いに関し、あるスタンダードに恥じない行動をする」という白人の正のステレオタイプをプア・ホワイトは損なう存在であるのだから（五九）。実は、ロックリーは南北戦争前のジョージアの状況についてこのように述べたのである。一九三〇年代のメイコームの町に依然として残る階級社会と人々の意識の頑強さを確認することができる。

町の人々が自分の手を汚すことはない。夢想世界は守られた。そして、読者は、階級社会の恥部を見たのである。貧しい白人と黒人との間の憎悪や奇妙な連携が見られる短編「つくりものの黒んぼう」や「強制追放者」を残したフラナリー・オコナーに「子どもの本」と称された『アラバマ物語』も同様に南部の病巣を暴いている。

## 二　もう一羽のマネシツグミ

作品の中でマネシツグミが実際に現れるのは、フィンチ家の隣家ラドリー家の木の上である。この家には、スカウト、兄ジェム、友達ディルを魅了する怪物「ブー」がいた。ジョンソンの指摘する作品のゴシック的側面の中心となる存在である。彼は、子どもたちの興味の対象となり、その姿を見ることや外に出すことを試みることが子どもたちのもっぱらの遊びとなるのだが、その正体をつかむことができない異界の主として登場する。実際には、禁治産者の扱いを受け、少年の頃幽閉され今は自ら家に閉じこもるアーサー・ラドリーであり、周囲によって人生を破壊された無垢なマネシツグミとされる。

しかし、ブーの役割は、善良なマネシツグミのもう一つの例を提示するだけではない。読者は、全編を通じて、外側から兄や友達とラドリー家の中を窺うスカウトの視点を共有するのだが、作品の最終章に至って、ブーの側からの視点が開示されるのである。原作が映画より決定的に優れているのは、ここである。その開示のしかたもすばらしい。ラドリー家のポーチに立ち、スカウトの視点がブーのそれと初めて重なり、スカウトは季節を追ってブーが見たであろう光景を思い描く。そして、別の視点の開示は、父親が敗れた不当な裁判とユーウェルの理不尽な復讐を想起させる次の言葉で締めくくられる。「夏、ブーは子どもたちの心が引き裂かれるのを見た。再び秋がめぐり、ブーの子どもたちが彼を必要としたのだ」(三七四)。

読者の眼前にブーの視界が、風景がそこにあるかのように広がるのである。映画によらずとも充分に視覚的な作品である。映画では、原作を引用した「人の立場に立って体験しなければその人のことはわからないとアティカスは言っていた。ラドリー家のポーチに立つだけで十分だった。」というナレーションとともにラドリー家のポーチに立つスカウトの映像にとどまる(三七四)。しかし、作者が求めるのは、眺めていたブーに思いを馳せることだけなのだろうか。着目すべきなのは、作者がスカウトとは別の視角を読者の眼前に展開してみせたことなのだ。ブーの側からすれば、子どもたちのいる外の世界は様々な事件の起こる舞台である。ブーのいる薄暗い部屋からは、明るい外界の事件がよく見える。子どもたちをユーウェルから救うために表舞台に出てくる作品最後のエピソードに至るまで常に傍観者であったブーは、渦中にいないが故に町の人々の論理に基づく「社会の平和、秩序」が夢想であることを暴露できる視点の提供者と考えることができる。常にそこにいつつも対象に対し一定の距離を保っているという点においても、ブーは鳥の属性を持っているのだが、その距離感を念頭に置くならば、作中世界の外側にいる読者の視界は、ブーのほうにより近いことになる。私たちの立ち位置は、スカウトとの視点の共有による舞台の上から、ブーとの視点の共有によって観客席へと移動する。そして移動の概念が入ってくると、私たちの移動はそこでは終結せず、さらに外側にいて劇場の窓越しに中を見ている自らの立ち位置にも気がつくのである。

対象から後退すれば視界は広がる。この立ち位置からさらに『アラバマ物語』を検討してみよう。別の視点の開示が契機となり、私たちは、スカウトに寄り添う視点から解放され、もう一羽のマネシツグミのより広い視界を獲得し、作品を見直す力を得たのだから。

『アラバマ物語』の出版年は一九六〇年、そして、作中の時代設定は一九三〇年代である。作品の出版された時代と作中の時代設定が異なるのは、珍しいことではない。しかし、アメリカの六〇年代の読者が三〇年代の人種問題に絡む作品を読むということは、読者の現実世界からの時間的な隔たりという以上の内容を含んでいる。人種問題という点では、読者は歴史の転換期にいる。一九六〇年には座り込み運動が起き、直前の五〇年代は、一九五四年ブラウン対トピーカ教育委員会訴訟事件、五五年エメット・ティルリンチ事件、その四ヶ月後にバス・ボイコット運動、そして五七年リトル・ロック・セントラル高校事件と、時代が大きく動き始め公民権運動へと集結していった時期である。作品のテーマの一つである人種問題に絡む歴史の転換期を通過したことで、作品は歴史的展望を持ち、単なる回想録では済まされないものとなった。

五〇年代を経験し、六〇年代のアメリカに身を置いていれば、黒人ならずとも、怒りに裏打ちされ出口を求めて高まって行った黒人たちの熱い思いや力を感じ取ることができたはずである。この時期にいる読者にとっては、黒人が弱い存在であった頃の南部の町が作品の舞台だとはいえ、トムの無力さや絶望、また判決に対する黒人たちの従順な反応など作品の黒人の描き方は物足りないのではなかろうか。三〇年代であっても、水面下で沸々とわいていたはずのエネルギー、国全体に広がって行った公民権運動に繋がる秘めたる力、何もないところから立ち上がる、声を上げるといった黒人の真髄とも言える部分が書き込まれないのはもったいない。リーは一九五七年に前身「アティカス」を改訂し現在の『アラバマ物語』とする作業を行っていたことを考えると、この時代にいた作者の強みが充分に生かされていないと見るべきだろう。

## 三　進化の鳥　フィンチ

とはいえ、これまでの批評家が不足を唱えたのは、黒人の描き方ではなかった。批評の多くが人種問題の扱いについて論じ、そこで生じた非難は主人公アティカスに向けられたのである。裁判後のアティカスが不正を追及するでもなく、町の人々に働きかけるでもなく、いわば、時が解決するに任せたことに対する非難である。フリードマンは、「自分の町に蔓延する社会不正にわずかな変化ももたらす」ことがなかったとアティカスを責め、「富裕な有力者の味方」と呼んだ（七五）。クレスピーノは、アティカスにアメリカリベラリズムと同じ症状「社会変革に関する絶望的に穏健で家父長的な考え方」を見いだしている（八八）。このように論じられたのは、フリードマンについては一九九三年、クレスピーノについては二〇〇〇年、そしてメトレスは、新世紀にはアティカスは抗し難い弁護士や批評家から訴訟を始められ、彼が「今度退廷するときには、誰も立ち上がらないだろう」と二〇〇三年に述べている（一四八）。

アティカスは、社会に革命をもたらそうとする運動家ではない。リーは、弁護士として父親として一九三〇年代のアメリカ南部の片田舎に生きるアティカス・フィンチを描いたのである。三〇年代の弁護士を新世紀の法廷に引きずり出し、何を求めようというのか。無視できない時代のコンテクストからフィギュアだけ単体で取り出し鞭打つようなものだ。アメリカ南部三〇年代にいるアティカスの行動や言葉が重要なのである。七十年もの先の未来から振り返れば、不足感があるのは当然だろう。この不足感をもたらしているのは、アティカスの欠陥というよりは、アティカスを見る側の、あがないを請け負う真の英雄を待望する、あるいは黒人の側からは要求する心理ではないのだろうか。

この心理にかかると、アティカスは最初から十字架を背負っていたことになる。一人の黒人青年の命を奪うことに集約した社会の罪の層の厚さはどうだろう。ユーウェル父娘、暴徒にして陪審員、町の人々、トムが逃走したとき銃弾を足に一発撃ち込めば足りたものを十七発撃ち彼を死に至らしめた監視員——贖罪を必要とする人はすべての階級にいる充実ぶりである。ラトウォックは、メルヴィルの『白鯨』や罪のないアホウドリが命を落とすコウルリッジの「老水夫行」を例にあげ、動物の命を奪う行いは、自然に対する思い上がりや浅慮、すなわち、神に背く行為を表象するとしているが、この系譜に『アラバマ物語』のマネシツグミを置いてみると、その小さな社会に巣食う罪の重さと普遍性が自ずと浮かび上がる（一七八）。この小宇宙の罪を一身に背負い、難問解決への模範的姿勢を示すことをアティカスは求められたのである。そしてそれを求めたのは批評家ばかりではなかった。

アティカスの姓、フィンチは、ダーウィンの進化論を連想させる鳥の名であるが、本作の場合は、その援用というより作者の母方の姓から取ったと考えるのが妥当であろう。しかし、「進化」に全く無縁というわけでもない。アティカスのモデルは、リーの父親アマサ・コールマン・リーである。シールズによれば、彼は人種問題に正義を求める聖者というわけではなく、多くの面で彼の世代に典型的な人物であった（一二一）。一方、アティカスが町の人々の中でも一段高みにいて、客観的視点と公正さを持つ優れた人物であることは、頻繁に描かれる。エリスマンは、アティカスをエマソン流南部人とする（二七）。町の人々とアティカスは考えが違うというスカウトに対し、アティカスはトムの裁判は良心の問題に関わることと語る。「彼を助けなければ、教会で神さまに祈ることはできなくなるんだ」（一三九）。社会がよしとする規範を超えた原理によって動くのである。アティカスは、負け戦が分かっている裁判の弁護を引き受ける、トムを襲おうとする暴徒に「新聞一部で」、つまり丸腰で立ち向かおうとする。真実を暴き、守ろうとするすばらしい英雄である。そればかりか、町一番の射撃の名手で、狂犬から町の人々を守ったりもする。彼は、「灯台のように立っている。寛大に、気高く、しっかりと」（デイヴ 四二）。

この「かっこよさ」は、原作出版後まもなく一九六二年に公開された映画によってさらに増幅された。それを物語るのが、二〇〇三年にアメリカ映画協会が発表した「百人のヒーローと悪漢」である。南部の一弁護士アティカス・フィンチが、並みいるヒーローを押さえ、第一位に選ばれたのである。アティカスに続く二位のヒーローがインディアナ・ジョーンズ、三位がジェイムズ・ボンドである。審査において考慮が求められたヒーローの基準は、「極限状況において打ち勝ち、道徳、勇気、決意を体現している、また、迷いや欠点があっても、自らを犠牲にし、最良の人間性を示す人物」である。さらに、アティカスは、アメリカ社会に深い感銘を与えたという基準も満たすと判断された。町の人々を夢想から目覚めさせることがなかったアティカスが、映画という媒体を得てアメリカ社会には影響力を持ったのである。アティカスのこの偉業には、配役が加担しているかもしれない。シールズによれば、リーはアティカスを演じる俳優として当時六十歳を越えていたスペンサー・トレイシーをイメージしていたという（一九八）。実際にアティカスを演じたのは、トレイシーより十六歳も若いグレゴリー・ペックであった。そして、映画でアティカスを際立たせるために、子どもたちのシーンがカットされ、上映時間の三〇パーセントが法廷の場面に費やされたのである（シールズ 二一八）。縮小版にならざるを得ないという映画の制約には功罪があり、原作では目に付き過ぎる観のあるマネシツグミの比喩が過度に明示的になるのを免れたという付加価値が付いたが、重要なエピソードも割愛され、ブーの扱いも中途半端なものになった。その中での三〇パーセントである。もちろん、アティカスが登場するシーンは法廷の場面だけではない。原作では、アティカスと子どもたちとの主人公としてのバランスは拮抗していると言えるが、映画では、アティカスの役回りが明らかに大きい。子どもたちのシーンやエピソードの割愛によって、ストーリーはますますアティカスを軸に展開することとなり、正義の味方という彼の属性が大写しにされる効果を持つことになった。そして、ペックの演じたアティカス像は、このアティカス像以外には想像もつかないほどに、アメリカの意識の中に浸透したのである（サンドキスト　一三〇）。

同じことが、史実が映画化された『アミスタッド』（一九九七）でも行われた。違法な奴隷貿易の被害者となり、船上での反乱、乗組員の殺害の罪に問われたアフリカ人メンデ族の弁護を行ったロジャー・シャーマン・ボールドウィンは裁判当時五十歳前の州議会議員であったが、映画で演じたマシュー・マコノヒーは三十歳に満たなかった。映画では報酬目当ての無名の若手弁護士という設定である。この争いが奴隷という「積み荷」の問題ではなく、アメリカ建国に謳われた人権擁護の歪みの問題であることに目覚め、成長して行く様が描かれる。一八四一年に最高裁で力を貸した第六代アメリカ大統領ジョン・クィンシー・アダムスは七十四歳であり、こちらはアンソニー・ホプキンスが史実の年齢の役を演じたが、これも若きボールドウィン弁護士と好対照をなす効果があった。実際には、組織的な支援があり、収監されているアフリカ人に英語教育が行われているが、その部分は映画では描かれず、言葉の壁に難渋しながら、悪戦苦闘している弁護士ボールドウィンが描かれたのである。

「白人は搾取しただけではない」「こんなに良い人もいた」と拡声器を使って言いたいのだろう。中心にいるはずの黒人が脇に追いやられ、時には引き立て役にさえなっている。元々は漸次的奴隷解放論者であったが、当時の趨勢から奴隷解放宣言の布告者となったリンカーン大統領に向けられた賛辞にも同様の要素がないとは言えない。搾取した側の白人の一人が英雄的働きをして償う。こんなに喜ばしいことはない。この存在で白人側の負い目は軽減されるのだ。

かくして、アティカスは、「頼れる文句なしの」英雄なのかどうかが問われたのである。小説の作中人物であるにも関わらず、『リーガル・タイムス』や法学部のシンポジウムで弁護士や法学者の真面目な議論の対象となりもした（メトレス 一四三—四五）。救世主を求めてやまない人々の渇望が、アラバマのフィンチの進化を求めたのだろうか。ピューリッツァー賞、アカデミー主演男優賞、ベスト・ヒーロー、アメリカが『アラバマ物語』に与えたこれらの評価は、夢見がちな人々の罪悪感の裏返し、楽天的な贖罪の方法であったかもしれない。もう一羽のマネシツグミ、ブーが窓の外を眺めたように、海を隔てて見ている我々の立ち位置から、アメリカの心理——「あがない」に対する強迫観念、そしてヒーロー誕生のために美化する衝動——が透けて見える。

## むすび

『アラバマ物語』と『アミスタッド』が結びつくのは、ヒーローのいる法廷ドラマというだけではない。エイズ差別に取り組んだ最初のハリウッド作品と言われる映画『フィラデルフィア』（一九九三）の監督デミは、観客は「悲劇を招くぞっとするような卑劣さを僕たちの精神文化が持っていることを知ることになる」と解説で語る。作られたヒーローの力を借りるにせよ、現代の映画の影響力は軽視できない。何処かに拠り所があれば、問題に目を向けることが容易にもなろう。現実を目の当たりにすることを恐れ夢に遊ぶ人々を現実に引き戻すのは、彼らかもしれない。現実に向き合った観客は、メイコームの町の人々を超えることができる。この点で、『アラバマ物語』はアメリカ社会に様々な足跡を残した作品と言える。『フィラデルフィア』には、ゲイのエイズ患者というマイノリティの白人の原告に付き、複数の大物弁護士に立ち向かって勝利する黒人弁護士というヒーローがいる。ミス・モーディの言う「よちよち歩き」を重ねて、アメリカはここまで来た(二八九)。一旦人種の壁が取り払われ、教材として『アラバマ物語』がとりあげられた学校で、今日に至ってまた、学区の問題が吹き出すような、問題解決にほど遠い社会ではあるけれども。

『フィラデルフィア』の脚本家ナイスウェイナーは言う。「映画というものは見て終わりではない。」これは映画に限ったことではない。小説や芸術作品、あるいは、風景についてさえ言えるかもしれない。そして、「それで終わりにしない」のは、目にする対象の威力ばかりでなく、受け取る側の力でもある。このような力があってこそ、マネシツグミやフィンチは解き放たれる。鳥、そしてそれをめぐる事象がアメリカを映す『アラバマ物語』は、文学、教材、映画の顔を持つ多面結晶体として、受け手の力を試す作品の一つなのである。

引用・参考文献

"AFI's 100 Years . . . 100 Heroes & Villains." AFI.com. 2009. American Film Institute. 16 Aug. 2009 < http://www.afi.com/tvevents/100years/handv.aspx.>.

『アミスタッド』スティーブン・スピルバーグ監督。ＤＶＤ。ドリーム・ワークス、一九九七年。

『アラバマ物語』ロバート・マリガン監督。一九六二年。ＤＶＤ。ユニヴァーサル、二〇〇六年。

Berger, Maurice. *White Lies: Race and the Myths of Whiteness*. New York: Farrar, Straus and Giroux, 2000.

Crespino, Joseph. "Representation of Race and Justice in *To Kill a Mockingbird*." *Racism in Harper Lee's To Kill a Mockingbird*. Ed. Candice Mancini. Farmington Hills: Greenhaven Press, 2008.

Dave, R. A. "*To Kill a Mockingbird*: Harper Lee's Tragic Vision." *Harper Lee's To Kill a Mockingbird*. Ed. Harold Bloom. New York: Chelsea House, 2007.

Erisman, Fred. "The Romantic Regionalism of Harper Lee." *Harper Lee's To Kill a Mockingbird*. Ed. Harold Bloom.

『フィラデルフィア』ジョナサン・デミ監督。ＤＶＤ。トライスター、一九九三年。

Flynt, Wayne. *Poor but Proud: Alabama's Poor Whites*. 1989. Tuscaloosa: The U of Alabama P, 2001.

Freedman, Monroe H. "Atticus Finch: Right or Wrong." *Racism in Harper Lee's To Kill a Mockingbird*. Ed. Candice Mancini.

Harris, Trudier. "Smacked Upside the Head—Again." *African American Review* 42 (2008): 7–8.

Hovet, Theodore R., and Grace-Anne Hovet. "Contending Voices in To Kill a Mockingbird." *Racism in Harper Lee's To Kill a Mockingbird*. Ed. Candice Mancini.

Johnson, Claudia Durst. *To Kill a Mockingbird: Threatening Boundaries*. New York: Twayne Publishers, 1994.

Lee, Harper. *To Kill a Mockingbird*. 1960. New York: Grand Central Publishing, 1982. 『アラバマ物語』菊池重三郎訳、暮しの手帖社、二〇〇六年。

Lockley, Timothy J. "Partners in Crime." *White Trash: Race and Class in America*. Ed. Matt Wray and Annalee Newitz. New York: Routledge, 1997.

Lutwack, Leonard. *Birds in Literature*. Gainesville: UP of Florida, 1994.

Metress, Christopher. "The Rise and Fall of Atticus Finch." *Harper Lee's To Kill a Mockingbird*. Ed. Harold Bloom.

日本マラマッド協会編『映像文学にみるアメリカ』東京：紀伊国屋書店、一九九八年。

O'Conner, Flannery. *The Complete Stories*. London: Faber and Faber, 1990.

Shields, Charles J. *Mockingbird: A Portrait of Harper Lee*. New York: Henry Holt and Company, 2007.
Sundquist, Eric J. "*To Kill a Mockingbird*: A Paradox." *Racism in Harper Lee's To Kill a Mockingbird*. Ed. Candice Mancini.
Wray, Matt. *Not Quite White: White Trash and the Boundaries of Whiteness*. Durham: Duke UP, 2006.

# 隠された曖昧性
## ――ジェイムズ・ボールドウィンの「サニーのブルース」における「鳥」の多義性

清水　菜穂

### はじめに

ジェイムズ・ボールドウィンの短編の中でもっとも評価の高い「サニーのブルース」（一九五七）は、貧困と犯罪にあふれるハーレムに育ちながら、おそらくあらゆる誘惑を退け、多大な努力を払った末に数学教師になったであろう兄と、麻薬中毒者で逮捕される経験を持つジャズピアニストの弟をめぐる物語である。教育のある兄は理性的な語り口で弟サニーの生活ぶりとそれに対する自らの思いを語る。彼はサニーのだらしない生活を理解することができない。しかし、サニーが演奏するブルースを聴くことにより、ブルースが個人を集団の歴史に結びつけ、再生へと導くものであると気づき、その結果サニーの苦悩を理解するようになる。結末で語り手が述べる、「僕たちがいかに苦悩し、いかに喜び、またいかに勝ち誇るか、その物語はけっして新しくはないけれど、常に耳を傾けられねばならない。それはこの暗闇の中で僕らがもつ唯一の光なのだ」[1]（一三九）という、ブルースが黒人コミュニティで果たす役割と意義についての認識は、この作品の明確なメッセージだといえるだろう。したがってこれまで、ハリー・L・ジョーンズやジョン・ライリー等多くの批評家が、ブルースを通して弟とのきずなはもちろんのこと、コミュニティとのきずなにも気づくことにより、語り手のアイデンティティ探求という内面的な葛藤が最終的に克服された、と見なしていることはいうまでもない。

この作品において「鳥」は重要な役割を果たしている。先ず第一に、理想とするミュージシャンが「バードだ」(一二一)とサニー自身が述べていることがあげられる。「バード」とは、実在のビバップ・ジャズのサックス奏者で麻薬中毒者でもあったチャーリー・パーカーの愛称であり、必然的に読者はサニーの人生をパーカーのそれに重ね合わせて読むことになる。第二に、この作品には、「鳥」のさえずりを想起させるさまざまな描写が登場する。それは単にジャズ・ミュージシャンという、「鳥」のように音楽を奏でるサニー自身を表すだけではない。語り手とサニーの相違や断絶が「鳥」の表象を通して強調される一方で、「鳥」はまた、語り手がサニーを理解するまでの過程に説得力をもたせる装置ともなっているのである。

一般に「鳥」には、翼や羽を持つこと、すなわち「飛翔」という側面と、その鳴き声、すなわち「さえずり」という側面との二つの特性があるが、先にあげた「サニーのブルース」における二つの「鳥」の重要性とは、主として後者の特徴に基づいたものである。しかし結末部分では、もうひとつの特性である「飛翔」のイメージも用いられている。このような様々な「鳥」の表象は、いったいどのような意味を「サニーのブルース」という作品に与えているのだろうか。

拙論では、「サニーのブルース」において音楽や音と密接に結びついているさまざまな「鳥」の表象に注目し、それらを読み解くことによって、従来明確なメッセージを表現していると見なされてきた「サニーのブルース」の隠された曖昧性を指摘し、その曖昧性の持つ意味を考察する。

## 一　暗黒・転落・レイシズムの犠牲を表象する「鳥」

この物語で最初に「鳥」が登場するのは、作品冒頭で、サニー逮捕を新聞記事で知って混乱する語り手が、生徒の一人が校庭で吹く「鳥」のさえずりのような口笛を耳にするところである。

一人の少年が口笛を吹いた。とても複雑でいてとても単純なメロディーは、あたかも鳥のように流れ出てくるように思われ、きびしく澄んだ空気の中を美しく響き、他のいろいろな音の中で、どうにか消されずにいた。（一〇四）

サニーの逮捕で頭が一杯の語り手の耳に、口笛が「鳥」のさえずりのように聞こえることは、後にサニーがパーカーのようなミュージシャンをめざしていたと読者に伝えられることへの伏線となっているのだが、他の騒音の中で消されることなく響く音色は、暗闇の中からはいずり出ようともがくパーカーやサニーを想起させるものでもある。

さらにこの作品では、口笛つまり「鳥」のさえずりは、暗黒や転落を表すものの登場を告げる役割も果たしている。語り手はこの口笛を聞いた直後、サニーの逮捕を知らせに来た、サニーの友人でやくざ者の少年に出会う。ドアの暗い影の中から現れるその黒い姿は、ハーレムにおける暗黒やどん底生活へと転落してゆく若者たちを象徴するかのようである。

また口笛は、後に語り手が母親から聞く、父親の弟（語り手とサニーの叔父）の悲劇にも登場する。深夜口笛を吹きながら家路についた父の弟は、白人の車にひき殺され、父はこの事件によるトラウマで一生苦しむ。

「お父さんの弟はいい気分で口笛を吹いていてね、ギターを肩にかけていたんだよ。(中略)お父さんはね、車にひかれたときの弟の悲鳴を聞いたんだよ。ギターが壊れる音や弦がはじけ飛ぶ音が聞こえたんだって」(一一七)

父の弟が吹く口笛は一転して、闇の中へ転げ落ちる彼の悲鳴と、歌い奏でるはずのギターの崩壊の音と化したことが想像される。

口笛は、崩壊や転落を直接経験した者だけが吹くのではない。実は語り手もまた口笛を吹いている。ジャズ仲間と暮らすサニーのアパートを訪ねた際、けんもほろろに追い返された語り手が吹く口笛は、唯一の血縁である弟とのきずなを修復できない語り手の暗く陰鬱な心の状況を示すと同時に、語り手が後に聞くサニーの麻薬所持による逮捕という転落のまさに予兆にもなっている。

このように、「鳥」のさえずりを思わせる口笛は、ハーレムにおける暗黒や崩壊を告げるものであるが、口笛が「鳥」のさえずりと結びつけられるなら、この作品の重要なテーマである音楽もまた、「鳥」のさえずる歌だとみなすことができるだろう。街角のバーから流れてくる陰鬱で強烈な音楽を耳にするとき、語り手は、中で働くウェイトレスの女性の表情に「娼婦」の面影を見出し、「望まぬところに連れて行かれるような脅威」(一〇七)の感覚を抱いている。ここでもまた、音楽つまり「鳥」のさえずりは、語り手に暗黒を示すものの登場を告げているのだ。

ここで重要なのは、語り手がこれらの「鳥」の声にあえて耳を傾けようとはしないということを、テクストが繰り返し強調している点である。

「僕は兄さんの言うことを聞いているよ。だけど兄さんは僕の話を少しも聞いていないじゃないか。」(一二四)

とサニーが言うように、語り手はサニーの「ジャズマンになりたい」という言葉に耳を貸さないことはもちろん、モダンジャズの創始者である「バード」という名前さえもまったく耳にしたことがない。サニーの友人には「君の話など聞きたくない」(一〇六)と言い、また、父の弟のような悲劇は防ぐことができないという母の言葉もすぐに忘れてしまう。彼は耳を傾けることで理解するのではなく、目で見て理解する。そもそも語り手がサニーの逮捕を知るのは、サニーの友人から聞くのではなく、新聞記事を見たからである。サニーのピアノ修行の様子も妻からの手紙で知り、逮捕されたサニーとはじめて連絡をとったのも、彼からの手紙を読んだことがきっかけだった。サニーの生の声には直接耳を傾けない語り手は、文字で書かれたものを見る、つまり読むことだけで彼についての情報や知識を得るのである。

「鳥」のさえずりが表象するものに語り手が耳を傾けようとはしないのは、「鳥」が告げる暗黒の世界とは、貧困と犯罪と麻薬の危険に満ち溢れるハーレムであり、かつて語り手自身が生まれ育ち、そこから努力して「逃げ出した」(一一二)世界、彼にとっては努めて捨て去ろうとしてきた世界だからである。「鳥」のさえずりに耳を傾けることは、再びその暗闇の世界、貧困と犯罪・麻薬の蔓延するハーレムの暗黒の世界へと引き戻され、自らもその犠牲者へと転落することを意味するからだ。

こうして冒頭で少年の口笛として登場する「鳥」のさえずりは、人種差別の犠牲、悲劇、暗黒、転落を表象し、その結果、それに「耳を傾けようとしない語り手」という人物像が強調される。そこにはようやく手に入れた安全で安定した生活のために、生まれ育ったコミュニティとのきずなを否定せざるを得ない、成功を手にした黒人の姿が浮かび上がってくる。

## 二　創造のための犠牲を表象する「鳥」

一方、ジャズピアニストをめざすサニーは、音楽を奏でる「鳥」そのものである。彼はあたかも物まね鳥のようにレコードに耳を傾けては、同じ旋律を繰り返してピアノの演奏技術を習得しようとする。サニーと同居する語り手の妻は、「人間と住んでいるのではなく音と住んでいるようだ」（一二四）と述べ、語り手はサニーを「ある種の神か怪物」あるいは「雲か、火か、あるいは彼自身の幻想に包まれているかのようだ」（一二五）と表現する。つまり彼は人間ではなく、まさに神秘的な趣さえ漂わせてさえずりながら天空を舞う「鳥」そのものとしてここでは表現されている。そして兵役のために遠く離れたところにいる語り手を含む周囲の誰もが「サニーは命をかけてピアノに向かっている」（一二五）と漠然と感じていたように、一日中レコードを聴いては、それをピアノで反復するサニーにとって、音楽を奏でること、すなわち「鳥」のさえずりとは、彼の命、つまり生きることそれ自体なのだ。孤独、自信喪失、自己崩壊、といったハーレムで生きる者の苦悩を、音楽を創造することで克服しようとするサニーは、孤独のうちにさえずることによって生きていこうとする「鳥」そのものである。こうして「鳥」は生きるための音楽の創造力をも表象している。

したがって、麻薬でさえ、サニーにとっては、この命である音楽を生み出すためのものだといえる。麻薬は、警察による逮捕や矯正施設での生活を彼にもたらしたが、その結果彼は犯罪者という烙印を押され、社会からもたった一人の肉親である語り手からも転落者としてみなされた。にもかかわらず彼は、麻薬を「自己コントロールの感覚をもたらす」ものであり、「自分がばらばらにぐらついてしまわないためだ」（一三一）と述べる。サニーという「鳥」にとって、歌うこと、すなわち生きることとは、麻薬中毒という大きな犠牲とひきかえにしなくてはならないほど困難なものなのだ。またサニーは、路上のリバイバル・ミーティングでのシスターたちの暖かみのある歌声を聞いて次のように述べている。

「ここへくる途中、階下であの女の人が歌っているのを聴いて、急に思ったんだ。あの人はどんなにか苦しんできたに違いないってね。あんなふうに歌っているんだもの。あんなに苦しまなくちゃいけないなんて、ぞっとするよ。」

（中略）

「でもだからといって、誰かが苦しもうとするのをやめさせることなんかできないんだよ。」（一三二）

この言葉からも、芸術の創造には犠牲が必然的にともなうものであると、サニーが考えていることが理解される。こうして「鳥」は、命、生、そして創造を表象すると同時に、これらを生み出すためには多大な犠牲が払われることも示唆している。

さらに、シスターの歌声に耳を傾けるサニーの姿からは、彼が自ら音楽を創造する「鳥」であると同時に、他者のさえずりに耳を傾ける「鳥」でもあることが理解される。この点は先に見た「鳥」のさえずりに耳を傾けない語り手とは対照的である。ここでも語り手は彼女たちの歌声ではなく、その歌声を周囲で聴いている見物人たちの姿や表情の中に、ハーレムでの彼らの荒れた生活を見てとり、それを彼らの「毒」（一二九）だと述べている。一方サニーが耳を傾けるのは、シスターたちの歌声を通して理解される「心の中の嵐」（一三三）である。

「それ（嵐）に追い付いて、それをプレイしようとすると、誰も聞いてなんかくれないってことがわかる。だから自

分が聴かなくちゃいけないんだ、聴く方法を見つけなくちゃならないんだ。」(一三三)

と述べるように、サニーとは、孤独の中で自らのさえずり、すなわち内なる声にも耳を傾ける「鳥」であることが理解される。大きな犠牲さえともないながら行われる創造とは、他者の声も自らの声も聴き、それらを理解してはじめて達成されるのだということが、「鳥」の表象から伝わってくる。

## 三　見る語り手から聴く語り手へ

ここまで、語り手の視点に立った「鳥」の表象とサニーをめぐる「鳥」の表象との相違を見てきた。両者の相違は、理解し合えない兄弟の関係に重ねあわされているといえるだろう。しかし、サニーの演奏、すなわち「鳥」のさえずりは、語り手に、目で見ることから耳を傾けることへの変化をもたらし、サニーに対する理解へと導かれる契機ともなっている。ライブハウスでの演奏場面で語り手は、最初、演奏の中心がリーダーのベース奏者クレオールだということを「見て」とっている。ところが、最初のセッションが終わる頃、彼は今までに聞いたことのないようなものに気づき、次のセッションに入ると、彼らの音楽を次のように述べる。

辛辣な背の低い黒人がドラムで何か恐ろしいことを言うと、クレオールが答え、またドラムが言い返した。そしてトランペットが甘く高くおそらく少し孤立してさかんに言い立て、クレオールはそれを聴いてそっけなく、また力強く

美しく、穏やかに、巧みに、時々意見を加えた。（一三九）

このように語り手は、演奏者の表情や身振りではなく、音の甘さや高さ、音が表現するものを言葉として聴き取っている。ここでは彼は明らかに目で「見る」のではなく、演奏を耳で「聴いて」いるのである。サニーのブルースによって、語り手ははじめて、「鳥」のさえずりに直接耳を傾けるようになったのだ。

さて、この演奏では、サニーはさえずる「鳥」だけではない。サニーの即興演奏は「指が大気を命で満たした」（一四〇）と描写され、大空を、飛翔する「鳥」のように表現されている。そして飛翔する「鳥」は次のように、他者に聴いてもらうことによって自由になると、語り手は理解する。

自由が僕たちの周りに潜んでいて、ついに僕は理解した。僕たちが耳を傾ければ、サニーは僕たちが自由になるのを助けてくれるのだと。そして僕たちが耳を傾けてはじめて彼は自由になるのだと。（一四〇）

暗黒や悲劇を表象してきた「鳥」、命や生、創造を表象した「鳥」、そしてレイシズムの犠牲と創造のための犠牲を想起させた「鳥」、このようなさまざまにさえずる「鳥」は、ここにおいて、自由を表象する飛翔する「鳥」として現れるのである。

実は、結末で語り手自身が耳を傾ける「鳥」になることはテクストではすでに暗示されている。語り手が矯正施設にいるサニーに手紙を書いたのは、幼い娘の突然の死を経験したことがきっかけとなっている。娘のグレーシーがポリオの発作で発した声が「これまでの人生の中で聞いた最もぞっとする音」（一二七）だと妻から聴き、彼はそれを想像する。彼は心の中で娘の最期の声を「聴いて」いるのだ。また、娘の死を悲しむ妻が夜中に声を押し殺して彼の胸にすがりつくとき、彼女の涙でぬれた自らの胸の感触を通して、彼は彼女の沈黙の悲哀の声を「聴いて」いるのだ。こうして語り手もまた、かけがえのない娘の死という不幸の中で「鳥」へと変化していったことが理解される。「鳥」とは実は、自らの心の中のさえずりに耳を傾けるものだということを、テクストはここでも示している。

## 四 「サニーのブルース」の聖書性

これまで見てきたような「鳥」のさまざまな表象は、「サニーのブルース」という作品に、どのような意味を与えているのだろうか。ここで忘れてはならないのは、作品の最後に登場する「杯」であろう。結末部分で、語り手がサニーのために注文したスコッチ・アンド・ミルクのグラスを、演奏の終わったサニーがすするとき、語り手には、そのグラスが「よろめかす大杯」（一四一）のように見える。「よろめかす大杯」とは、イザヤ書で神に逆らうイスラエルの民に、神が与える「憤りの杯」（五一章一七節）を意味するのであるが、このように作品が聖書の物語を暗示して終わるとき、これまで登場する「鳥」たちが、聖書に登場する「鳥」のイメージとして浮かび上がってくることはいうまでもない。聖書には多くの場面で「鳥」が言及されている。たとえば、創世記では、最初に創造される動物が「鳥」である。ピーター・ミルワードはその理由を、「鳥」が天と地の中間領域に生息し、天使に最も近い姿をしている動物だからであり、また「鳥」の嬉しそうなさえずりは偉大な神を讃える歌であり、人々の心を喜びで満たすからに違いない、と述べている（一一）。サニーの演奏を聴くことで語り手の心の中に生まれた自由とその喜びは、まさにこのような意味での「鳥」のさえずりによってもたらされたものだといえるだろう。しかし、「鳥」は聖書の中で常にこのような美徳ばかりが描かれているのではない。神の別の姿とされるワシは、その一方で不浄の動物としても言及され（レビ記一一章一三節）、平和のシンボルであるハトも他方、その臆病さが描かれ（ホセア書一一章一一節）、またいけにえとして捧げられる場面（ルカによる福音書二章二四節）もある。反対に、一般には黒くて不吉なカラスは、聖書では神から恵を授かる動物（詩篇一四七編九節）として登場する。こうして見てくると、創造と犠牲が実は深く結ばれた関係にあることも表わしている「サニーのブルース」の中の「鳥」は、この聖書の「鳥」の多義的な性質と重ねあわされてくるように思われる。音楽を奏でる「鳥」そのものともいえるサニーは、神と人間の間の天使のように人の喜びをもたらす一方で、その喜びはともすれば不浄で不吉な麻薬の力を必要ともする。そのようなサニーの将来もまた、幸福と不幸、成功と転落の両面の可能性を秘めたものであろう。したがって、一旦修復されたかに見えた語り手とサニーとの関係もまた、不確実なもの、非決定的なものとして立ち現れてくるのだ。

「サニーのブルース」の明確なメッセージ性について、キース・バイヤーマンは、作品の最後に語り手がサニーに与えるウィスキーとミルクの入った杯が象徴する崩壊と滋養はサニーの将来の不確実さを示していると述べている。彼はさらにこの杯が聖書に登場する「よろめかす大杯」を想起させることから、この「杯」をイスラエルの民に神の咎めとして与えたのも、また彼らからとり上げて許したのも神である点を指摘することによって、この作品がけっして明確なメッセージを発するものではないと主張している（二〇二）。同様にこれまで述べてきた「鳥」の表象の多義性もまた、「よろめかす大杯」とともに、サニーの運命がこの先どうなるのか、兄弟の和解は達成されるのかが曖昧にされ、いわば宙吊りのままにされていることを物語っており、この作品の結末に、ある種の曖昧さを付与しているといえるだろう。

さらに言えば、実在のバード、すなわちチャーリー・パーカーの存在も、語り手とサニーの和解に疑問を投げかける。読者は、バードが麻薬と縁が切れずに若くして亡くなったことのみならず、彼が創始者の一人であるビバップ・ジャズが、芸術的で難解とされ、大衆との乖離を生み出したことを思い出す。ラルフ・エリスンはパーカーのニックネームを、ある歌の中に登場する羽をむしられた「哀れな駒鳥」のようだととらえている。羽をむしられてもむしられても、さえずり続ける駒鳥同様、パーカーは、大衆を喜ばせるための、そして新しいジャズの形式を創造するための犠牲者となる必要があったのだと、エリスンは述べている（二三一―三二）。しかし犠牲者であるパーカーという鳥は、英雄であると同時に、その風変わりな振舞いで人々の興味をひくなど、彼の芸術的意図と大衆の求めるものの間にはズレが生じた。パーカーの大衆との乖離は、階級上昇を果たした語り手と麻薬中毒者サニーの和解の困難さ、ひいては語り手とコミュニティとの乖離とも重ねあわされているのではないだろうか。

ボールドウィンの伝記作家であるデイヴィッド・リーミングは、「サニーのブルース」がボールドウィンの作品全体の主要なモチーフである兄弟のきずなの最初の作品であると述べている（一三五）。確かに、『汽車がいつ出て行ったのか教えてくれ』（一九六八）では、俳優として成功した語り手とは互いに理解し合えない牧師の兄が登場し、また『私の頭上に』（一九七九）では、ゴズペル・シンガーで同性愛者でもある弟の苦悩をマネージャーの兄が語るという構成になっている。また、唯一女性の一人称の語り手が登場する『ビールストリートに口あらば』（一九七四）でも、苦境に陥る語り手を助ける姉が登場し、ジェンダーこそ異なるものの、姉妹のきずなが色濃く描かれている。[2] これらの作品が想起させるのは、旧約聖書で弟のアベルを殺したカインが神に対して言った「わたしは弟の番人でしょうか」（創世記四章九節）という言葉である。サニーの兄である語り手がサニーと長らく疎遠でいたのは、心の中で、弟を殺したカインと同様、「わたしは弟の番人などではない」と考えていたからであろう。と同時に彼は、麻薬に苦しむ弟を自分は見殺しにしたのではないかと苦悩したからこそ、矯正施設にいる彼に手紙を書いたのだ。人間よりも先に神によって生み出された「鳥」、自由に飛翔する「鳥」であるはずのサニーを、自分は「番人」として守ってやるべきではないか、と考える語り手は、果たしてカインと同じ運命をたどるのだろうか。カインが神によって追放され、「地上をさまよい、さすらう者となる」（一二節）よう命じられたように、語り手もまた「地上をさまよいさすらう者」となって、「鳥」のように自由に飛翔することはないのだろうか。それとも演奏を通してサニーばかりでなく、自らの、そしてコミュニティーの内なる声に「耳を傾ける」ことを知った語り手は、カインとは異なる運命を担うことになるのだろうか。こうして「サニーのブルース」の多義的な「鳥」の表象は、聖書のさまざまな「鳥」を想起させるがゆえに、語り手とサニーの和解や、ひいてはブルースを通して確信したかに見える語り手自身のコミュニティとのきずなのゆくえに曖昧さを付与することになるのである。

## 結び

兄弟のきずなと音楽をモチーフにしたボールドウィンの作品から読みとれるのは、兄弟と音楽が象徴するコミュニティと自己とのきずな、そして音楽が象徴する芸術家の役割についてのボールドウィンの問題意識である。ボールドウィンは生涯自らの役割とは何かを問い続けた作家だった。後年彼は自らの役割を「考える余裕はないけれど、それなしでは生きてゆくこともできないがゆえに、人があえて自ら考えようとはしない複雑さを強調すること」（スタンドレイ　一二九）だと述べている。公民権運動において、その雄弁さで人々をひきつけ、運動のスポークスマンだともてはやされた一方で、黒人急進派からの激しい批判を受けたボールドウィンは、作家としても後期の作品はけっして大衆の支持を得ることはなかった。その意味では「鳥」の多義性が表わす「サニーのブルース」の曖昧さは、その後のボールドウィンの大衆との乖離をも予見しているともいえるだろう。また、公民権活動での挫折が、彼に人々や社会の圧倒的な複雑さを言葉で語ることがいかに困難であるかを知らしめたであろうことも、容易に想像できる。文学作品としてはけっして評価の高くない後期の作品を彼は「実験」（スタンドレイ 一〇三）だと述べているが、それは自らの役割である社会や人々の生の「複雑さ」を言葉で表現するためのまさに「実験」だったのではないだろうか。そして「サニーのブルース」で描かれた「創造のための犠牲」こそ生の「複雑さ」そのものであり、この作品の隠された曖昧さの中に、作家の生涯を貫く問題意識の最初の実験的試みを見出すことができるといえるだろう。

注

1 引用の日本語は邦訳を参考にさせていただいた。頁数は原書のものである。

2 『汽車がいつ出て行ったのか教えてくれ』では、語り手は、愛情を寄せ庇護する若者を「ひな鳥」（八三）と呼んでおり、また、『ビールストリートに口あらば』の結末では、彫刻家をめざす語り手の恋人が口笛を吹きながら作品に取り組む姿が描かれている（二一三）。このように、ボールドウィン作品では「鳥」の表象と兄弟（姉妹）のきずなのテーマには密接な関係がある。

## 引用・参考文献


Baldwin, James. *If Beale Street Could Talk*. 1974. New York: Dell, 1988.

——. "Sonny's Blues." *Going to Meet the Man*. 1965. New York: Vintage, 1995. 101–41. 「サニーのブルース」『出会いの前夜』武藤脩二・北山勝彦訳、太陽社、一九六七年。「サニーのブルース」堀内正規訳、『しみじみ読むアメリカ文学』平石貴樹編、松柏社、二〇〇七年。

——. *Just Above My Head*. 1979. New York: Dell, 1990.

——. *Tell Me How Long the Train's Been Gone*. New York: Dell. 1968.

Byerman, Keith. E. "Words and Music: Narrative Ambiguity in "Sonny's Blues."" *Critical Essays on James Baldwin*. Eds. Fred L. Standley and Nancy V. Burt. Boston: G. K. Hall, 1988. 198–204.

Campbell, James. *Talking at the Gates: A Life of James Baldwin*. Berkeley: U of California P, 1991.

Ellison, Ralph. *Shadow and Act*. 1964. New York: Vintage, 1972.

Jonnes, Harry L. "Style, Form, and Content in the Short Fiction of James Baldwin." *James Baldwin: A Critical Evaluation*. Ed. Therman O'Daniel. Washington, D.C.: Howerd UP. 1977. 163–69.

Leeming, David. *James Baldwin: A Biography*. New York: Holt, 1994.

McBride, Dwight A., ed. *James Baldwin Now*. New York: New York UP, 1999.

ミルワード、ピーター『聖書の動物事典』中山理訳、大修館書店、一九九二年。

Reilly, John. ""Sonny's Blues": James Baldwin's Image of Black Community." O'Daniel. 163–69.

Reisner, Robert George, ed. *Bird: The Legend of Charlie Parker*. 1962. New York: Da Capo, 1975.

Scott, Lynn Orilla. *James Baldwin's Later Fiction: Witness to the Journey*. East Lansing: Michigan State UP, 2002.

『聖書新共同訳』日本聖書協会、一九九五年。

Standley, Fred L., and Louis H. Platt, eds. *Conversations with James Baldwin*. Jackson: UP of Mississippi, 1989.

# 廃屋のカナリア
## ――トニ・モリスンの『ラヴ』における女どうしの絆

鵜殿　えりか

### 一　鳥の表象

アメリカ合衆国のアフリカ系女性作家トニ・モリスン（一九三一―）の小説には、鳥のイメージが数多く現れる。こまつぐみの大群とともに現れるスーラ（『スーラ』、一九七三）、飛ぶことをテーマとした『ソロモンの歌』（一九七七）、『ジャズ』（一九九二）の同じ言葉を繰り返すオウム。最新作『マーシィ』（二〇〇八）では、鳥は語り手フロレンスの暴力的衝動の象徴として現れる。『ラヴ』（二〇〇三）においても鳥は重要な役割を果たしている。本論では、『ラヴ』が鳥のイメージを使って何を語ろうとしているかを探ってみたい。この小説の主要な舞台はとあるホテルである。ビル・コージーという黒人男性によって一九一〇年代にジョージア州の東岸に創設され、富裕な黒人のための最高級リゾート・ホテルとしておおいに繁盛するが、人種統合が進む六〇年代になると黒人客はだんだんと離れていき、コージーの死後とうとう立ち行かなくなる。物語現在の時点では、空家になり長い間使われていないそのホテルにはたくさんのカナリアが棲息し、たるきの間を飛んだり囀ったりしている。

物語はアメリカの現代史をたどるように進行する。一九二二年、Lはコージーの病気の妻ジュリアに代わってコージーの家庭を切り盛りするようになり、彼女の死後も料理人としてコージーズ・ホテルの経営を支える。ホテルの成功のかげで一人息子のビリーボーイが死に、コージーは失意に沈む。一九四二年、五十二歳のコージーは、十一歳の少女ヒードと結婚する。この少女が孫娘クリスティーンの親友であったことが、事態を決定的に悪いものにした。ヒードとクリスティーンはこの時から激しく対立するようになる。クリスティーンの卒業と誕生日祝いをかねた戦勝パーティの日、二人は争い、怒ったヒードがクリスティーンの部屋に放火したことから二人の決裂は決定的なものとなり、クリスティーンは家を出て行く。月日は流れて一九七一年、コージーは亡くなる。彼がメニューの裏に走り書きした遺言状が見つかり、その中の言葉「愛しいコージーの子」というのが誰かということが裁判で争われ、結局それはヒードだと認定され、彼女が財産を相続した。かつて栄えたホテルも衰退しとうとう閉鎖された。クリスティーンが家に帰った日からおよそ二十年もの間、二人の女は同じ屋敷に住み、互いに憎みあいながら過ごしている。物語現在（一九九五年から一九九八年の間のいつか）、ジュニアとローメンという十代の若者の物語が副プロットとして展開する。ジュニアは関節炎のために手が使えないヒードの秘書として雇われる。ヒードは、相続の再審要求をしようとしているクリスティーンに対抗するために、偽の遺言状を捏造しようとしていた。ヒードはジュニアにコージーの筆跡を練習させ、ある夜廃屋となったホテルの屋根裏部屋に忍び込み、旧いメニューの裏側に偽の遺言を書きつけさせているところに、クリスティーンが現れる。しかし、裏切り者のジュニアは、ヒードが立つ場所の絨毯を足でたぐり寄せ、バランスを失ったヒードは階下へと転落する。ジュニアは車で逃げ、女二人はホテルに取り残されるが、そこで二人は和解する。大けがをしたヒードは夜明けを待たず死ぬ。

## 二　語り手Lの謎

『ラヴ』は、一人称の語りの部分（斜字体）と三人称の超越的語りの部分とに分けられる。一人称の語り手はLという登場人物で、物語冒頭（三―一四）、第三章（九四―一〇二）、第四章（一五四―六四）、第六章（二〇九―一九）、第九章（三〇五―一〇）の五箇所で語る。この語り手は前作『ジャズ』の語り手とは次の点で異なっている。第一に、Lはこの物語に直接関与する人物（ホモディエゲーシス的語り手）であること、第二に、Lの語りはこの小説を解くカギとなる重要な情報を含んでいる、という点である。ただし、ジーン・ワイアットが言うように最終的にLの声が「真実と権威の声」となるかは、疑問である。ワイアットは、Lは「初めはあまり信頼できず、小説を通じていろんな恋愛の物語を差し挟むだけだが、最終頁では真実と権威の声となる」と論じている（二〇〇）。しかし、Lの語りが初めから終りまで不安定で自己中心的であることは、『ジャズ』の語り手と同様である。

Lが語るエンディングで、コージーの死は、L自身が毒を盛ることによってもたらされたものであることが明らかになる。その毒はジキタリスという野草だが、それはLの冒頭の語りの中に何気ない風に挿入されていた（九）。物語の中でコージーの突然の死に対する不審は何度か表明されるが[1]、死の謎は最後まで明らかにならない。死の苦しみにのたうち回るコージーの側にはLがいたが、物語の中の誰も彼女を疑うことはない。というのも、Lがコージーを殺す理由が、物語言説上はまったくないようにみえるからである。小説の最後で、Lは、コージーの老年の無軌道ぶりを彼の命を奪うことによって止める必要があった、と告白する。

コージーが一九六四年に公証遺言状を作っていたことは、Lも署名したので知っていたが、その内容については知らされていなかった。しかし、一九七一年のいつかの時点でLは、それが、彼が長くつきあっていたセレスシャルという娼婦にすべての財産を与える、という内容であると知る。セレスシャルは、ホテルを運営したり財産を適切に管理したりすることのできるような人物ではない、とLは言う。コージーは自らの成功の夢が破綻したことを知り、その責任を身内の女性たちに転嫁した。外目には老いの静かさの中にあると見られていた彼の晩年は、社会や身内に対する激しい怒りに満ちたものであったことが、Lによって明かされる。Lによれば、彼がヒードと結婚したのも、少女愛好癖とか、跡継ぎが欲しかったことの他に、父ダニエルへの復讐のためでもあったらしい。コージーのこの残酷な意図を阻み、ホテルや財産を守り、彼の妻や義娘にこれらを相続させるために、Lは彼に毒を飲ませ、彼の公証遺言状を破り捨てたのだと言う。この公証遺言状のかわりに、一九五八年にコージーがメニューの裏に走り書きをした遺言状が出てきて、それが公式の遺言状と認定された。その遺言状は、息子の妻メイにホテルを、「愛しいコージーの子」にその他の財産を与えるという内容であった。[2] セレスシャルが全財産を相続していたら、財産を失うかわりにヒードとクリスティーンが争い合うことはなかったかもしれない。愛を意図したものが憎悪を生みだす一方、悪意であったものが和解をもたらすこともある。人間の営みがいかに偶発的で、非合理的で、不可思議なものであるかが描き出されている。

こうした愛憎劇の中で、語り手であるLだけはそのような愛憎から超越した高みから、中立的に語っているようにみえる。しかし実はそうではない。「中立性」は語り手という特権的な立場が作りだす幻想であり、偽装である。語り手Lも愛憎に引き裂かれる登場人物たちの一人なのである。Lは幼い時、海の中で妻ジュリアを抱く二十四歳のたくましい黒人青年コージーを見て胸騒ぎを覚えた（九六）。それから九年後、十四歳になったLは、妻が病床にあったコージーが家事手伝いを探しているのを知り、自ら訪ねて使用人となり、以来、五十年余彼を支えて働くことになる。ジュリアの死後、Lは実質的にホテルを切り盛りする女主人のような存在となり、ビルの一人息子ビリーボーイの母親がわりとなり、ビリーボーイの死後は遺児クリスティーンの世話も引き受けた。「それがこの世でもっとも自然なことだった」し、コージーは妻を深く愛していたが、彼の愛には「まだ大きな余地があった」とLは言う（一五五）。しかし、一九四二年、初老のコージーは孫娘の友人ヒードと結婚し、Lや、夫や娘よりも義父コージーを第一に考えてきたメイ、クリスティーン、ヴァイダたち従業員などコージーを愛し尊敬していた女たちを唖然とさせた。Lはその時から本当のホテルの衰退は始まったと見る。

Lはコージーと正式に結婚してはいなかったが、結婚したも同然の生活を送ってきた。物語中彼女がコージーを語る言葉だけが、彼の性的な魅力を伝えている。海の中で妻をかき抱く若いコージーの姿を見たLは、感動の涙を流す（九五—九六）。彼はLにとってまさしく「王子様」だった。第四章でのLの語りを見てみよう。最初Lは海を「私の恋人」と呼んでいるが、最後には海はコージーへと変化する——

私は恋人をポーチから見ることができる。たいてい夕暮れ時、夜明け時でも、彼の肩に海の泡がまとわりついているのを見たいな。昔はここに白い藤椅子が出ていて、きれいな女性たちが、ジャックダニエルかカティサークを一滴垂らしたアイスティーを飲んでいた。今ではもう何も残っていないから、私は手すりに肘をもたせかけて、階段に坐るよ。もし私がとても静かにして（If I'm real still）、注意深く聞くなら、彼の声を聞くことができるよ。あんなに力強い声だから、みんなは彼の声はバスだと思っているだろうけど、違うね。彼の声はテノールなのさ。（一六四）

この時Lは、コージーの声が本当はテノールであることを自分だけは知っていると言い、彼との性的な関係をほのめかしている。

この語りの部分には他にも仕掛けがあり、「もし私がとても静かにするなら (If I'm real still)」に「もし私はまだ現実のものならば」というもう一つの意味を読み取ることができ、Lがすでに死んでいることの暗示となっている。語りの現在の時点で語り手Lがもうこの世のものではないことは、最終章になるまで明らかにはされない。しかし、Lの死はそれ以前にも所々で暗示される。例えば以下の引用のように――

私の本当の名前を覚えている人はみな死んでしまって、今では誰もたずねもしない。時間がたっぷりある子どもたちでさえ、私が死んだみたいに扱って、私のことを知ろうともしない。私の名がルイーズかルシールだと思っている人もいた。受付の鉛筆で教会献金の封筒にLってサインしてたからね。私が呼ばれたりするのを聞いて、エレノアかエルヴィラのLだと言う人もいたね。みな違っているよ。(九七)

Lは、「あんたの名前が『コリント人への第一の手紙』第一三章の主題だったら、当然それにかかわっていくでしょ」(306) と言い、自分の名前が「ラヴ」であることをほのめかしている。というのも、第一三章の主題は「愛」だからである。したがって、この小説のタイトル『ラヴ』は「愛」を意味していると同時に、この語り手L＝ラヴの名を意味していると考えてもいいだろう。つまりLはこの物語の脇役ではなく主人公なのである。

小説の終り近くになってクリスティーンとヒードの口から、すでにLはこの世にいないことが初めて明言される。

彼女 [L] どんな風にして亡くなったの?

どんなだったと思う? 料理中に亡くなったの。

チキンを揚げてる時？
まあそんなところね。ポークチョップを蒸し煮にしてた。
どこで？
メーシオのカフェテリアで。コンロの前で倒れるようにして死んだの。（二九〇）

二人の会話から、Lは一九七一年のコージーの葬式と同時にホテルを去り、カフェテリアでシェフとして働いていたが、七二年から七四年間のいずれかの時期に亡くなり、彼女の葬式が営まれたことが明らかになる。したがって、第三章でジュニアがカフェテリアに来るのをカウンターの内側から見た、と語るLは、生きた人物ではなく、俗な言い方をすれば、幽霊なのである。

Lとは何者なのか？　小説における彼女の重要性は、ヒードとクリスティーンの関係と同じ関係が、彼女とセレスシャルの間で繰り返されていることにある。いや、この言い方は正確ではない。Lとセレスシャルとの間で展開したはずの隠されたプロットが、ヒードとクリスティーンの間で反復されようとしているのだが、それが前のプロットとは違うように変奏されるのを、Lは見守るのである。

小説の冒頭、Lの語りは「女たちの脚は大きく開いている」で始まる。Lの関心はアップビーチに出没する娼婦たちにあり、彼女たちに対して軽蔑よりも共感や憧れを持っている。そして、気性が荒く顔に切り傷をもっているような娼婦でも、内に無邪気な子どもの心を隠していると言う。そのような娼婦のひとりがセレスシャルである。数多くの女と浮き名を流すコージーだが、長年にわたってセレスシャルと愛人関係にあった。妻が死んだ後からずっと、ヒードとの再婚後数年間をのぞいて彼はセレスシャルと関係を持ち続けた。彼はこの娼婦を愛し、結婚も考えていたことがうかがえる。彼が銀器に刻ませた二重のCの文字は、（クリスティーンが主張したように）クリスティーン・コージーではなく、セレスシャル・コージーを意味していた。Lは、夜の海でセレスシャルとコージーが逢い引きしているのを目撃する。先にコージーが帰った後で、ひとり裸で海に入るセレスシャルの美しさに彼女は息を呑む。

頭上の切れ切れの雲が月を横切って流れた時、私の心臓がどんなにどきどきと鼓動を打ったか、よく覚えている。（中略）私は彼女の腕が描いた弧を昨日のことのように覚えている。彼女はしばらくの間視界から消え、その間私は息を止めていた。彼女が水面に浮かぶと、私は息をとりもどし、彼女が浅瀬の方へ泳いで行くのを見守った。（中略）それから、そう、彼女は声を発した。それは言葉だったのか、旋律だったのか、叫びだったのか、今日まで私にはわからない。わかるのは、それは私が返事したくなるような音だったということだ。セレスシャルと。ふだん私は石のように無口なのだが。（一六三―六四）

息も止まるほどのセレスシャルの美しさ。寡黙なLから声を引き出すセレスシャルの声。Lはコージーを見た時ですら、このような深い感動を覚えはしなかった。Lは一目でセレスシャルに恋したのである。

Lの人となりは「石のように無口」という表現から垣間見られる。彼女は「賢明」で「思慮深」く、「沈黙」が大切だと考える人物である（三）。このようなLの寡黙さのゆえに、周囲にLとコージーの関係を疑う者はなく、彼女の彼に対する愛憎に気づく者もいなかった。Lがコージーを殺害し遺言状を破り捨てたのは、コージーの家族やホテルを思ってのことと言っているが、それを言葉どおりに受け取ることはできない。彼女によるコージー殺害は、彼がセレスシャルにすべての財産を与えると遺言したことに関係があるはずだ。セレスシャルとコージーに対して深い愛憎を抱くLは、コージーがセレスシャルにすべてを遺そうとしていた事実を知り、激しい嫉妬にかられたのではないか。それ以外にLがコージーを殺す理由に説得力がない。遺言の廃棄により、Lはコージーの遺産をセレスシャルが譲り受けることを永久に妨げた。Lはセレスシャルが受けとるはずの幸福を永久に破壊した。

しかし、結末場面では、Lとセレスシャルは二人してコージーの墓を訪れている。セレスシャルが歌う歌はコージーへの愛に満ちているが、「自分だけのため」の何かを取り戻したい、とLは思う――

でも、時おり彼女の声はあまりにも彼への思いでいっぱいになる。それは仕方ないけど、いくらかでも取り戻したい。私だけのためのいくらかを。だから、いっしょに口ずさむのさ。(三一〇)

この引用からも、Lの愛はコージーよりむしろセレスシャルに向けられていることがわかるだろう。こうしたLのセレスシャルへの愛は、ヒードとクリスティーンとも共有するものである。彼女たちも美しいセレスシャルに憧れ、自分たちの遊び小屋を「セレスシャル・パレス」と名づけるとともに、「ヘイ、セレスシャル」という二人だけの秘密の合い言葉を作っていた。この合い言葉は「とくに大胆で利口で危険」と認めることに対して「男の声」をまねて発された(二八九)。Lとセレスシャルとの間に存在したような愛が、ヒードとクリスティーンの間にも存在したことは、このことのみならず、後述するように、彼女たちのもう一つの暗号「イダゲイ(Idagay)」言葉によっても暗示されている。

## 三　廃屋のカナリア

ヒードとクリスティーンの関係について見てみよう。Lは、ヒードとクリスティーンの間には特別の、純粋な愛情が存在していたことを見てとっていた――

子どもが互いを好きになる時はそんな風さ。瞬時で、なんの前触れもないのさ。（中略）そんな子どもたちが、自分の性別もわからないうちに、あるいは誰が貧乏で誰が金持ちかも、白い肌と黒い肌の違いもわからないうちに、親戚と他人も見分けられないうちに、出会ったとしたら。彼女たちは、それなしでは生きていくことができないもの、敗北と反抗の入り交じったようなものを見つけてしまったのさ。

おおかたの人は、それほど幼くしてそれほどに強い情愛を経験したことはないだろうね。（三〇五―〇六）

ヒードとクリスティーンは出会ったその時から、性、階級、人種の境界を超えて引かれ合った。お互いを愛する気持は出会った瞬間に生み出された。『スーラ』、『タールベイビー』（一九九九）にも描かれている、このような瞬時に生み出される純粋な情愛は、[3] Lが月光に照らされるセレスシャルを見た時に湧き上がってきたものと同じである。

しかし、多くのことが二人の少女の愛情に亀裂を入れるために介入してくる。そのもっとも大きなものがビル・コージーによる介入である。彼の介入により二人の間に初めて秘密が生まれ、二人の決裂の種子となるのである。その事情はクリスティーンとヒードそれぞれによって物語の終り近くで明かされる。ある日、ホテルの裏口で水着姿のヒードと出会ったコージーは、水着の上からヒードの乳首を愛撫した。地域の人々から尊敬され憧れの的であり、初老ながら魅力的なコージーの愛撫に、ヒードは驚きつつも性的な興奮を覚え、同時にそのような自分を嫌悪するが、彼女はその様子をクリスティーンに見られ、軽蔑されたと誤解する。しかし、クリスティーンはその現場を見たのではなく、別の場面を目撃したのである。彼女はヒードを追ってホテルまでくると、自分の部屋の窓際で、コージーがズボンの前をはだけて、眼をつむり、忘我の状態でマスターベーションをしているところを目撃する。[4] 彼女は祖父が自分を夢想して性的行為を行っていると思い、嫌悪感から嘔吐するが、彼にそのようなことをさせる自分の中にあるらしい「汚れ」を恥じて、そのことをヒードに打ち明けることができなかった。ヒードもクリスティーンも、コージーを嫌悪する以前に、自らを恥じ嫌悪していた。

少女たちが話すことのできなかったのは、まったく不快というわけではない性の目覚めのことではなかった。それはまったく別のものだった。何故かはわからないけれど、この恥だけは別もので、決して――自分たちが作った秘密の言葉ででも――打ち明けることができないものだと、二人は互いに考えた。
内部の汚れは外に滲み出ていくのだろうか？（二九六）

なぜ、二人は自分を恥じなければならなかったのか？　その理由は家父長権力に由来する。[5] 英雄と見なされている男もしょせん「愛憎に引き裂かれる普通の人間」だ、とLは見抜いていた（三〇七）。しかし、その男は共同体の人々によって神格化され、絶対化されているが故に、誰も彼に対して批判したり異議を唱えたりすることができない。幼い者、無力な者であればなおさらであり、異議を唱えられないばかりか、彼の非を自らの非へと転嫁することになる。英雄化された男によって女が被害者となることに対する告発は、すでに『ソロモンの歌』においてなされた。

『ソロモンの歌』では、妻と子を捨てて逃げながら、非難されず褒め讃えられる英雄の残酷さが照らし出され、ミルクマンという主人公によってまったく別の、男の「英雄」ならざる生き方が示された。ミルクマンはその名が示すように、もともとは男性中心主義的な性格ではないが、男性優位社会の中で「男らしく」ふるまうことを要求され、共同体で通用する「男らしさ」を演じていた。しかし、友人ギターと恋人へイガーとの付き合いを通して、自らが正しいと信じるふるまいを学びとってゆく。本論では触れないが、『ラヴ』のローメンはミルクマンと同一の過程をたどってゆく。

この小説でも、コージーという男が黒人の英雄として崇拝され、彼の被害者までもがそう考えることによって、彼という人物をむしろ「創造している」ことが、強調される。コージーの神格化、すなわち男性権力の形成に自分たちが手を貸していたことに、ヒードとクリスティーンは最後になって気づく。


私たちは、ビッグ・ダディ「コージー」を至るところに求めるかわりに、手をとりあって自分たちの人生を生きることもできたんだよね。

あの人は至るところに君臨していたけど、どこにもいなかったのかもしれないね。

私たちが彼を作り上げたのかしら。

あの人が自分でしたことさ。

私たちがその手助けをしたのは確かだね。(二九一)

セサが有能な奴隷として奴隷制を支えていたことに気付いたように(『ビラヴィド』)、クリスティーンとヒードも自ら大君を支えていたことに気付くが、もちろんそのことが彼女たちの責任であるとはいえない。奴隷制、家父長制、植民地支配……あらゆる支配の制度は、被支配者をその制度の重要な支えに仕立て上げる、という点で罪深いのである。ヒードとクリスティーンが祖父の行為を自分の恥であると考えたことに、前述の制度は関係している。コージーのような立派な男に性的行為をさせた自分の中には「汚れ」がある、彼に触れられた時性的な興奮を覚えたことはその証拠ではあるまいか、とヒードは思い、一方クリスティーンも同様に、肉欲に溺れる祖父の汚れが自分の中にもあると感じ、そのことを知られると友人に愛されなくなることを心配し、二人はそれを互いに秘密にし、その秘密が二人を長年にわたって蝕み、人生を狂わせていった。

メニューに書かれた「愛しいコージーの子」が自分であることをそれぞれが主張して、クリスティーンとヒードはコージー館にともに住み、憎しみをぶつけあって、二十年間を過ごす。実に家父長権力は、二人の女を幼い時から老齢に至るまで支配し続けたのである。しかし、ヒードとクリスティーンは彼女たちのやり方で、支配に抵抗してもいた。ヒードとクリスティーンは年に一、二回、行事か儀式のようにつかんだり殴ったりの喧嘩をした。クリスティーンは頑丈な体躯で、一方ヒードはからだが小さくて弱々しいが、敏捷で頭のいいので、両者はいい勝負になった。互いに互いのことを当人以上に熟知している二人の勝負が容易につくはずもなく、延々と喧嘩し続けた。喧嘩は二人が年に何度か肌と肌をふれあう貴重な機会であった。しかし、それだけでは二人は満足できなくなった——「友情と同じように、憎悪は身体的接触以上のものを要求する。憎悪を維持していくためには、創造力とたいへんな努力が必要なのだ」(二〇九—一〇)。こうしてみると、彼女たちの憎しみは愛と区別がつかないことがわかる。四六時中一人で生活し、互いのことだけを考え、互いを憎み続けることに尋常ならざる努力を払う二人。このような「純粋」な「憎悪」の中にいる二人は、「純粋」な「愛」の中にいるのとほとんど同じなのである。まさしく愛がそうするように、憎悪は二人を「瓜二つ」の存在にしてもいた(四九)。憎悪が愛であることに気付くためには、ほんの少しのさっかけで充分であった。

　ヒードが秘書としてジュニアを雇い入れたのは、クリスティーンが相続の再審を求めて女弁護士のグウェンドレンの所に通い始めてからであり、クリスティーンに対する反作用的な行動である。二人の関係の中にクリスティーンが第三者を導き入れたことに対する意趣返しであるが、実はクリスティーンはグウェンドレンをつまらない理由をつけて解雇していた。狡猾なジュニアはこのような二人に取り入り、漁夫の利を得ようとするが、まさに彼女が導き役となって、引き裂かれていた二人の愛情は復活することになるのである。それは一人の死という手痛い犠牲を払わなければならなかったけれども、二人は、二人きりでとり残されたホテルの中で、愛し合い、許し合い、ヒードは愛する人に抱かれて死んだ。ジュニアの悪意は、逆にクリスティーンとヒードに至福の時間を与えたのである。二人は、ジュニアの介入によって、今だけでなく、これまでもずっと、出会った時からずっと愛し愛されてきたことを知り、失われた五十年余を一気に取り戻すことができたのだ。

　モリスンは、かつて一九九三年、ノーベル文学賞受賞講演の冒頭で、若者の手に握られている鳥を例にとって、言論についての考察をした。ある日、聡明なことで有名な盲目の老女のもとに、若者が訪ねて来、自分の手の中にいる鳥は生きているか、死んでいるのかをあててみろ、と彼女を挑発した。彼女は、「あなたが握っている鳥が死んでいるのか生きているのか、私にはわかりません。ただ、その鳥はあなたの手の中にある、ということはわかります。鳥はあなたの手の中にあるのです」(二六八)と答えた。彼女の意味するところは、鳥はいずれにしても死んでいる、ということである。なぜなら、たとえ生きているとしても鳥は権力の手の中にあり、殺すことも活かすことも権力の意のままであり、そのような場合、鳥は死んでいるのと同じなのである。

　『ラヴ』の二人の女は鳥として表象されている。ヒードの両手は関節の病気によって「鳥の手羽」(三七)のように折れ曲がり、しっかりとものを持つことができない。彼女の手の無力さは小説の中で繰り返し言及される（三七、四一、一〇六、一一一、一三一、一九一、一九四、二七三）。この関節の病気は、ヒードの幼い頃の極貧の生活環境、栄養不良、衛生状態が悪いことからくる感染症に原因があると暗示されている。

フォークを親指と掌の間で支えて、ボストンレタスの葉を油と酢にまぶし、オリーブを突き刺したり、オニオンリングをフォークの歯に引っかけては何度も何度も落としながら、ヒードは何も食べずにしゃべり続けた。ジュニアは彼女の手がしていることではなく、手そのものを見つめた。小さく、一箇所の傷跡をのぞくと赤ちゃんのように滑らかな手。それぞれの手はもう一方の手の反対方向にゆるやかに曲がっている。まるで魚のヒレのようだ。（四一）

「鳥の手羽」「魚のヒレ」と表現されたヒードの折れ曲がった手は、見捨てられ無力化された弱者存在の暗喩となっている。

また、クリスティーンが幼い頃に着ていた薄黄色の水着が、廃屋ホテルの引き出しから出てくるが、これはホテルに棲息するカナリアの色である。すなわち、ヒードとクリスティーンはそれぞれ鳥、カナリアとして表象されている。一方、鳥籠であるこの廃屋となったホテルはビル・コージーの客観的相関物である。これによって、二人の女は、少女から現在の時までビル・コージーの手中にあり、彼が死して後もなお彼の手中にある鳥であることが示されている。肖像画となってもなお家中を睥睨する彼は、ヒードとクリスティーンを支配するばかりか、ジュニアをも支配する。しかし、ヒードとクリスティーンが愛を取り戻した時、コージーの強力なオーラはジュニアが感じることができないほど弱まる（二七四―七五）。一方は幼い頃からの貧困や不幸な結婚によって、もう一方は若い時からの悲惨な放浪生活によって、二人の女は筆舌に尽くしがたい苦労をなめてきた。そのような二人は、崩れ落ちそうなホテルに細々と棲息するカナリアとして表象されている。しかし、彼女たちが愛によって結びつくことによって初めて、自分たちの支配する力を弱めることができたのである。いや、自分たちを支配する力はそれほど強いものではないことに気付いた、と言った方がいいかもしれない。カナリア色は『スーラ』や『タールベイビー』に現れる黒人女性の衣服の色として印象深い色である。カナリア色は離れ離れになった女友達の、失われてしまったきずなを、もう一度繋ぎ合わせるためのキー・カラーともなる。また、幼いヒードとクリスティーンは、秘密の言葉「イダゲイ」を使って大切な話をしていた。二人の合い言葉「ヘイ、セレスシャル」と同様、彼女たちにしか理解することができないこの「イダゲイ」言葉は、二人のホモエロティックな関係の暗示となっている。

Lはセレスシャルの魅力の虜になったことを告白していた。

> 彼女のすごい美貌を否定はできない。ほんとに虜になっちゃったよね。彼女の生計の立て方にはがっかりするけど、とても静かで奥ゆかしいやり方でやっているので、赤十字の看護婦さんかと思うくらいさ。(中略)コージーは彼女のお客を変えたっていうか、制限したけれど、どうやったって彼女の魔力を消すことはできなかった。死ですら何も変えることはできなかった。(二六四)

結末のシーンでは、L(の霊)とセレスシャル(の霊)は二人してコージーの墓に腰をかけ、ともに同じ歌を口ずさむ。彼女たちより若い二人の友人たちのように、生きているうちに互いを愛し合い、許し合うことはできなかったかもしれないが、少なくとも死後の二人は仲良く隣り合って坐っている。家父長制異性愛主義の社会構造においては、女たちは互いに求め合いながらも互いを裏切らざるをえない状況に置かれる。それでも、瞬間的にでもそれを出し抜き、乗り越え、互いの断絶を繋ぎ合わせようとする女たちの闘いが、『ラヴ』には描かれている。世代の異なる二組の女たちの愛／友情がそれぞれの障害を超えてたどりつこうとする「パラダイス」が、ここでは模索されている。

## 注

1 ホテルの元従業員サンドラーは、コージーが誰かに殺害されたことを確信している（二一四頁参照）。同じく元従業員のヴァイダは、コージーの飲む水が白く濁り、彼が苦しそうに胃を押さえるのを見た。その時そばにいたのは彼女とLだけだった（五四頁参照）。

2 「愛しいコージーの子」とは、実はヒードが産むことになっていた子どものことであった。ヒードは、一九五八年当時ホテルに宿泊していたノックス・シンクレアとの情事によって妊娠し、それをコージーの子として報告したが、結局流産した。セレシャルとの関係などから不信をいだくようになったヒードとコージーはすれ違いを続けていたが、妻の妊娠を喜んで上機嫌になったコージーは、酔いにまかせて、ヒードの子に財産を与える遺言状を書いた、と思われる。しかし、Lのメニューの裏に書かれたこのコージーの遺言が、Lによってまるまる捏造されたものである可能性も残されている（一一九頁、三〇九頁参照）。

3 拙論「閉ざされた水の下の欲望」と「赤ずきんちゃん気をつけて」を参照。

4 ヒードを見て性的興奮を得たコージーが孫娘クリスティーンの部屋でマスターベーションをする点に、いくつかのヒントが隠されている。まず第一にコージーの少女性愛が明らかとなる。第二に、父ダニエル（ダーク）に似た灰色の眼をしたクリスティーンをコージーは嫌っていたはずだが、同時に愛してもいることがわかる。このことからも、コージーの父親に対する愛憎の複雑さを垣間見ることができる。コージーは父親を裏切り者として軽蔑していた。ダニエルは黒人の情報をこっそり政府に流し、白人から金銭や庇護を得て裕福な暮らしをしていた。彼は「アンクル・トル」ならぬ「ダニー・ボーイ」という愛称で呼ばれ、白人たちの使い走りをしていた。コージーはこのような父を嫌悪していたが、結局は自分も父と同じ性向を持っており、父と同様の道を歩んだのである。

5　家父長権力の所有者コージーは、たんに権力を振り回す強い男として描かれているわけではない。彼は、優れた能力と野心をもちながら、黒人であるが故に数々の苦難を経験せざるをえなかった。白人からの差別ばかりでなく、同胞の黒人には裏切られたと感じていたし、若者の横暴なふるまいにも黙って耐え、強い父の圧力にも耐えなければならなかった。「権力」はかならずしもつねに憎むべき姿で現れるわけではない。しばしば弱さ、尊敬、同情を携えているが故に、それに立ち向かうことは困難を極める。

## 参考文献


Burr, Benjamin. "Mythopoetic Syncretism in Paradise and the Deconstruction of Hospitality in *Love*." *Toni Morrison and the Bible*. Ed. Shirley A. Stave. New York: Peter Lang, 2006. 159–74.

Carlacio, Jami L., ed. *The Fiction of Toni Morrison: Reading and Writing on Race, Culture, and Identity*. Urbana, Illinois: National Council of Teachers of English, 2007.

Davis, Thulani. "Not Beloved." *The Nation* (Dec. 15, 2003): 30–32.

Denard, Carolyn C., ed. *Toni Morrison: Conversations*. Jackson: UP of Mississippi, 2008.

Gallego, Mar. "Love and the Survival of the Black Community." *The Cambridge Companion to Toni Morrison*. Ed. Justin Tally. Cambridge: Cambridge UP, 2007. 92–100.

Kakutani, Michiko. "Books of the Times; Family Secrets, Feuding, Women." Review of *Love*. *The New York Times* (Oct. 31, 2003): E37, E46.

Mayberry, Susan Neal. *Can't I Love What I Criticize?: The Masculine and Morrison*. Athens: U of Georgia P, 2007.

McDowell, Deborah E. "Philosophy of the heart." *Women's Review of Books* 21.3 (Dec. 2003): 8–9.
Miller, Laura. "The Last Resort." Review of *Love*. *The New York Times* (Nov. 2, 2003) <http:// query.nytimes.com/gst/fullpage.html>.
Morrison, Toni. *Beloved*. New York: Knopf, 1987.
——. *Jazz*. New York: Knopf, 1992.
——. *Love*. Large Print Edition. New York: Random House, 2003. 『ラヴ』大社淑子訳、早川、二〇〇五年。
——. *A Mercy*. New York: Knopf, 2008.
——. *Song of Solomon*. New York: Knopf, 1977.
——. *Sula*. New York: Knopf, 1973.
——. Talk with Cornel West: "Blues, Love and Politics." *The Nation* (May 24, 2004): 18–28.
——. *Tar Baby*. New York: Knopf, 1981.
——. *Toni Morrison: What Moves at the Margin: Selected Nonfiction*. Ed. Carolyn C. Denard. Jackson: UP of Mississippi, 2008.
Roynon, Tessa. "A New 'Romen' Empire: Toni Morrison's *Love* and the Classics." *Journal of American Studies* 41.1 (2007): 31–47.
Showalter, Elaine. "A tangled web." *The Guardian* 29 Nov. 2003 <http://www.guardian.co.uk/books/2003/nov/29/fiction.tonimorrison/>.
Wyatt, Jean. "Love's Time and the Reader: Ethical Effects of Nachtraglichkeit in Toni Morrison's *Love*." *Narrative* 16.2 (2008): 193–220.
鵜殿えりか「赤ずきんちゃん気をつけて――トニ・モリスンの『タールベイビー』における女どうしの絆」『英語文学とフォークロア――歌、祭り、語り』南雲堂フェニックス、二〇〇八年。二一二―二九。
――「閉ざされた水の下の欲望――トニ・モリスンの『スーラ』におけるホモエロティシズムの行方」『越境・周縁・ディアスポラ――三つのアメリカ文学』南雲堂フェニックス、二〇〇五年。二〇〇―一五。

＊本稿は、二〇〇八年十月十二日、日本アメリカ文学会第四十七回全国大会におけるワークショップ「鳥の表象――エスニシティを超えて」において口頭発表した原稿に加筆修正を施したものである。本稿は、科学研究費補助金基盤研究C（課題番号二一五二〇二七二）の研究成果の一部である。

# 寓意としてのマイノリティ、観察者・被迫害者・異人種表象のレトリック
## ——コジンスキー『異端の鳥』（一九六五）を中心に

中垣　恒太郎

### はじめに

ポーランドからの亡命作家ジャージ（イエールジ）・コジンスキー（一九三三—九一）による『異端の鳥』（*The Painted Bird*、一九六五）は、一九三九年、第二次世界大戦期における東欧の田舎町を舞台に、六歳の少年が迫害され、虐待されながら村を放浪し続けていく物語である。黒い髪に黒い目をした少年は、両親により疎開させられるのだが、髪の毛と目の色が周囲の少年たちと違うという理由で、ジプシーかユダヤ人の放浪者とみなされることにより、異端視され、村をたらいまわしにされてしまう。

疎開先の村で様々な養い手のもとを転々としていた少年はある時、鳥をつかまえて売ることを職業にしているレックという名の男のもとに身を寄せている。レックは鳥にけばけばしい色を塗りたくり、その鳥を仲間のもとに返してやる。「色を塗られた」鳥は仲間のもとに帰るも、元の仲間たちに異端視され、突き殺されてしまう。この象徴的か

つ土俗的な逸話が『色を塗られた鳥』という作品の原題に直接、関連している。この逸話は物語の結末近くにおける、生き別れとなっていた両親と主人公の少年との奇跡的な再会の場面に、不思議な連想の形で反復されることになる。

戦争という極限状況の中で、少年の一人称視点によって物語られる構造に改めて注目し、「『見る』ことの象徴性」、「永遠の放浪者への志向性」、「排除される異端者の図式」の問題を中心に、鳥の逸話が示す寓意と絡めて考察していきたい。『異端の鳥』に先行して発表されている、バーナード・マラマッド（一九一四―八六）の「ユダヤ鳥」（一九六三）、また、「ユダヤ鳥」をもとにしたパロディ作品、筒井康隆（一九三四― ）の「ジャップ鳥」（一九七四）、あるいはアルフレッド・ヒッチコック監督による映画『鳥』（一九六三）をも相互参照しながら、鳥に込められた象徴性を探ることにより、「寓意としてのマイノリティ」の問題について再検討を試みる。

## 一　コジンスキー『異端の鳥』（一九六五）の技法――「『見る』こと」の象徴性

舞台設定は第二次世界大戦が勃発した一九三九年の秋、東ヨーロッパの辺鄙な村に、両親のもとを離れて六歳の少年が疎開させられるところから『異端の鳥』の物語ははじまる。少年の父親は戦前に反ナチスの政治活動に関わっており、養い親を見つけてやるという仲介者に金銭を媒介に息子の将来を託すことは不可避な苦渋の選択であった。ところが戦時中という混乱期であったために想定しないことが立て続けに起こり、両親と少年とは互いに連絡がとれなくなってしまう。疎開の仲介をした相手が行方不明になってしまったこと、また、少年の面倒を見てくれるはずであった養母が少年の到着からわずか二ヶ月ほどで亡くなってしまったために、その後は村を転々とせざるをえなくなってしまったという理由による。物語の結末を先回りするならば、もう二度と会えないであろうと両親までもがすっかり諦めかけていたところ奇跡的な再会が果たされる。本来であれば感動的な大団円となる再会の場面であるはずが、六年間頼るものもなく、極限状態の中で孤独に生き続けてきた少年にとっては、両親との再会に対してすら何ら明るい感情を持つことができなくなってしまっている。

コジンスキーの『異端の鳥』は彼の第一長編になるが、一九六五年に発表された際に、「少年が垣間見る暴力の世界」という作品の扇情的な部分に加え、コジンスキー自身の半自伝的作品と捉えられ、アメリカ国内のみならず、三十ヶ国語に翻訳がなされ大いなる話題を集めた。コジンスキー自身が第二次世界大戦中にポーランドにて両親と別れ、片田舎でカトリックのポーランド人を装うことにより、ホロコーストを免れたという壮絶な逸話もベストセラー化に拍車をかけた。『異端の鳥』の主人公同様にコジンスキー少年も、あまりにも凄まじい衝撃のあまり、五年間は失語状態にあったという。その後、苦学の末、一九五七年、二十四歳の時にほぼ無一文の状態でアメリカに渡り、猛勉強の末、奨学金を得てコロンビア大学に入学、社会学を学び、母語ではない言語で長編小説を発表したという伝記的背景も作品の伝説化に貢献した。

発表当時になされていた注目に比して、現在、アメリカ文学史におけるコジンスキーの位置は、少なくとも研究史上においては忘れ去られつつある存在であると言える。作品そのものをめぐる評価よりも、コジンスキーの背後にはゴーストライターが存在していたのではないか、などのゴシップ的な話題の方が、文学研究の対象として扱われることよりも多い状況にすらあるようだ。また、『異端の鳥』がコジンスキー自身の体験を思わせる書き方、売られ方をされたがために、実際の体験とは異なる点を指摘され、批判されることも多い上に、一九九一年の自殺をめぐり、C

IAの関与を疑われるなど作品の外側をめぐる話題の方が活発な状況にある。[1]

鳥をめぐる象徴性の観点から『異端の鳥』を検討してみよう。[2] 主人公の少年は六歳で両親と別れ、面倒を見てくれるはずであった養母も早々に失い、誰も頼る者もない世界の中、たった一人で「よそ者／異端者」として生きていくことを余儀なくされる。少年が送り込まれた村は同族婚を長年にわたって続けてきたこともあり、孤絶した環境であることが強調されている。少年の容貌がまずこの村の人々とは決定的に異なっている。少年のオリーブ色の肌、黒い髪、黒い眼は、村の人々のブロンドの髪の毛、青い眼ないし茶色い眼、白い肌とはまったく異なる存在として映るものであった。加えて、反ナチス運動に関わっていたという父親を持つことからも、立派な教育を受けてきた彼のふるまいや言葉はこの村の人々には相容れないものであった。ジプシーやユダヤ人を匿うことは当時、「ドイツ人による残忍な処罰の対象となりうるものであり」(四)、少年は周囲に同化できない、相容れない「異端」の存在として、様々な引き受け手の元を転々としながら、両親の迎えがくるあてもないまま放浪を続けていく。六年間の壮絶な疎開生活の中で少年は戦争、暴力、そして大人の世界を垣間見ることにより、子供のままでい続ける時間を急速に奪われ、成長を余儀なくされることになる。

言葉を失ってしまう少年にとって、未知の世界を「見る」ことが大事な体験となっており、未開の社会、迷信の世界を彼がどのように「見た」のか、観察者としての側面が強調されている。少年の引き取り手の一人であったオルガという迷信深い女性とのやり取りでは、少年を「悪霊にとりつかれた」腹黒い存在として捉え、「魔女の眼」が持つ恐ろしい力についてオルガは少年に告げる。オルガによれば、病気をもっている人間や動物の眼を見ることによって病気や災いは人間の身体に入り込んでしまうと説明される。そしてジプシーや魔女の眼は相手を「見る」だけで災いや病気をもたらすことができるのであり、少年は悪霊にとりつかれているために、たとえ少年本人が気づいていないとしても、ただ「見る」だけで相手を病気にさせたり、弱らせたりすることができるという(九)。オルガの予見めいた忠告以後、少年は「見ること」と眼球そのものに魅了されていく。

大人の世界を垣間見る中で、少年は村のある夫婦の壮絶な痴話喧嘩に遭遇する。妻を寝取られた男が妻の不倫相手の男の眼をえぐりとる事態に発展する。主人公の少年が接する日常の世界の暴力を象徴する場面であるのだが、少年は目の前の惨劇を前に、えぐりとられた眼球に魅了され、「見ること」に対する想像に想いを馳せる。

ぼくはその眼球に魅せられ、見入っていた。もし粉屋がそこにいなかったら、ぼく自身、その眼球を取り上げただろう。確かにこの眼は見えるのだ。それをポケットに入れておき、必要なときに取り出して、自分の眼の上にあてる。そうすれば、二倍は、いやそれ以上、ものが良く見えることだろう。場合によっては頭の後ろにそれを取りつければ、もっともとりつけるにはどうすればいいかわからなかったけれど、そうすれば背後で何が起こっているかよくわかるだろう。それよりもっといいことは、その眼をどこかにおいておけば、ぼくがいない間に何が起こったかを、あとで教えてくれるかもしれない。(『異端の鳥』三九)

余分な「眼」をポケットに入れておいて自分の眼の上にあてれば二倍良くものが見えるのではないか、という空想は少年らしい無邪気なものであるが、喧嘩の果てに相手の眼をえぐりとるという残酷な現実の描写を前にしていることを考慮に入れるならば、無邪気な空想との間のギャップはグロテスクなものとして映る。さらに少年の想像力は、眼を失くしてしまった男を前にした連想から、眼を失くし、視力を失ってしまったとしたら、それまでの記憶をも失ってしまうのか、と展開していく。もしそうだとしたら夢を見ることもできなくなってしまうのか、しかし今の自分はたくさんのことを思い出せる。この記憶をも失ってしまうのか、という問いかけである。

人間というものは視力を失くすと、以前に目にしたものすべての記憶も奪われてしまうのだろうか。もしそうなら、夢の中でも、ものを見ることはできないだろう。もしそうでないとして、目が見えないものでも記憶を通してまだものが見られるなら、それはそれで悪いものではない。どこへ行っても、世の中は同じように見えるし、人間が動物や木と同じようにそれぞれ違っているとはいっても、長い間見てきたあとでは、いったいどんなふうかはかなりよくわかるはずである。ぼくはまだ七年しか生きていないけれどもたくさんのことを思い出せる。目をつぶったときなどは、はるかに鮮明に、たくさんの細かな詳しいことがよみがえってきたものだ。目がなくなったことで、作男がまったく新しい、より魅力的な世界を見はじめることだって、あるかもしれない。（『異端の鳥』四〇）

こうした「見ること」に対する強迫観念ともいうべき関心の強さは、本作品で象徴としてあげられている「鳥」の存在と関連して考えた場合に大きな意味を持つように思われる。すなわち、観察者としての鳥の側面である。鳥は人類にとって身近な存在でもありながら、犬や猫などの愛玩動物に対するような形ではコミュニケーションをとることができず、オウムやインコもまた、こちらに反応するかのようでいて「オウム返し」という言葉もあるように、その実態はある種の条件反射に近いものでしかない。鳥の象徴性の観点からは、『異端の鳥』の主人公の少年が、声を奪われる代わりに、眼に対して、「見る」ことに対して、過剰とも思えるまでの強い関心を示していることは非常に示唆的である。少年は戦時下の田舎町で起こる、暴力やレイプが蔓延する凄惨な日常を、よそ者の視点から淡々と観察していくのである。

## 二 「鳥に同化する」――永遠の放浪者への志向

『異端の鳥』の二年前に発表されている、アルフレッド・ヒッチコック監督の映画『鳥』（一九六三）は、直接の関係はないと思われるが、鳥と人間との関係性を極端な形で提示したものであり、本稿で取り上げる『異端の鳥』、マラマッドの「ユダヤ鳥」と同じ時代思潮の中でもたらされている事実にも興味深いものがある。『鳥』はある時点を境に、鳥が人間を襲ってくるというサスペンス映画であるが、最終場面に至るまで鳥と人間との間に交流は果たされず、なぜ鳥が人間を襲うようになったのか、その理由も最後まで明かされることがない。[3] 実際に鳥が人間を観察しているかどうかはともかくも、人間の方は鳥に常に見られ、監視されているかのような、嫌悪感や恐怖までもが入り混じった錯覚を抱いている。ヒッチコックの『鳥』はまさに観察者としての冷淡な鳥の眼差しをサスペンス映画の基調に据えている。『異端の鳥』の主人公もまた、言葉を失い、感情や表情を失っており、異端視されると同時に得体の知れない不可解な存在として扱われている。

物語の冒頭に近い箇所で実際に少年自身がヒッチコックの『鳥』さながらに、鳥の群れに襲われる場面がある。カラスの群れに襲われ、頭を突かれ、生命の危機にすらさらされることになるが、ここで少年が編み出した手段とは「鳥に同化」することにより、窮地を脱しようとするものだ。

> 今やぼく自身、カラスになった。冷たく凍えた羽根を地上から自由にしようとしていた。足を伸ばし、カラスの群れに加わった。突然に、新鮮な、生き返るような突風にあおられ、水平線に弓のつるに引かれたように固く横たわっている太陽の光線の中にまっすぐ飛び込んでいった。そしてぼくの歓びの泣き声は翼ある仲間たちに真似られた。
>
> （『異端の鳥』二一五）

主人公の少年は瀕死の状態になっているところを引受人であったオルガに助けられる。迷信の世界にいるオルガによれば、当時、蔓延していた疫病はカラスに変身していた幽霊の仕業であり、主人公の少年の血を吸うことによって幽霊たちが自分たちの仲間であるかどうかを確かめようとしていたのだという。オルガがみなしているように、迷信の世界への通過儀礼としての側面を持つと同時に、「鳥に同化」することを選んだ少年のふるまいは、鳥の世界への通過儀礼としても機能している。少年が声を失うと同時に、観察者としての役割が増していく。

「色を塗られた鳥」がかつての仲間の鳥たちに、仲間であることを認識してもらえずに、皆に突かれて死んでしまうという逸話は、作品の結末で主人公の少年が両親と再会した際にふと思い出される（二二七）。奇跡的な再会に感激している両親の姿とは裏腹に、遠くから自分を見ているかのような、少年の冷静さが強調されている。すでに六歳だった少年は十二歳になっており、両親の手助けを必要とする年ではもはやなくなっている。そもそも独力で生き伸び続けなければならず、六年間を孤独に過ごした彼にとって、両親の元はもはや安楽な居場所ではなくなってしまっている。ここではない場所に脱出したいという願望を持ちつつも、戻るべき元の世界をも失ってしまっている事実が改めて浮き彫りにされている。

両親との再会後、医師の薦めにより、都会生活は向かないと診断された少年は山のスキー教室に赴く。最終場面において電話に出たことを契機に、主人公は失われていた声を取り戻す。「音が喉元から這い出てくる」ような不思議な錯覚に陥り、「遠くの村で失った声がふたたびぼくを見つけ、部屋全体を一杯に」（二三四）する。

戦争も終わり、両親にも見出され、声を取り戻すことができたことにより、物語の読後感として明るい希望の兆しが示されているが、長年にわたり転々と生きてきた経験により、少年は定住生活に飽き足らず、あたかも「渡り鳥」を思わせる永遠の放浪者への志向を示している。

ひとりきりになって、村から村へ、町から町へと次に何が起こるかもわからずに放浪するほうをぼくは好んだ。ここでは何もかもが予測できた。（『異端の鳥』二二九）

主人公はやがて両親の反対を押し切りながら、夜の街の徘徊を好むようになり、平和な昼の世界ではなく、「夜の闇に顔が隠された人々の間でぼくは寛げた。誰にも迷惑をかけなかったし、誰の邪魔にもならなかった」（二三二）と漏らすように、夜の喧騒の中に自分の居場所を見出していく。十二歳の少年でしかないこともあり、夜の街を徘徊する日々は長くは続かず、やがて警察に捕まり、牢屋に連行されたことを契機に、夜の彷徨生活は終わりを告げることになるのだが、夜の闇は「色を塗られた鳥」としての彼の異質さをも覆い隠すものであり、彼にとって居心地の良い場所であった。少年時代を過ごした両親の元での世界にももはや安住を求めることができなくなってしまった彼にとって、よそ者をも許容する夜の闇の世界や、生活の場を転々と移しながら、人々の様子を外側から観察する日々の方がずっと彼の性分にあい、魅力的な世界になっている。それはもちろん過酷な現実の中で感情を押し殺すことによって培われた、彼にとっての生きるための術によるものでもある。その意味で、『異端の鳥』の最終場面での電話の場面は、声を失い、閉ざしていた心が外界に開いていく兆しを示しているものである。

ぼくは電話機を耳元にあて、その男の性急な言葉を聞いていた。この電話線のどこか向こう側に、ひょっとするとぼくのような男がいて、ぼくと話したがっているのかもしれない……ぼくは矢も盾もたまらずしゃべりたかった。血が頭にのぼり、ぼくの眼球は一瞬、ふくらみ、まるで床に跳ね落ちそうだった。

（『異端の鳥』二〇章、傍点強調は引用者による）

それまでずっと観察者として周囲を「見る」ことに徹していたかのような日々を送っていた少年が、電話を介してどこかまったく別の世界と繋がっている感覚を抱き、失われていた声を取り戻し、外界の世界に目を向けていく象徴的な場面になっている。少年の成長物語としての物語の結末としてもふさわしいものであると言えるが、第一節で検討してきたように、少年は六年間の体験を通して眼球そのものと「見る」行為に対して強い関心を示していたことを踏まえるならば、ここで「話をしたい」、「外界にいる誰かと繋がりたい」という意欲を示すところで興奮のあまり、「眼球がふくらみ、まるで床に跳ね落ちそう」という比喩はとても興味深いものだ。痴話喧嘩の末に目を失ってしまった間男の逸話の際に、少年が「失われた眼」に異様に強い関心を示したことを再度、考え合わせるならば、「目の玉が飛び出るほど」電話の向こう側にいる相手、外界のことを知りたいという強い欲求の現れとして読むこともできるだろうし、あるいは、観察者に徹してきた少年が声を取り戻す代わりに、観察者の役目を終えることを「眼球が跳ね落ちそう」という比喩は示しているのかもしれない。

いずれにしても実は傍点で強調した引用部分は、初版として『異端の鳥』が出版される際に編集者の意向を受けて削除されており、発表の翌年（一九六六年）に、削除された部分を受けて著者の意向通りに復元されたポケット・ブックス版により、復刻された箇所である。新人作家のデビュー作としては、確かに伝わりにくい比喩であり、まとまりをよくするために削除を促した編集者の助言は妥当なものであったと言えるであろうし、初版もまた著者の同意によって出版された事実を考えても、削除され復元された部分を過度に典拠として用いるのは禁物であるが、最終場面という重要な場面に用いられた、眼球をめぐる不思議な比喩は、主人公の少年の変化を的確に反映しているものと言えるのではないか。

## 三　迫害されるマイノリティの寓意――バーナード・マラマッド「ユダヤ鳥」（一九六三）のレトリック

続いて『異端の鳥』よりも二年先行し、鳥に込められた被迫害者としての寓意がよりはっきり強調されているバーナード・マラマッドの短編「ユダヤ鳥」（一九六三）を検討してみたい。「ユダヤ鳥」は、その表題にあるように、ユダヤ系移民に対する根強い人種差別を寓話の形で提示している。ニューヨーク市マンハッタン島にあるイースト・リバー下流地区に住むコーエン一家のアパート最上階に「痩せて」「すり切れかかった黒い羽」をした鳥が入り込んできたところから物語は展開される。コーエン氏は冷凍食品のセールスマンをつとめており、妻エリーと十歳になる息子モーリーとの三人暮らしである。

ユダヤ鳥の特徴を確認しておこう。「黒い色をした、嘴の長い鳥、けばだった頭」をしていると描写されており、カラスに近い容貌であるが、カラスではないとユダヤ鳥自身が否定している。このユダヤ鳥の最大の特徴は言葉（ユダヤ語）を喋り、単なる機械的なオウム返しとしてではなく、人間と意思疎通をはかることができる点であろう。また、『ユダヤ語朝刊ジャーナル』を読みたいと主張していることからも文字を読むこともできる。鳥はシュワルツと名乗り、反ユダヤ主義者の追っ手から逃れるために遠い距離を渡ってやってきたので、食べ物と休む場所がほしいと要求する。

一人息子のモーリーは夏休み中で友達が皆どこかに行っている寂しさや、生来のやさしさから、鳥のシュワルツを家に居させてほしいと父親にせがむ。やがてモーリーの夏休みが終わって九月に学校がはじまってからは、夜一、二時間家に入れてもらうかわりに、好意への恩返しとしてシュワルツはモーリーの学校の勉強を見てやったり、ドミノやチェスを一緒にやったり、と遊び相手になっていることからもその知性の高さが示されている。

最初の出会いからコーエン氏はシュワルツのことを「なんと厚かましい奴だ。こちらが少しでも下手に出ると、奴はあのひょろ長い足で厚かましくずかずか入り込んでくるんだ」(「ユダヤ鳥」三二五)と警戒を緩めず、嫌悪感をあらわにしている。そして家庭内の話にも遠慮なく入り込んでくる態度や、とりわけユダヤ鳥の体臭、鼾をかいて寝ている様子についてコーエン氏は不満を漏らし、その都度、シュワルツを外に追い出そうとする。いよいよ対立が強くなった際に、コーエン氏とシュワルツは口論となる。

「ミスター・コーエン、どうしてあなたは私をそこまで憎むんですか?」と鳥は訊いた。「私はあなたに何をしたというのです」

「お前は世間にゴタゴタを引き起こすナンバーワンだからだ。それが理由だ。それに、ユダヤ鳥だと? そんな鳥は聞いたこともない。いま出て行くか、全面戦争だ」(「ユダヤ鳥」三二八)

しかしシュワルツは頑強に出て行くことを拒み、コーエン氏も妻子に嫌われたくないという気持ちから、無理やり追い出すことを諦め、妻子のいないところでシュワルツをいじめることにより、出ていくように仕向けることを選ぶ。夜中にシュワルツが眠る頃に、紙袋を息を吹き込んでふくらませたものを叩いて破裂させて割ることで睡眠を妨害したり、それでも効果が薄いと判断して後は、モーリーのために猫を飼い与えることによってシュワルツの居心地を悪くさせた。実際に猫はシュワルツの尾の羽を数本引きちぎるなどしており、生命を脅かすほどの恐怖感をシュワルツに与えることに成功する。

コーエン氏の母親が亡くなり、モーリーが算数のテストで零点の答案をもらってくるという最悪の日に、彼の癇癪が爆発し、モーリーのヴァイオリンのレッスンのために妻子が留守の間に大格闘を演じ、遂にコーエン氏はシュワルツを追い出すに至る。シュワルツの方も必死に応戦し、嘴でコーエンの鼻をつかんだことにより、血だらけになった鼻が三倍にも膨れ上がるほどの損傷を負わされている。

後日談として、すっかり歳月も過ぎ、春になって雪も溶けてから、モーリーがシュワルツと思われる一羽の黒い鳥の死骸を発見するところで物語は幕を閉じる。

そして川の近くの小さな空き地に一羽の黒い鳥が死んでいるのを見つけた。ふたつの翼は折れ、首はねじれ、ふたつの眼はきれいにえぐりとられていた。

「だれがこんなことをお前にしたんだ、ミスター・シュワルツ」とモーリーは泣いた。

「反ユダヤ主義者よ」と後でエディが言った。（「ユダヤ鳥」二三〇）

ここでも鳥は命を奪われたばかりか、眼球をえぐりとられていること、また、ユダヤ人に特徴的であるとされる鼻を攻撃され、怪我をすることなども身体にまつわる象徴として機能している。マラマッドの「ユダヤ鳥」に込められた「迫害されるマイノリティ」の寓意を踏まえた上で、次節では「ユダヤ鳥」を下敷きにした筒井康隆「ジャップ鳥」を比較検討してみたい。

## 四　異人種表象のレトリック――筒井康隆「ジャップ鳥」（一九七四）

筒井康隆はパロディや諷刺を得意とするSF作家として出発しており、比較的初期の作品に位置づけられる「ジャップ鳥」もまた、マラマッドの「ユダヤ鳥」への作中の言及も含まれるパロディ作品である。筒井は同じようにSF作家から文学のキャリアを出発しているカート・ヴォネガットの「炭鉱のカナリア」理論を引き合いに出し、社会の変化に逸早く対応し、警鐘を発する存在であることこそが作家の使命であると任じている。[4] 作家としての時代に対する鋭敏な感覚を、鳥の嗅覚になぞらえている点は興味深いものであり、「ジャップ鳥」以外にも筒井には『邪眼鳥』という題名の作品もある。[5]「ジャップ鳥」はパロディ作品であると同時に国民性にまつわるステレオタイプ表象を扱うことにより、秀逸な日本文化論として提起されている。

舞台はイタリアであり、主人公の「おれ」はそれまで主に共産圏のロシアを周っていたことからも、ここでのイタリアは解放的な土地柄として機能している。日本語を勉強しているイタリア人娘ジーナとのロマンスを期待し、下心を抱きながら主人公は彼女に再会する。ふと主人公は彼女の部屋から見える「黄色い鳥」の存在が気になり、世間話としてこの鳥の存在に注目したところから物語は展開される。

　中庭の芝生には五本の木が立っていて、その一本にはさっきから黄色い鳥がきてとまっている。頭と羽の先と尻尾が黒く、眼のあたりに眼鏡をかけたような黒い模様のある小柄な鳥だ。（「ジャップ鳥」一九四）

ジーナ曰く、この黄色い鳥はイタリアのみならず世界中で突然、繁殖したことから、社会問題となっており、その容貌と習性から日本人のステレオタイプを連想させることから「ジャップ鳥」と名づけられ、迫害されているという。「悪口を言われると、敏感に自分をはずかしく思う」、「十羽や二十羽の集団であれば何を言われても平気でいる」など当時の日本人が気にする、「世界から見た日本人」イメージが投影され、そのジャップ鳥の卑屈な態度に主人公の「おれ」は自分の姿を見るかのような激しい同族嫌悪にとらわれ、すっかりしょげかえってしまう。日本でも主人公と同様の反応が引き起こされ、従来、銃規制が厳しいはずの日本でも「今はもうジャップ鳥を殺すためなら日本では銃で撃ってもかまわなくなった」（一九八）ほど、世論がエスカレートしている状況について聞かされる。

このジャップ鳥にまつわる話はすべてジーナによるほら話であったことが最後に明かされることになるのであるが、下心を抱きながらロマンスを期待していた「おれ」はすっかり意気阻喪してしまい、真相を知るに至るのは帰国した後のことである。イタリアで聞かされたジーナの話のすべてがでたらめであったことを主人公は友人によって知らされ、その友人はマラマッドの「ユダヤ鳥」との接点を示唆している。

「日本語を勉強しているのなら、日本人研究のためにその話をして君の反応を見たかったのだとも考えられるな」
おれは唸った。
大熊がいった。「そういえば、マラマッドの小説に『ユダヤ鳥』というのがある。その子はその小説を読んでいて、それをヒントにしてそんな思いつきを喋ったのかもしれないね」（「ジャップ鳥」二〇二）

パロディ作品の種本が明かされる結末となっており、紛れもなく「ユダヤ鳥」をヒントにして作られたアイディア物語である。しかも外国人の娘に対する下心を下世話に描いた卑俗なパロディ作品に仕立てられてはいるのだが、本稿の締めくくりとして、筒井の「ジャップ鳥」を比較参照し、筒井が「ユダヤ鳥」から得た要素を探ってみるならば、両者を貫く「他者との関係性」の問題が浮かび上がってくる。鳥に託されたステレオタイプとみなされるイメージを媒介にして、他者同士がどのように共存すべきであるか、という問題が笑いの背後に込められているのではないか。「ジャップ鳥」のイタリア人娘ジーナ、日本人男性の主人公「おれ」はそれぞれの国民性にまつわるステレオタイプのイメージを踏まえつつも、異人種・他者との関係性に焦点が当てられている。とりわけ作中に展開されるジーナによる作り話「ジャップ鳥」の逸話は、他者からの反応を過剰に気にしている日本人の姿を描いており、一九七〇年代当時の日本を取り巻く海外事情と日本文化論とを的確に反映している。[6]

## 結び

コジンスキー『異端の鳥』(一九六五)、マラマッド「ユダヤ鳥」(一九六三)、そしてそのパロディ作品である筒井康隆「ジャップ鳥」(一九七四)を加え、鳥を表題に付した三つの作品を概観し、あるいはアルフレッド・ヒッチコック監督の映画『鳥』(一九六三)、カート・ヴォネガットの「炭鉱のカナリア」の概念(一九六九)までをも含め、寓意としてのマイノリティの観点から、観察者・被迫害者・異人種表象のレトリックについて検討を加えてきた。ここに挙げた作品や概念をとりあげるだけで総括することはできないが、一九六〇年代の時代思潮に見出せる鳥をめぐる寓意・象徴性から何を読み込むことができるだろうか。

コジンスキーもマラマッドも共にロシア系ユダヤ人の血を引く出自を持つユダヤ系アメリカ文学の作家である。

『異端の鳥』においては第二次世界大戦前に、主人公の少年の父親が反ナチス的活動を行っていたという設定からも、迫害される異端者像が必然的に強調されている。「ユダヤ鳥」は一九六〇年代前半のニューヨークを舞台に、なおも公然と差別される存在であるユダヤ人の姿を寓話の形で提示している。本来、言葉を発することがないはずの鳥が人間とコミュニケーションをはかり、なおかつ非常に知的な鳥であることからなおさら主人公は癇に障り、この鳥を追い出そうとする。この二つのユダヤ系アメリカ文学の物語に対し、同時代的共鳴としてヒッチコックの『鳥』を、また「ユダヤ鳥」のパロディであると同時に、異人種表象の寓話として日本人の立場に置き換えた筒井康隆の「ジャップ鳥」をも比較参照しながら、本稿では「被迫害者の寓意」を一民族の特殊な寓意としてではなく、広くマイノリティの寓意と読み替えることにより、鳥の象徴性、レトリックの手法の効果について吟味してきた。マイノリティの視点を託された鳥の表象を通じて、「マイノリティが排除される構図」、「他者との関係性」の問題が顕在化してくるのである。

## 注

1　一九八二年六月に雑誌『ヴィレッジ・ヴォイス』は、コジンスキーの『庭師――ただそこにいるだけの人』(*Being There*, 1971)がポーランドの一九三二年のベストセラー小説から盗作していることを糾弾した。さらに『異端の鳥』ももともとはポーランド語によって書かれたものであり、複数の編集者などの手が関与していることが指摘されている。さらに半自伝小説であるという触れ込みであった『異端の鳥』の主人公の体験の多くが実際はフィクションであったことも論議を呼んだ。

2 本稿では『異端の鳥』の底本として、初版（Houghton Mifflin版）に基づき、現在もっとも流布している版（Grove Press版）を用いた。ただし必要に応じて、作者の意図に基づいて復刻された版（Pocket Books版）を参照している。

3 ダフネ・デュ・モーリアによる原作では、鳥が人間を襲う理由として、厳寒のために食べ物を得ることができにくくなった背景が示されている。

4 ヴォネガットによるいわゆる「炭鉱のカナリア」理論とは、「すべての表現者は炭鉱のカナリアのように、誰よりも先に危険を察知して世間に告げる」（『シカゴ・トリビューン』一九六九年六月に発表）ものとして、作家・表現者の使命が提唱されている。

5 『邪眼鳥』はいわゆる「断筆宣言」後に発表された復帰作品である。一九九三年に高校国語の教科書に収録されることになった短編「無人警察」（短編集『にぎやかな未来』、一九六八所収）内の癲癇（てんかん）にまつわる記述が差別的であるとして、日本てんかん協会から抗議を受けたことに端を発し、差別語および表現をめぐる論争を経て、筒井はメディア・出版社の姿勢に対する抗議として断筆を宣言した。一九九七年に、出版社側と自主規制を行なわないことを確認する覚書を交わした後に筒井は執筆を再開し、『邪眼鳥』が小説家復帰作となった。

『邪眼鳥』の物語は、有数の資産家であった父親が七十六歳で突然に死去したことから展開される。実験的技法を用いつつ、家族や老いの問題が主たるテーマとなっており、直接、鳥が出てくるわけではないが、筒井が敬愛し、断筆宣言に際しても参照しているヴォネガットの「炭鉱のカナリア」理論を考慮に入れるならば、断筆宣言解除後の第一作の題名に鳥を用いている点は示唆的であろう。

6 「ジャップ鳥」が発表された一九七〇年代は、一九六四年の「東京オリンピック」、七〇年の大阪万博（日本万国博覧会）を経てなおも戦後復興の最中にあり、日本に対する国際的な評価に対する関心の高まりを示していた。イザヤ・ベンダサンという、神戸生まれのユダヤ人という設定による架空の著者名義で出された『日本人とユダヤ人』（一九七〇）が大ベストセラーになり、日本人を外国人と比較する比較文化論や、外国人（あるいは外国人を装った）の視点による日本文化論への多大な影響を及ぼした。イザヤ・ベンダサンとは評論家、山本七平（一九二一―九一）による筆名であったことが現在では公に認められている。

## 引用参考文献

Helterman, Jefferey. *Understanding Bernard Malamud*. Columbia, SC: U of South Carolina P, 1985.
Kosinski, Jerzy. *The Painted Bird*. 1965. Grove Press, 1995.
——. *The Painted Bird*. New York: Pocket Books, 1966.『異端の鳥』青木日出夫訳、角川文庫、一九八二年。
Malamud, Bernard. "The Jewbird." *The Complete Stories*. Ed. Robert Giroux. New York, Farrar and Giroux, 1997. 322–30.「ユダヤ鳥」『二〇世紀アメリカ短編選』大津栄一郎編訳、岩波文庫、一九九九年。四七—六七頁。
Richter, David H. "The Three Denouements of Jerzy Kosinski's *The Painted Bird*." *Contemporary Literature* 15.3 (Summer, 1974): 370–85.
Sloan, James P. *Jerzy Kosinski: A Biography*. Diane, 1996.
Teicholz, Tom. *Conversations with Jerzy Kosinski*. Jackson: UP of Mississippi, 1993.
Vonnegut, Kurt. "Physicist, Purge Thyself." *The Chicago Tribune Magazine* 22 (June 1969).
Watts, Eileen H. "Jewish Self-Hatred in Malamud's 'The Jewbird'." *MELUS* 21.2 (Summer, 1996): 157–63.
筒井康隆「ジャップ鳥」『筒井康隆全集十六　男たちの書いた絵・熊の木本線』新潮社、一九八四年、一九四—二〇二頁。
——『邪眼鳥』新潮社、一九九七年。

# アンジア・イージアスカ
## ——開かれた鳥籠の寓話

東　雄一郎

### 一　ポグロム、シュテトル、ロワー・イーストサイド

アンジア・イージアスカは一八八五年頃、現ポーランド、ワルシャワ近郊のプロック（またはピンスク）のシュテトル（ユダヤ人町）に生まれ、家族と共に帝政ロシアの計画的虐殺《ポグロム》と貧困から逃れ、乳と蜜に溢れる「黄金の国」へ移民船で渡った。一足早く移住していた長兄マックス・メイアーを頼り、九人の大家族はロワー・イーストサイドのユダヤ人街に暮らし始めた。一八九九年頃、「自己信頼」を指針とする十代の少女は、旧世界の家父長制度が色濃い両親の移民家庭を出て、ニューヨーク市の慈善事業団体の「勤労女性のためのクララ・デ・ハーシュ・ホーム」に入居し、首尾よく四年間の奨学金を受け、家庭科（料理）の教員になるためにコロンビア大学の教育学部に入学する。だが安い給料の家庭科の教員になることは、彼女の本意ではなかった。彼女はアメリカの教育を受け、とにかく世に出たかったのである。一九一九年の『センチュリー』に発表した「贅沢な暮らし」(創世記、四五・一八が典拠）がエドワード・オブライエンからその年のベスト・ショート・ストーリーに選出され、彼女は本格的な作家生活に入り、

『飢えた心』『孤独な子供たち』『棟割長屋《テナメント》のサロメ』『尊大な物乞い』『パンを与える者』『私の叶わなかった夢』『白馬の赤いリボン』を著わし、一九七〇年にロサンゼルス郊外の老人ホームで亡くなった。

イージアスカは移民という「声なき者の声」の代弁者であり、その小説神髄は虚を通じて実に達するとの信条にある。彼女は「憎悪、怒り、反逆」という英単語を最初に覚えたが、その女主人公も二十世紀初頭の改革運動代の中で、自由を脅かす凡ての社会規範・因襲・旧弊に反逆する「新しい女性」として、「一個の人間になる」という自己実現と幸福を追求する。一九七〇代、イージアスカの再評価の口火を切ったのは、社会歴史学者のアリス・ケセラー＝ハリスやフェミニズム研究者であった。短篇集『開かれた鳥籠』の「序」で、編者ケセラー＝ハリスは、イディッシュ語と英語を混交させるイージアスカのバイリンガリズムの文体と形式（正確には、形式の欠如）をこう解説している。

直観的に、彼女の文体と形式は声喩的表現となる。一文の速度が緊張の瞬間に高まる心臓の鼓動の音を再現する。凡ての言葉が、哀愁の一瞬を捉えると同時に、絶望を微妙に演奏し始める……彼女の作品には形式が欠落している――それは作文の教科書的公式と自らが呼ぶものに、彼女が従わなかったからだ――この形式の欠落こそが、イーストサイドで作者が体験した緊張と混乱が渦巻く生活の言語的再生なのである。（五）

「鮮血のインクに浸したペン」で書くと言われる彼女の文体と形式は、ユダヤ人街の「緊張と混乱が渦巻く生活の言語的再生」であり、この直感的リアリズムは、一切の規範・「作文の教科書的公式」に準拠しない。プロットの構造は荒削りとも思えるほど単純であるが、それは、作者の視座が女主人公の自己発見の伝達にあるからなのだ。従来イージアスカは、アングロ・コンフォーミティや〈アメリカ化〉のナショナリズムという疑似餌を呑み込む作家と評されてきたが、これは甚だしい誤謬である。

短篇「開かれた鳥籠」はイージアスカ文学の特徴を端的に表わしている。孤独な老婦人の語り手「私」の部屋へ一羽の小鳥が、突然、飛来する。「私」は同じアパートに住む愛鳥家のサディに小鳥の世話を頼むが、やがて小鳥を独占するサディに嫉妬を覚え、小鳥を取り返しに行く。だが、野生の小鳥は弱り果て、鳥籠の外へ逃がしてやらなければ、死んでしまうとサディから言われる。公園で「私」はサディと言い争うが、小鳥はサディの掌の上から大空へ舞い上がって行く。空の点となる小鳥の姿を見守りながら、「私」も解放感を覚え歓喜の声を張り上げる。「私」とサディはアパートという自分たちの老年の「鳥籠」へ戻って行く。この野生の鳥はユダヤ移民の表象、「鳥籠」はシュテトルとユダヤ人街、並びに、アングロ主流文化への寄与を一方的に強要する社会の表象である。「開かれた鳥籠」には幽閉・拘束状態、自由空間への脱出願望、回帰の帰巣本能という主題が収斂されている。

ロシア・東欧のシュテトルという「鳥籠」に隔離されていたユダヤ人は、農地所有が禁じられ、物乞い同然の困窮の中、ポグロムの恐怖に怯えて暮らしていた。『飢えた心』の「私のアメリカ発見」にもポグロムの脅威とシュテトルでの暮らしが回想されている。「息をするたびに恐怖で身体が打ち震え、影を見るたびに恐怖で息が詰まり、足音がするたびに、身近に迫るコサック兵の重い長靴の足音のような気がして、私の心臓は早鐘を打っていた。ひと間の泥壁の小屋の中央に置かれた低い踏み台に父が腰かけていた……陶製のかまの上にも、ベッド代わりに使う長椅子の上にも、土間の上にも、近所の子供たちが座り、ユダヤ民族の古代の詩を父から教わっていた。」語り手・「私」の父親は敬虔なユダヤ教徒のタルムード学者であるが、イージアスカの父バーナードも、旧世界の伝統や家父長制を頑なに守り、自ら生活費を得ることのない「石を与える者」（逆は「パンを与える者」）であった。男性優位主義のシュテトルにおいて、ラビやタルムード学者は周囲から尊敬され、物質的援助を受けられる選良であり、物欲に屈しない貧困は清貧にほかならず、清貧は誇るべきものであった。

一八八一年から一九二五年、約二百六十五万人の東欧系ユダヤ移民が「黄金の国」「新世界」に渡る。主に東海岸の都市に住み着く大量のユダヤ移民は、渡り鳥の大群を想起させるが、特にニューヨークのロワー・イーストサイドはユダヤ移民の国際都市の様相を呈していた。一八四〇年代に移住を始めていた先着のドイツ系ユダヤ移民と、ロシア・東欧系ユダヤ移民との間には、著しい経済格差が存在していた。後者は「新来移民《グリーンホーン》」と蔑称され、成功しても手押し車の露天販売の仕事に就くか、または、前者が経営する劣悪な搾取工場で一日、十二時間から十四時間以上にも及ぶ労働を強いられた。ニューヨークでは、経済的成功を収めていた先着のドイツ系ユダヤ移民は山の手のアップタウン・ジュウ、そして貧しく飢えた下町の「新来移民」はダウンタウン・ジュウと呼ばれていた。

このアップタウン・ジュウの非道に関しては、『飢えた心』の「飢え」にも描かれている。語り手のシェナー・ペサーは、叔父のリフキンが管理人をするアパートの苦役に反発し家出をするが、縫製の搾取工場の同僚の青年サム・アーキンから「ゴキブリ親方」に関する話を聞かされる。

「なーに、そのゴキブリ親方って」シェナーが訊いた。うわの空で、サムの話を聴いていなかったことに、シェナーは自責の念を覚えた。

「アイツは、殺しても飽き足らない悪党だ。同じユダヤ人なのに、畜生め、アイツにぼくは騙された。行く当てのない新来移民、みんなに、歓迎の笑顔を振りまいて、アイツは移民船に近づいてきた。それから、アイツは移民たちを自分の搾取工場に入れて、みんなを死ぬまで、奴隷みたいにこきつかうんだ」(『飢えた心』五九)

イージアスカの作品に描かれるのは、シュテトルでの暮らし、ユダヤ移民の絶望的な貧困と飢餓、搾取工場の不正と醜悪な実態、慈善事業団体や隣保事業の欺瞞、移民家族の親子の断絶、家父長制度や男性優位主義への反発、老年問題、ユダヤ人街からの脱出、そして、主人公の精神が常に旧世界の伝統的価値観に基づいているという再認識である。だがその共通主題は、異文化との接触による文化的変容と、アングロ・コンフォーミティに対する疑問である。『飢えた心』の「奇跡」のサラは「持たざる者は誰でも同じだが、私も夢を糧に生きていた。誰かを愛したい。その炎と燃えあがる憧れだけを胸に抱き締め、石の城壁を壊し、私はアメリカに辿り着いた」と「黄金の国」への憧れを回想する。だが移民たちが初めて目にするユダヤ人街の現実は、「持たざる者」が憧れる「夢」とは乖離していた。

山のように聳え立つ建物に囲まれ、周囲に三等船室の悪臭を振りまき、荷物を手に、家族が雑踏の中を押し分けるようにして進んで行った。家族のみんながゲダリエ・ミンデルの後につき従い、ブロードウェイの中心に向かって、橋の下を潜り抜け、ユダヤ人街の喧騒の中を突き進んで行った。

私の周囲にあったのは、店や家が密集して建ち並ぶ狭い通り、ボロ着を纏った人々、家々の窓から溢れ出た汚いシーツ、歩道に散乱する屑入れやゴミ箱だった。なんだか、私の胸は深い悲しみに押し潰されそうだった——アメリカへの疑念が心に芽生えてきた。

「アメリカの緑野と広大な大地は、一体、どこにあるのよ」心の中で私は絶叫した。「何度も夢に描いてきた、黄金の国は、どこにあるのよ」(『飢えた心』所収「私のアメリカ発見」二六三)

アメリカ上陸直後の女主人公は等しく、「黄金の国」への「疑念」や幻滅感を抱き、ユダヤ人街の閉塞感を覚え、「息苦しい」「息が詰まる」「絞殺されるよう」と口にし、「根絶やしにされた民族」の根源的喪失と孤独を嘆く。モーセが神命からイスラエルの民を導いた「聖約の地」は乳と蜜の滴る豊饒の地ではなかった。同様に、イージアスカの女主人公の夢のアメリカも幻滅を引き起こす「鳥籠」の牢獄であった。

## 二　ユダヤ人街のシンデレラ、「偽りに満ちた家」

一九二〇年代当時、イージアスカはハリウッドのガラスの宮殿に招かれたシンデレラであった。「搾取工場出身のシンデレラ」「ユダヤ人街の女王」「赤貧から大富豪へ」「ヘスター通りからハリウッドの大邸宅へ」「映画で巨万の富を手にした移民女性」という具合に、全米の新聞や雑誌が華々しく彼女の記事を書き立てた。メトロ・ゴールドウィン・メイヤーのサミュエル・ゴールドウィンが、映画化の契約金として、『飢えた心』を破格の一万ドルで、また『移民アパートのサロメ』も一万五千ドルで買った。一九二二年に上映された同名の無声映画「飢えた心」は、ロワー・イーストサイドに暮らす東欧系ユダヤ移民レヴィン一家の娘サラを主人公に、主に『飢えた心』所収の「失われた美」に依拠している。

アメリカ生活に順応できないタルムード学者の父に代わって、洗濯仕事等の雑役で稼ぐサラの母ハナが、雇い主の上流階級のアメリカ人の屋敷の白い台所に憧れ、アパートの汚れた台所を白いペンキで美しく塗装する。家主のローゼンブラットがこの部屋を別の入居者に高い家賃で貸すことを目論み、一方的に家賃を値上する。一家は立ち退きを余儀なくされる。激怒した母は斧を手に自分の白く美しい台所を破壊し、警察に逮捕される。裁判となり、冷酷な家主が糾弾され、サラ一家は勝訴し、正義の勝利という民主主義が称えられる。映画の最後では、郊外の一戸建ての家に暮らし、〈アメリカ化〉したレヴィン一家の幸福な光景が映し出される。この幸福な結末を用意する映画「飢えた心」は、人種の坩堝論の同化主義、アングロ・コンフォーミティの勝利を称えていた。

原作の「失われた美」は、第一次世界大戦のヨーロッパの戦場から帰還した息子エイブラハム・サフランスキーが、母ハナと家族の悲劇を目撃する場面で終わっている。

サフランスキー上等兵の左肩には、自由の女神像の肩章が誇らしく輝いていた……染み一つない真っ白な台所だそうだ。いきなり、自分がその純白の世界の中へ入って行く。その際の母親の驚く顔を想像すると、自然とアービは急ぎ足になった。不意に、息子は足を止めた。懐かしい我が家の前の歩道に、見覚えのある家庭用品がゴミのように山積みにされていた。縁石の上には、恥ずかしそうに体を丸めている女の姿があった。女は街中の捨て猫みたいに畏縮していた。ああー、な、なんだ、あれは。かあさん。そうだ、あれは、かあさんだ――歩道に投げ出された道具の何もかもが、雨の礫に打たれて濡れていた。（『飢えた心』九五―九六）

二十世紀初頭のユダヤ人街では、家賃が払えず家主から追い立てられた家族は、路上にうずくまり、その前には一枚の皿や鍋が置かれ、通行人がその中に小銭を投げ入れた。イージアスカは、原作の悲劇を幸福な結末に脚色したハリウッド映画に失望していた。

一九二一年の一月、母パールの赤いショールを質に入れて工面した旅費で、ニューヨークから旅立ったイージアスカはロサンゼルスの駅に降り立ち、ゴールドウィンの秘書とリムジンに出迎えられた。報道陣が彼女に殺到し、ナイアガラの瀑布のように、次々とカメラのシャッターが切られ、フラッシュがたかれた。だがこのシンデレラはハリウッドに二ヶ月半逗留しただけで、ニューヨークへ戻ってしまう。宮殿のお抱え作家たちの最大の関心事は、自分の契約金や印税を吊り上げることだった。彼女はハリウッドという華麗な「鳥籠」の商業作家にはなれなかった。「一万ドルが私に与えたもの」や『白馬の赤いリボン』に回想されるが、彼女の最大の心痛は、ユダヤ人街の「人生と愛と美」を商業主義のメフィストファレスに売却してしまったことだった。「ゴールドウィンと一緒にいる限り、私は屈曲した鏡のあるガラスの城の中に捕らわれていた。動くたびに、私の歪曲した姿が映し出された」（『白馬の赤いリボン』八二)。上品な紳士淑女の拝金主義、マモンの神への崇拝に彼女は反発を覚えた。『白馬の赤いリボン』第四章「名士たち」に彼女は回想する。「私はオリンポスの神々を夢見ていたが、目覚めてみると、私の周囲にいたのは呼び売り商人たちだった。現代の衣装で演じられたシェイクスピアの『ベニスの商人』を観たことを思い出した。夜会服の魚売り場が私の目の前にあった。ヘスター通りの手押し車で繰り広げられる日々の騒乱がハリウッドの邸宅の応接間でも行われていたのだ。」

『飢えた心』の表題は、イザヤ書(二九・八)の「飢えた者が夢の中で食べ目醒めると、その腹は空であるように、渇いている者が夢の中で飲み目醒めると、何とも疲れて喉が干乾びるように、シオンの山に戦いを挑むすべての民の群れも、そのようになる」を典拠とする。イザヤ書の中、聖都エルサレムは「エアリエル」(「祭壇の炉」の意)の異名で呼ばれ、神の言葉に耳を傾けないイスラエルの民が裁かれ、燃える盛る炉の中で叫び、喘ぎ嘆くと預言される。これは、霊的な盲目状態に陥っている民への厳しい宣告である。「エアリエル」は、シェイクスピアの『あらし』では、魔法使いのプロスペローに仕える陽気で善良な妖精たちの首長の名前である。優美な翼を持つエアリエルは、大気、火、水の中を自在に飛び回ることができるが、実は真の自由を獲得し、誰からの指図も受けずに、野鳥のように空中を飛び回り、緑陰や果樹園や花々の間を跳ね回ることに憧れている。最後にプロスペローによってエアリエルは解放される。イージアスカはシェイクスピアを愛読していたが、このエアリエルに関連して、彼女の作品には鳥や飛翔のイメージが極めて多い。

第一に、『飢えた心』の巻頭作品の表題は「翼」であり、シェナー・ペサーは、アパートの部屋を借りきたWASPの大学講師ジョン・バーンズに、自分が読んだ唯一の英語の本について「この世のことが凡て忘れられる本。高尚な翼をつけて、この地上から飛び立って行けるような気持になる本」と説明する。『飢えた心』の「奇跡」の女主人公は自分の「心」が地上を離れて「野鳥」みたいにすぐ飛び立ってしまうと嘆き、ＷＡＳＰの英語教師がこれに応える。

でも、君には、地上に留まるアメリカ人のようにはなって欲しくないな。野鳥の生こそが、君の驚くべき力だからね。アメリカ人は地上に留まりすぎるよ。ぼくたちには君のその強靭な翼の力が必要だ……君はアメリカの将来の心臓、創造的鼓動だよ。（『飢えた心』一三七）

「奇跡」は彼女の作品には珍しく、女主人公と英語教師と結ばれる幸福な結末を用意している。「石鹸と水」の苦学生の「私」もセントラル・パークを初めて訪れた日を回想する。

何ヶ月もの間、私は移民アパートの暗い部屋と、窮屈な搾取工場の中に閉じ込められていた。その後、初めてセントラル・パークへ出かけた。鳥籠から解き放たればかりの鳥のように、私は両手を大きく翼にして、天空に舞いあがる思いで、自由な空気を満喫し、芝生の上に思い切り体を投げ出した。（『飢えた心』一七〇）

『飢えた心』所収の「私の同族」の作家志望のソフィーの創作活動は、紅茶を手にして部屋の中に闖入してきたハナ・ブレイネに邪魔され、それまでの着想と言葉が雲散霧消してしまう。「生まれて初めて独りで瞑想できる生活を手に入れたのだ。それに、今さっきまで、羽ばたく鳥の群れみたいに、様々な着想が自分のすぐそばにまで舞い降りてきたように思えていた――でもこの卑しい女の泣き声に驚き、鳥は一羽残らず飛び去ってしまった。」他にも、「羽根布団」「孔雀の羽」「鉤爪のような指」「飢えた小さな禽獣たち」「歌う小鳥たちみたいな教科書」等、イージアスカの作品には、その随所に鳥のイメージが鏤められている。

一九一五年『ザ・フォーラム』誌に発表した最初の短篇小説「無料の休養所」は、姉のアニーの体験談に基づく作品であり、姉のイディッシュ語を口述筆記し、英語に書き直したものである。ユダヤ人街の狭い部屋に暮らす語り手の「私」は、日常生活の過剰なストレスから神経衰弱に陥る。子供の担任教師から、郊外の「無料の夏期休養所」を紹介され、そこでの静養を勧められる。「私」は他の大勢の母親たちと共に、慈善事業団体の事務所で屈辱的な審査や身体検査を受け、その後、列車に乗せられ、理想の楽園に向かう。旅行気分の「私」は車窓の外に目をやる。そこには牧歌的な世界が広がっている。「青空と緑の草木と、美しい花畑の世界が広がっていた。ああー、なんて幸福な気持ちなの。空の上から地上を見おろしているよう。なんて爽快な気分なの。見渡す限り、緑の草原――どこまでも続く緑――人家なんて一軒もないわ。」ここには、閉塞的・幽閉的な空間からの解放に関して、大空を自由に羽ばたく鳥の俯瞰か鳥瞰のイメージが使われている。慈善事業団体の「夏期休養所」は壮麗な宮殿のように美しく清潔な建物であった。

だがその実態は、白い玄関ホールや表庭への親子の立ち入りを禁じるとか、子供は保育士に預けなければいけないとか、周囲に禁止事項が貼られ、規則に縛られた巨大な牢獄であり、施設に寄付をする裕福なアップタウン・ジュウの婦人に自己満足を与える展示場・見世物小屋だったのである。二週間ぶりに我が家に戻る「私」は感嘆する。

「狭くて息苦しい部屋だわ」以前の私は、そう文句ばかり言っていた。でも、その同じ狭い部屋が今では公園みたいに広々としている。私は非常階段の窓から外を眺めた……外は相変わらずの醜悪な光景だ。でも、私の目には、その全世界が壮麗な眺めと映っていた。ぐるりと私のまわりを囲む高い煉瓦塀を見ても、私は鳥籠の中から解き放たれた鳥みたいな気分になった。空を見あげて、私は大声で言った。「神さま、ありがとうございます。神さま、ありがとうございます」(『飢えた心』一一三)

ユダヤ人街の「鳥籠」に戻ってきた「私」にとって、慈善事業団体の「夏期休養所」は、偽善や虚飾に満ちた「鳥籠」、豪華な牢獄であった。この女主人公の帰巣本能による空間認識の逆転と、福祉制度や公共施設に隠蔽される欺瞞の糾弾は、エレミヤ書(五・二六—二八)の「鳥籠」に譬えられる「偽りに満ちた家」にも通じる。

我が民の内に悪しき者あり、野鳥の網を張る如く、身を屈めて伺い、罠を置き、人を捕らえる。鳥に満ちる鳥籠の如き偽りに満ちた家である。それ故に、彼らは大きく富める者となる。彼らは太り光沢あり、その悪しき行いは甚だしく、彼らは訴えをたださず、孤児たちの訴えをたださずして、利を得て栄え、貧しき者たちの訴えも聴かず。

この「偽りに満ちた家」への義憤と社会正義への渇望は、『尊大な物乞い』に結実する。

女主人公のアデル・リンドナは、富豪の銀行家夫人ヘルマンが創設した「勤労女性のためのホーム」に入居する。自己実現(「一個の人間になる」こと)を熱望するアデルは、将来は家政科の教師として社会奉仕をしたいとの口実を設け、職業訓練学校以外の、高等教育を受けるための奨学金をホームから受ける。条件としてアデルはホームの広範な雑用を任され、またヘルマン夫人の給仕係としての臨時仕事も得る。しかしアデルは、ヘルマン夫人の温厚篤実の慈善家の仮面の下に、自分に隷従を求める「寄贈の振りをする者」の素顔が隠されていることを見抜く。アデルは世間相場以下の低賃金で酷使されていた。ヘルマンのホームは、人間の精神性をも奪う搾取工場と変わらない地獄であった。施設の功績を称える祝賀会で、アデルはそれまでの鬱積した怒りを一気に爆発させて言う。

嘘です。私が感謝しているなんて。このホームは大嫌いです。ここで暮らしている自分も大嫌いです。この背中に張りついているお下がりのボロ着も大嫌い……ここはとんでもない場所、私は傷つき、侮辱され、その毒が全身をまわって、苦しい……あんたたちは、偽善者だ……あたしの貧しさ、あたしの不幸を食い物にして、威張っているだけじゃない……シャイロックだ……シャイロックよりひどい悪党だ。シャイロックは人間の肉を欲しがっただけ。でも、あんたたちは人間の魂を欲しがるじゃない……感謝されたいですって? なぜなのよ?あたしを無理やり、自分のおべっか使い——自分の召使にしたかったからよ……一個の人間になろうとするあたしの気持ちを、無理やり引きちぎって、あたしを自分の給仕係にしておきたかったからよ。(『尊大な物乞い』八六—八七)

人間の偽善や慈善事業の冷酷な活動を暴く語り手の情動的言語は、サリンジャーの『ライ麦畑でつかまえて』のホールデンの言葉にも劣らず、他の作家の追随を許さない迫力を発揮する。「無料の夏期休養所」の語り手の「私」が、慈善事業団体の施設からユダヤ人街へ戻るように、『尊大な物乞い』の後半、支配主従関係を強いるホームから解放されたアデルもイーストサイドへ帰り、そこで彼女は「孤児たち」や「貧しき者たち」の「訴え」に応えようとする。伝統的にシュテテルには、「持てる者」は「持たざる者」とその富を分け合う社会主義があったが、このシュテテルの伝統へアデルは回帰する。貧しい老婆のミューメンケーが失意のアデルに無償の愛を与えてくれる。老婆の死後、アデルはその地下の部屋を、客が払える時に好きな額の料金を払えばいいという「ミューメンケー・コーヒーハウス」(ユダヤの家庭料理を出す簡易レストラン)に改築し、そこを理想の文化サロン・共同体とする。

## 三　ジョン・デューイとサロメ

一九〇四年にコロンビア大学の教育学部で学位を取ったイージアスカは、一九一七年にジョン・デューイの学部長室に飛び込み、自分の窮状を訴えた。生計を立てるため、再び教職に就こうとしていたイージアスカを、ニューヨーク市の教育委員会は、大学の卒業証書紛失の理由から正規採用しなかった。これが卒業証書だと、彼女は『フォーラム』誌に掲載された「無料の夏期休養所」と、「恋人の夢の世界」の原稿をデューイに示し、自分はユダヤ移民でアングロ・アメリカンではないから不当な扱いを受け、教師になる権利も剥奪されたと訴えた。デューイは彼女に、教師ではなく、移民経験を物語る作家になることを勧め、タイプライターを買い与えた。デューイは、国際的に著名な哲学者・心理学者・社会進歩主義教育を理論化した教育思想家であり、ウィリアム・ジェイムズのプラグマティズムの最大の継承者である。

デューイはイージアスカを大学の哲学演習の授業に参加させ、フィラデルフィアにおけるポーランド系移民の社会学調査研究の助手（通訳）に採用した。一九一七年から一八年、二人は公私共に親密な関係を持つようになる。進歩的リベラリストのデューイの思想は、教育や慈善事業や改革の社会的行動主義を通して、凡ての文化的障壁を排除し、民主主義的総体を構築するというものであり、彼はアングロ・コンフォーミティ、人種の坩堝論の推進者であった。彼の道具主義は、環境支配の道具の有効・効率性によって思想や観念の価値が決定するというものだが、その根底にあるのは、統一性と均一性を重んじるアングロ・アメリカン・ナショナリズムとその文化である。

『私の叶わなかった夢』はデューイとのロマンスを題材にするが、ジョン・バーンズやジョン・マニング等の名前で登場するＷＡＳＰの青年や紳士もジョン・デューイをモデルとしている。彼の言葉や手紙の文面や詩を、イージアスカは作品の随所に利用している。『棟割長屋のサロメ』のジョン・マニングは、直接的には、ＷＡＳＰの富豪の社会主義者グラハム・ストークスをモデルとし、作品はストークスとユダヤ移民で友人の社会主義者ローズ・パスターの実話（「民主主義のおとぎ話」）に基づいている。「吹きすさぶ冬の恋」はイースト川で自殺未遂をしたローズ・コーエンと彼女の『影から出でて』に触発されたものだが、ルツ・ラフスキーが恋慕する中年紳士の弁護士もデューイをモデルとしている。ルツはユダヤ人街の仕立屋の夫デヴィッドと娘を捨て、恋人の許に身を寄せようとするが、最後にはニューヨークの橋の上から投身自殺をしてしまう。異郷で理想の夫ボアズの愛を得る旧約のルツとは違い、現代のルツ・ラフスキーは二つの異なる世界の懸け橋にはなれなかった。『棟割長屋のサロメ』のソーニャとマニングの結婚も破綻する。革新主義の時代、ユダヤ人街の貧民救済・改善・啓発に当たるマニングの隣保事業が、自分の文化的アイデンティティを奪うものであることをソーニャは見抜き、二つの異なる世界を強く意識する。

まさに火と水とが一体にならないのと同じだとソーニャは気づいた。自分のユダヤの魂と、このニューイングランドのピューリタンの堅実さ、想像力の欠如、確固たる濃厚さとは、決して一つに融け合うことなどないのだと。

（『棟割長屋のサロメ』一四七）

マニングの「水」のエトスとソーニャの「火」のパトスは溶解不可能である。ソーニャは山頂に立つ預言者のように、アメリカの「死んだ文明」・アングロ上流社会への決別を宣言し、主流文化からの意識的追放者・「孤児」となることを決意する。

嘘をついて私はあなたと結婚したわ。でも、あなたは詐欺師よ。民主主義だとか、同胞愛だとか、あなたは説いて回っている。でも、あなたは、私のユダヤ人街の人たちを求めてなんかいない。少なくとも、一度だって、私を愛してくれたこともなかった。あなたは、死んだ古い伝統を愛しているだけ。その唯一の宗教、それはあなたの名家の誇りなのよ。(『棟割長屋のサロメ』一四九)

自分がアングロ上流社会の「鸚鵡」であることに気づき、ソーニャは均質で統一的な「アメリカ文明の拘束服」を脱ぎ捨てる。彼女が希求するのはマニングの排外主義的〈アメリカ化〉の「頭」ではなく、多元的価値を認める「心」である。牢獄の囚人は、ジョン・マニングという洗礼者ヨハネではなく、経済的成功という偽装された民主主義の神話を信じ、「アメリカ文明の拘束服」を着せられていたソーニャである。マディソン街のマニングの瀟洒な邸宅から脱出し、ソーニャはユダヤ人街へ戻り、一介の仕立屋から一流デザイナーになった同族のジャッキー・ソロモンと再会し、貧しい者も楽しめる衣服のデザイナー(美の創造者・愛の寄贈者)になることを決意する。ソーニャは和解を求めるマニングの申し出を拒む。イズリアル・ザングウィルの『メルティングポット』のデヴィッドとヴェラとは異なり、マニングとソーニャには神の「偉大な坩堝」は存在しなかった。

## 四　リリスの飛翔

一九一五年、ホレス・M・カレンは『ネイション』誌に発表した「民主主義と坩堝」で、民族的特性は溶解不可能な存在であると説き、多様な文化の共同体としてのアメリカ民主主義、文化多元主義を提唱した。「私のアメリカ発見」の「私」は最後に、アメリカの基幹がアングロ・アメリカン・ナショナリズムにはないことを知る。「私」はピルグリム・ファーザーズの移民の原型の中に「アメリカの精神」を発見したと言い、歓喜する。ランサム女史は「私」に、ウオルドー・フランクの『我らがアメリカ』(一九一九)を読み聞かせる。「私たちが如何なる探求をするかによって、私たちが創り上げるアメリカの本質が決定する。」この「聖歌隊の大いなる歌声」のように耳に残る言葉に、「私」は深い共感を覚える。

『パンを与える者』にも語られているが、ユダヤの家父長制の伝統では、トーラー(モーセ五書)を理解できる男性に奉仕するために、女性は誕生し、女性は男性の妻や娘であるために、天国へ行けるのである。「死んだ古い伝統」は、ユダヤの旧世界にも、新世界のアメリカにも存在している。「寄贈の振りをする者」を拒むイージアスカの女主人公は等しく、男性優位主義への隷従を強いるユダヤ社会の権威にも、アングロ・コンフォーミティの歯車で動く民主主義の権威にも決して従わず、新たな自由を求めて飛び立つのである。

『棟割長屋のサロメ』のソロモンに再会するソーニャの姿が示唆するが、イージアスカの女主人公は、アダムの最初の妻であったリリスである。エサウ(ヤコブの兄)の子孫の国エドムの崩壊を記述するイザヤ書(三四・一四)には、リリスは、荒野に休息と住処を求める「夜の魔女」(梟)と記されている。リリスはシバの女王に化身し、真の知を求めてソロモン王に謁見したと言われる。リリスは、アダムに対等の権利と地位と自由を求め、これを拒否されたために、神の名を口にし、夜の梟のようにエデンの園から紅海沿岸へ飛び立って行った。アンジア・イージアスカはジョン・デューイというアメリカのアダムに尽くすイブではなく、アングロ・コンフォーミティを強要する民主主義の「鳥籠」の小さな扉を開けて、飛び立つリリスであった。「アメリカ文明の拘束服」を脱ぎ捨てるアンジア・イージアスカは、一九二〇代に、文化多元主義の翼を大きく広げていたのである。

## 引用・参考文献


Yezierska, Anzia. *Hungry Hearts*. Houghton Mifflin, 1920.

——. *How I Found America: Collected Stories of Ansia Yezierska*. Persea Books, 1951.

——. *The Open Cage*. Persea Books, 1977.

——. *Red Ribbon on a White Horse*. Persea Books, 1978.

——. *Arrogant Beggar*. Duke UP, 1996.

——. *Salome of Tenements*. Illinois UP, 1995.

Metzker, Isaac. *A Bintel Brief*. Schocken Books, 1971.

Boydston, Jo Ann, ed. *The Poems of John Dewey*. Southern Illinois UP, 1977.

Harap, Louis. *The Jewish Presence in Twentieth-Century American Literature, 1900–1940s*. Greenwood Press, 1987.

Henriksen, Louise Levitas. *Anzia Yezierska: A Writer's Life*. Rutgers UP, 1988.

Dearborn, Mary. *Love in the Promised Land: The study of Anzia Yezierska and John Dewey*. The Free Press, 1988.

Unterman, Alan. *Dictoonary of Jewish Lore and Legend*. Thames and Hudson, 1997.

Hyman, Paula. *Gender and assimilation in Modern Jewish History: The roles and Representation of Women*. U of Washington P, 1995.

Ferraro, Thomas. *Ethic Passages: Literary Immigrants in Twentieth-Century America*. The U of Chicago P, 1993.

Konzett, Delia Caparoso. *Ethnic Modernism*. Palgrave Macmillan, 2002.

Dewey, John. *Democracy and Education*. Dover Publications, 2004.

*The Oxford Annotated Bible, the Holy Bible*. Oxford UP, 1962.

フェデリコ・バルバロ『聖書——旧約・新約』講談社、一九八〇年。

デイヴィッド・ゴールドスタイン『ユダヤの神話伝説』秦剛平訳、青土社、一九九二年。

新改訳聖書刊行会『新改訳聖書』いのちのことば社、二〇〇五年。

# エミリ・ディキンスン
## ――永遠の鳥

佐藤　江里子

### 一　自己の表象――ミソサザイ、ボボリンク、コマドリ

エミリ・ディキンスンは詩や書簡の中で、鳥や鳥のイメージに言及している。ニューイングランドの自然と共に生きたディキンスンは、屋敷の庭にやって来る鳥や昆虫などの小さな動物や多種多様な植物に深い愛着を感じていた。身近な生物は彼女の自然詩の主要なテーマであり、また別のテーマを引き立てる重要な二次的役割を果たしている。その中でも鳥は彼女が愛し、興味深く観察する対象であると同時に、自己を投影したシンボルである。ディキンスンはしばしば自分自身を鳥にたとえている。

一八六二年七月、批評家で生涯文通を続けた文学上の師トマス・ウェントワース・ヒギンスンに送った手紙の中で、彼女は「ミソサザイのように小さく、髪は栗のいがのように堅く、眼はお客様が残していったグラスの中のシェリー酒のようです」(書簡二六八)と写真を同封する代わりに言葉と比喩で自分自身を描写している。また、次の詩では自分の居るべき場所、本当の巣を求めて探し回る「ミソサザイ」の姿が描かれている。

どの鳥にもそれぞれの巣がある――
それなのになぜおずおずと求めて
あの小さなミソサザイは探し回るのだろうか――

大枝は空き
どの木にも家庭があるのに
なぜ巡礼者の姿が見えるのだろうか？

おそらくあまりにも気高い家――
あぁ　貴族階級！
あの小さなミソサザイはそれを切望する――

おそらく小枝の中でも美しいものを――
巣の中でも極上のものを
ミソサザイのプライドが熱望する――

ヒバリは地上に
ささやかな家をたてることを
恥じない――

でも大勢の中でいったい誰が
太陽のまわりを踊って
あんなに喜ぶのだろうか？（八六）

鳥にはそれぞれ巣があるが、この小さくて臆病な「ミソサザイ」は自分の理想の「家」を探し求めている。高い理想の象徴である「気高い家」を追求する「小さなミソサザイ」は、ディキンスン自身に他ならない。彼女は神の絶対性、聖書の権威、予定説を強調するカルヴァニズムの正統に懐疑的で、真の信仰とは何かを自身に問いかけていた。彼女は生涯独身で父の屋敷を出ることはなかったが、不安と戦いながら魂の安住の地を求めていた。また、「ミソサザイ」を「巡礼者」にたとえている点に、信仰の自由を求めプリマスに入植したピルグリムファーザーズの原体験とディキンスン自身が抱えている信仰上の苦悩が暗示されている。この「ミソサザイ」とは対照的に、第五連の「ヒバリ」は昼の鳥であるにもかかわらず、「太陽」から遠い地上に自分たちの「ささやかな家をたてること」を恥ずかしいと思わない。これはカルヴァニズムの正統から外れることもなく、何の疑念も抱かずに大多数に同意する一般的な人々を表している。「ミソサザイ」には異教であるドルイドの鳥という意味があり、彼女は当時の文化、社会の中で自分が少数派であり、異端であることを認識している。しかしそれは「ミソサザイのプライド」が示すように、誇り高い信念に基づく自己認識である。

最終連で「太陽のまわりを踊って」「喜ぶ」「鳥」が「ミソサザイ」であることを反語法で暗示している。ここで「ミソサザイ」が求める理想に「太陽」のイメージが重ねられるが、ディキンスンの作品における「太陽」は、直視することができないもの、絶対的な存在や畏怖、普遍的な真実などの比喩であり、男性原理を象徴している。「太陽の形は／太陽だけにふさわしい／輝きが太陽であるためには／円形でなければならない――」（一五八〇）で述べているように、「円形」は「太陽」であるための絶対条件であり、この「円形」はディキンスンの「周縁」を示唆する。「太陽」は神、男性を表す「中心」で、その「太陽」に決して同化することができず、その周辺を飛び回る「鳥」は女性を表す「周縁」である。「周縁　それは畏敬の花嫁／おまえは／あえて――おまえを欲しがる／神聖な騎士のものである」（一六三六）の中でも、女性が「周縁」で男性に所有される存在であることを明示している。そして客観的な自己の姿を「ミソサザイ」、あるいは同じく「太陽」を追いかける「デイジー」のように小さくてか弱いイメージで描写する。それは男性中心社会が作り上げた女性像、ヴィクトリア朝的価値観におけるジェンダー・アイデンティティである。ディキンスンは逸脱することができないジェンダーのイメージを用い、逆説的に女性の強さと可能性を描いている。彼女は現実に妥協せず、どこまでも理想を追求する「気高い」「ミソサザイ」なのである。

「ミソサザイ」の他にも、ディキンスンは自分を「ボボリンク」（北米産のムクドリモドキ科の小鳥、米喰い鳥）にたとえる。一八六〇年八月、家族ぐるみの友人で『スプリングフィールド・デイリー・リパブリカン』紙の編集者であるサミュエル・ボウルズに宛てた手紙の中で「もう私を許してください。小さなボボリンクを再び敬ってください。」（書簡二二三）と述べている。また次の詩で「ボボリンク」は、自己の表象であると同時に、自然の中で感じる恍惚を表す。

ある人たちは教会に行き安息日を過ごす――
でも私は家にいて過ごす――
ボボリンクが私の聖歌隊――
果樹園が私の聖堂――

ある人たちは白いガウンを着て安息日を過ごす――
私は翼をまとうだけ――
教会の鐘を鳴らすかわりに

私たちの小さな墓守が――うたう
神が話す　有名な牧師が――
説教は決して長くない
最後に天国にたどり着くかわりに――
私は最初から天国に行く（二三六）

この詩の中でディキンスンは、自分だけの「安息日」の過ごし方について述べている。「教会」へは行かず「家にいて過ごす」という表現は、彼女の「白い選択」による隠遁を想起させる。彼女は瞑想と詩作の場である二階の自室の窓から見える風景を観察し、季節や時間ごとに変化する自然の様相に心を奪われる。第一連では、形骸化した宗教を象徴する「教会」「聖歌隊」「聖堂」と、自然の中で体感するディキンスン独自の「天国」を象徴する「家」「ボボリンク」「果樹園」を対比させ、その差異を明確に示す。第二連で「わたし」が「翼をまとう」ことで、「果樹園」の「ボボリンク」と自然をうたう詩人のイメージが重なる。自然との一体感の中で「翼をまとう」ことは恍惚の瞬間であり、「教会」での礼拝や「白いガウン」を着た「有名な牧師」の「説教」などなくても、「神」や「天国」を感覚的にとらえることができる。詩人が自然の中で「翼」をまとい、鳥になって感じた「天国」は、ひとりでいるときに訪れる「魂のすばらしい瞬間」（六三〇）なのである。

「魂のすばらしい瞬間」と詩を書く行為、つまりエクリチュールの中で、神の愛を感知しようとしていたディキンスンは、瞑想と祈りの中で神の愛を体得していたクェーカー教徒に通じる。ディキンスンの個人的な信仰は極めて異端に見えるが、ある意味ではニューイングランドの伝統の流れを汲むものであり、そこから伝統的な宗教の要素を完全に取り除くことはできない。彼女は伝統を盲信するのではなく、常に自己の「基準」に従い選択するのである。ディキンスンにとって、詩的想像力の中で神の存在や不在を認識し、その歓喜と絶望を書くことこそがエピファニーの瞬間であり、不滅を確信する彼女独自の信仰告白となる。

ディキンスンは代表作で詩論の「コマドリが私の歌の基準——」(二五六)の中で、「コマドリ」にたとえ、自分自身の「基準」を述べている。「コマドリ」「キンポウゲ」「果樹園」「デイジー」「雪」などディキンスンの身近な自然を表す言葉を使い、「イギリス」と比較しながら「コマドリが育つ場所」である「ニューイングランド」をうたう。そこはディキンスンが生きる場所であり、彼女にとって自然は喜びと悲しみ、そして人間が語り尽くせない神秘と畏敬の象徴である。ディキンスンの「コマドリ」は、ニューイングランド土着の詩人である彼女のアイデンティティを象徴している。

ディキンスンの作品は十九世紀の詩の基準から外れているため、出版には適さないとヒギンスンに指摘された。だが、彼女が詩の「基準」としていたのは、ニューイングランドの家庭で愛唱されていたアイザック・ワッツの賛美歌であり、斬新すぎると評価されたディキンスンの詩の韻律にはニューイングランドの伝統が内在している。従ってこの詩の「コマドリ」は、自然だけでなく、人々の日常生活と信仰が融合した賛美歌という伝統を象徴している。ディキンスンは「コマドリ」の比喩を使って、ニューイングランドの精神風土に根付いた独創的な自己のエクリチュールを定義している。詩人を「コマドリ」、詩を「歌」にたとえ、イギリスの「女王」と比較することにより、その本質的な違いを強調している。「なぜなら私は——ニューイングランド流に見るから——/女王も私みたいに——/イギリス流に判断する——」と、ダッシュを使い、ためらいながらもアメリカが育てた独自性を誇り高く歌い上げている。

## 二　心象風景への飛翔

ディキンスンは自然に親近感を持つ一方で、自然を「幽霊屋敷」(一四三三) にたとえ、人間が把握しきれない驚異と畏怖を感じている。自然が「他人」の一面を持つように、鳥もまた決して同化することのできない他者であることを痛感する。

一羽の鳥が小道に舞い降りた——
彼は私が見ていることに気づかない——
彼はみみずを半分にかみちぎって
それを生のまま食べた

それから彼はすぐそばにある草から
一滴の露を飲んだ——
それからカブトムシを通すために
塀の方へぴょんと飛んだ——

彼は急いで周囲を見渡す
すばやい眼でちらっと見た——
おびえたビーズのようだと私は思った
彼はそのビロードの頭を揺り動かした——

危険の中にいる人のように　用心深く
私は彼にパンくずを差し出した
すると彼は羽を広げて
彼の家へと静かに飛び立った――

オールが海を分けるよりも静かに
継ぎ目がわからないほど銀色に輝いて
あるいは蝶が真昼の堤防から
泳ぐように音もなく飛び立つよりも静かに（三五九）

この詩は野生の「鳥」を観察する詩人の視点から始まり、神秘的な瞑想で終わる。第一連、第二連では、野生の「鳥」の生態と自然の調和が観察者の記録として描かれている。第三連では、観察者である詩人の気配を感じた「鳥」の様子を「おびえたビーズ」、「ビロードの頭」などの比喩で描く。そして第四連で、観察者である「私」は「パンくず」を差し出すという行為で、観察対象である野生の「鳥」と関係性を持とうとする。だがその瞬間、「鳥」は静かに飛び立ち、「私」は「鳥」との関係性が持てないまま取り残されてしまう。この自然との断絶は詩人を絶望させる。飛翔が静かであればあるほど、自然を前にした詩人の絶望感は深まる。この詩における「鳥」の飛翔は、自然に深い愛着を感じている詩人にとって裏切り行為であり、「悲しみのようにいつのまにか」（九三五）でディキンスンが感じる「裏切り」と同質のものだ。九三五の詩では、人間が知覚できないほどの微妙な季節の変化と、それを知覚したときには既に季節が過ぎ去っていることへの深い悲しみをうたう。ここには不在が存在を認識させるというディキンスンの詩の哲学、彼女が到達した一つの真実がある。

過ぎゆく「夏」を立ち去ろうとする「客」に擬人化し、最後の四行で「このように翼もなく／あるいは舟に乗ることもなく／私たちの夏はかろやかに逃げて行った／美の中へ――」と過ぎ去った「夏」を「翼」のないメタフィジカルな「鳥」のイメージで描いている。この描写は、「一羽の鳥が小道に舞い降りた――」（三五九）の最終連で、野生の「鳥」が「パンくず」差し出す観察者の手を拒絶し、飛び立つイメージに類似している。四行五連の三五九の詩は、第一連から第四連までは野生の「鳥」を観察した自然詩であるが、最終連で読者を瞑想の世界へと連れてゆく。静かに「鳥」が飛び去る様子を光り輝く「海」を漕ぐ「オール」のイメージで描く。「海」を分けて進んでゆく「オール」の跡が見えないほど銀色に輝く海は、鳥が音もなく飛び去った空のイメージと重なる。「オール」は羽ばたく「鳥」の翼のようだ。また、「鳥」と同じく羽を持つ「蝶」が「泳ぐように音もなく飛び立つ」という海のイメージで終わる。ここで「空」を飛ぶ「鳥」の比喩は、「海」を漕ぐ「オール」、「空」を「泳ぐ」ように飛び立つ「蝶」へと見事な変容を遂げ、イメージの重層が創出される。そして鋭い観察眼による写実的な描写から、詩人の心象風景へと移行する。この心象風景に続く空へと飛び立った「一羽の鳥」はどこへ行くのか。それは「夏」というメタフィジカルな「鳥」が「かろやかに逃げて行った」あの「美」の世界である。「コマドリたちが来るころ／もし私が生きていなかったら／思い出のパンくずを／赤いネクタイのひとに与えてください――／ぐっすりねむっていてもありがとうと言えなくても／御影石のくちびるで／お礼を言おうとしていることをあなたはわかってくれるでしょう！」（二一〇）にあるように、彼女の前から消えてしまった「鳥」あるいは「夏」は、たとえ「私」が死んだとしても、時が経てば再び戻って来る。ここには自然の無限性と人間の有限性、生と死のコントラスト、そして再生と循環がある。

「一羽の鳥が小道に舞い降りた――」(三五九)と「悲しみのようにいつのまにか」(九三五)は自然詩のようであるが、「彼女が生きた最後の夜」(一一〇〇)と同様のテーマを扱っている。一一〇〇の詩には、人間が生から死へと移行するまさにその瞬間が描かれている。「私」は観察者として死の瞬間まで「彼女」に同行するが、死の瞬間、「彼女」に突き放される。これは「鳥」が飛び立つ瞬間、そして「夏」が過ぎ去ったことに気づいた瞬間と同様、死にゆく友人＝「彼女」が他者であることを痛感する瞬間でもある。この断絶はディキンスンに深い孤独と絶望をもたらす。「自然」も死者も同様に観察者である詩人に対し、気高いよそよしさを示すからである。ディキンスンは「自然」や死者とは決して同化できないことを認識し、どんなに美しい「自然」を前にしても、「自然」が持つ既知と未知のパラドックス、つまり自然に近づけば近づくほどわからなくなり、最も近づいたと思った瞬間に離れてしまうことを忘れてはいない。ディキンスンは人間が全貌をつかむことができない「自然」の神秘に畏敬の念を抱き、その不可視の世界に想像力の「翼」をひろげる。「小道に舞い降りた」「一羽の鳥」は詩人のイメージの世界へと羽ばたき、読者を現実世界から詩人の内面世界、心象風景へと連れてゆく。ディキンスンの「鳥」は「無限の旅人」(一四三四)となり、地上と天空、現実と想像の世界、形而下と形而上の世界を自由に飛び交う。

## 三 「牢獄」からの「逃亡」

十九世紀の伝統的な家父長制の中で、ディキンスンは自己を喪失することから「逃亡」しようとするが、十九世紀の女性が良妻賢母を拒絶し、自己を確立するには様々な葛藤を経験しなければならない。「私は誰でもない！ あなたは誰？」（二六〇）にあるように、ディキンスンはあえて「誰でもない」自分でいることを選び、社会の中で地位を得ることや家庭の中で誰かに所有されることを拒絶する。「蜘蛛は銀色の玉をかかえる」（五一三）の「蜘蛛」が不毛な作業にもかかわらず、「真珠の糸」でひたすら巣を作るイメージに女性のエクリチュールを重ねる。「蜘蛛」の巣が「主婦のほうき」で取り払われるイメージは、女性詩人のアイデンティティが「主婦」に否定されるというアイロニカルな現実を示している。だがディキンスンは「無から無へ」往復しながら、「光の大陸」を築き上げる戦いを選択する。

家父長制において、男性は公的領域である社会だけではなく、私的領域である家庭においても女性を支配した。ディキンスンの父エドワードも典型的な家父長として妻や娘を抑圧した。ディキンスンは父親を深く敬愛する一方、父権一神教の父なる神と同一視し、強く反発する。彼女は良妻賢母というヴィクトリア朝的価値観における理想的な女性像の中に閉じ込められる女性の自我を「牢獄」のイメージでとらえている。

「逃亡」という言葉を聞くと
いつも血が騒ぐ
突然の期待――
飛ぼうとする態度！

広い牢獄が
兵士たちに打ち壊されたことを聞いたことがない
でも私は子供っぽく鉄格子を引っ張る
また失敗するだけなのに！（一四四）

女性を幽閉している具体的な「牢獄」は、男性が所有する現実の家であり、この「牢獄」である「家」は、「アラバスターの部屋で安らかに」（一二四）の「復活の柔和な仲間」、観念的な死体である家族を収める「墓」となる。家父長制の象徴である「家」は抑圧された女性の自我の「墓」に他ならない。ディキンスンは「牢獄」「家」「墓」の比喩で、家父長制や父なる神に帰依するカルヴァニズムの伝統に囚われている閉塞的な現実を表現する。ディキンスンは、「牢獄」から「逃亡」しようと「鉄格子」を「強く引っ張る」という行為が子供じみた反抗にすぎず、失敗に終わるとわかっていても決してやめようとしない。そして「牢獄」を打ち壊し「逃亡」を試みる「兵士」のイメージを使い、伝統という強固な「牢獄」を一人の女性が打ち壊すことがいかに困難であるかを強く訴えている。これは彼女自身の痛切な実感であり、経験に基づいた認識である。

「牢獄」の絶望と「逃亡」への「期待」は、ディキンスンの作品に繰り返し出てくるイメージの一つである。しかし、「逃亡」への切望は否定され、自由を求める女性の魂は強い力で再び「牢獄」へと連れ戻される。「魂には縛られる瞬間がある」（三六〇）では、女性に擬人化された「魂」＝「彼女」が、「縛られる瞬間」、「逃亡の瞬間」、「連れ戻される瞬間」を経験する様子が寓意的、物語的に展開される。三人称の主語である「魂」は客観的なディキンスンの「魂」であると同時に、抑圧される普遍的な女性の「魂」である。サンドラ・ギルバートが指摘しているように、「拘束状態を表すイメージは、心身ともに他者に所有されているからこそ、あらゆる権利を剥奪されているのだと感じている女性作家の感情を表現している。」ディキンスンは精神と肉体の対立という単純な二元論を超越するメタファーを用いるが、伝統的な寓意物語のように、単に抽象概念が擬人化され、宗教的な因襲に従ってその属性が列挙されるのではなく、自己の切実な経験からその抽象概念の属性を発展させている。第一連、第二連では、「魂」が「縛られる瞬間」の恐怖が描かれており、擬人化された恐怖は「悪魔」となり、「魂」＝「彼女」を精神的、肉体的に拘束する。

次に第三連、第四連では、「逃亡の瞬間」の歓喜が描かれている。「魂」は「全てのドア」を破壊し、「爆弾」が炸裂するように外に向かって踊り出る。ここには自由を求めて脱獄、「逃亡」する奴隷のイメージがある。破壊的なイメージをもつ「爆弾」は、「『逃亡』という言葉を聞くと」（一四四）で述べている女性の自我を閉じ込める「牢獄」、あるいはジェンダーに囚われた自分自身という「牢獄」を打ち壊そうとする激しい女性の衝動と潜在的な力の比喩である。ディキンスンは「逃亡」に成功した「魂」を「ミツバチ」にたとえ、「自由」「正午」「天国」を知る喜びを描いている。花の蜜を求めて自由に飛び回る「ミツバチ」には羽があり、鳥と同様、自由と歓喜の象徴である。だが第五連で、「魂」は再び「連れ戻され」、「逃亡」の罪で「重罪犯人」となる。二度と逃げ出さないように重い「足かせ」がはめられた「羽のついた足」は、連れ戻された逃亡奴隷やネイティブ・アメリカンの絶望を連想させる。また「ひどい狂気は完全な正気――」（六二〇）の中で定義しているように、女性が自由や自立を求めるという極めて「正気」であることが、十九世紀においては「狂気」とみなされる。ディキンスンは「魂」の自由を求める女性が、「鎖で扱われる」「重罪犯人」の烙印を押される理不尽な現実と、「正気」と「狂気」が逆転する恐怖と絶望を描いている。「逃亡」への衝動と連れ戻される「恐怖」に引き裂かれる「魂」は、抑圧からの解放を求める女性が現実の中で経験する自己喪失の状態を表す。「牢獄」の闇が深いほど「斜めに射す一条の光」（三二〇）が輝くように、幽閉されている期間が長く、拘束される力が強いほど、「逃亡の瞬間」への「期待」は膨らみ、「飛ぼうとする態度」は抑えきれなくなる。「逃亡」への「突然の期待」や「飛ぼうとする態度」は、女性を閉じ込める「牢獄」＝「家」、「墓」という現実における死から、「血が騒ぐ」ような生への躍動に向かう心理的行為である。ディキンスンにとって、エクリチュール、つまり詩を書く行為そのものが「飛ぼうとする態度」なのである。彼女は自分が籠の鳥であることを十分認識していた。鳥籠は不可分な現実そのもの、彼女が生きる場所として選んだ「家」なのである。従って、ディキンスンの「逃亡」は現実逃避ではなく、「牢獄」、鳥籠の現実を受け入れた上での「魂」の解放に他ならない。「『希望』とは魂にとまる――／羽のあるもの」（三一四）で述べているように、詩人の心の中で「希望」という「羽のあるもの」が歌をうたい続ける限り、「魂のすばらしい瞬間」、「牢獄」からの「逃亡」を感じ続けることができる。

## 四　永遠の鳥

二十世紀の詩人シルヴィア・プラスは、死後出版された詩集『エアリアル』（一九六五）の表題作である「エアリアル」の中で、静寂と暗闇を駆け抜ける馬のイメージを使い、破滅的な自己の姿を描いている。「そして今私は／泡立って小麦に　海のきらめきになる／子供たちの泣き声が／壁の中で溶ける／そして私は／一本の矢になる／自殺的に飛ぶ露は／一つになって赤い目へと駆けてゆく／あの朝の大釜へと」（「エアリアル」）。エアリアルはプラスの愛馬の名前であるが、プラスは「神の雌ライオン」にたとえられたその馬に乗り、まだ夜が明けきらない黎明の青い世界を疾駆する。ここには馬との一体感と躍動感が、次々と現れるイメージの連鎖とともに巧みに描出されている。だがこれは単なる自由への逃走ではない。彼女を心身ともに拘束する父親、そして夫への愛憎という「牢獄」から「逃亡」するための命を代償とした「魂」の解放である。彼女は愛馬と疾駆する自己の姿を「一本の矢」、「自殺的に飛ぶ露」にたとえている。ここには自己の肉体の所有者は自分自身であるというプラスの強い自己主張と、愛憎で拘束された「魂」を解放するために死を選択するしかない女性の自我の叫びがある。プラスの「魂」は「縛られる瞬間」のまま凍りつき、「逃亡の瞬間」の爆発は、「牢獄」を破壊して躍り出る「血が騒ぐ」ような「生」の躍動ではなく、「赤い目」「朝の大釜」に飲み込まれる「死」への疾走となる。十九世紀のディキンスンと二十世紀とプラスは、共に父親の影響を強く受け、「牢獄」に幽閉された女性の自我の経験をうたう。「ミツバチは死ぬことは価値があると思った　でも私には／取り戻さなければならない自我がある　一人の女王が／彼女は死んでいるの　眠っているの？／どこにいたの？／ライオンの赤い体とガラスの翼を持った彼女は」(「針」)。自殺願望にとり憑かれたプラスは死の衝動との葛藤の中で生きたが、「取り戻さなければならない自我」「一人の女王」をついに取り戻すことができなかった。プラスはもはや「ガラスの翼」をなくし、死に向かって飛ぶ「一本の矢」となった。

「賛成すれば——あなたは正気——／異議を唱えれば——あなたはすぐに危険とみなされ——／鎖で扱われる——」(六二〇) ことになったとしても、「大多数」に従わず、生涯、自分だけの「神」を求め続けたディキンスンは、詩人としても女性としても特異な人生を選択した。「私は一つの宝石をにぎりしめ——」(二六一) にある、目覚めたら消えていた「宝石」は、ディキンスン、あるいは女性が潜在的に持っている自由に羽ばたく「翼」である。「宝石」が消えても「アメジストの思い出」があるように、ディキンスンはエクリチュールによって自分だけの永遠の「翼」を手に入れた。ディキンスンの「魂にとまる」「羽のあるもの」は、「歌詞のない歌をうたう」永遠の鳥となる。

# 引用・参考文献


Farr, Judith. *The Gardens of Emily Dickinson*. Cambridge: Harvard UP, 2004.

——. *The passion of Emily Dickinson*. Cambridge: Harvard UP, 1992.

Franklin, R.W., ed. *The Poems of Emily Dickinson*. 3 vols. Cambridge, Mass.: Harvard UP, 1998.

Gilbert, Sandra M., and Susan Gubar, eds. *The Madwoman in the Attic: The Woman Writer and the Nineteenth Century Literary Imagination*. New Haven: Yale UP, 1979. 『屋根裏の狂女――ブロンテと共に』山田春子／薗田美和子訳、朝日出版社、一九八六年。

Habegger, Alfread. *My Wars Are Laid Away in Books: The Life of Emily Dickinson*. New York: The Modern Library, 2001.

Johnson, Thomas H. *Emily Dickinson: An Interpretive Biography*. Cambridge, Mass.: Harvard UP, 1963. 『エミリ・ディキンスン評伝』新倉俊一／鵜野ひろ子訳、国文社、一九八五年。

Johnson, Thomas H., and Theodora Ward, eds. *The Letter of Emily Dickinson*. 3 vols. Cambridge, Mass.: The Belknap Press of Harvard UP, 1958.

McNeil, Helen. *Emily Dickinson*. London and New York: Virago-Pantheon, 1986.

Miller, Cristanne. *Emily Dickinson A Poet's Grammar*. Cambridge, Mass. and London, England: Harvard UP, 1987.

新倉俊一『エミリー・ディキンスン　不在の肖像』大修館書店、一九八九年。

――『ディキンスン詩集』思潮社、一九九三年。

Plath, Sylvia. *The Collected Poems*. Ed. Ted Hughes. New York: Haroer&Row, 1981.

Sewall, Richard B., ed. *Emily Dickinson: A Collection of Critical Essays*. Englewood Cliffs, N.J.: Prentice-Hall, 1963.

徳永暢三編訳『シルヴィア・プラス詩集』小沢書店、一九九三年。

Wolff, Cynthia Griffin. *Emily Dickinson*. New York: Alfred A. Knof, 1986.

# 想像の語り・語りの創造
## ――アンダソン「卵」の表象

山嵜　文男

### はじめに

「クリストファー・コロンブスの新大陸発見を嚆矢とする」（ジョーゼフ一三三）「アメリカの夢」は、東部主導の産業主義が助長した「成功の夢」となり、「成功をおさめた者は、ただそれだけで立派なのだ」（『暗い笑い』一六八）という幻想がアメリカ人を呪縛した。しかしその産業万能の風潮が席巻した中西部社会で、実業家シャーウッド・アンダソンは「工場に囚われていた」（『おそらく女性が』七六）と悔悟し、文学への転身後の文章は成功をおさめた英雄ではなく「脇役」（『物語作家の物語』二四九）に焦点を結んだ。一九一九年に出版の『ワインズバーグ・オハイオ』は、成功万能の社会に捨て置かれるグロテスクな脇役の「表面下を見る」（「献辞」）ことで、グロテスクとは対極の側面に光を当てたが、それだけではなかった。表面下に隠れた世界を探る『ワインズバーグ』の企図はその二年後に短篇「卵」（一九二一）として再び結実し、語り手は父親の失敗譚の表面下を紡ぎ、奇形鶏のシニフィエを炙りだす。本論は表面下を穿つ「卵」[1]の語りの構造分析を基に、グロテスクの表象を解析する。

## 一　事実の世界

短篇「卵」は次の一文に始まる。「私の父親は本来陽気で優しい人間になるはずだった」（一三四）。このように語り手は冒頭から自分の父親が失敗者であったことを匂わせる。しかも両親が「企てた最初の事業は結局失敗に終わった」（一三五）と、不可逆的な過去を振り返る口調で、養鶏業の詳細を語る前に、その事業が既に失敗に終わっていたことを印象づける。さらに畳み掛けるようにして「私の両親は養鶏場を成り立たせようと十年間苦労したあげく、その苦労を放棄して新たな苦労を始めた」（一三六）と、レストランへの転業の多くを語る前に、その転業で轍を踏んでいたことを重ねて示唆し、失敗した父親のイメージを刷り込む。

果然、レストランの客に対して奇形の鶏の死体を見せた父親は、惨めな失態を演じる。語り手によると、町の商人の息子ジョー・ケインはたまさか夜の十時にレストランに初めて立ち寄り、唐突な奇態を目の当たりにすることになる。店主である語り手の父親がなんの前触れもなく、アメリカ大陸を発見したコロンブスに異議を唱え始める。父親はコロンブスが「卵を立ててみせると言っておきながら、証明する段になると卵の端を割ってごまかした」とあげつらい、自ら墓穴を掘ることになるとも考えずに、コロンブスは「詐欺師だ」（一四四）と言い放つ。

ところがその直後に、自分もまた卵を立てられないことを認識した父親は、なおもジョーの気を惹こうと、養鶏場時代に取りのけておいた「鶏の怪物」（一四五）が入っている瓶を棚からおろし、自慢げに見せつける。しかも「あんたもこいつのように、脚が七本あって、頭が二つあったらいいと思わないかね」（一四五）と、相手の心中を斟酌することもなく、奇形の鶏をこれ見よがしにひけらかしてしまう。父親の奇態は奇形の鶏に劣らず異様である。

気味悪く思ったジョーの表情を見て取った父親は、時をかわさず卵の殻を割らずに瓶の首を通す手品に取りかかるが、その一見の客には、店主であった父親が常軌を逸したグロテスクな男に映り、ジョーは店主が「いくらか頭がおかしそうだが危険ではなさそうだ」(一四五)と引導を渡すようにして立ち去った。奇形の鶏の死骸を不意に見せつけられたジョーの反応は至極当然であろう。ただしその反応の延長線上には短篇「手」の中でウィング・ビドルボームを投石で追放した町の人の心理が伺われる。グロテスクたちに対する非情な仕打ちに転化しかねない世間の忌避の芽が、そこに胚胎していることは疑いない。失敗し「無能な父親」(チェイス 四二)を、社会が先ずは敬遠する構図がこの一件に伺える。

## 二 表面下の世界

しかしながら「卵」の語り手は、その構図に揺さぶりをかける。客には見えない自分の父親の表面下を描き出し、父親の失敗譚を外面の話に変えてしまう。『ワインズバーグ・オハイオ』の語り手は「思いやりを持って語られるならば、名もなき人に潜む多くの不思議な美しい要素を汲み上げることになろう」(『ワインズバーグ』二九)と語っていたが、「卵」の語り手も、ジョーには「怒っているように思えた」(一四四)父親が、実は一見の客の前で「血が頭に上がってしまって落ち着きを失っていた」(一四三)と、世間には窺えない父親の内面を汲み上げる。

しかも語り手は、父親が「グロテスクなものは貴重品なのだ。人は珍しくて不思議なものを見たがるものだ」(一三九)と信じきっており、ジョーを気味悪がらせた「アルコール漬けされたひどい奇形の鳥の死体」(一四五)は、父親の「宝物のなかでも最もすばらしいもの」(一四五)であったと言い添える。父親の奇態が世間一般の常識からはかけ離れているものの、語り手はそれが父親なりの客に対する最大の歓迎の仕方であったことを言外に匂わせる。「無能な父親」の奇行の表面下はそれだけに止まらず、デイヴィッド・アンダソンが『ワインズバーグ・オハイオ』論で指摘するグロテスクたちに対する「思いやりに満ちた描き方」(D・アンダソン 六四)が「卵」でも施されている。奇形の死体を見せられて嫌悪の色を見せたジョーに対して、父親は気分を害し一瞬顔を背けたものの、「好感を与えようとして無理に作り笑いを浮かべざるを得なかった」(一四五)と、世間が見過ごしかねない、したがって当事者のジョーにはまったく見えない父親の一面を語り手は汲み上げる。父親が失敗者であることに変わりはないものの、グロテスクな父親の恥の上塗りに見えるレストランでの失態の表面下に、語りが世間には見通せなかった父親の気質を浮かび上がらせる。

語り手はさらに、常軌を逸した父親の表面下に、「立身出世しようとするアメリカ的な情熱」(一三四)を読み込む。「成功するためのアイデアが浮かんできた。アメリカ的精神が彼を捉えた」(一四〇)ことで、

五本脚の雌鶏や頭が二つある雄鶏に成長させることができれば、ひと財産作れそうだといった考えが父親の頭に浮かんだ。その奇怪なものを郡の祭に持って行き、作男たちの見せ物にして金を稼ぐ夢を抱いた。(一三八)

ここで、強迫観念となった「アメリカの夢」が、父親の奇態にさらなる物語として加味されているが、M・スチュアートはさらに踏み込んで、父親の精神が「アメリカの悲劇」にも転化しかねない「経済的な成功の不毛さを揶揄」(スチュアート 三八)していると指摘する。

建国以来アメリカでは、独立自営、機会均等、自由競争、成功という価値体系が、ピューリタニズム、農本主義、

社会進化論などの形で維持発展されてきた。成功物語はホレイショー・アルジャーによって繰り返し刻み込まれ、アメリカ人の夢として語り継がれてきた。もっとも、アメリカ人ならば「成功の夢」を追い求めるものと見なす発想は、アメリカ人をシニフィアンとするならば、アメリカ人自身がその夢の語り継ぎの過程で自らに与えたシニフィエとみなせるであろう。しかも成功へのアクセルを踏み続けるアメリカ人が工場の象徴する機械産業文明に囚われているとするならば、アメリカ人は自らのシニフィエに囚われていることにもなろう。自由を標榜する「アメリカの夢」に囚われたアメリカ人が、逆に自由を失っていることを語りは示唆し、スチュアートがそこを喝破する。もとより、語ること自体が現実の相対化であるが、「卵」の語りは世間から忌避される父親の表面下を汲み上げることで父親を相対的に評価するだけではなく、社会一般の通念をも相対化していることになる。

## 三　空想の世界

相対化は語りの対象である父親と社会だけに終わらない。語り自体もまた、小説の構造上から相対化を余儀なくされている。『ワインズバーグ・オハイオ』では「グロテスクの書」の語り手が「私は老作家の原稿を一度見たことがある」(『ワインズバーグ』二三)と語り、「私」が語りの中に登場する。しかしその後は、ワインズバーグの町を「我々」や「我々の町」と称して、語り手が町の一員であること、すなわち自らが語る物語の登場人物であることを匂わしているにすぎなかった。しかし「卵」の語り手はこの点で、明確に自らの物語に登場する。自分の父親が階下のレストランで失態を演じ二階の寝室に上がってきた際、子供であった語り手が「もらい泣き」(一四二)する場面では、「語り手は物語の行為の中に堂々と自分を置いている」（サビン　四五六）とM・サビンが指摘しているように、「卵」の語り手は物語に内在的であり、いわゆる「等質物語世界」（ジュネット　五〇）的な存在であることを隠さない。

自ら提示する物語世界の登場人物である語り手に、全知の語りを期待することはできない。ところが「卵」の語り手は、知るはずのないことをあたかも目撃したかのごとく語る。語り手は客に見えない父親の表面下を汲み上げるだけではなかった。そもそもレストランでの一件は階下で起こったもので、寝室で寝ていた語り手は、階下での父親の失態そのものを目撃したわけではなかったのである。語りの中での想像の働きを考え合わせないわけにはいかない。さらに語り手は父親の失態に関して、「まるで目撃者であるかのように、事の顛末を知っている」（一四三）と道破する。しかしながら現在時制を用いたその言葉とは裏腹に、語り手は実際にはすべてを知っているわけではなかった。たとえば、父親が卵を一つ手にして寝室に上がってきた際、「父親が何をするつもりだったのか、私には分からない。たぶんその卵を、卵という卵を一つ残らず潰すつもりだったのだろうし、そうやり始めるところを母親と私に見せるつもりだったのではないか、と私は想像している」（一四六）と語り、「事の顛末を知っている」と見栄を切っていながら、父親の意図を探りかねていることが浮かび上がる。

語り手はさらに、覚えていることが事の一部でしかないことを漏らす。


思い出せることといえば、母親の手が父親の頭のてっぺんを横切っている禿げた箇所を、さかんに撫でていたことだけである。階下での一部始終を話すよう、母親がどのように父親を説得したのかも、私は忘れていた。父親が話した内容も私は忘れてしまっている。私が覚えているのは、自分が受けた悲しみと怯え、それにベッドのそばで膝をついていた父親の頭の禿げた小道が、ランプの明かりで輝いていた、ということだけなのである。（一四二）

語り手は曖昧な表現で言葉を濁しているわけでもない。「知っている」と明言しながら、一方で覚えていることが僅かであることを隠さない。

実質的には表面下の語りのほとんどが想像の所産であるにもかかわらず、語り手はそれを「知っている」と称しているが、その語りに矛盾があるわけではない。一例を挙げてみる。養鶏場を断念し、レストラン経営に乗り出した時期に両親が話し合っているのを、語り手はベッドの中で聞き入っていた。父親が思いついたことは、「うちのレストランに来てくれる客を楽しませるようにしよう……気の利いた会話をしなければいかん」（一四一）ということであった。語り手はさらに続けて、父親の考えが、次のようなものであったと語る。

そのうちビドウェルの若い連中に、うちのレストランへ押し掛けてやろうという気が起きるだろう。夕方には陽気で楽しげな集団がいくつもターナーズ・パイクを歌いながらやって来るに違いない。連中は嬉しそうな歓声や笑い声をあげて、ぞろぞろ店に入って来る。歌もうたって、お祭り騒ぎになるぞ。（一四一）

語り手はこれらの言葉を父親の「思いつき」や「考え」とあらかじめ断っているものの、いかにも父親が声に出した話を、語り手がベッドの中で聞き耳を立てて聞いていたように、聞き手である読者は思い浮かべる一節である。

ところが語り手はその直後に、「口数の少ない」父親が繰り返していたのは「連中はどこか行く場所が欲しいんだ」ということだけで、「あとの空白は、語り手の私が自分の想像力で埋めた」（一四一）と暴露する。同様のレトリックは短篇「森に死す」（一九三三）でも用いられており、老婆の死を物語る語り手は「自分はすべてを見た」（『森に死す、その他の短篇』二一一）と見栄を切りながら、後になって「私が覚えているのは、あの森の中の光景にすぎない」（同

前 二二) ことを認める。しかも「とぎれとぎれの事実を、みなさんも想像がつくであろうが、ずっと後になって徐々にかき集めねばならなかったのだ」(同所)と打ち明ける。父親が言ったであろう話の「空白」を「自分の想像力で埋めた」語りも、断片的な事実を集め記した語りも、ここでは表現の差こそあれ、想像の所産であることに変わりはない。アンダソンの短篇における語りの常道である。

この点をサビンは次のように指摘する。

父親が現に言ったであろうことと語り手が書いていることとの齟齬は、単に「空白を埋める」という句が暗示するつまらない説明のようなものでは収まらないだけに、語り手は父親の物語の言い回しを単に変えているのではなく、推測しているということを、我々は認識すべきである。(サビン 四五六)

サビンの言葉どおり、全知ではない「卵」の語り手にとって、空白部分を埋める行為は想像力をおいて他にない。表面下を見るということが、ここでは不可視の世界を想像力によって造り上げることと同義なのである。とするならば、語り手があたかも見たかのごとく、知っているかのごとく過去の話を別角度から詳細に語ることができるのも納得がいくであろう。W・B・ライドアウトが『ワインズバーグ・オハイオ』論で指摘している「想像的創造力」(ライドアウト 二九四)が、「卵」の語りにも当てはまる。「卵」の語り手は想像を逞しくした語りを駆使することによって、グロテスクな父親という既成のイメージに拘ることなく、成功を盲目的に追い求める世間には見えない表面下を汲み上げるわけである。

## 四　想像の語り

「想像的創造力」を駆使した語りが、一人称でありながらも「卵」の語りに、表面下を見ることを可能にした。たとえば、ジャック・ル・ゴフが指摘するありのままを再生する「電子化された記憶」(ル・ゴフ　一四九)や、アーサー・ダントの「理想的な編年史」(ダント　一四)あるいはヒラリー・パトナムが用いる歴史を神の視点から眺める「形而上学的実在論」(パトナム　二〇三)が果たしてありうるとしても、その語りに想像力による相対化の語りが入り込む余地はなかろう。想像による創造がない限り、この意味での表面下はありえない。したがって「卵」の語りは「ストーリーテラーは伝承こそすれ発明はしない」(サバティール　一一)とするフェルナンド・サバティール流の語りとは異なる。野家啓一の物語論を援用するならば、むしろ語りは「言語行為の基本前提である〈現場性〉ないし〈臨場性〉を括弧に入れ、そこから意識的に逸脱する行為」(野家　九六)なのである。物語るという行為を「正常ではない〈逸脱的〉な行為」(同前九八)であると見なすならば、「想像的創造力」でもって逸脱する語りこそが正常な語りと考えられよう。

したがって「想像的創造力」によって、成功万能の社会での反英雄である父親を、ローマ時代のジュリアス・シーザーにまでなぞらえることは、合点の行かないことではない。ジョーとの一件で失態を演じた後、寝室に上がってきた父親は、語り手の母親のベッドの脇で泣き始めた。その際に見えた父親の頭の禿げた箇所を、かつて「シーザーが、ローマから未知の素晴らしい世界へ、自らの軍団を率いたであろうような広い道」(一三七)に、語り手はなぞらえる。[2] 近代産業社会では失敗者である父親が、ここでは古代の英雄に譬えられている。グロテスクな脇役を汲み上げる語りは、社会に適応できない人物に特別な意味を重ねる語りと見立てることができよう。[3]

『ワインズバーグ・オハイオ』収録の小品「哲学者」のなかで、パーシバル医師は自分の兄が泥酔して轢死したにもかかわらず「我々よりも優れた人だった」(『ワインズバーグ』五五)と語っていることを想起してほしい。経済的成功を求める「アメリカ的情熱」の観点からは敗北者と見なされるが、成功の呪縛から逃れた語りにおいては、価値の転換があり得る。体験の語りにおける「解釈学的再構成」(野家 一二一)であり、父親の奇矯を「心の美しさ」(スチュアート 三八)に譬えるM・スチュアートの言は、この点で正鵠を射ているわけである。[4]

ただし、やみくもな「想像的創造力」で「解釈学的再構成」を行っているというわけではない。本来ならば、全知ではない一人称の語り手が現在過去を問わず他者の心を見通すことは不可能であり、ましてや、過去の出来事を想起するにあたって、既に起こった事を後になって観点をシフトして見直すことなどできるわけがない。パスペクティブをシフトすることで事物が別な現れ方をする、現象学上の「射映」はある。しかし、たとえ別の観点からの過去の想起があるとしても、過去の再生はありえず、現実にはそれは想起ではなく、根拠のない妄想でしかなかろう。父親をグロテスクにしか見ない社会をアンダソンに倣って「事実の世界」とするならば、「想像的創造力」に現実味を付与し、一人称の語りに表面下を見ることを可能にし、別の視座を確保する装置が「空想の世界」(『物語作家の物語』七七)なのである。「想像力に富む世界こそが、現実の世界以上に生に満ちている」(『シャーウッド・アンダソン覚え書』七一)との言葉を「卵」のテクストは裏付ける。

想像を逞しくした語りの典型であるフォークナーの『アブサロム・アブサロム!』(一九三六)の場合、複数の語り手が複数のパスペクティブの相克の中で、間主観的な過去の像(サトペン像)を紡ぎ上げているが、アンダソンの『ワインズバーグ・オハイオ』では、「空想の世界」を措定し一人称の語りが重層的な語りを展開し過去を語っていた。[5]「卵」でも「空想の世界」が同様の機能を果たしている。パスペクティブのシフトという文学上のトリックでもって一人称の語り手が過去の新たな像を描き上げているためである。したがって「空想の世界」は単なる架空理想の世界ではない。全知ないし神の視点と同義でもない。限られたパスペクティブの持ち主の語り手が語る限り、相対性を免れることはない。その世界もまた、文学上の「射映」の一つに過ぎないからである。

## 五　語りの創造——鳥／奇形鶏の表象

パスペクティブのシフトによる成功万能主義の社会の表面下を汲み上げる語りは、産業が追求する効率とアンダソンが危惧した「画一化」(『物語作家の物語』一九五)の呪縛を相対視する。その語りが書簡中にある「考えうる以上に、アメリカでは多くの者が、惨めで醜い存在になっている」(『シャーウッド・アンダソン書簡集』八〇)という条を裏書きし、アメリカ社会で画一化から外れた「惨めで醜い」と映る落伍者の多さを浮き彫りにする。大陸発見を果たしたコロンブスや「貧困から身を起こし、名声を獲得し、立派な地位に就いたガーフィールドやリンカーン」(一三五)の陰に隠れて、数えきれない失敗者、敗北者、脱落者がこれまでいたであろうことは想像に難くない。アルジャーが活写した『ぼろ着のディック』(一八六七)の少年に比すべくもない「卵」の語り手の父親は、成功を期待し期待されるアメリカ人としての役割期待を果たせず、そのシニフィエを満たすことのない失格者となる。

パスペクティブをシフトする語りはさらに、鶏を産卵のシニフィエとする画一化の呪縛をも相対的に眺める。産業社会で顧みられることのない棄民のひとりであるその父親は、卵の大量生産を図る養鶏業に蛮勇を奮って挑んだ。そこでの産卵鶏の役割期待は、卵を年中絶え間なく産むことだけに絞られる。短篇「森に死す」では「鶏が冬には十分な卵を産まない」（『森に死す、その他の短篇』一〇）ため、産み落とされた直後の卵を凍てつかないよう見守る老婆の姿があった。そのわずか数個の卵を物々交換して生活の糧にしていた老婆にとって、一つの卵の価値は重かったはずである。しかし経営規模の拡大を飽くこと無く追求する養鶏場では、鶏の肉質と採卵用の卵の画一化、さらには年中無休の大量生産が最優先の課題であり、個の持つ価値、意味合いは相対的に薄れる。ましてや奇形は論外となる。奇形に産まれた鶏は事業には無用であり、個としての認知も無いまま忌避され捨てられる。

パスペクティブのシフトは、機械産業文明に囚われ効率を追求する養鶏業が、実は産卵用に改良した鶏に対して人間が勝手に役目を課すことで成り立っている生業に過ぎないことも炙りだす。「人間はシンボルを操る動物である」（カッシーラ 六八）と定義したエルンスト・カッシーラの言葉を用いるならば、産卵鶏とは人間側の都合で鶏に与えたシンボルにすぎない。かくして「アメリカの夢」に囚われた社会という現実に対して、その「成功の夢」の後産のようなグロテスクな父親は奇異に映り排斥されるという構図が成り立ち、そのいわば表面下に、産卵鶏たるもの効率よく大量に卵を産まねばならないという人間が与えた恣意的なシニフィエに対して、奇形の鶏はそのシニフィエたらず、一議にも及ばず無用怪異として屠られる構図が浮かび上がる。

その新たな構図が浮き彫りにするのは、短篇「手」のウィング・ビドルボームの「籠の鳥の翼の羽ばたき」のように動く手をワインズバーグの町が話題にした際、それが銀行家の新築の家を「自慢するのと同じ」（『ワインズバーグ』二九）即物的な観点であったとの語りであり、「卵」に至っては大量生産時代の世界観の典型的な画一化となる。「事実の世界」を表面上で見る限り、グロテスクを直裁的に忌避する姿勢は変わることはない。ビドルボームの手の動きも「卵」の父親の奇態も、その表面下は「思いやりを持って」「想像的創造力」でもって語られて初めて「空想の世界」を展開可能にするのである。

さらに、グロテスクというレッテルを貼られた父親の表面下を想像し創造する語りは、パスペクティブのシフトによってグロテスクたちが同じ人間であり、同じ鶏であることを汲み上げる。語り手の父親は他のアメリカ人と同様に「成功の夢」を追い求め、奇形鶏も他の鶏と変わるわけではなく、ひたすら生きようとする一羽の鳥に過ぎない。それだけではない。大勢が産業化に向かい、物質的価値に眩み、いわゆる大文字の歴史が一般的であった時代に、ホメロスの叙事詩以来の英雄譚を社会に読み取るのではなく、目立つことのない「名も無い人」(『森に死す、その他の短篇』四)に焦点を絞っている。そのテクストは、スティーヴン・クレインの『勇気の赤い勲賞』(一八九五)が小文字の歴史を繙いたように、一般大衆を熟視すると同時に、大衆の視線を物語る。その視線は大衆を十把一絡げに見なすのではなく、むしろ大量生産を指向する養鶏場で、一顧だにされない奇形鶏を産業化社会からの脱落者に重ね合わせ、その表面下を通して個を熟視する。レストランの「カウンター越しに最も哀れを誘う奇形は、他でもない父親自身である」(ガドー 一三)と指摘するフランク・ガドーはこの点で核心を突いている。したがって「卵」の語りには単なる員数ではなく、個を重視する現代に先んじる洞察力を指摘せねばならない。

個を凝視するその先見性は、少数派に目を向ける姿勢にも転じよう。既成の価値体系が、成功への囚われ、いわゆる正常・健常者への囚われ、敗者の軽視、弱者・少数派の黙殺、グロテスクの嫌悪、奇形の忌避としてその語りの中に現れているとするならば、セオドア・ドライサーの『アメリカの悲劇』やF・スコット・フィッジェラルドの『偉大なるギャッツビー』(一九二五)、それにジョン・ドス・パソスの『U・S・A』(一九三八)などアメリカ社会の矛盾を暴く大作が出版される以前に、アクセルが踏み込まれた「アメリカの夢」の不毛さを指摘し脇役を主人公として擢用している点に、短篇「卵」の先駆的な役割を見ないわけにはいかない。成功万能主義に囚われ、名もなき個を軽視する社会を読む鋭い眼差しが「現実の世界」を相対化し、個を凝視する語りは「空想の世界」を創造する。

しかもその語りは返す刀で、カッシーラが「人間は〈物〉それ自身を取り扱わず、ある意味において、つねに自分自身と語り合っている」（カッシーラ 六五）と述べているように、奇態を演じる父親や奇形鶏という「現実世界」の〈もの〉を突破して、「空想の世界」でそれらが象徴する普遍的な問題を提示する。

## 結び

ただし、語り手の父親と奇形の鶏のシフトした語りが、父親を完璧なまでの聖人の位に列するわけではない。奇形に超越的な能力を施すわけでもない。社会から排除された父親が、排除された奇形を晒しものにしていること自体、父親が二重になった排除の力学から逃れていず、依然として囚われていることを示してからである。もとより「卵」の語り自体がフィクションであるが、聞き手の読者はさまざまな〈鳥の表象〉に「自分自身との語り合い」を突き付けられている。綺麗ごとの「空想の世界」ではない。逃れられない「事実の世界」の上に成り立つ語りなのだから。

### 注

1 「卵」の引用頁（漢数字）は、すべてFrank Gado編 *The Teller's Tales: Short Stories by Sherwood Anderson* による。

2 ウィリアム・フォークナーの初期小品「シャルトル街の鏡」（一九二五）では、「わしはずっと善良なアメリカ市民だった――

それも生涯働きづめのな」と語る酒焼けした猿のような跛の浮浪者が、警察関連の車両に収容される際「シーザーが撒かれた薔薇の花束や沿道の歓呼の中を戦車に立ってアッピア街道を進む……様子を思わせた」(William Faulkner. "Mirrors of Chartres Street." *New Orleans Sketches*. New York: Random House, 1958. 18) と、アンダソンばりに浮浪者をシーザーに譬えている。H・E・リチャードソンの指摘 (H. E. Richardson. "Anderson and Faulkner." *American Literature* 36. 1964. 298-314) は間テクスト性の点で興味深い。

3 アンダソンの世界のみならず、フォークナーの初期小品「神の王国」（一九二五）、小説『響きと怒り』（一九二九）や『村』（一九四〇）に登場する白痴や、ジョン・スタインベックの中編『二十日鼠と人間』（一九三七）の主人公の一人であるレニーなどにも、社会的な反英雄に特別の価値を「汲み上げる」アナロジカルな例が見受けられる。

4 フォークナーの『響きと怒り』に登場する白痴のベンジーの体が「水腫性」のようであり、精神と肉体で人間の荒廃状況を呈しながら、その目は「澄んでいた」(William Faulkner. *The Sound and the Fury*. New York: Random House, 1960. 342) という、価値を百八十度転回させた描写は、スチュアートの指摘に通じるものである。

5 『ワイズバーグ・オハイオ』の語りに関しては拙論「シャーウッド・アンダソンの語りの戦略」、『記憶のポリティックス』南雲堂フェニックス、二〇〇一年、参照

## 引用文献

Anderson, David. *Sherwood Anderson: Introduction and Interpretation*. New York: Holt, Rinehart and Winston, 1967.
Anderson, Sherwood. *Dark Laughter*. New York: Liveright Publishing Corporation, 1960.
——. *Death in the Woods and Other Stories*. New York: W. W. Norton, 1961.
——. *Perhaps Women*. New York: Horace Liveright, 1931.
——. *Sherwood Anderson's Notebook*. New York: Boni & Liveright, 1926.
——. *A Story Teller's Story*. New York: Grove Press, 1951.

——. *Winesburg, Ohio*. New York: Viking Press, 1960.
Chase, Richard. *Sherwood Anderson*. New York: Haskel House Publishers, 1972.
ダント、アーサー『物語としての歴史─歴史の分析哲学』河本英夫訳、国文社、二〇〇〇年。
Gado, Frank, ed. *The Teller's Tales: Short Stories by Sherwood Anderson*. New York: Union College P, 1983.
ジュネット、ジェラール『物語のディスクール』 花輪光、和泉涼訳、水声社、一九九七年。
Jones, H. M., and W. B. Rideout, eds. *Letters of Sherwood Anderson*. Boston: Little, Brown and Company, 1953.
Joseph, Gerald. "The American Triumph of the Egg: Anderson's 'The Egg' and Fitzgerald's *The Great Gatsby*." *Criticism* 7 (1965).
カッシーラ、エルンスト『人間──シンボルを操るもの』宮城音弥訳、岩波文庫、一九九七年。
野家啓一『物語の哲学』 岩波書店、一九九六年。
パトナム、ヒラリー『理性・真理・歴史──内在的実在論の展開』野本、中川、三上、金子訳、法政大学出版局、一九九九年。
Rideout, W. B. "The Simplicity of *Winesburg, Ohio*," *Winesburg, Ohio: Text and Criticism*. Ed. John H. Ferres. New York: Viking Press, 1975.
ル・ゴフ、ジャック『歴史と記憶』立川孝一訳、法政大学出版局、一九九九年。
Savin, Mark. "Coming Full Circle: Sherwood Anderson's 'The Egg.'" *Studies in Short Fiction* 18 (1981).
サバティール、フェルナンド『物語作家の技法』渡辺洋、橋本尚江訳、みすず書房、一九九二年。
Stuart, Maaja A. "Skepticism and Belief in Chekhov and Anderson." *Studies in Short Fiction* 9 (1972).
White, Ray L., ed. *A Story Teller's Story: A Critical Text*. Cleveland: The P of Case Western U, 1968.

# 第四章

# 移動と記憶

# 鳥と花のイメージ
## ――アリス・ウォーカーの『カラー・パープル』再考

松本　昇

### はじめに

アリス・ウォーカーは、二作目の小説『メリディアン』（一九七六）の年代を追わない構成の理由について訊かれたとき、それは年代順に組み立てられた物語に比べて、何かクレイジー・キルトのようなもの、心のなかに息づく比喩や象徴を喚起するからだと語った。

同じことは、三作目の小説『カラー・パープル』（一九八二）についても当てはまるように思われる。[1] この小説は主人公のスィリーが神宛てに書いた手紙を中心にして、九一通に及ぶ三種類の手紙から成っている。長い手紙もあれば短い手紙もあり、それはまるで不揃いの布切れを寄せ集めて作ったクレイジー・キルトを想わせる。しかもこの小説のどの手紙にも日付が記されていない。これらの事柄と作者の見解を考慮に入れるならば、読者はその小説のなかに比喩や象徴を読みとることが許されるであろう。むしろ作者は、その種の読み方を望んでいるといってよい。本稿の目的は、比喩と象徴の地平から、『カラー・パープル』という乱模様のクレイジー・キルトに織り込まれた鳥と、服に縫い合わされた花模様の意味を探ることにある。

## 一　鳥の羽根と花

ふつうアメリカの南部といえば、鳥が歌い花咲き乱れる南部と称されるが、『カラー・パープル』の舞台は、そうした南部のジョージア州に設定されている。時代は一九一〇年代か二〇年代で、それから十四歳の黒人少女スィリーが自己否定から自己肯定へ、底知れぬ絶望を克服して自立へと至るおよそ三十年間が描写されている。

おそらく読者がこの小説を読んで受ける印象は、スィリーと黒人女性のブルース歌手のシュグが次第に鳥のイメージを付与され、しかも花模様の服を着たり髪に花を飾ったりして小説に登場する点であろう。先ず鳥のイメージに関してだが、鳥の羽根に注目したい。

十四歳のスィリーは、父と信じていた男に凌辱されてふたりの子ども――ひとりはその男によって森のなかで殺され、もうひとりは売りとばされたと、当時の彼女は信じ込んでいた――をもうける。最初の子を産むときの彼女の疲労は、「鳥の羽根」で触れられても倒れたにちがいないほどであった。また新しいお母さんが病気のあいだ、妹のネティではなく、自分を抱くようにといって男の前に立つときのスィリーは「鳥の羽根」を飾って現われる。このように初めは、「鳥の羽根」は彼女の疲労の程度や犠牲の精神を表現するのに用いられる。だが、小説の終わり近くでは、スィリーと離婚したミスターによって、彼女自身が鳥に喩えられるのだ。それは、彼女が子どもを産み落としてから三十年近く過ぎたときのことであった。スィリーの夫ミスター[2]（実名はアルバートであるが、彼女はそう呼んでいた）は、当時を振り返って、次のように心情を吐露する。

あのねえ、おまえを見ていると、おれはよく鳥を思い出したもんだよ。ずっと昔、おまえが初めておれのところに来た頃のことだ。おまえは、まあ、ほんとに痩せていた。それに、どんな小さい音がしても、おまえは今にも飛び立つようだった。（二二九）

「どんな小さい音がしても……今にも飛び立つようだった」という文章から窺い知ることができるように、スィリーは、縛られたプロメテウスの内臓を鋭い嘴で抉り出す鷲のように獰猛な鳥ではなく、アメリカ帝国を象徴する鷲のように力強い鳥でもなく、痩せておびえた鳥に喩えられている。

そして黒人ブルース歌手のシュグ。

シュグがスィリーの前に姿を現わしたのは、彼女が病気で倒れて、スィリーの夫ミスターの家に運ばれてきたときであった。スィリーがミスターと結婚してから三年余りの年月が経ったときのことである。スィリーはそのときのシュグを見て、彼女に、とりわけ彼女の服装に魅了される。

シュグは赤いウールのドレスを着て、胸のところには黒いビーズがたくさん飾ってあった。きらきら光る帽子には鷹のような羽根飾りがついていて、それが彼女の片方の頬まで伸びていた。彼女は靴とおそろいの蛇皮の小さいバッグを持っていた。（四四）

シュグのきらきら光る黒い帽子につけられた「鷹のような羽根飾り」によって、彼女は多少鳥のイメージを帯びていることが理解できるだろう。鷹が猛禽類であることから、何事にも消極的なスィリーと比べて、シュグは積極的な性格であることが感じられる。

　シュグの人生において、鳥は重要な意味を持っていた。アリス・ウォーカーはエッセイ集『母たちの庭を探して』（一九八三）のなかで、黒人たちが白人以外の姿をした神を想像することができない状況を「残酷の極み」（一八）と呼んだが、シュグが白人男性の姿をしたキリスト教の神のイメージを払拭できたのは、木と大気と、それに鳥たちによってであった。「私がその年老いた白人から解放されたのは、木がきっかけだった。それから大気。それから鳥たち」（一七六）。そして、「すべてのもののなかにいる感じ、私にはわかったの。もし木を切れば、私の腕から血が流れるだろうって」（一七六）。この文章から窺われるように、シュグは一切のものとの一体感を覚えたのだ。明らかに彼女が礼拝する神は、キリスト教の白い神ではなくて、森羅万象の神である。彼女の宗教は祖先から伝えられてきた黒人の宗教である。鳥たちはその一部を形成するのに役立ったといえよう。

　ところで、ヘンリー・ルイス・ゲイツ・ジュニア著『シグニファイング・モンキー』（一九八八）の第七章「私をゾラ色に染めて」という題名が示唆するように、アリス・ウォーカーは、ゾラ・ニール・ハーストンから多大な影響を受けた。傑作『彼らの目は神を見ていた』（一九三七）を書いたにもかかわらず、ハーストンが黒人女性作家の文献では脚注のような存在にすぎないことに気づいたとき、ウォーカーは、フロリダへ行って、腰の高さまである草をかき分けながら、彼女のものと考えられる墓をさがして、そこに墓標を立てたほどである。ウォーカーがハーストンから受けた影響は、自由間接話法を駆使したテクストのいわゆる「スピーカリー・テクスト」[3]や、西インド諸島やアメリカの深南部における黒人の宗教に限られていたわけではない。昆虫の蜂の比喩もまた、そのひとつである。

ハーストンの『彼らの目は神を見ていた』には、結婚していた主人公のジェイニーがやがて二番目の夫になるジョー・スタークスと駆け落ちする次のような場面がある。

朝の大気は新しいドレスのようだった。ジェイニーは、腰のまわりにエプロンを付けていることに気づいた。エプロンを取って、それを道路のやぶの上に投げると、花を摘んだり花束をつくったりしながら歩き続けた。ジョー・スタークスが馬車を借りて彼女の待っているところへやって来た。彼は、とても厳かに手を差し伸べて、彼女をそばの座席へ座らせた。彼の座席は、背の高い、有力者の椅子のようだった。今から死ぬまで、花粉や春のような気分を振りまいていこうと彼女は思った。そして自分という花には一匹の蜂を。（五四）

ジャクリーン・ドゥ・ウィーヴァーによれば、黒人文学では鳥のような動物や蜂のような昆虫の比喩は、登場人物の「内的変容の重要な象徴」（六二）として用いられることがあるという。ジェイニーにとって内的変容のきっかけとなるのが、蜂に喩えられた夫のジョー・スタークスであり、また彼の死後に出会うことになる季節労働者のティーケイクである。一方、『カラー・パープル』のスィリーの場合はシュグであった。スィリーと結婚する前のミスターが義父の家にやってきたときにポケットから落とした一枚のシュグの写真を、スィリーは入手する。「わたし、その写真を一晩中みつめていた」（八）。シュグは「女王蜂」（二六）に喩えられる。スィリーはシュグに接近することによって次第に内的変容を遂げてゆくことになる。

次に花に関して。

『カラー・パープル』のなかで最初に描かれる花は、義父によって連れ去られる赤ん坊オリヴィアのおむつにスィリーが刺繍した花である。「私、小さな花や星の模様もたくさん縫いこみました」(一五)。だが、これらの花々からは色彩が感じられない。それは、スィリーの生きる世界が絶望的で空虚な世界であることを表現するのにふさわしく、モノクロ・タッチで描写されているからだ。この作品ではじめて色彩が描かれるのは、スィリーがふとしたことで手にした写真の場面である。その場面には「口紅をつけた顔」(八)という描写がある。

スィリーは義父に凌辱されて産んだふたりの子どもとのあいだを引き裂かれた揚句、結婚したミスターから幾度となく叩かれ性的欲望の吐け口にされながらも、自分は木であると自分に言い聞かせて黙って耐え、みずからの精神性を捨てて生きなければならなかった。「私にできることは泣かないことだけ。私、自分を木にしてしまう。スィリー、あんたは木だよ、って私、自分に言い聞かせるの」(三三)。宇宙のように淋しい彼女は、幼い頃から使い慣れた黒人英語を用いて神宛てに手紙を書くことで、生きていかなくてはならなかったのである。

スィリーには神からのしるしが何ら示されることはなかった。しかしシュグに接近するという行為に加えて、手紙――小説の前半の手紙はコミュニケーションの断絶を象徴する――を書くという行為そのものが彼女に自己凝視を促し、その結果、彼女の体に記憶され、黒人の祖先から連綿と受け継がれてきた感覚が徐々に蘇ってくることになる。このことにほぼ比例して作品のなかに色彩が現われ、スィリーに花のイメージが付与されてゆくのだ。小説の後半で描写されているように、たしかに彼女は、ミスターの息子ハーポと一緒に彼の以前の妻であったソフィアの家へ歩いていくとき、赤いサンダルをはき髪には花をさしている。「私、濃紺のズボンに白いシルクのブラウスというちゃんとした服装で来たの。かかとの低い赤いサンダルをはいて、髪には花をさしていた」(一九六)。また、のちに彼女がシュグの家に住むようになったとき、部屋のいたるところに様々な花模様の布が掛けられてあった。ある意味において彼女は、ほぼ三十年にわたるミスターとの「地獄の生活」(一八一)から脱却して、色とりどりの花模様の布地に囲まれながら、幸福な生活をするようになったと言える。

スィリーと同様、シュグもまた花模様の服を身につけている。彼女は、病気で倒れミスターの家に運ばれてから何日か経った後で元気になったとき、スィリーが縫ってあげた「小さい花柄模様の服」(五四)をまとっていた。では、他の女性の登場人物たち——ネティ、カリー、ケイト、メアリー、ソフィア、彼女のふたりの姉妹——とは異なり、シュグとスィリーだけが鳥のイメージを付与されて現われ、このふたりだけが花模様の服を着たり髪に花をさしたりしているのはなぜだろうか。シュグとスィリーだけにあるもの、しかもこのふたりに共通するものを探っていくならば、その疑問は自ずと明らかになるだろう。

## 二　黒人的特徴

そこでわれわれ読者が注目しなければならないのは、シュグとスィリーに具わった黒人的特徴である。第一に、シュグの身体的特徴によって、シュグが混血ではない純粋な黒人であることが強調されている点である。シュグの髪は、スィリーが見たこともないほど「短い、ちぢれ毛」(五五)であり、肌の色は「コールタールのように黒い」(五六)。今でこそ肌の色によって黒人の社会に対する志向性と階級を特定することはできない。しかし、少なくとも『カラー・パープル』の時代設定になっている二十世紀前半のアメリカでは、ちぢれ毛で黒い肌の黒人は黒人社会を志向し社会の最下層に属し、それに対してウェーブのかかった髪をした浅黒い肌の黒人は、白人社会を志向し中流階級に属すると考えられていた。このことから、シュグが前者に属していたであろうことは、容易に想像がつく。第二に、シュグの性格である。彼女はユーモアと踊りに興じ、性的快楽に耽ることで生を謳歌する女性である。かつて奴隷の境遇におかれていた黒人たちは、生の重荷に圧し潰されそうになりながらもその生を軽くするために、しばしユーモアと踊りに興じ、性の営みにのなかに生の証を希求せざるをえなかった。まさしくシュグの性格は、そうした祖先から受け継いだ黒人的特徴であるといってよい。スティーブン・スピルバーグは映画『カラー・パープル』のなかで、シュグの性格を十分に理解したうえで、頭には鳥の羽根つけ、首にはビーズのネックレスをつけて赤いドレスを身にまとい、体を官能的にくゆらせて踊りながら、歌う彼女を鮮やかに描写している。

第三に、シュグがヴードゥーの影響を受けている点である。周知のとおりヴードゥーとは、アフリカに起原をもち、死者の魂を畏怖し、それを宥める儀式を行う習慣があり、西インド諸島やアメリカの深南部で信仰されている宗教のことである。シュグはミスターの家に連れてこられた際、「靴とおそろいの蛇皮のハンドバッグ」を持っていた。この蛇皮ですぐに思い出されるのは、ハーストンが『騾馬とひと』(一九三五)のなかで言及した、ニューオーリンズに住んでいたヴードゥーのまじない師ルーク・ターナーが力を呼び起こすときに肩にかけていた「蛇の皮」(二〇四)である。またすぐに読者の心に浮かぶのは、立野惇也がその著『ヴードゥー教の世界』(二〇〇一)でふれた蛇に関する箇所である。立野はヴードゥーの神々のなかでも最古参に位置するダンバラについて、この神は「先祖の知恵や力を象徴している存在」(一三〇)であり、蛇に象徴されると指摘している。このことから推測されるように、シュグの「蛇皮のバッグ」は、ヴードゥーのまじないで用いられる蛇の皮を彷彿とさせるし、さらにそのバッグをもつシュグが、ヴードゥーと密接な関係にあることを物語っている。

実際、シュグは、キリスト教の白い神のイメージを払拭して自由になろうとするスィリーに向かって、祈りのときに神の姿をした白人の男がいたら、「色んな花、風、水、大きな石を呼び起こすんだよ」(二三五)と、ヴードゥーのまじないを想わせる言葉を言っているのだ。シュグの言葉に鼓舞されて、スィリーはまじないで石を呼び出しては、それを神に投げつけるのである。「あたしはもうめったに祈りません。大きな石をおまじないで呼び出しては、神さまに投げつけています」（二三五）。ヴードゥーでは石が記憶の象徴であることからも窺われるように、石を神に投げつけるスィリーの行為は、キリスト教の神を追い出すだけではなく、先にふれたように、祖先から受け継ぎ彼女の身体に埋もれていたアフリカ的感性というか、黒人の宗教を蘇生させる行為にほかならない。キリスト教から血と水とスペルマを本質とする黒人の宗教へ、スィリーにとってまさしくこれが、抑圧から解放され、自由を獲得する道なのである。

無論、シュグとスィリーの鳥や花のイメージは、シュグがブルース歌手であり、スィリーがキルト作りに携わっていることとも大いに関係がある。

シュグは三人の私生児を生むほどの性的放縦のゆえに町から追放されたが、ブルース歌手として町に帰ってきた。そこでシュグは人々に生きることを鼓舞するのだ。たとえばシュグは、スィリーのために「スィリーの歌」（七〇）を作って彼女を励ましたし、また白人に殴られ犯されたメアリー・アグネスに「あたしたちに話すことができなかったら、誰に話すの、神さま？」（一一七）といって勇気づけ、彼女の辛い経験を共有しようとした。ブルースが黒人の文化遺産たるゆえんは、ブルースをとおして歌い手と聴き手が互いの苦しみや悲しみを分かち合い一種の精神共同体を形成することで、それらを超克し生の閉じられた円環に穴を穿つことにあるが、シュグはその文化遺産の担い手であるにふさわしい。だから、人里離れた場所にあるハーポの店でブルースを歌う彼女の歌は人々を魅了し、彼女の黒い肌は神々しいまでに輝いて見えるのである。

スィリーがキルト作りを始めたのは、ソフィアから「このめちゃくちゃになったカーテンでキルトを作ろうよ」

（四一）と誘われたのがきっかけであった。キルト作りの精神はすでに廃れて使えなくなった物から生活に密着した新たな文化を生みだすこと、すなわち「めちゃくちゃになったカーテン」という無用の物から有用の物を作り、それを実生活のなかに活かすことにある。のちにスィリーはシュグに勧められてズボン作りを始めるが、キルト作りの精神はかたちを変えて、ズボン作りのなかにたしかに生きている。なぜなら、スィリーは布地を変えてみたり、模様を変えてみたりポケットの位置を変えてみたりして創意工夫を重ねながら、ついにみずからの意識を変革することができただけではなく、自立することができたからだ。

ブルースやキルトのような祖先から受け継いだものをとおして黒人が生き長らえ、かけがえのない自分を見いだすこと、これは民族の夢であると同時に伝統でもある。その意味で、シュグとスィリーはそれらの継承者なのだ。ではこの民族の夢、民族の伝統はいかにして維持できるのだろうか。

## 三　民族の夢、民族の伝統

文化人類学者の今福龍太はその著『クレオール主義』（一九五一）のなかで、ダイナミックな力の源泉としての、クレオールの思考が発酵をつづける比喩的な場としてのジャングルについて、次のように述べている。

ジャングルの言葉と感受性をいまだ体内に抱きかかえた一人のモダンな表現者にとって、生き、思考し、記述する行為はしばしば精神のなかの森と都市のあいだを永遠に往還しつづける終りのない運動の軌跡として示されてきた。もちろんその場合、彼／彼女の思索の一つの起点となるジャングルは、先験的に与えられたニュートラルで一様な空間ではなかった。それはときに彼／彼女の生の飛翔と着地を保証するダイナミックな力の源泉であるかと思えば、あるときには文明社会が彼／彼女を世界の文化的周縁に幽閉するために発明する権力の修辞学的空間としてもたち現われた。

このように、一つの精神のトポスが、ときに解放の、ときに抑圧の装置として機能しうるというきわめてポストコロニアルな経験をつみかさねることによって、彼／彼女らはアイデンティティや差異といったものを、つねに一種の非本質的な関係として、あるいは表象の「遊戯」のようなものとして了解するというクレオール主義的な戦略をいつのまにか身につけていったのである。すでに見てきたように、エメ・セゼールにとってもエドヴァール・グリッサンにとっても、マルティニック島の熱帯雨林やマングローブの茂みは、そうしたクレオールの思考が発酵しつづける比喩的な場として意識されていた。（二三〇―三一）

モダンな表現者がジャングルの言葉と感受性を「体内に抱きかかえ」ていること、その表現者にとって、生き、思考し、記述する行為が「精神のなかの森と都市のあいだを永遠に往還しつづける終りのない運動の軌跡」であることに注目するとき、この一節は、筆者が論を展開するうえできわめて示唆的である。

『カラー・パープル』には、生の飛翔と着地を保証する「ダイナミックな力の源泉としのジャングルも、「クレオールの思考が発酵をつづける比喩的な場」としての熱帯雨林も描かれていない。ジャングルの奥深くに住むムベレの人々についての言及を別にすると、ネティたちがオリンカの村へ向かったとき、巨大な木々が密集するジャングルのなかをハンモックに乗って四日間行進した様子がわずか四、五行で描写されているだけである。それはネティたちの「力の源泉」や、彼らのアフリカ的感性を研ぎ澄ます場となるには程遠く、逆に彼女らを疲れさせるだけであった。

ネティらはジャングルを抜けてオリンカの村へ着いたときには解放感すら覚えたのである。またオリンカの土地はイギリスのゴム製造業者に没収され、ゴムの木の植林のため木々は次々に伐採され、村人の大半は荒地に追いやられるか、奥地のムベレの人々と一緒になるかした。

だが翻って考えるならば、このことは、オリンカの村人にとって鳥の模様の入ったキルトを織るという伝統を維持するためには、生まれ故郷への定住に固執することはないことの証にならないだろうか。というのも、「物事を何千年という単位」（二五〇）で考える彼らは、現在の意識された場所もやがて永遠に失われてゆく運命にあることに気づくだろうからだ。オリンカの人々が故郷を離れたからといって彼らがキルトを織る習慣を捨てたとは、この小説には書かれていない。オリンカの人々の伝統は、アフリカから遠く隔たったアメリカにいるスィリーにたしかに受け継がれている。おそらく作者のアリス・ウォーカーは、民族の夢、民族の伝統を保つ条件として、場所性は考慮に入れていないように思われる。

ここで主要な登場人物たちの行動の軌跡を辿ってみよう。義父に凌辱されることを恐れたネティは、スィリーのところへ逃れてくる。が、彼女はスィリーの夫アルバートの求愛を避けるようにして町に住む牧師サミュエル夫妻のもとへ逃亡したのだ。この夫妻とオリヴィア、アダム（やがてこの二人はスィリーの子どもであることが判明する）と一緒にキリスト教の布教活動のためにアフリカへ渡り、そこでおよそ三十年の歳月を費やした。そして彼女は、アメリカに帰国し、赤ん坊のようなたどたどしい足どりのスィリーと再会することになる。

ソフィアはハーポと結婚するために彼のもとへやって来る。だが、ハーポが暴力をふるうので、彼女はハーポと離婚し、赤ん坊を連れてオデッサ伯母のところに行ってしまう。その後彼女はシュグの歌を聴きに戻ってくるが、ふとしたことから市長を殴り、刑務所に入れられてしまう。

ではスィリーはどうか。彼女は義父のところからミスターと結婚するために彼のもとへやって来た。だが、彼女はミスターと長年暮らしたあと、彼と別れてシュグらとともにメンフィスへ行く。ところが死んだ実の父親が家を遺していたことがわかる。義父の住んでいた家である。そこでスィリーは家を修復するために戻って来る。また先にふれたようにシュグは、町を追放されたが、歌うために町へ帰ってきた。だが、しばらくすると彼女は、地方巡業で転々とする。町へ戻ってきたかと思うと、また旅に出るのだ。

シュグたちは一定の場所に留まっていない。彼女たちに共通する行動の軌跡は移動と滞在のくり返しなのだ。ここにシュグが鳥のイメージをして町に現われ、スィリーがミスターによって鳥に喩えられ、さらにオリンカの人々によってキルトに織り込まれた鳥の模様の意味が隠されている。アフリカや生まれ故郷という「根こそぎ奪い去られた場所への帰還と定住」(『荒野のロマネスク』一八二)よりも、かつて南部から逃亡したリチャード・ライトが逃亡の軌跡それ自体にみずからを自己規定したように、「移動と滞在のくり返しそのものにアイデンティティを見いだすこと」(一七九)、そして一人のモダンな表現者が「ジャングルの言葉と感受性をいまだ体内に抱きかか」えているのと同様に、黒人たちが民族の夢、民族の伝統をそれぞれの身体に記入したままそれらを維持してゆくこと、これらが『カラー・パープル』のなかで鳥のイメージが孕んでいる意味にほかならない。民族の夢、民族の伝統は黒人一人ひとりの体内で研ぎ澄まされながら、人から人へ、親から子へと受け継がれてゆく。それは花粉を運ぶ鳥たちの習性に似ている。

自分の実の父親がリンチにあって殺害されたことを知ったスィリーは、シュグと一緒に新しい花柄模様の紺のズボンをはき、復活祭用の帽子[4](シュグの帽子には赤い薔薇、スィリーのそれには黄色い薔薇が飾ってあった)をかぶり、パッカードに乗って義父のところへ車を走らせる。季節は春で復活祭の近くに設定されているが、それはスイリーの記憶の奥深くで眠っていたアフリカ的感性が鮮やかに蘇えることが暗示されているからだ。このときスィリーとシュグの目に映ったのは、次のような光景であった。

父さんの土地は暖かくて、春が始まろうとしていた。それから道路沿いには一面に白ゆり、黄水仙、らっぱ水仙、それから少し早咲きのありとあらゆる野の花が咲き乱れていた。そのときあたしたちは、色んな鳥たちがさえずり、垣根のまわりを飛び交い、垣根からアメリカ蔦のような匂いのする黄色い花がのぞいているのに気づいた。(一六一)

この箇所だけで読者は強烈な印象を受けるのに、まぶしいばかりの野の花園を飛び交う鳥の描写はふたたびくり返される。これは作者が意図的に試みたように思われる。したがって、この光景は比喩として読める。そこで読者の注意を引くのは、鳥と花の関係であるだけでなく、鳥と花粉の密接な関係である。かつてウォーカーは、ワシントンDCにあるスミソニアン博物館の壁に掛けてある、アラバマの無名の黒人女性が百年前に作ったキルトを釘づけにされたように見て、次のような感慨に耽った。

そうやって私たちの母や祖母たちは、しばしば匿名のまま創造力の閃きを、つまり彼女たち自身その開花を見たいとは思わなかった花の種子を伝えてきたのだ。(五)

## 結び

マルティニックの詩人エメ・セゼールの言葉を借りるならば、「花粉を運ぶ使命を抱いた鳥たちにすっかり助けられながら」(『エメ・セゼール』三九九)、シュグやスィリーたちのような黒人たちは「創造力の閃き」という花の種子や花粉、すなわち民族の夢、民族の伝統を受け継ぎ、そしてそれを子孫に伝えてゆく。この類いの種子と花粉を運ぶ媒体は、風雨にも負けず力強く大西洋を渡り、時空を越えて運ぶものであるがゆえに、鳥たちの末裔でなければならなかったのである。

### 注

1 この拙稿は『グリオ』4号(一九九二)に掲載したものに加筆、修正を加えたものである。テクストは *The Color Purple* (Pocket Books, 1982) を使用した。

2 この言葉は、奴隷状態におかれていた黒人にとっての主人(白人)を彷彿とさせる。それだけではない。南北戦争後の南部には、黒人は白人のことをミスターやミスの敬称をつけて呼ばなければならないというジム・クロウのしきたりがあった。スィリーが自分の夫をミスターと呼ぶこと、それは、黒人男性が白人のやり方を模倣して黒人女性に権力を振るっていることの証にほかならない。ミスターという言葉だけからも、一九七〇年代の第二期ブラック・フェミニズムの時代に、黒人女性は黒人男性に対して闘わねばならなかったことが窺われる。

3 ヘンリー・ルイス・ゲイツ・ジュニアは『彼らの目は神を見ていた』を、「きわめて叙情的でメタファーが多く、半ば音楽的な、黒人特有の口承の伝統と、すでに受け入れられているが、まだ十分には適用されていない標準英語による文学伝統とのあいだ」を仲介する作品であるために、「スピーカリー・テクスト」と呼んだ。またゲイツは、『カラー・パープル』も「スピーカリー・テクスト」であると見なし、しかも『彼らの目は神を見ていた』の書き直しを行なった画期的な作品であると賞賛した。

4　ゲイツは「薔薇は愛の女神エルズーリの象徴である」と指摘している。『カラー・パープル』のテーマは愛と孤独であるのだが、ゲイツの指摘はそのことを裏づけている。

## 引用・参考文献


Césaire, Aimé. *Aime Cesaire: The Collected Poetry*. Trans. Clayton Eshleman and Annette Smith. Bekeley: U of California P, 1983.

de Weever, Jacqueline. *Mythmaking and Metaphor in Black Women's Fiction*. New York: St. Martin's Press, 1991.

Gates, Henry Louis, Jr. *The Signifying Monkey: A Theory of Afro-American Literary Criticism*. New York: Oxford UP, 1988. 『シグニファイング・モンキー――もの騙る猿／アフロ・アメリカン文学批評理論』松本昇、清水菜穂監訳、南雲堂フェニックス、二〇〇九年。

Hurston, Zora Neale. Their Eyes Were Watching God. Urbana and Chicago: University of Illinois Press, 1978.『彼らの目は神を見ていた』松本昇訳、新宿書房、一九九五年。

——. *Mule & Men*. Bloomington: Indiana UP, 1963.

今福龍太『クレオール主義』青土社、一九九一年。

——『荒野のロマネスク』岩波書店、一九九一年。

立野淳也『ヴードゥー教の世界』吉夏社、二〇〇一年。

# 「海岸の地獄図」に舞う
## ――ポール・セロー『モスキート・コースト』に見るハゲタカ

伊達　雅彦

### はじめに

イーハブ・ハッサンがその著書『おのれを賭して』（一九九〇）で論考の対象に選び、更に一九九四年九月号の『エスクァイア』に掲載されたハロルド・ブルームの二十世紀アメリカ文学における新キャノンとも言うべき二七八作品のリストに入ったことでポール・セローの長編小説『モスキート・コースト』（一九八二）の評価は安定して来たように思われる。サミュエル・コールはこの作品をセローの最高作と評し、出版時の『ニューヨーク・タイムズ・ブック・レヴュー』ではメルヴィルの『白鯨』やトウェインの『ハックルベリー・フィンの冒険』を引き合いに出して論評を加えている。そうしたセローの『モスキート・コースト』の小説空間には多くのハゲタカ[1]が存在する。

## 一　ハゲタカのイメージ

一般的にハゲタカが飛翔する空を見て人は何を思うだろう。例えばチャールズ・フレイジャーの全米図書賞受賞作『コールドマウンテン』（一九九七）には次のような場面がある。南北戦争で負傷し脱走する主人公インマンは故郷ノース・カロライナ州コールドマウンテンに戻る途中「螺旋を描いて上空を飛ぶハゲタカ」を見て「過去より未来は間違いなく酷くなっていく」と思う。またカリフォルニアのサンオーキン盆地を舞台に鉄道トラストと農民の抗争を描いたフランク・ノリスの『オクトパス』（一九〇一）では農民の利益を狙う人間を「共通の餌食に襲い掛かるハゲタカの群れ」と例える。このように端的に言えばハゲタカが喚起するイメージというのはあまり良いものではないように思われる。更に動物の死骸を食べることから「死」のイメージからは当然免れ得ない。またその名の通りハゲタカの頭部には羽毛がないが、これは死肉に頭を突っ込んで食べる際に都合がいいからである。合理的かつ機能的だが、顔を血まみれにして死肉を貪るその姿が否定的なイメージと結びつくのを妨げることは難しい。

『モスキート・コースト』の主人公アリー・フォックスが最期を遂げる場面は凄惨である。彼はハゲタカに「食べられる」のだ。作品を通してその登場から死の直前まで饒舌なこの主人公は最後にその「舌」をハゲタカに食いちぎられて死ぬ。

父さんの体の上には鳥が――ハゲタカが――五羽も乗っかって頭をつついていた。父さんの頭をむごたらしく猛然とつついている。父さんは鳥どもの恐ろしい影の中に埋もれていた。わめき声をあげ両腕を振り回す僕に邪魔されて、鳥はくちばしに父さんの肉のきれはしをくわえたまま僕を見上げた。（中略）父さんの頭部が見えた。僕は砂の上から棒を拾って近づいた。だがその時でさえ一羽のハゲタカがまた首を伸ばして肉片を食いちぎった。どうせ叱られるのだからと急いでもう一口ほうばる子供みたいに。そのハゲタカは父さんの舌をくわえていた。（三八〇）

中南米ホンジュラスのジャングルを舞台に展開する『モスキート・コースト』の映画化は当初から難しいと言われていたが、一九八六年ピーター・ウィアーによって「大枠で」ほぼ忠実に映像化された。前年の一九八五年『刑事ジョン・ブック／目撃者』でアーミッシュの村という異文化世界を丁寧に描き脚光を浴びたウィアーは『モスキート・コースト』においても異文化世界に置かれたアメリカ人を再び描くことになった。全体的には見事な出来だが細部では当然のことながら看過された部分があった。そして残念なことにそれは主人公アリーの死の場面だった。この作品が映画化された際、原作を知る人はアリーの最期をどのように撮ったのかと思ったはずであり、それほどこの場面は重要だったのである。

アリーがハゲタカに食べられる場面を読んでスタインベックの『赤い子馬』の第一部「贈り物」のラスト・シーンを想起する人も多いだろう。父親から贈られた子馬の死体をハゲタカに食い散らかされる光景を見たジョーディは半狂乱になりハゲタカを追い払うと今度は逆に捕まえて殺しにかかる。だがここで雇人のビリー・バックは彼を必死に制止する。「おいジョーディ、こいつがあの子馬を殺したわけじゃないんだ」と。確かにビリー・バックが言うようにハゲタカは獲物となる対象を積極的に殺して食べる鳥ではない。死んでいる獲物を食べるのである。アリーの場合のように瀕死の獲物に止めを刺して食べる場合もあるが、基本的には獲物の「死を待つ鳥」である。

一九四九年に『赤い子馬』が映画化された際、この場面は脚色が原作者のスタインベック本人であったこともあり正確に映像化された。愛馬の死体がハゲタカに食べられる光景がジョーディに与える衝撃を伝えるこの場面は作品の要である。ハワード・レヴァントの言うように、この悲劇的な子馬の死はジョーディを覚醒させ人間としての成長を促進する要素となる。『赤い子馬』は、いわゆるイニシエーション・ストーリーとしても読めるが、この点は『モスキート・コースト』も同じである。

文学以外にも例えば、一九四四年にピューリッツア賞を受賞した報道写真家ケビン・カーターの『ハゲタカと少女』のような写真がある。餓死寸前の幼女とその死を待つ一羽のハゲタカを写したこの写真は衝撃的だ。一九八三年から続く内戦や深刻な旱魃のためスーダンで起こった飢餓の状況を訴えたこの写真は『ニューヨーク・タイムズ』に掲載されるや毀誉褒貶の嵐を巻き起こす。地面に力無くうずくまる少女を少し離れた所からハゲタカが狙っている。少女の死を待っているのである。その光景は見る者の胸を締めつける。写真を撮る前になぜ少女を助けなかったのかという非難に晒されたカーターは、その後自らの命を絶った。また映画『すべては愛のために』(二〇〇三)では、飢餓により骨と皮ばかりになった難民の子供を狙うハゲタカがケビン・カーターの写真そのままに映し出されている。主人公サラはやせ細りうずくまる子供に走り寄るとハゲタカを追い払う。その子の傍らには既に腹部をハゲタカに啄ばまれ血まみれになった母親が横たわっている。人間も例外ではない弱肉強食の世界が厳然と存在している。しかし、やはりハゲタカは「死を待つ鳥」であって、死肉を漁りこそすれ積極的な攻撃をしかけ対象を仕留める「殺し屋」ではない。

人間の側には果敢に獲物を狙い捕食する「殺し屋」的鳥類の方を肯定的に見る傾向があると言ってもいいかもしれない。死を待ち「死肉/腐肉」を食べるという習性が人間の目には陰惨に映る。その結果、ハゲタカは嫌悪すべき鳥ということになる。

しかし、世界にはこのハゲタカを肯定的に見る視点もある。つまり「死肉を食べて、食べ尽くす」ことが、見方によっては憎むべき習性とはならないのである。要するに「掃除屋」としてのハゲタカである。死肉を食べることで腐乱した動物の死骸がいつまでも地表に散在しているという不衛生な状況を防止するわけだが、極端な例としては、チベット仏教などで行われる「鳥葬」[2]がある。これは鳥に人間の遺体を食べさせるという弔い方法である。残酷にも見えるが、チベットの鳥葬では、まず遺体を山に運ぶと、僧侶が大まかに切断する。さらに鳥が食べやすいように細かく断片化する。その後、遺体を放置しハゲタカなどが食べるのに任せると言う。遺体は毛髪やわずかな骨を残し食い尽くされる。思想的背景としては、遺体を「天に送る」という意味や、生前に多くの殺生を行ってきた人間が、最後にその肉体を他の生命体の為に布施する意味もあるらしい。いずれにせよ遺体という「穢れたもの」を浄化し、人間を自然界に帰す方法のひとつと見れば残酷という視点は消える。

その他、ハゲタカの扱いは背景となる文化により様々である。古代ギリシャ・ローマ神話の世界にあっては占いを司り、古代エジプトでは女性や母性に結び付けられた。『モスキート・コースト』の舞台となる中米のマヤ族でもやはりハゲタカは「死」の象徴であるが、腐敗した死骸などを食べることから「浄化」、さらには「再生」へと続く流れに貢献している鳥と目される。

## 二　逸脱／離脱する主人公と八〇年代アメリカ

では、主人公アリー・フォックスはなぜハゲタカにその「頭部」を突かれ「舌」を食いちぎられるというような死に方をしているのだろうか。アリーの死を考察する前に、彼の主人公としての設定や作品の時代背景を確認しておこう。この小説は、五部構成であり全三十一章からなる。第一部の舞台はアメリカ、マサチューセッツ州ハットフィールド。物語は、アリーの長男チャーリーによる一人称の語りで展開する。彼の言葉を借りれば父親アリーは「機械仕掛けに関することなら全くの天才」と言っていい在野の科学者であり発明家である。妻の他にはチャーリーの弟であるもうひとりの息子と双子の娘がいる。常に家族の先頭に立ち、その統率を図る強権的な父親であるが、肉体的暴力をふるうことはない。むしろ家族思いの父親である。

しかし、アリーは科学者としては、その当初から正規のレールを逸脱した人物として描かれる。「よい教育を身につけるためにハーヴァード大学を中退したことを誇りに」思う人間であり、自ら正規のレールを逸脱したことに疑念も後悔もない。第一章で提示されるアリーの経歴は「逸脱／離脱する男」という彼のキャラクタリゼーションを端的に物語っている。また彼は空間的・地理的にアメリカを離脱するだけではなく、常識という固定観念からも逸脱している。

更にアリーの肉体にも「逸脱」の刻印がある。彼の人差し指は「関節から先が無く、切断されて残った部分は縫い合わされた皮膚の幾重もの襞と、見るも無残なひどい傷跡のために、丸く盛り上がっているだけだったから、正しく一点を指すというわけにはゆかない」のであり、息子のチャーリーから見ても「ぞっとする」ものである。この点で、アリーにエイハブの影響を見る批評家も多い。白鯨に片足を食いちぎられたというような、指の切断に関する説明はなされていないが、科学実験や発明作業中の事故で失った可能性は高くエイハブが巨大な白鯨を追い求めたように、科学を「追い求め」た代償としての欠損であることを暗示している。このように正確な方向を指差せないという肉体的現実は、アリーの「逸脱／離脱」の行為と結びつく。だが、彼の「逸脱／離脱」はあくまでも主体的・能動的に行われた行為であり、アメリカを捨てる決断を下したのは彼自身なのである。いずれにせよ絶対的な自負心を持ちアメリカ社会を離脱するという行為に転じる主人公というのは作品が発表された八〇年代にあっては異彩を放つ。

アメリカ文学の八〇年代と言えば「ミニマリズム」の嵐が吹き荒れ「ニュー・ロストジェネレーション」が台頭した時代である。レイモンド・カーヴァーやアン・ビーティーに代表されるミニマリストたちは、ありふれた日常に生きる人間たちを鋭敏な観察眼で見つめた。彼らは現代社会の中で抑圧され歪んだ人間の内面世界を微視的に、またスタティックに描くことでアメリカ文学史上に独自の足跡を残した。またジェイ・マキナニーやブレット・イーストン・エリスなどの「ニュー・ロストジェネレーション」と呼ばれる若手の作家たちも現代社会に生きる人間の空虚感を描き出すことで背後にある巨大なアメリカ社会の問題点を暴き出した。

セローも同時代作家としてアメリカ社会を見ていたが、その視線のあり方はミニマリストとは異なり巨視的でありダイナミックであった。「ミニマリズム」や「ニュー・ロストジェネレーション」はアメリカという国家の枠内に生活し、内面世界へと沈降していくような主人公を生み出していったのに対し、セローは外部世界へと向かうアリーのような主人公を作り出しその他者性を扱ったのである。これは、セロー自身の長い国外生活が少なからず影響していると考えられる。すなわちアメリカを外側から見るエグザイル作家の視点である。セローはあるインタヴューに答えて自分がエグザイル作家であることを否定しているものの彼の作家としてのスタンスにはやはり特異なものがある。セローの短編集『ワールズ・エンド（世界の果て）』（一九八〇）を邦訳した村上春樹は、セローを「コンラッド＝モーム＝グリーン世界の〈養子〉」として捉えることも可能かもしれない、と評している。

## 三　ホンジュラスという舞台

セロー自身の背景が投影されたかのように、彼の造型する主人公の多くは「異国におけるアメリカ人」となる。アリーも例外ではなく、第二部ではアメリカを離脱しホンジュラスを目指す。作品冒頭から国家としてのアメリカやアメリカ人に対する失望と嫌悪感を露にするアリーだが、その愛憎入り混じった感情は複雑であり、「死んでいく母親を見ていることができなかった」過去の自分と照らし合わせている。愛しているがゆえにアメリカの最後を見届けることができないというのである。

ボルチモアから出帆した船上で、アリーたちは作品の最後で彼が死に至る要因を作るキリスト教宣教師スペルグッド一家と出会う。聖書は「西欧文明の使用説明書」であると断言するアリーは科学を信じる人間でありキリスト教信者ではない。ただ聖書に関する知識は牧師に勝るとも劣らない。神の創造したこの不完全な世界を完全なものにするために人間がいるのだとアリーは言う。彼は宣教師を嫌うが、それは彼らが人々に「この世の重荷に耐えるように教える」からである。重荷は科学で軽減することが可能だとアリーは主張し、神を「どこの特許庁でも見かけるせっかちな発明家みたいなもの」と呼ぶ。彼は神の存在を否定しているわけではなく、神が完全ではないと言っているのである。

批評家の中にはホンジュラスを「エデンの園」と肯定的に見る向きもあるが、アリーたちが乗った船の船長はホンジュラスのジャングルに住む人々の生活水準を「石器時代」と言い「清教徒たちが上陸する以前のアメリカ」と否定的な意味合いの表現をする。ホンジュラスという国そのものもアメリカからは五〇年遅れており「荒廃地」であると説明するが、アリーは自分こそアメリカという「荒廃地」から来たのだと反論する。「腹が減ってない時に食べ、のどが渇いていない時に飲み、必要としないものを買い、役に立つものを片端から捨てる。」これが今の堕落したアメリカでありアメリカ人だとアリーは語る。「清教徒たちが上陸する以前のアメリカ」を目指すアリー一家はある意味で「新たなる清教徒」であり、「最初の家族」なのである。「自分の国の王になれるのはいい気持ちだろうな」というアリーは川の上流にあるジャングル奥地のジェロニモという村を買い取り、その持てる知識と科学技術を駆使して「清教徒たちが上陸する以前のアメリカ」に理想郷を作るべく奮闘する。科学者としての矜持と自信に満ちた彼は原住民を先導し巻き込んでいくが、その姿はまさに彼自身が科学という名の宗教の宣教師である。彼は言う「人間が神だ」と。

こうしてジェロニモは開発され「石器時代」から一気に「文明化」され大きな変貌を遂げる。その象徴的なものがアリーの手による巨大製氷マシーン「ファット・ボーイ」である。「父さんは自分自身を作った」とチャーリーが言うようにアリーにとってそれは分身でもある。氷を見たことも無い原住民の目には奇跡とも映るが、アリーは奇跡ではなく「熱力学」だと説く。「氷は文明だ」と叫ぶアリーの王国はここに完成する。だが、有毒の化学薬品やガスが内部に詰まった「ファット・ボーイ」は、結果としてジェロニモを恒常的な危険にさらすことになる。

広島と長崎に投下された原爆の名前である「リトル・ボーイ」と「ファット・マン」を容易に連想させる「ファット・ボーイ」は、ある事件から爆発を起こしジェロニモを有毒物質で汚染し再生不能にする。自分が見限ったアメリカという高度な文明国から、その科学技術を持ち込んだアリーは皮肉にもその技術によって自分の王国を壊滅させるのである。ジェロニモを放棄したアリー一家は急ぎ川を下る。アリー以外の家族はアメリカへの帰国を望むが、家長アリーは家族の反対を押し切ってホンジュラスでの生活を主張する。

アリーがアメリカへの帰国を拒絶する時、その理由として「アメリカは核戦争で滅んだ」ことを挙げる。つまり帰るべき国の不在である。半信半疑ながらもチャーリーは絶対視していた父親の言葉ゆえに反駁できない。無論これはアリーの虚言なのだが、世迷言として一笑に付せるかというと実はそうはいかないのである。『モスキート・コースト』が出版された八〇年代、アメリカはレーガン政権下にあった。「強いアメリカ」を標榜しつつも、一方では冷戦の中で核兵器の脅威を感じていた。例えば『モスキート・コースト』発表の翌年一九八三年にアメリカＡＢＣ放送で放映された『ザ・デイ・アフター』は核戦争後の世界を描いたテレビ映画だが、視聴率四六パーセントという驚異的な数字を記録している。またマラマッドの最終長編『神の恩寵』も一九八二年の発表であり、舞台も核戦争後の世界であることなどから考えてもこの時代にあってはアリーのような主張も荒唐無稽と単純に切って捨てるわけにはいかないのである。

## 四　生と死の境界に在って

ハゲタカはこうした状況下のアリーの視界を横切り彼を苛立たせる。「父さんはハゲタカが大嫌いだった――あの凶暴な目つきが、いやらしいくちばしが、獲物に飛びかかるやり方が、腐肉を争って喧嘩するのが嫌いなんだ、と言う。」さらにアリーは自分がハゲタカを憎む理由を語る。「やつらはおれに人間を思い出させるからだ」と。そしてハゲタカを捕獲し殺して木に吊るす。すると他のハゲタカが舞い降りて来てその仲間の死肉を引きちぎって食べるのである。仲間の死肉さえ貪り食う鳥を人間と同一視してアリーは憎悪する。そのような人間がアメリカをダメにし、文字通り食い物にしたという思いが彼を突き動かすのだ。いずれにせよハゲタカが他の鳥と一線を画す存在であることは間違いない。『モスキート・コースト』には、ハゲタカの他にもカモメ、ペリカン、コウモリ、コウノトリをはじめ多くの鳥が登場する。しかし、アリーが蛇蝎のごとく忌み嫌うのはハゲタカだけであり、他の鳥には特別な意味は付与されてはいない。熱帯のジャングルが舞台であるが故に多くの鳥が登場するのは当然なのだが、ハゲタカだけが意識されて存在している。

当初ホンジュラスのラ・セイバという港町に上陸したアリー一家はそこで雑然としたモスキート・コーストを初めて目にする。そしてラ・セイバの町を少し離れた路上でハゲタカの群れに遭遇するのである。全部で二十三羽いた「頭の禿げた彼ら」は「スカルキャップをかぶった魔女」のように恐ろしげで「一匹の犬が死んだ牛のピンクのあばら骨を齧るのを見ていた」。そしてさらに先の路上に転がっている別の犬の死骸に群がり「腹部に穴をあけて」いる。チャーリーは、ホンジュラスの印象を「ハゲタカ」、「汚い浜辺」、「行き止まりの道路」等の言葉にまとめる。極端な言い方をすればアリー一家は八〇年代のアメリカ社会から離脱して「ハゲタカの国」に着いたのである。確かにアリーの懸念するようなアメリカ的な「荒廃」はないものの、しかし、そこは決して「楽園」なのではない。夢想の果てに辿り着いた場所は「ハゲタカ」が群れる単なる「汚い浜辺」でしかなかったのである。「ハゲタカ」の舞うその土地は、アリーの持ち込む高度な科学文明と対峙するが彼という存在を攻撃的に排除しようとはしていない。アリーの自滅を「待つ」のである。「行き止まりの道路」が既にアリーの未来を暗示している。

この後、彼らは海岸を離れ川を遡りジャングル奥地を目指す。海岸は否定的要素が溢れている場所であり、未来が拓けている上流こそがアリーには重要である。ハゲタカが舞うのは川を下った海岸なのである。作品の終盤でスペルグッドの銃弾に倒れた瀕死のアリーがそれでも上流を目指そうとするのは、そこにしか「生」の可能性がないように思えるからだ。アリーは「モスキート・コーストは断崖絶壁だ」という。そこには「死」や「破滅」が待っているだけだと主張する。「むこうにあるのは死だ。破滅だ。ハゲタカだ。ゴミを食らうハゲタカなんだ。壊れたもの、腐ったもの、死んだものはみんなあの流れに乗って海岸へ押し流されていく。しかもあそこがアメリカに一番近いんだ。」ハゲタカは「生」と「死」の境界線上にいる鳥である。モスキート・コーストというのはアメリカとホンジュラスの地理的な境界ではないが、アリーにとってそれは「生」と「死」を分ける精神的な境界線なのである。ハゲタカは海岸線上に存在し「死」への扉の前にいる。「最後の人間が生活を営む」場所を河の「上流」とアリーが語るのは海岸線から遠いからであり、ハゲタカの姿が視界から消える安全地帯だからである。

銃撃され半身不随のアリーは川面に漂う小舟の底に横たえられる。「腕が動かせなくなった今、父さんは特別にハゲタカを怖がった」とチャーリーは言う。アリーが家長として機能しなくなると母親が家族の指揮を執る。「上流へいくのよ」と夫アリーに告げると母親は舳先を下流へ向ける。家族の安全、子供の命を守るべく夫／父親としてのアリーを「裏切る」のだ。だが海岸に近づくにつれ「上空のハゲタカは大きくなり、凶暴になって」いく。身体の自由が効かないアリーは世界の不完全さに加えて人間そのものの不完全さをチャーリーに語り始める。不完全な世界から生まれた不完全な人間。自分を「世界で一番強い人間」だと信じていたアリーはその信念にも裏切られる。自分は「頭がいいだけ」であり、それだけでは「生き延びることができない」と痛感する。そしてチャーリーに語る。

何が生き残るのか教えてやろう――腐肉を漁るハゲタカさ。やつらはこの世界に適しているんだ。すべてがやつらにとって好都合にできている。やつらは失敗に食らいついて腹を肥やすんだ。いまじゃ、アメリカの空はハゲタカで真っ黒だろう。やつらはただ空に浮かんで待っているんだ。ハゲタカを追っ払ってくれ。(三七六)

サバイバル能力では人間はハゲタカに劣っていることをアリーは認めている。人間はハゲタカには勝てないのである。川を「下った」アリー一家は海岸に到着する。海岸には「死」があるだけだと語った彼の予言の正しさを証するかのような光景が広がる。産卵のために上陸した海亀たちが波に打ち上げられ仰向けに転がると、その無防備な首をハゲタカが狙う。カメたちは海岸でハゲタカの餌食になる。チャーリーは「海岸の地獄図」と表現する。やはり海岸線が生死を分ける一線となっている。そしてカメのように身体の自由が効かないアリーもまたその地獄図の一部と化す。自分を頭のいい人間と自認していたアリーは、ハゲタカのくちばしに「頭」を突かれ、その主張を饒舌に語った「舌」を食いちぎられて絶命する。ポストコロニアル的視点で言えばまさに西欧文明が敗北する物語である。西欧文明の具現化物とも言うべきアリーの分身「ファット・ボーイ」を持ち込むことでアリーは自業自得的に滅びるのだ。アイロニカルな結末がこの作品の主人公には与えられている。

## むすび

古今東西、ハゲタカは「生」や「死」を様々に表象してきた。そして同時に人間には究極の主題とも言える「生」と「死」に対し独特の視座を提供し続けてきた。死肉を食べることから忌むべき存在とされるが、それは逆から言えば生命の終着点である「死」と共に在る畏怖すべき存在だからであろう。「生」から「死」、そして「再生」へのサイクルを導く役割をそのイメージの中に連続的に負わせられることにもなったのも必然なのである。「生」と「死」の不可視の境界線上を飛び回ることで、その境界線の存在を人間に意識させる。グロテスクなその外観は時に恐怖の対象にもなる。「生」と「死」が交錯する空間を自由に飛翔し、古来人智を越えた存在であると認識され続けた鳥、ハゲタカ。遥か時空を超え現代アメリカ文学の空にも舞うのである。

## 注

1　「ハゲタカ」と日本語で言われる鳥は厳密には存在せず言わば総称的に使われている呼び名である。「ハゲワシ」と同義とされるが本稿では「ハゲタカ」を用いた。なお、『モスキート・コースト』、『コールドマウンテン』、『オクトパス』の原文で用いられている「ハゲタカ」に該当する単語は vulture 、『赤い子馬』では buzzard であるが、これもアメリカでは同義的に使われている。

2　セローの『中国鉄道大旅行』(*Riding the Iron Rooster: By Train Through China*)(一九八八)のチベットの章では鳥葬のことに触れてある。出版年から判断して『モスキート・コースト』との影響関係は成り立たないものの鳥葬という儀式をセローが以前から知っていた可能性はある。

## 引用・参考文献

Bloom, Harold. "278 Books You Should Have Read by Now." *Esquire* (Sep. 1994): 118–21.
Coal, Samuel. *Paul Theroux*. Boston: Twayne Publishers, 1987.
Edwards, Thomas R. "Paul Theroux's Yankee Crusoe." *The New York Times Book Review* (Feb. 14, 1982): 1, 24.

Frazier, Charles. *Cold Mountain.* 1997. Toronto: Vintage Canada, 1998.

Gualtieri, Antonio R. *The Vulture and the Bull: Religious Responses to Death.* New York: UP of America, 1984.

Hassan, Ihab. *Selves at Risk: Patterns of Quest in Contemporary American Letters.* Madison: The U of Wisconsin P, 1990.『おのれを賭して』八木敏雄・越川芳明・鷲津浩子・折島正司訳、研究社出版、一九九六年。

Levant, Howard. "John Steinbeck's *The Red Pony*: A Study in Narrative Technique." *Journal of Narrative Technique I* (May 1971): 77–85.

Norris, Frank. *The Octopus: A Story of California.* 1901. New York: Bantam Books, 1958.

Ruas, Charles. *Conversations with American Writers.* New York: Knopf, 1985.

Steinbeck, John. *The Short Novels of John Steinbeck.* New York: The Viking Press, 1953.

Theroux, Paul. *The Mosquito Coast.* Boston: Houghton Mifflin, 1982.『モスキート・コースト』中野圭二・村松潔訳、文藝春秋、一九八七年。（引用文の訳出は本書による）

——. *World's End and Other Stories.* Houghton Mifflin, 1980.『ワールズ・エンド（世界の果て）』村上春樹訳、文藝春秋、一九八七年。

川喜田二郎『鳥葬の国』講談社、一九九二年。

# 飛翔するブラジル
## ――『熱帯雨林の彼方へ』におけるブラジル中産階級への希求とそのナショナリズム

牧野　理英

### はじめに

最近のアジア系アメリカ作家が、アジア系という視点から逸脱して作品を書き始めていることは周知のとおりである。中でも日系アメリカ作家カレン・テイ・ヤマシタ(Karen Tei Yamashita)の作品には日系アメリカ的主題は前面に押し出されておらず、様々な人種、階級、エスニシティーを持つ人々のブラジルおよびアメリカにおける主体形成が色とりどりに描かれている。その一例ともいえる彼女の第一作目、九〇年代ブラジルをモデルにした近未来小説『熱帯雨林の彼方へ』(*Through the Arc of the Rainforest*, 一九九七)は次のようにして始まる。

私はブラジルの子供たちがこのように言っているのを聞いたことがある。虹をくぐりぬけるものはどんなものだってそれとは反対のものになると。しかしそれについて言うなら鳥の反対は何？　さらに人間の反対って？　そして雨期に雨が降りやまず無数の虹がある熱帯雨林ではどうなってしまうのだろう?　(n.p.)

虹とは序章でヤマシタが言及するユダヤ系フランス人の構造主義者クロード・レヴィ＝ストロース(Claude Levi-Strauss)が『悲しき熱帯』(*Tristes Tropiques*, 一九五五)で語る「諸文化の虹」"rainbow of human cultures"(四一四)のことである。ブラジル奥地の先住民に遭遇したレヴィ＝ストロースは欧米文化によって蹂躙される先住民文化を目の当たりにする。しかしそのような中でも生存し続ける多数の少数民族と、そのおのおの文化的差異を「虹」と表現することで、レヴィ＝ストロースは絶望感漂う光景にわずかな望みを託し、『悲しき熱帯』を締めくくっている。虹とはヤマシタのレヴィ＝ストロース的観点からの多民族国家ブラジルを示しているといえるだろう。

しかしそうであるならば、その後の鳥と人間に関する記述はこの「諸文化の虹」とどのような関連性があるのだろうか?　作品全体にちりばめられるあらゆる種類の鳥や羽のイメージは第三世界ブラジルがビジネスによって世界へ飛翔していこうとする野心ともとれようが、同時にその飛翔は本作においては鳥の羽に付着した虱によってチフスの病原菌が国内に運びこまれ次第に世紀末的様相を帯びていく架空のブラジル都市、マタカンの消滅にも深く関与している。それはあたかもグローバリズムによって人間が世界的に飛翔しようとする危険性を予見するかのようである。

『熱帯雨林の彼方へ』は、ブラジルを舞台に日本人移民カズマサ・イシマルとブラジルの地中深く眠るマカタンプラスチックをめぐる人々の飽くなき欲望を軸にしながらも、鳥およびその羽をビジネスにする人々の話がサイドプロットのように平行して語られる。中でもカズマサと同じアパートに住む伝書鳩を育てる中産階級のブラジル人夫婦、ディヤパン夫妻は世紀末的終焉を迎えるマタカンで生き残る数少ないグループである。寓話的フレームにヤマシタはレヴィ＝ストロースのように一縷の望みをこの夫婦に託しているのである。

本作に関する批評はポストモダニズムやエコロジーを論点にしたものが多く、ブラジルという国民国家の形態を基に作品分析を試みたものは僅かである。[1] このことは南米がアジア系アメリカ文学の批評家にとって、いまだに未知の世界であることを証明していることにもなろう。例えばレイチェル・リー（Rachel Lee）は、本作のカズマサをアジア系アメリカの原型的イメージ、マキシーン・ホーン・キングストン（Maxine Hong Kingston）の *China Men*（一九八〇）における大陸鉄道の建設にたずさわった中国系アメリカ人労働者のパロディであると解釈する（一一三）。しかしこうした分析は、後にアーシュラ・ヘイズ（Ursula Heise）が説得力がないと指摘するように、本作をアメリカとアジアという二項対立で論をすすめ、設定である南米ブラジルを作品分析に組み入れていないというアジア系アメリカ研究者ならではの解釈上の盲点を露呈している（一五一―五二）。これに対しキャンデス・チュー（Kandice Chuh）は、ヤマシタのブラジルを設定にした作品を、東（アジア）西（欧米）だけではなく南北アメリカという半球の間における日系の国家的自我形成を分析するものとしている（六一八―二二）。しかしこのようなチューの主張さえも、その分析の中心は本作ではなく専ら第二作目の歴史的小説『ブラジル丸』（*Brazil-Maru*, 一九九二）の日系移民の表象を中心に展開されているにすぎない。

しかしアジア系アメリカ作家の自己投影が常にアジア系のキャラクターであると考えるのは、特にヤマシタのような作家の作品にとっては見当違いと言えるだろう。事実カズマサを本作に入れた理由としてヤマシタは、何がしか日系らしい人物を本作において挿入したかっただけであると率直に答えているが、そうした返答こそが本作がアジア系という枠組みを超えた視点から書かれているという状況を逆証明している（*Words Matter* 三二六）。そしてこうしたことから明らかになることとは、ヤマシタのブラジル国民国家への希望的観測は、このカズマサではなく、カズマサと共に世紀末的マタカンを力強く生き抜くブラジル中産階級の夫婦、ディヤパン夫妻に向けられているのではないかということである。したがって本稿ではこの夫婦の象徴ともとれる鳥のイメージに注目することで、グローバリズムの影響下におけるブラジル中産階級が体現するナショナリズムの可能性を探っていきたい。

## 一　飛翔する九〇年代ブラジルとナショナリズムの体現である中産階級

七〇、八〇年代までは経済的にアメリカに追従していた第三世界ブラジルは九〇年代の構造改革により、アメリカ一辺倒の外交を避け、大国アメリカから自立することを外交の基本目的として掲げていく。一九九五年に就任したブラジル大統領カルトーゾとアメリカのクリントン大統領との親交は六年間にもおよび、それはアメリカとブラジルの親密性を示すものであったが、同時にカルトーゾ政権の対米姿勢は極めて挑戦的と評される。この時期のブラジルのアメリカに対する見方は「必ずしも友好的とはいえないにせよ、完全に敵対することもなくかつブラジルにとって戦略的に不可欠な国」であった（子安 一七一）。一見第三世界の受動性ともとれるブラジルの寛容的気質は、同時に他国の要素を自分の国に組み込み国力にしていくという能動的な意味あいさえ含む。近代ブラジルのナショナリズムの復興ともいえる一九二〇年代のモダニズム期には食人主義というコンセプトがあったように、通常、国家は文化的他者を排除し抑圧するのに対し、ブラジルのナショナリズムの根底には他者を受容し「食べ」て国力を上げるという考え方がある。[2]

欧米との経済的力関係を覆すために、アメリカ資本主義を自分たちのために活用するというブラジルの上昇志向は、本作においては鳥のイメージを通して労働者階級に顕著に描かれている。例えば貧しい農夫であったマネ・ペーナは先祖のインディアンから受け継いだ鳥の羽の効用を披露することで大学教員にまで登りつめる。しかしこの労働者階級の「飛翔」は、彼がトゥイープというアメリカ人ビジネスマンの資本主義的戦略に加担することよって、結果的にブラジルの先住民文化をメディアを通じて世界各国に対して商品化しているにすぎない。

これに対し中産階級のディヤパン夫妻はマネ・ペーナのように鳥の羽根に関するビジネスを展開しながらも、その経済形態は著しく異なっている。鳩をわが子のように慈しみ、鳥そのものの飛翔能力を生かした伝書鳩ビジネスを考案するディヤパン夫妻の話では、マジックリアリズムよりもその庶民性とセンチメンタリズムが強調されている。バティシュタが鳩を飼い始めた動機は、一攫千金を狙うのではなく子供がいないからである。――「この鳩は二人のいない子どもの代わりなのである」(一三)。またハイテク産業が発展し近代化するブラジルにおいて伝書鳩によって愛する者にメッセージを送る方法は、非効率性を意味すると同時に、一種ロマンティックで懐古的な雰囲気さえ漂わせる。これはマネ・ペーナやその背後にいるトゥイープの鳥から翼を奪い取り、羽を商品化する羽ビジネスとは明らかに逆のベクトルを指している。

ヤマシタはインタビューにおいて、ブラジルにはアメリカや日本といった先進国からの海外の科学技術を受け入れる中産階級的構造があると指摘している(*Words Matter* 三二八)。事実経済成長の著しい九〇年代ブラジルは中産階級の区分が広がっていった。しかしグローバリズムの影響を多大にうけながらも、中産階級はブラジル国家を象徴する自律的集団として捉えられてもいた。加えて九〇年代はメディアが「守護天使」として中産階級の立場を代弁していた時期でもある(O'Dougherty 一三四―四〇)。本作のジャンルともいえるテレノヴェラもまさにこのような中産階級を代弁するメディアの一形態である。テレノヴェラは北米でのソープ・オペラをもじって作りあげた南米特有の中産階級用の娯楽であり、ソープ・オペラが主に登場人物達の葛藤とその悲劇性のみに焦点が置かれているのに対し、ブラジルのテレノヴェラはそうした葛藤の解決法に焦点が置かれている（Meade 二一五―一六）。本作がテレノヴェラと考えられる背景にはヤマシタがこのようなメディアと中産階級との関係に注目し、自らの中産階級に対する希求をディヤパン夫妻に介在させ、ヤマシタ自身が望むグローバル時代のブラジル国家の姿を投影していると考えることはできないだろうか？　このような考察を基に、本作におけるブラジルのナショナリズムがどのようなものであるのかという問題を作品分析から探求していきたい。

## 二　鳥の話

本作はヤマシタのブラジル人の建築家の夫 Ronald の口承物語を基にしたとされ、合計五組の登場人物の話によって構成される（*Words Matter* 三二四）。そしてヤマシタは以下のようにおのおのの物語の共通項を提示している。

物語の基本的ないくらかの要素は依然として同じでなくてはならない。では物語の要素とは何か？　クロード・レヴィ＝ストロースはそれを何年も前に『悲しき熱帯』の中で見事に言及している。すなわち素晴しい無垢の牧歌と限りない郷愁、そして忌わしい無情である。(Author's Note)

これら三つの共通項を基点に鳥と関連のある話に注目してみると興味深いことがわかる。鳥の話とは以下の集団に関わる話である――羽の導師であるマネ・ペーナとその家族、羽ビジネスに関わるトゥイープと鳥類学者の妻、ミッシエル・マベル、そしてバティシュタとタニヤ・ディヤパン夫妻。貧しい漁師である青年シコ・パコは羽や鳥とは直接関係はないが、彼の殉業する姿は「地上の天使」の異名をとり、その姿は国際的に放映される。シコ・パコの「翼」は世界に飛翔していくことから、この話も羽の話と解釈することが可能である。すなわちカズマサとロールジスの組以外は、具体的であれ象徴的であれ、飛翔という行為に結びついている。そしてヤマシタのいう共通項にあてはめてみると、これらの話は善良無垢で牧歌的な生活を営んでいる人々が「飛翔する」行為によって愛する者と離れ離れになり郷愁を感じ、最終的にそうした生活に忌わしい無情を感じるという形式をたどっているのである。

マネ・ペーナとその家族、シコ・パコとその親友のジルベルトといった労働者階級のブラジル人が「忌わしい無情」を経験し悲惨な最期を遂げるのは、彼らの労働者階級特有の無垢が原因となっている。そこには貧困故に国際的に羽ばたく飛翔の素晴らしさに素直に魅せられ、最終的には最も大切な家族や友人を失っていくという彼らの状況が露呈されているのだ。これに対しバティシュタとタニア・ディヤパン夫妻は同じようなブラジル土着のキャラクターにも関わらず、彼らのような悲惨な運命からは回避している。これはすでに一定の生活水準を維持し、グローバリズムのただ中でも自分たちの生活形態を維持しうる中産階級という経済的および社会的立場故であると考えられないか？

またヤマシタは鳥や飛翔とは全く関係のない話をカズマサとロールジスの組のみに絞ることで、むしろカズマサ達の宙に浮いた非現実性を強調している。カズマサはその額のボールによってブラジル実社会から「浮遊」させられ、すべての活動を傍観しているに過ぎない。カズマサの機能不全性に関しては、マジックリアリズムやポストモダニズムの観点からすでに何人かの批評家によって指摘されており、カズマサの日系性は脱歴史化されポストモダン的に描写されるが故に、本作におけるその中心性は薄れていく。[3]

そしてこうした描写は、本作がカズマサのような奇形の移民のキャラクターを引立て役—"foil"—として、ブラジル中産階級のディヤパン夫妻の庶民性を逆に強調しているとも考えられるのだ。プラスチックのボールという身体的奇形をもち、ポルトガル語をあまり話すことのできない日本人移民のカズマサはブラジル到着後、すぐにディヤパン夫妻の生活の一部始終を見ることのできる向かいのアパートに移り住む。バティシュタはアフリカ人、先住民、そしてポルトガル人の血が混じった混血のハンサムな青年で、人々が心の中ですぐさま思い浮かべることのできるようなブラジル男性と描写されているが、その混血の肉体そのものが多民族国家ブラジルを表象している（一二）。ディヤパン夫妻の生活は生命力に満ちており、窓のベランダから下のディヤパン夫妻の裏庭を見ているカズマサは、ここを「自分の」裏庭と呼び、この空間を通してブラジル国家に対し「親近感」を感じていく（一一）。カズマサは、自身をバティシュタに投映し、あたかもブラジル社会をブラジル人として生きている感覚を間接的に味わっているかのようである。そしてカズマサは自分に欠落している「何か」をディヤパン夫妻の生活から痛感し始める。「彼（カズマサ）はディヤパン夫妻とその鳩が持っている何かを欲しいと感じていたが、それが何であるのかわからなかった」（六二）。この何かとはブラジル実社会を生き抜いているディヤパン夫妻の中産階級としての普通の家族生活のことである。

ディヤパン夫妻の生活は鳩のイメージを通して表現されている。働き者で社交的な妻のタニアはその雌の鳩の性質そのものを示している——バティシュタ曰く、「雌は遅く寝て早く起きるんだ。……飛ぶ時間だって雌のほうが長い。おれは長距離なら雌に賭けるな」（一一五）。さらに鳩の夫婦愛は有名で、一度決めた相手とは最後まで添遂げるという忠実なものであるが、これは喧嘩をしながらも決して別れることのないディヤパン夫妻の絆を象徴しているといえるだろう（一一六）。生き生きとした中産階級の夫婦と、移民のカズマサと労働者階級のブラジル人ロールジスのカップルは対照的に描かれている。確かにカズマサはロールジスと共に世紀末的様相を帯びたマタカンを生き延びる。しかし小説の最後において彼はボールを失い新しい人生を与えられるものの、ロールジスの子供の一人のように彼女の傍らに佇んでいると描写される（二一二）。ロールジスにとってカズマサは男性として存在していないのである。このようなロマンスと呼ぶには程遠い彼らの愛に対し、バティシュタとタニアの男女としての愛は、肉体を伴った性的関係が強調されている。

ヤマシタは、マジックリアリズムを駆使し、その奇天烈な風貌と移民という組み合わせによって、カズマサをあたかも本作の中心的人物のように思わせるような描き方をしているが、実はカズマサとロールジスの組との比較によって浮き彫りにされるのはディヤパン夫妻の庶民性なのである。

## 三　中産階級のナショナリズムの新たな可能性と女性の象徴としての鳥

ここで本作を一見移民がテーマと思われるが、その中心性はブラジル人の国民的自我形成に対するヤマシタの一考察であると考えることで、ディヤパン夫妻のナショナリズムをもう一つの鳥の話である移民カップル、トゥイープとミッシェルの組と比較することで引き続き分析していきたい。トゥイープとミッシェル、そしてバティシュタとタニア・ディヤパンの物語を比較するとその両夫婦の関係が鳥というイメージを基に対照的に提示されていることがわかる。手が三本あるアメリカのビジネスマン、トゥイープと乳房を三つもつフランスの鳥類博士のミッシェルは経済的に豊かな奇形の欧米系移民であるのに対し、ディヤパン夫妻はどこにでもいる中産階級のブラジル人である。ヤマシタの示す第一の要素である「無垢の牧歌」とは、アダムとイブを彷彿させる両夫婦の純粋な愛情と考えられる。作品後半において黒幕的な存在に変貌していくトゥイープでさえも当初は単純にペーパークリップ集めに興じる無邪気で素朴な若き事務員であり、彼のミッシェルに対する思いはあくまでも純粋無垢な牧歌的な愛情であった（一一二）。

この二組の夫婦において、飛翔する鳥は女性の社会進出を暗示しており、それに対する夫の理解の是非が物語の結末を左右している。ディヤパン夫妻はトゥイープの計画に加わることで伝書鳩ビジネスによって国際進出を果たすが、ここで国際的に「飛翔する」機会が妻のタニアに与えられることで、中産階級のブラジル人主婦の飛翔とその帰還を待つ夫という新しい夫婦の生活形態を提示する。そしてタニアは全世界を駆け巡るが、必ず忠実な伝書鳩のようにバティシュタの基に戻ってくるのである。吉田美津が「バティシュタのタニアに対する希求をマチズモへの挑戦」（三三二）と評したように、バティシュタはブラジル男性に典型的な嫉妬深さをもちながらもそうしたタニアのビジネスウーマンとしての生活形態を究極的には容認する理解者でもある。これに対しトゥイープは、野生の鳥を搾取することの恐ろしさを鳥類博士であるミッシェルが横にいるにも関わらず無視し、ビジネスを自分の世界だけの領域に限定する。したがってミッシェルの自然科学の博士号に示される知性はトゥイープの無理解により世界に飛翔することなく、彼女自身は単なる主婦として夫の帰りを子供の面倒を見ながら待って過ごすしかない。

トゥイープとバティシュタは、おのおの国際的な羽ビジネスにおいてそれぞれの妻達と離れ離れになり二番目の共通項である「限りない郷愁」を感じるが、トゥイープはミッシェルに捨てられるのに対し、バティシュタは最終的にタニアの愛を取り戻す。さてこの郷愁 (saudade) という感情には、ブラジル文化特有の意味が存在する。ヤマシタはこの言葉を、恐ろしい夢から覚めた子供を抱擁する時に生じる複雑な感情であると説明する。我が子の恐怖を静めるその抱擁は、自身の疲れ切った体に再び活力を与えるが、同時に自己中心的な大人の世界を自分から奪いさることにもなるのだ（*Circle K Cycles* 一三五）。こうした複雑な感情はまさにディヤパン夫妻の関係性にあてはまる。ディヤパン夫妻は一緒にいれば喧嘩をしてしまうため、離れた場所でお互いを求める郷愁により彼らの絆を強めている。事実タニアはビジネスに関与する以前から、バティシュタの家と実母の家を往復し、夫の家に定住しない妻として描かれており、そのことがバティシュタが心和やかでない理由の一つとして挙げられている（一二）。一定の距離によって相手を求める気持ちを維持し、その都度相手を再確認するという行為をこの夫婦は繰り返すが、偶然にもブラジル古来の感情である郷愁はこの国際ビジネスを営む夫婦の新しい生活に合致しているのである。これに対しトゥイープはそのワンマンなビジネスのためミッシェルの愛想を尽かされ、事業にも失敗し、郷愁に耐えきれず会社の屋上から飛び降りて自殺するという「忌わしい無情」を経験する。一方バティシュタも世紀末的状況下のマタカンでタニアが戻らないという「忌わしい無情」に遭遇する。しかしこの運命を受け入れた時、すなわちそうした生活形態をバティシュタが受け入れた時、タニアは伝書鳩のごとくいつものように何食わぬ顔で見知らぬ土地から彼のもとへ舞い戻ってくるのである。この奇形の移民夫婦との比較で浮き彫りにされるのは、ディヤパン夫妻の過酷な環境に耐えうる資質である。そしてそれは土着のブラジル文化に属しながらもグローバリズムに潰されることのない、たくましさとしなやかさを両立させるその庶民性なのである。

本作におけるブラジルのナショナリズムは一個のキャラクターに内在される資質ではなく夫婦という関係性のもとに形成されている。ディヤパン夫妻は、国際的なビジネスにより、トランスナショナルな生活形態を強いられることになるが、それはブラジルの庶民文化に根差しながらも新たな家族形態を予想させ、レヴィ＝ストロースの虹にも通じる文化的多様性に通じていく。ここでも一見華やかで奇天烈なトゥイープとミッシェルの移民夫婦は、カズマサとロールジスのカップル同様、ディヤパン夫妻の自律性を強調する引立て役として存在しているのである。

## おわりに

前述したブラジルの子供達の鳥と人間の謎かけは、ディヤパン夫妻の話においては新しい意味あいを帯びていく。当初は鳥と鳥を搾取する破壊的な人間との関係性を暗示する謎かけは、ここでは中産階級のブラジル人主婦（鳥）を国際的に飛翔させるブラジル人の夫（人間）となっている。本作におけるヤマシタの希求するナショナリズムはブラジルの労働者階級にはない。またそれはアメリカ人や日本人といった移民にも存在せず、マジックリアリズム的要素が最も希薄に描かれている中産階級の普通の善良な人々の生活に内在しているのである。

### 注

1 吉田美津はエコロジーの観点からカズマサの浮遊する球体は「人間中心の目先の「リサイクル」の限界を揶揄する」と本作の社会風刺的側面に注目する（三二四）。さらにオリエンタリズムとエコロジーの点から村山瑞穂は本作を「オリエンタリズムの基底をなす人間（文明）対自然という二項対立そのものを撹乱することに成功している」と評する（三五）。同様の視点からウォーレス・モリー (Wallace Molly) は文化と自然の二項対立を基にするモダニズム的思考が本作では通用せず、両者の混合による“post-modern ecology”なるものを提示していると分析する（一五二）。

2 本橋哲也『ポストコロニアリズム』五五―五六頁、今福竜太『クレオール主義』一二一―一二二頁。

3 キャロライン・ロディ (Caroline Rody) は語り手であるボールは、作家ヤマシタや主人公カズマサの日系性といった民族的起源の軌跡を保留するためのパフォーマンス的物体“a performance of objectivity”であると解釈する（六二八）。同様にスーチン・チ

エン (Shu-ching Chen) はボールを"Asian postmodernity"と名づけカズマサを"psudo-cyborg"と解釈し（六〇六）、山口和彦はカズマサのボールの人種、階級、民族といった区分を越える非表象性"unrepresentable"を指摘する（一二八）。

## 参考文献


Chen, Shu-ching. "Magic Capitalism and Melodramatic Imagination—Producing Locality and Reconstructing Asian Ethnicity in Karen Tei Yamashita's *Through the Arc of the Rainforest*." *Euramerica* 34.4 (2004): 587–625.

Chuh, Kandice. "Of Hemispheres and Other Spheres: Navigating Karen Tei Yamashita's Literary World." *American Literary History* 18.3 (2006): 618–37.

Heise, Ursula K. "Local Rock and Global Plastic: World Ecology and the Experience of Place." *Comparative Literature Studies* 41.1 (2004): 126–52.

Lee, Rachel. *The Americas of Asian American Literature: Gendered Fictions of Nation and Transnation*. Princeton: Princeton UP, 1999.

Levi-Strauss, Claude. *Tristes Tropiques*. Trans. John Weightman and Doreen Weightman. New York: Penguin, 1992.

Meade, Teresa A. *A Brief History of Brazil*. New York: Checkmark, 2004.

Murashige, Michael S. "Karen Tei Yamashita." *Words Matter: Conversations with Asian American Writers*. Ed. King-kok Chueng. Honolulu: U of Hawaii P, 2000.

O'Dougherty, Maureen. *Consumption Intensified: The Politics of Middle-Class Daily Life in Brazil*. Durham: Duke UP, 2002.

Rody, Caroline. "Impossible Voices: Ethnic Postmodern Narration in Toni Morrison's *Jazz* and Karen Tei Yamashita's *Through the Arc of the Rain Forest*." *Contemporary Literature* 21.4 (2000): 618–41.

Wallace, Molly. "'A Bizarre Ecology': The Nature of Denatured Nature." *Isle: Interdisciplinary Studies in Literature and Environment* 7.2 (2000): 137–53.

Yamaguchi, Kazuhiko. "Magic Realism, Two Hyper-Consumerisms, and the Diaspora Subject in Karen Tei Yamashita's *Through the Arc*

*of the Rainforest." Journal of the American Literature Society of Japan* 4 (2005): 19–36.
Yamashita, Karen Tei. *Through the Arc of the Rainforest.* Minneapolis: Coffee House, 1992.
——. *Circle K Cycles.* Coffee House, 2001.

今福龍太『クレオール主義』青土社、一九九四年。

子安昭子「積極外交への転換と多様化する交渉軸」『ブラジル新時代』堀坂浩太郎編、勁草書房、二〇〇四年。一六一—九〇。

村山瑞穂「オリエンタリズムの彼方へ——カレン・テイ・ヤマシタのブラジルの森をめぐる二つの小説が提示するエコロジカルヴィジョン」『木と水と空と——エスニックの地平から』松本昇、横田由理、稲木妙子編、金星堂、二〇〇七年。二一九—四四。

本橋哲也『ポストコロニアリズム』岩波書店、二〇〇五年。

吉田美津「適応と生存のエコロジー——カレン・テイ・ヤマシタの『熱帯雨林の彼方へ』」『フィクションの諸相——松山信直先生古希記念論文集』南井正廣編、英宝社、一九九九年。三二三—三九。


*本稿は平成二十一年度日本大学学術研究助成金(一般個人研究)による成果の一部である。

# フクロウ、オウムとキューバの鳥たち
## ――『猿狩り』[1]におけるアイデンティティと「ホーム」の構築

程　文清

### はじめに――クーリー、キューバと鳥のイメージ

「クーリー」という言葉の由来は、ヒンディー語、中国語、タミール語などの説があり、主に中国とインド系の「卑しい」労働者を指す軽蔑語としての歴史が長い。[2] しかし、近年クーリーの歴史と記憶は新たな研究によって掘り起こされ、その意味に含まれる歴史的、文化的な背景も新たに認識されている。「クーリー・オデュッセイア」と称されているクーリー移住の経験と記憶と、彼らの移動によって生み出されたディアスポラの歴史と文化が注目され始めたが、クーリーの経験を扱う文学作品はまだ少ない。そこで、本論文はキューバ系アメリカ人作家クリスティーナ・ガルシアの『猿狩り』（二〇〇三）を取り上げ、一八五七年にクーリーとしてキューバに売られた主人公チェン・パンの数奇な人生を追いながら、これまで文学作品の中で主人公として登場することの少ない中国系労働者のキューバでの経験に焦点を当てたい。

ガルシア作品の最も著しい特徴は、森、水と鳥などキューバの自然を文学的想像力と融合させ、時には神秘的で幻

想的な世界を作り出し、時にはヨーロッパの植民地開墾による自然体系の破壊を批判するところにある。鳥類学者の夫婦の物語を描いた前作はキューバ島や鳥のイメージを存分に使い、作者が幼い頃離れた故郷を文学的イマジネーションによって作り出した。『猿狩り』の中でも、鳥は暗示的な意味を持つ超自然的な存在として描かれている。鳥の表象と鳥に纏わるエピソードを通じて、ホームランドが失われた悲しみ、長い間新しい土地に馴染めない根なし草意識、キューバにおける中国系の複雑な存在などを読み取ることができる。

もちろん、中国系ではないアメリカ人作家によるクーリーの話は文化、国境、ジェンダーの境界線を越えた作品であり、その真正性が常に問われる。だがデビュー作『キューバの夢』（一九九二）は全米図書賞にノミネートされるほど、新鋭作家として彼女の小説はキューバ系アメリカ人のエグザイルの経験を紡ぎつつ、キューバ国内の状況にも触れる作品となっている。彼女が描き出した中国系の日常、心理と言語は、中国系ディアスポラ研究にキューバ系アメリカ文学のダイナミズムと新たな「キューバ外」の視点を提供できるだろう。よそ者としてやってきたチェン・パンが、キューバの地に生きるすべを探し当て、新たなアイデンティティを構築していくプロセスにおいて、鳥のイメージと島の自然の描写はどのように使われているかを分析しながら、キューバの中国系ディアスポラと文化の変容も考えたい。

## 一　キューバの中国系クーリー

チェン・パンの物語に鳥、森とキューバの自然が持つ意味を考察する前に、クーリー移住の歴史を辿ってみよう。二〇〇七年、リバプール、ブリストルなどイギリス各地で奴隷貿易廃止二百周年の式典や展示会が行われた。当時のブレア首相は過去の歴史について遺憾の意を表明した。しかし大西洋奴隷貿易とその廃止の歴史は盛んに語られているが、その歴史と密接な関連性があるもう一つの大規模な移動の歴史は広く知られていない。一八〇七年イギリスの奴隷売買禁止法案の制定と一八三四年の奴隷制廃止以降、黒人奴隷に代わって労働力として、カリブ海のヨーロッパ植民地に連れてこられたのはインド人と中国人の年季奉公者、所謂クーリー（苦力）だった。彼らの行き先としては、主にキューバ、ペルーとイギリス領西インド諸島などが挙げられる。

誘拐など強制的なケースは大半を占めたが、中国国内外の様々な状況はこの大移住を後押しする形となった。一八四〇年代に勃発したアヘン戦争の惨敗後、ヨーロッパ列強による中国への進出が激しくなり、中国も民衆運動や自然災害など深刻な問題を抱えていたため、国外への出稼ぎの需要は更に多くなった。清の政府が調査に乗り出した一八四七年から一八七四年にかけて、カリブの中国労働者はキューバだけでも十二万五千人に達した。[3] ハバナが一時期ラテン・アメリカ初のチャイナ・タウンを誇ることもあった。[4]

しかし、大規模な移住が始まった一八四七年頃、スペイン領キューバではまだ奴隷制が続いていた。他のカリブの地域より五十年あまり遅く、一八八六年になって、ようやく奴隷制が廃止された。したがって、他の地域では、奴隷労働の代わりに、アジア系の移民が導入されたのに対して、キューバでは五十年間近く、奴隷労働力不足の補充としてクーリーが使われていた。

キューバのナショナル・アイデンティティと文化のあらゆる面における年季奉公人の存在は意味深いが、中国系労働者、或いは中国系コミュニティに関するキューバ国内の歴史研究は非常に限られていた。ロペズ・カルボは「抹消のプロセス」の存在を指摘し、オフィシャル・ディスコースと歴史的記録から中国系の年季奉公人とその子孫は除外されたと指摘した。[5] 文学作品においても、インド系の登場人物より、中国系は断然少ないとリーサ・ユンは述べた（ユン　二三四）。一九五九年以降中国系人口の激減と老齢化と、第三国への移住などがその理由として考えられるが、ヨーロッパ文化とアフリカ文化のコンテクストに後からきた中国系の人々の経験を論じる時に、人種と人種的差異に基づく人種間の緊張関係は重要なポイントである。

もちろん、キューバの中国系契約労働者の歴史は完全に忘れられてはいなかった。早い段階から、キューバの歴史家ホアン・ペレス・デラリーヴァはクーリー貿易とクーリーの過酷な生活に着目し、詳しい研究を行った。またウォルトン・ルック・ライによる英領西インド諸島への中国系労働者の移住及び中国系コミュニティの歴史研究はこの分野の先駆けと言える。更に、近年「カリブ外」の研究者による新たな模索はクーリーに関する研究に新たな視野を切り開いている。例えば、デハートを始めとするアジア・アメリカン研究者はアメリカという枠組みを超えて、移動、ディアスポラとトランス・ナショナルなどの視点から、西インド諸島とラテン・アメリカで生きてきた中国系の歴史と文化を研究の視野に取り入れる試みなどがある。

これらの研究は、「自由」、「進歩」といった目的論的な言説を批判し、奉公労働者の経験と歴史を回復しようとした。従来の研究では、クーリー労働の役割は、強制労働から自由労働、奴隷制から資本制という近代化過程の転換点として見なされてきた。デハートによる歴史研究は、キューバにおける自由労働と新奴隷制との矛盾を指摘した。契約労働者として連れてこられたアジア人が法律上自由の身とは言え、実際には奴隷とさほど変わらない生活を強いられていたとこれらの研究は明らかにした[6]。

更に、リーサ・ユンの『クーリーが語る』（二〇〇八）も最近の研究の好例である。彼女の研究は、一八七四年に行われた二、八四一人のクーリーによる証言の語りを分析した、彼らの「声」と経験を取り戻そうとする試みである。クーリーたちの証言は後に年季奉公人の処遇に関する中国政府特別調査会の報告書として纏められ、クーリー貿易もこれがきっかけになって中止となった。

## 二　フクロウ、異国の地で生きる決意

『猿狩り』はチェン・パンの船旅から始まり、百二十年間という壮大なスケールで、彼と彼の一族が安住の地を求めるために、キューバ、アメリカと中国の三つの国境を渡り歩いた歴史と記憶を描き出している。コンラッドの短編小説『台風』（一九〇二）に描かれたように、年季奉公人の船旅は地獄のようだった。ガルシアの作品も船の中での生活を如実に描き出している。自然豊かなキューバで、八年間の奉公を終えれば裕福になれるという「衣錦の栄」の夢は、チェン・パンのようなクーリーたちが皆抱いていたものだ。しかし、自殺、病死、そしてイギリス人クルーに殴られて死んだ仲間の死体が次から次へと海に投げ捨てられる現実を見たチェン・パンの夢は早くも醒め始めた。

しかし、三ヶ月間船の底に閉じ込められた生活を経て、キューバで彼らを待っていたのは更なる苛酷な運命だった。中国の田舎で売られた牛か馬のように、チェン・パンは裸にさせられ、体の丈夫さをチェックされてから、ある

サトウキビ・プランテーションに売られる。炎天下で、日々アフリカの黒人奴隷と肩を並べて、過酷なサトウキビ刈りの労働を強いられた末、ある日チェン・パンは残虐なクリオーリョの監視人を殺し、中国人「シマロン」となり森へ逃亡する。

ここからガルシアの断片的な語りは、チェン・パンとルクレシアの出会い、彼らそれぞれのストーリー、キューバ独立戦争への参戦、晩年に至るまでの出来事を様々な視点から描き出している。しかし、『ニューヨークタイムズ』のレビューが指摘したように、この作品の中で最も美しく感動的に描かれているのはチェン・パンの若き時代の苦難と冒険である。帰郷は夢のように遠のき、チェン・パンは「故郷を失った己はなんなのか」（二一）と悩みつつ、キューバの地で生きるすべを探して、自分の存在を確かめていた。

絶望感と恐怖が入り混じったチェン・パンの逃亡は、ガルシアのマジック・リアリズムの文学手法により、現実性と幻想性の両面の特徴を帯びてくる。幽霊、精霊、奇跡など非日常の要素を語りの中に取り入れたガルシアの文学的想像力を最も良く表しているのは、一羽のフクロウのイメージである。

脱走してはじめての夜、遠くから聞こえてくる猟犬と追っ手に怯えていたチェン・パンの周りには、月もなく、闇の中を彷徨う精霊達と鳥の鳴き声しかない。「フクロウは最悪だ」（三九）。茶色くて羽がぼろぼろになっていた一羽のフクロウが、九ヶ月の間彼を付き纏い、「親不孝な息子め」（三九）と中国語で彼のことを叱っていた。

ラテン・アメリカ文学の伝統を汲む一方で、ガルシアの作品には黒人逃亡奴隷の語りが取り入れられている。二〇〇二年にガルシアが編集し、キューバ現代文学のアンソロジーにも収録された百三歳の元シマロンのエステバン・モンテホの自伝[7]から、チェン・パンの逃亡劇に取り入れた部分が多い。例えば、石を投げつける方法で監視人を殺したこと、隠れるために入った森の描写、森で出会った幽霊のことなどは明らかにモンテホの自伝の影響があった。

しかし、この共通点の多い逃亡劇に、ガルシアは更に中国文化と文学の要素を織り込んで、カリブ海文学の特有の文化の混淆を表現した。この作品の随所に見られる中国の古典詩と伝説は大きな特徴となっているが、フクロウのイメージには中国文化の意味合いが含まれている。

古代から、世界各地の人々がフクロウに様々なイメージと象徴的な意味を付与してきた。異なる時代と地域でフクロウのイメージも変化してきたが、シェイクスピアの劇で度々使われたような不吉と暗黒のイメージが未だに払拭されていない。中国の昔話から伝わったフクロウの象徴的な意味での死亡、災難と幽霊などマイナスのものが多い。では、なぜチェン・パンの母親の霊がフクロウになって、異国の森に居る息子に会いに来たのか。死を象徴していることから、フクロウは母親の死を告げるために使われたと言える。しかし、ここでフクロウが話していた「不孝」という言葉に注目したい。

「孝」は儒教だけではなく、老子や荘子の思想の重要な教えとして、今でも中国社会の価値観、文学と文化のあらゆる面において深い影響を与えている。孔子は天地人を貫く普遍的な道徳として孝行を定義した。つまり親と家族を大事にすることは人間社会の安定を守る大前提だと言える。妻と年老いた母を故郷に残し、奉公人となって遠い南国の島にやってきたチェン・パンがフクロウから、「不孝」と叱られるのは当然であろう。なぜなら、父母が生きている間は、「遠くへ遊ばず」という教えを破ったからだ。この作品は、フクロウのイメージを使い、移住により生み出された新しい土地での絶望感と故郷喪失感を見事に表している。

カリブと中国、現実と超現実を融合させたこの作品は、よそ者チェン・パンとフクロウの語りをユーモアたっぷりに仕上げている。しつこく付き纏う母の霊を鎮めるために、彼は卵や肉を用意したり、「中国のどの花よりも美しい」（四〇）蘭の花で花輪を作ったり、また「皇帝のスモモよりもジューシーな」（四〇）野生ザクロを与えたりしていた。

だが、霊に取り付かれたままでは生きていけない。ずいぶん母親の霊に苦しめられたチェン・パンが思いついたのは中国の伝説である。「フクロウの子が飛べるようになったらすぐ親鳥を食べてしまう」(四〇)という中国の口承を思い出す。この鳥を捕まえ、焼いて「がつがつ食べてしまおう」(四一)と思うと、チェン・パンは震えだす。だが、フクロウが察知したかのように、その日から姿を見せなくなる。フクロウに関する中国の口承には他のヴァージョンもあるが、どれもが不吉な話と見なされていた。だがガルシアの作品の中で、この伝説が語り直され、一転チェン・パンが母親の霊から自由になり、キューバに残る決心をする契機になった。

母親の死を知り、大好きな叔母さんも多分亡くなったと感じる彼に絶望感と虚無感が襲いかかる。長い逃亡生活の末、すっかり弱った体を引きずって洞窟に入り、鳥の糞でできたクッションの上に、蜘蛛の巣と銀色の葉っぱを敷き、チェン・パンは自分の死に床を用意する。死んだら皆の魂が「ホーム」に帰れるのだという父親の言葉を思い出し、死を待つことにする。しかし死ぬどころか、次の朝になって彼は少し回復し、キューバに残ることを決意する。でも果たしてチェン・パンはキューバで本当の意味の「ホーム」を見つけることできるのか。灼熱の太陽の下でサトウキビ刈りを強いられた時に、奴隷のような自分の運命を嘆き、故郷喪失の悲しみを味わったチェン・パンは、脱走に成功した今、なぜキューバで生きることを選んだのだろうか。

ポストモダンなナラティブによって作り出された叙情的かつ幻想的空間の中で、チェン・パンはキューバの森を彷徨い、生存のためにこの島の風景、鳥たち、自然を知ることになる。「ホームを探して見つける」(アッシュクロフト二六)という問題は、エグザイル、移民、移住などの経験に通ずる共通テーマの一つになっている。だが、年季奉公人チェン・パンが求めている「ホーム」は、ヨーロッパ植民者のそれとは同質なものではない。移住や搾取の目的で植民地に出向いたヨーロッパ人は、確かに植民地の異なる風景と自然に対してある種「疎外感」(イネス 七九)を抱いていると言われるが、「ホーム」に対する彼らの感覚はあくまで植民者と文化的支配者の視点で語られたものだ。虐殺や、スペイン人が運んできた伝染病によって、一八五〇年代のキューバの原住民は既に消滅に近い状態に追い込まれた。スペイン人植民者とアフリカ黒人奴隷が人口の大半を占めていた社会では、後から来たクーリーにとって、新しい場所での経験とそれを語る言葉のギャップは簡単に埋められるものではない。

チェン・パンは最後まで、先祖から受け継いだ文化の伝統と、定住の地として選んだキューバの文化の間で葛藤し折り合いをつけながら、キューバの中国人（或いはカリブの中国人）として自分の存在を確かめていくに違いない。

フクロウの伝説を新たにアレンジし、チェン・パンに新たな一歩を踏み出す契機を作ったガルシアの語りは、これまでクーリーを単に搾取されるだけの無力な人として描かれてきた文学と一線を画することになる。チェン・パンはコンラッドの作品の中で描かれたような、名前も個性も無い存在ではない。ガルシアは彼を「非凡な」（二六二）人物として創作した。

## 三　ラッキー・ファインド（Lucky Find）と中国語を話すオウム

キューバの森を出てからのチェン・パンの暮らしにも、鳥に纏わる話が沢山ある。

様々な試練を乗り越え、十年後にチェン・パンはチャイナ・タウンに骨董品を営む店を開いた。チェン・パンは千ペソで、ルクレシアという黒人奴隷と彼女の赤ん坊を買った。チェン・パンの行動にチャイナ・タウンの住民は驚き、彼に中国からふさわしい妻を迎えるようにと薦めたが、彼は一向に聞こうとしない。

最初、ルクレシアは警戒していたが、自分の子のように彼女の息子を可愛がっているチェン・パンを見て、彼女は徐々にチェン・パンの優しさを分かるようになる。その後ルクレシアが得意なキャンドル作りに励み、貯めたお金で自分の自由を自分の手で買い取る。同等の地位に立つ二人は、やがて人生の伴侶になる。チェン・パンは一生彼女への愛を貫き、四八歳の若さで彼女が亡くなった後もずっと彼女のことを思い続ける。

ユーモアと叙情性が均衡したガルシアの語りにもまた鳥のイメージが用いられていて、しっとりとした雰囲気の中でチェン・パンの人生の後半が語られる。チェン・パンとルクレシアの生活には鳥の存在が少なくない。ルクレシアを家に迎え入れた時にチェン・パンがまず紹介したのは家鴨の「レディーバン」である。「この家鴨を食べるな」（七〇）とルクレシアに再三指示したチェン・パンの姿は微笑ましい。

同時にこの小説には、エグザイルの経験に特有な故郷喪失感とノスタルジアも垣間見ることができる。例えば、旅の途中、黒人が虐殺された現場を目撃し、チェン・パンは息子の混血の出自に思いを巡らせた時に見たガチョウの群れの表象も彼の心情を表している。「決然と南へ飛んでいく」（一八八）ガチョウの群れを見てチェン・パンは人生の無常と帰還する場所の無い自身のことを嘆いたのだろう。この小説の最後で、鳥のイメージを使い、チェン・パンのノスタルジアを絵のように表現した場面はとても印象的だ。「屋根の上をさっと通り越して飛んでいたコウモリ」（二九四）を見て、彼が故郷アモイの風景を思い出す。「大叔母さんの家の軒下に住み着いた鶴、夜、雨の中彼女が切り取ったチャイブ」（二四九）などは感傷的である。

ガルシアは鳥のイメージと中国古典の詩を取り入れたこの小説の中で、アメリカ文化の影響を受けてきた中国人男性のステレオタイプを打ち破り、新たな男性像を作り上げている。チェン・パンの父親は「科挙制度」の下でなかなか出世できない貧しい詩人だったが、チェン・パンはこの父親を大変尊敬し、父親の影響で中国古代の詩が好きになり、良く詠う感受性の豊かな人間へと成長した。他の中国人にどんなことを言われても、チェン・パンはアフリカ人の奴隷たちと仲が良かった。彼は彼らからサトウキビ刈りのコツや、自然の全てが神聖であることを教わった。

中国人が年季奉公人としてキューバへ移住したのと同じ頃に、多くの中国人が鉄道建設などの労働力としてアメリカにも導入された。その背景には政治、社会と経済などの原因があったが、アメリカでは中国人を人種差別の対象としており、移民反対と移民規制の動きは活発だった。特に十九世紀後半の大衆文化のあらゆる分野で、中国人はレイピストや女性化されたステレオタイプ的な存在として描かれた。チェン・パンの人物像はこのような中国労働者のイメージを覆し、中国系作家のマキシーン・キングストンとエイミ・タンの作品の中で描かれた男性のイメージとは違う。[8]

若い時のチェン・パンは清潔感があって白いスーツを纏い、チャイナ・タウンでは格別の存在だった。しかし、一八六九年にキューバ独立戦争の戦場から帰ってきたチェン・パンにある変化が起きた。まず服装に関してであるが、彼はこれまで好きだったダンディな装いを全部棄て、バギーパンツとゆるい袖のシャツなど中国式の服をしか着なくなる。そして、店の骨董品の表示も中国式の説明にこだわって譲らない。

年老いたチェン・パンとその一家にもっとも愛されたオウムのジェード・ピーチがチェン・パンの変化をよく表している。この小説の中で、ジェード・ピーチは二回しか登場しないが、そのイメージに象徴的な意味が込められている。このオウムは、時々漢方医である息子のロレンゾの肩に止まって、行動を共にする。ジェード・ピーチが中国語とスペイン語で客に挨拶し、時折ロレンゾの真似をして、彼の患者に診断結果を言い渡そうとすることもある。

ギュスターヴ・フローベールやガブリエル・ガルシア＝マルケスなどの作家の作品に良く登場しているオウムは、その人の話を真似るという特徴から、様々な象徴的な意味が与えられてきた。古い時代からエキゾチックな鳥としてオウムはヨーロッパ、中国の宮廷で可愛がられ、その言葉を真似できる能力がゆえんに、「知性」と「賢さ」のシンボルになっていた。しかしその反面、言葉を忠実に繰り返すことしかできないため、「受け売り」、「意味も分からずまねる」といった非常にネガティブな意味と繋がることも多い。紀元前三二七年、アレクサンダー大王がインドから持ち帰ってきたのがきっかけで、ヨーロッパ人がオウムを知るようになったと言われる。以来、オウムのイメージまた「所有すること」や「植民支配された土地」（ボーラル　五）などの意味を象徴するようになる。

ガルシアの語りは生み出されたこのオウムのイメージはユーモアにあふれ、チェン・パンと一家のトランス・カルチュラルの一面を象徴的に表現している。

六十年間もハバナのチャイナ・タウンで暮らしてきたチェン・パンの言葉は中国語とスペイン語の「混淆」されたものであった。年を取るにつれ中国語を大分忘れたチェン・パンが日常的に使っているのは、「あちこちから集めた単語を混ぜ合わせた」、「本当の言語とは言えない」（二四五）ものである。また言葉の問題を通じて、移民家庭における親と子、移民一世と二世の葛藤も見えてくる。チェン・パンを深く悲しませたのは、長男デジデリオが父親と父親の訛りを「恥じている」（一九八）ことだ。

しかし、チェン・パンが使っている言葉は、彼の移民の経験の証であり、二つの文化と場所のことで葛藤しながら生きてきた彼の人生の象徴でもある。植民地支配国スペインやキューバの主流文化の一元的な価値体系から判断した場合、中国系コミュニテイの言語と文化の変容を理解するのに無理がある。キューバにおけるクーリーとその子孫の状況は、他のポストコロニアル社会の言語活動、例えば西インド諸島で使用される英語の状況と共通しているものがあると言える。「ポストコロニアル社会の英語は、大文字の唯一の English ではなく、小文字の、多くの english になっていたのだ[9]」。これまでカリブの作家達はこの特殊な言語文化状況から数多く文学作品を作り出してきた。チェン・パンのストーリーもクーリーの経験を掘り起こすうえで価値のある作品であると言えよう。

植民地争奪戦と人の大移動により生まれたカリブの言語文化の多様性と混淆性はカリブの特有のものであって、チェン・パンの言葉に彼の生まれ育った文化と移住先の文化がその痕跡を残すことになる。このような言葉と文化は一八六〇年代から盛んになったチャイナ・タウンを代表しており、それらはキューバ文化の一部でもある。

かごの中に居るオウムのように、チェン・パンも自由を失った時があった。さらにオウムは主人の秘密をばらしたり、主人の思う通りに真似しなかったりという反抗的な一面も伝説や口承の中から窺える。チェン・パンの物語にもこの反抗的精神を連想させるエピソードがある。

まず挙げるべき出来事は、チェン・パンが二回のキューバ独立戦争に注いだ情熱である。ガルシアの語りはチェン・パンの日常生活のエピソードと歴史的な出来事を巧妙に交差させ、主人公の「属する場所」とアイデンティティの模索にキューバのネーションとしての独立と革命を織り込んでいる。

一八六八年からの「十年戦争」と呼ばれる独立戦争の最中、チェン・パンは中国系司令官が率いる独立軍に武器を届けに行き、戦争の惨さとスペイン植民地支配者の卑怯さを目の当たりにした。一八九五年の第二次独立戦争の時、チェン・パンは実際に戦争で戦いたくなった。「チェン・パンは馬に乗って、ホッセ・マルティの後について戦場を駆け巡りたかった」（一七五）。最近出版された自伝や研究[10]によれば、多くの中国系人がキューバの独立戦争に参加したが、昇進して将校になった者は少なかった。

戦争体験もまたチェン・パンを決定的に変えた。彼は中国伝統の服装しか着なくなったのである。植民地支配に対する憎しみから、彼は支配者側に押しつけられた言語と文化との関係について考え直そうとしていると言える。また彼はキューバの独立と建設に参加し、そのことを自分の中国系キューバ人としてのアイデンティティを探求する手段として捉える。戦争に参加することで、彼は自分の中の中国の部分とキューバで生きてきた経験を全部受け入れようと決意するのだ。

更に、チェン・パンが経営するラッキー・ファインド(Lucky Find)という店もある意味で彼の反抗の象徴である。キューバの独立戦争が勃発し、キューバ退去を余儀無くされたスペイン人は戦争で財産をなくし、家宝と家財道具をチェン・パンの店に売りに来る。とび切り安い値段で買い取り、少し修繕をしてからチェン・パンはすぐ他の客に売りつけ、高い利益を得る。そして彼はスペイン人の商売で大儲けした売り上げの全額を独立革命に寄付する。皮肉にも、搾取され、自由を奪われていた元クーリーのチェン・パンは自分の店で植民地支配者側の衰退に立ち会ったとも言える。

## おわりに

このように、一羽のフクロウから老齢のチェン・パンが見た鶴に至るまで、彼の人生の各段階に鳥の表象が使われ、多様な意味を担いながら、読者に解釈の余地を与えている。

小説の最後で、八十歳になったチェン・パンは自分の過去を振り返り、中国での少年時代の風景や生活の断片を思い出す。「この故郷への懐かしい思いをどう説明すれば良いのか」(二四九)と感傷的に描かれている場面がある。だが次のページでは、彼がサトウキビ畑の開墾のため、伐採された森林と破壊された自然を思い、「彼の知っているあの島はもう存在しない」(二五〇)とキューバの深く植民地主義に侵された過去を嘆く場面が描写されている。

「林冠の下でしゃっくりのような鳴き声がするキヌバネトリのことを忘れよう、すべてを忘れよう」（二五〇）と若い頃に魅了されたキューバの森と自然の不在を悲しむチェン・パンだが、「それでも再び中国人になろうとするよりはキューバ人でいたほうが容易だ」（二五〇）と故郷との距離感を認識する。森の中でフクロウを殺そうと思ったその瞬間は、実際に彼が故郷にある種の別れを告げる時でもある。

しかしながら、キューバを新たな「場所」と位置づけたチェン・パンは、記憶の中の故郷への固着を諦めつつも自分の中国人の一面を保っていく。それは孫に何かを伝えようと話す中国の昔話、日常的に行う中国的な習慣によって表される。さらに、彼は中国系としての文化と伝統を有名な漢方医になった次男のロレンゾによって伝えてゆくのだろう。

チェン・パンにとって「ホーム」は文化のはざまで葛藤しながら、新たなアイデンティティを探し求める場所である。「祖国」や、民族と伝統の「同質性」を強調する「ホームランド」と違って、ディアスポラで生きる人々にとって「ホーム」は帰属する場所の不在を受け止めてからの新しい出発の象徴でもある。

時代とともに文化の変容も進んでおり、現在ではキューバの中国系の人口は少ない。[11] 人口の減少と記録の乏しさゆえに、クーリーの記憶は歴史の闇の中に消え去る可能性がある。ガルシアの作品は失われたクーリーの「声」と語られなかった「記憶」を掘り起こし、再生させた作品であると言えよう。最近、カリブの他の中国系ディアスポラとの連帯や比較研究の重要性が注目され始めた。言葉は違っていても、カリブの中国系の経験の根底には植民地支配と搾取の歴史がある。これらの研究では、ホームランドとディアスポラの二項対立を打ち破り、ディアスポラの横断的な比較が行われている。

## 注

1 原作のタイトルは中地幸氏によるガルシアの紹介文から借用したものである。引用は英語原作を用い、括弧内にページ数を記して、和訳は拙作である。
2 クーリーの語源に関してリーサ・ユンが『クーリーが語る』の中で詳しく論じている。(xix–xx)
3 Evelyn Hu-Dehart, "Chinese Coolie Labor in the Nineteenth Century" を参照。(三八)
4 Ignacio Lopez-Calvo のキューバの歴史とクーリーの移住に関する記述を参照。(二一—六)
5 同著。(八)
6 キューバにおけるクーリーのあいまいな立場に関して、デハートの論文(九—一四)とユン(二八—三五)の著書を参照。
7 ガルシア編集の『クバイスモ』(Cubanismo1 2002)を参照。
8 ゲーリー・オキヒロ(Gary Y. Okihiro)が十九世紀後半のアメリカにおける移民規制とその背景にある人種と民族問題を詳しく説明している(八八—九八)。アジア系アメリカ人作家タンとキングストンの作品における男性のイメージに関して羽澄論文を参照。(三二五—一六)
9 ポストコロニアル社会の英語状況に関するアッシュクロフトの解釈である。和訳は中村和恵氏によるものである。(八八)
10 ベントンの著作を参照。(三九)
11 キューバの中国系の現状について、ロペズ氏の論文を参照。(一二六—二七)

## 引用、参考文献


Ashcroft, Bill, Gareth Griffiths, and Helen Tiffin. *The Empire Writes Back*. 2nd ed. London: Routledge, 2002.
Benton Gregor. *Chinese Migration and Internationalism*. Routledge, 2007.
Boehrer, Bruce Thomas. *Our 2500-Year-Long Fascination with the World's Most Talkative Bird*. U. of Pennsylvania P, 2004.

Calvo, Ignacio Lopez. *Imaging the Chinese in Cuban Literature and Culture*. Gainesville: UP of Florida, 2008.
Garcia Christina. *Monkey Hunting*. New York: Ballantine Books, 2003.
——, ed. *Cubanismo*. New York: Vintage Books, 2003.
Gott, Richard. *Cuba: A New History*. New Haven: Yale UP, 2005.
Hu-DeHart, Evelyn. "Chinese Coolie Labour in Cuba in the Nineteenth Century: Free Labour or Neo-slavery?" *Slavery and Abolition* 14, no.1 (April 1993).
Innes, C. L. *The Cambridge Introduction to Postcolonial Literatures in English*. Cambridge UP, 2007.
Lai, Walton Look. *Indentured Labor, Caribbean Sugar: Chinese and Indian Migrants to the British West Indies, 1838–1918*. Baltimore: Johns Hopkins UP, 1993.
Lopez, Kathleen. "'One Brings Another': The Formation of Early-Twentieth Century Chinese Migrant Communities in Cuba." *The Chinese in Caribbean*. Ed. Andrew Wilson. Princeton: Markus Wiener Publishers, 2004.
Saunders, N. J. *Animal Spirits*. London: Macmillan, 1995.
Yun, Lisa. *The Coolie Speaks*. Philadelphia: Temple Univ. Press, 2008.
中地幸「ミ・ティエラー『キューバの夢』と亡命」、風呂本惇子編『カリブの風——英語文学とその周辺』鷹書房弓プレス、二〇〇四年。
中村和恵「ディアスポラの楽しみ——英語圏カリブ文学の楽しみ」、東琢磨編『カリブ——響きあう多様性』ディスクユニオン、一九九六年。
羽澄直子「母の声が届くとき——エイミ・タン『ジョイ・ラック・クラブ』」、『名古屋女子大学紀要』二〇〇二年年四八号、三一一—三二九頁。

# 「生」を告げる告死鳥
## ――インド系カリブ文学における「幽霊鳥」の象徴性と意味

山本　伸

### はじめに

「死を考えるのは死ぬためではなく生きるためである」。

これは一九三三年に『人間の条件』でゴングール賞を受章したフランスの作家アンドレ・マルローの言葉である。マルローがいかにしてそのような境地に至ったかは定かでないが、生粋のフランス人である彼が学生時代に東洋語を学び、インドシナで祖国の植民地主義批判運動を展開したこと、そして驚くことに、あの熊野古道へと足を運ぶほど日本の自然信仰にも造詣の深かったことは、まんざらこの言葉と関係なくはなさそうである。言いかえれば、人と自然の関係を重視するアジアという観点が移民した後も彼らの文化的底流として、半ば無意識的に残存し、必然的に死を単に生のパラレルとしてではなく、その延長としてとらえる意識が日常的に定着しているのではないかと推測できるのである。

この「自然との関係を重視するアジア」という観点からカリブ文学を眺めると、マジョリティーのアフリカ系ではなく、むしろのちに流入したインド系や中国系の作家がいかなる作品を書いているかが気になってくる。一般的にこれらふたつの人種がおよそカリブとはかけ離れた印象を抱かせることは想像に易いが、彼らもまた一八三〇年代の奴隷制廃止後に契約労働者としてやってきてカリブ社会の構築に大きく貢献したれっきとしたカリブの民であることにちがいはない。実際、インド系は数のうえで、また中国系はその経済力ゆえに、マジョリティーのアフリカ系同様、それぞれカリブ社会において大きな影響力をもってきた。

ここで、少し彼らの文学に触れてみることにしよう。

人口比においてわずか数パーセントしかいない中国系の、さらに希少な作家のひとりのウィリー・チェン[1]は、かのエドワード・ブラスウェイト[2]をもうならせた短編集『カーニバルの王様』(一九八八)において、つねに主人公をアフリカ系かインド系とし、中国系自らをまさにカウンターを隔てた店主という副次的な位置へと押し込めることによって、バランス感覚に優れた、いわば中間者的な存在となり、そうなることで人種や宗教の違いを超えた人間の普遍性を強調できる立場を強調した。このような視点を生み出したもっとも大きな要因は、新参者としてアフリカ系やインド系よりもずっと遅くこの地域にやってきたという歴史的要因と、彼らを含めた複数の人種を相手に商売をせざるを得なかったという社会的立場という、中国系独自の脈絡にあったといってよいだろう。これら二つの側面が突出しているためか、この作品にアジア系独自の文化的コンテクストを強く感じる部分が少ないなかで、とりわけ目立つのが頻出する鳥の描写である。チェンが作品を通して主張する人種や宗教といった特定のイデオロギーを超越的に眺める視点――それはまさに人間の未熟さを俯瞰する自然の視点であり、鳥はその象徴だと考えられる。その意味では、鳥というイメージを通して人間と自然の関係を一元論的に重視するアジアという文化的コンテクストが、ここに反映されているといえなくもない。

では、インド系作家の作品はどうだろうか。

アフリカ系同様プランテーション農園に駆り出され、日々過酷な労働にさらされることを余儀なくされたインド系の生の姿をさらけ出すように、クレム・マハラジが『何も持たぬ人々』（一九九二）において扱ったテーマは、貧困や葛藤、家庭崩壊や不倫、自殺といった重苦しいものばかりである。間接的にはヨーロッパの植民地主義による労働搾取の本質を糾弾するという切り口を有しつつも、直接的には日々の生活のなかで翻弄される人びとの家族や個人としての苦悩を浮き彫りにしたこの作品は、したがって民族や個人の尊厳と存在意義そのものを根源的に問う側面が前面に押し出され、その精神的葛藤の基盤となるものがインドの宗教的哲学であったり古来の伝統的価値観であったりする点で、先のチェンの例で示した中国系以上に文化的コンテクストの影響がはっきりと出た作品だといえるだろう。このような傾向はほかのインド系カリブ作家にも広くみられるところであり、これより取り上げるカーンもまたその例に漏れない。

本稿では、カリブを代表するバードイメージのひとつである幽霊鳥 (jumbie bird) がいったい何を、どのように表象するのかについて、これまで述べてきたような自然と人間との関係を一元論的に重視するアジアという観点を隅に置きつつ、イスミス・カーンの一九六一年の作品『幽霊鳥』の分析を通して迫っていきたい。

## 一　カリビアン・フォークロアとしての「幽霊鳥」

カーンの『幽霊鳥』の分析に入る前に、まずカリブのフォークロアとしての幽霊鳥に言及しておく必要があろう。幽霊鳥とは、参考文献によっては必ずしもそうではないという記述もあるものの、生物学的には通常フクロウをさす。[3] フクロウのシンボリズムは世界じゅういたるところにみられるが、とくに興味深いのは近年バナールの「黒いアテネ」論争[4]でも物議をかもした古代ギリシャとエジプトという、因縁深いふたつの地域での対称性である。古代ギリシャにおけるフクロウが「女神アテナの従者」として知恵を象徴したのに対して、古代エジプトでは「死の鳥」という不吉の象徴だったのだ。[5]

エジプトと同じくフクロウを凶とみる見方は北米ではホピ族などの先住民にもあり、日本でも江戸時代には「不幸の鳥」とするのが一般的だったという事実もさることながら、奴隷貿易を経てカリブへの移動を余儀なくされたアフリカ系の末裔によって形成されたカリブ社会に、エジプトと同じフクロウのイメージが継承されていることを単なる偶然と見るのはむしろ不自然であろう。

さらにこの幽霊鳥を介してカリブとアフリカの関連をより明示するのは、その鳥の呼び名に使用される jumbie という語である。ソカというトリニダード発祥の音楽やそのプロモーションビデオにも登場するほど日常的な概念となっている jumbie は、もとは「幽霊」を意味する zembi（いわゆるゾンビ）が転じたもの[7]であって、zembi とはハイチの宗教としてよく知られるヴードゥー教[8]の一要素であることから、その由来は西アフリカにあることがわかる。[(6)] カリブ海地域のカーニバルで必ずと言ってよいほどよく見かける、高下駄 (stilts) のうえで仮面をかぶり、亡霊を象徴する衣装で踊る背の高い集団を、コンゴの言葉で「神」を意味する moko という言葉を使って、Moko jumbie と呼ぶのも由来は同じである。ちなみに、Moko jumbieとは「天空よりコミュニティーを見守る先祖霊」を意味する。[9]

このjumbieのニュアンスからもわかるように、幽霊鳥には暗闇のなかで姿なく気配だけを漂わせる不気味さがある。真っ暗ななかから突如聞こえてくる鳴き声と羽音は人びとを震撼させ、幽霊鳥の不吉さを増幅させる。それは「幽霊鳥が鳴くと誰かが死ぬ」からであり、これが別名「告死鳥」とも呼ばれるゆえんである。このように、幽霊鳥は「差し迫った死や不幸を鳴いて予告する鳥[10]」として、カリブ海全域において日常的に疎んじられているのである。

## 二　小説『幽霊鳥』（一九六一）

『幽霊鳥』(*The Jumbie Bird*) は、トリニダード出身のインド系作家イスミス・カーン（一九二五—二〇〇二）の処女作である。イスミスはインド系としては第三世代に当たり、祖父はインドから契約労働者として移民したパターン人[11]であった。この小説が自伝的なものであることは、この祖父が主人公と同姓同名であることからもわかる。彼の祖父は実際にインド本国で「反イギリス運動にかかわって闘った[12]」経験があり、年に一度のイスラームの祭りHussay[13]の指導者としてもトリニダードのインド系社会では伝説的な存在であったが、この事実はそのまま作品に投影されている。

一言でいえば、この小説は、植民地カリブという新世界に希望をもって移り住んだものの、予期せぬ尊厳喪失のなかで過酷に生きることを余儀なくされた第一世代の不満と怒り、植民地主義の現実とインド系文化の板挟みになった第二世代の不安と無力感、そしてそれら二つの世代を祖父および父として眺めてきた若き第三世代の決別と回帰の入り混じった複雑な思いが、三者三様かつ相互関連的に交錯する物語である。

主人公の名はケイル・カーン、元来パキスタンやアフガニスタンの丘陵地に住むパターンの血をひく老人だ。トリニダードのインド系社会では長老的存在であり、その生涯はインド系民族の地位向上のための運動に捧げられる。また、イスラーム教の指導者としても重要な位置に立ち、最後まで現役のスティック・ファイター[14]を貫く戦士でもある。ケイル・カーンにはビンティという妻がおり、息子夫婦のラヒムとミーナ、そしてジャミニという孫息子がいる。そして、ジャミニにはラクシュミというガールフレンドがいるのだった。

これら三世代のカップルの描かれ方には、興味深い共通点がある。それは各世代の男がそれぞれ異なった次元での心理的葛藤に苦しむ一方で、女性は少し距離を置いているという点である。現にケイルの妻ビンティは、かつて駆け落ちまでして一緒になったにもかかわらず今は彼といがみ合う関係にあり、ラヒムの妻ミーナは、白人に店をだまし取られて自暴自棄になって酒におぼれる夫に愛想を尽かし実家へと戻ってしまう。さらに、ジャミニもまた、ラクシュミの父親の反対もあって彼女から避けられる羽目になる。

とりわけ注目すべきは、ラヒムである。ケイルとビンティの息子として、そしてミーナの夫、ジャミニの父親として、彼の存在はすべての登場人物と直結する。このラヒムが、妻との関係が悪化し、息子との関係もうまくいかず、母親から激しく叱責されるほどまでに堕落した生活から立ち直るとき、その節目ふしめに出現するのが幽霊鳥なのである。

## 三　「植民地主義」の隠喩としての「幽霊鳥」

ラヒムの前に最初に幽霊鳥が現れたのは、ある夜、妻のミーナとコーランを読んでいたときのことだった。急に風が吹いてきてランプの明かりが消えたことに怯えるミーナの耳に聞こえてきたのは、外のヒョウタンノキから飛び立つ幽霊鳥の羽音だった。重々しくて物悲しく、何か先行きの不安を暗示するような音だ。経営する小さな宝飾店の切り盛りがうまくいかず、修理職人としての自信をも失いかけているラヒムのもとに現れた幽霊鳥は、まるで傷口に塩をすりこむように彼の心を憔悴させようとする。しかし、ラヒムの心に重くのしかかっていたのは店のことだけではなかった。息子ジャミニの将来の結婚のことが夫婦の話題になったとき、ラヒムは自分がどの文化に属するのかが不安になって、ふとつぶやくのだった。「ああ、たしかに文化は変わっていくもんだ。でも、おれたちはヒンズー教徒でもないし、イギリス人でもない。はたまたトリニダード人でもないんだ」（五四）。店の経営に象徴される具体的な悩みと、この自我に対する抽象的な苦悩が相まって、ラヒムは次第に酒におぼれていく。

そんなラヒムのもとにふたたび幽霊鳥が現れるのは、いよいよ経営に行き詰り、その弱みにつけこんだ知人のイギリス人に店をだまし取られてしまったときだった。ミーナはすっかり自信と意欲を失ったラヒムを励まし、弁護士を雇って店を取り返すよう働きかけるが、夫のあまりのふがいなさについに実家へと帰ってしまう。「あなたが失ったのは店でも、妻でも子でもない。あなた自身なのよ」（一二〇）という彼女の言葉は、このときのラヒムの本質をついている。そんなラヒムがある夜誰もいない真っ暗な部屋に一人戻ったときに、幽霊鳥はまたしてもやってくるのだった。

外から鳥が大きく羽ばたく音が聞こえた。その鳥が枝の一本にとまったとき、窓格子が揺れて震えた。そして、すぐに暗闇のなかで鳴き始めた。……「トゥウィー、トゥウィー、トゥウィー」。鳥は三回鳴いた、そう幽霊鳥は三回鳴いたのだ。彼は思った、だれかが死ぬ……。(一二二―一二三)

このとき、激しい不安と恐怖がラヒムを襲う。もしや幽霊鳥は自分を呼びに来たのではないか。自分は間もなく死ぬのではないか。家族との絆が崩れゆきつつあるなか、自己のアイデンティティへの確信も持てないなかで、ラヒムの心は幽霊鳥に翻弄されつづける。

しかし、彼はただ闇雲に怯えるばかりではなかった。自分の孤独な死を幽霊鳥の出現に重ねた彼は、ミーナを出て行かせた自分のふがいなさを初めて悔いたのだ。「死に水を取ってくれる誰か、眉毛をなでてくれる誰か、そして最期の言葉を聞いてくれる誰かがどうしても必要なんだ」(一二三)という彼の言葉からは、ラヒムが妻ミーナの存在の大きさを再認識し、インド系としての死に方を意識していることがはっきりと読み取れる。つまり、彼は幽霊鳥によって精神的に追い込まれることで、窮鼠猫を咬むが如く、自分が望む形での死に方を咄嗟に意識化したのだ。

ラヒムの意識をさらに明確にする役割を果たすのが、この後突然家を訪ねてくる母ビンティである。真っ暗な部屋に呆然とたたずむ息子に向かって、母は明かりをつけるよう促し、差し入れの食べ物を温める。相変わらず元気のない様子で、ラヒムが久しぶりの母親の手料理に口をつけようとしたまさにそのとき、「トゥウィー、トゥウィー、トゥウィー」と外の闇に幽霊鳥の鳴き声が響いた。それを聞いたビンティは大声を張り上げる。

「おい、おまえ、この大バカ者。おまえが呼びに来たのはこの私か、ええ?　わたしを夢の国に連れてってくれるとでもいうのかい、このバカ鳥め？　あいにく私はまだそんな気にはなれないんでね。私を呼びに来たいのなら、ポート・オブ・スペインの街をもう二、三遍回ってくることだね」（一二四）

あわてたラヒムは幽霊鳥に変なことを言うと祟りがあるからといって母親を止めようとするが、逆に激しく叱責される。

「なぜだい？」彼女は息子に向かって叫んだ。「なぜ、あの鳥に関わっちゃいけないんだい？　じゃあ、おまえはすっかり準備ができているんだね。人生のすべてをあきらめる準備が！　食事もろくに喉を通らない、明かりもつけない、ミーナを連れ戻しに行こうともしない、息子のジャミニがどこで何してるかも知らない、じいさんに任せっぱなしで自分で躾けようともしないし、ああ、いったいおまえはどうなっちまったんだい？　気力がぜんぶ失せちまったみたいじゃないか。幽霊鳥と一緒にあの世へ行く準備がもうできてるっていうのかい？　まさかあの鳥が本当に怖いんじゃないだろうね？　私はちっとも怖くなんかないよ。でも、おまえはちがう。おまえはもうすっかり諦めちまった顔をしている。あの鳥をこの暗い家に招き入れて、同じ皿で食事でもしたいといった顔さ。それがおまえの望むことなのかい？」（一二五）

ここで注目したいのは、幽霊鳥が親子の会話に介入することの意味である。つまり、幽霊鳥が間に入ることで、ビンティは息子を、ラヒムは自分自身を、それぞれ距離を置いて客観的に眺めることができるのだ。この客観的な視点は、同時に、ラヒム自身の精神性をも含む彼らの苦悩が、コロンブス以来抱えてきたヨーロッパによる植民地支配という外的なシステムに起因するというニュアンスを強く漂わせる。幽霊鳥は、このシステムが生みだしてきたカリブの現実に対する不安や不満のまさに憎悪的象徴なのである。

このことはビンティの態度にもっともよく反映されている。目の前の困難に対して、自分自身を無力な存在と決めつけ、立ち向かおうとしない息子ラヒムの精神性、つまり主観的な諦めや無力感といった彼自身の内なる問題に対して厳しい目を向ける一方で、「わたしはおまえに腹を立てているんじゃない」(一二六)と、一見矛盾する言葉を同時に口にする彼女の態度が示す通り、ラヒムもまた多くのインド系人同様、植民地主義というシステムの被害者であることをけっして見逃してはいないのだ。しかし、その植民地的精神性をインド系独自の歴史的、社会的、文化的文脈のなかで克服していくことがどうしても息子には必要であることを、母親はこの短い言葉に含ませているのである。そうすることによってのみインド系人は客体から主体へと自己を転換させることができるという確信が、そこにはにじみ出ている。それは、人は主体化されてこそ「生きている」といえるという確信でもある。

したがって、ビンティが幽霊鳥へぶつける怒りは、自己を主体化できないラヒム自身に対してであると同時に、彼を客体化してきたヨーロッパの植民地主義そのものに対するものでもあるということになる。しかし、ビンティやケイル・カーンのような第一世代とはちがって、ラヒムのような植民地生まれの第二世代には、ややもすると自身が客体化されていることすら自覚できないままの人間も少なくはない。植民地主義という名の亡霊は、まさに幽霊鳥のごとく真っ暗な闇のなかに息をひそめたまま、けっして姿を現しはしないからだ。しかし、それでもなお、彼らは植民地の契約労働移民という客体のままでいるわけにはいかない。インド系人の将来、そしてカリブ社会全体の未来は、彼ら第二、第三世代の主体化が基盤となることを、第一世代のビンティは身をもって知っているのだ。その思いが幽霊鳥への激しい憎悪と反感、そして勇気と抵抗となって現れたのである。

不吉を煽る単なる迷信でしかなかった幽霊鳥は、結果的に彼ら親子の会話に第三者として介入することで、植民地主義に浸ったインド系人の現実を客観視させ、民族文化的なコンテクストのなかで自己を主体化させることの重要性を自覚させる手伝いをしたといえるのではないか。つまり、ビンティの幽霊鳥への怒りと言い分は、そのまま母から息子への、そして祖先から子孫へのメッセージとして受け止めることができるのである。

## 四「警告者(= reminder)」としての「幽霊鳥」

幽霊鳥が現れるのは、ラヒムの前だけではない。年老いたケイル・カーンが近づく自らの死について孫のジャミニに語ったときも、また彼がビンティにオリーブ油を体に塗ってもらいながら実に二十五年ぶりに妻の顔をまじまじと見つめた夜にも、鳥は闇にまぎれて現れた。そのタイミングは、きまって鳥の声を聞く者の「生」に陰りが出た瞬間、すなわち生きる気力が弱まったときだった。ここに幽霊鳥のもうひとつの大きな意味がある。それは、迷信通り「死」を意識させる役割である。しかし、ここでも重要なのは、そのイメージがそれを受け止める人間の意識によって変質するという点である。

「坊や……坊やよ……ああ、坊や……あの幽霊鳥の声が聞こえないかい？　夜ごとやってきては、ヒョウタンノキの枝にとまって鳴いているあの鳥を？　いいかい、坊や、よくお聞き。あの鳥が呼びにきているのは、このじぃじなのさ。誰にでも必ずそのときはやって来るのだよ」(一七六)

ケイル・カーンの生きざまは、まさに彼の祖先であるパターン人の気質通り、戦士そのものであった。そんな彼にもやがて命つき果てるときがやってくることを、彼自身はもとより周囲が感じはじめているなか、幽霊鳥はしばしば彼のまえに姿なき姿を現わす。そのたびに予見されるケイル・カーンの死、しかし、逆にそれは生きている彼の存在が強く意識される瞬間でもあった。

植民地政府と闘いながら彼がカリブのインド系民族のためにしてきたこと、年老いてもなお現役のスティック・ファイターとして闘い続ける理由、カリブのインド系にとって彼が教えたかった祖国インドの伝統の意味、そして彼が案ずるインド系の行く末——これらすべてが彼の死への意識と引き換えに浮かびあがってくる。祖先はどう生きてきたのか、自分はどう生きているのか、そして子孫たちはどう生きていくのか。つまり、幽霊鳥が出現するたびにケイル・カーンの死と生は融合する一対のものとして意識され、同時にそれは民族全体の過去から現在、そして未来にわたる継承性の概念へと拡大されてゆくのだ。

幽霊鳥は人びとの日常に突然割って入ることで、彼らの意識を非日常的なものへと一変させる。つまり、異化装置と化すのである。異化は人間の精神を攪拌し、整理し、再確認させる。これは人が生きるうえできわめて生産的な効果である。こうして幽霊鳥は、死を暗示する非生産的な象徴から人びとに「生」を意識させる生産的フォークロアへと見事に変容を遂げるのである。

## 結び――フォークロアの有機性

かつて私は、フォークロアとは「内向きのベクトルをもった、自己の有り様を自身に問うためのメルクマール」[15]だと他の著作のなかで書いた。今回取り上げたイスミス・カーンの『幽霊鳥』に登場する幽霊鳥もまた、まさにこの本質をもち合わせたフォークロアに他ならない。告死鳥の迷信が、カリブのインド系という歴史的、社会的、文化的コンテクストを通してむしろ「生」へ意識を高めるための生産的な有機的要素へと変容させることで、インド系人は自己の有り様を自身に問いかけ、個人として、また民族としてどう生きるべきかを探ることができるのだ。ケイル・カーンが死を迎えるまで繰り返し口にする、孫ジャミニは「自身の肉であり血である」(九、一三六、一五九、一八八)という言葉に象徴されるように、死は次の生へと継承されることによって死ではなくなる。彼、ケイル・カーンは永遠に生き続けるのだ。

しかし、同時に著者イスミス・カーンはまた、インタビューのなかで次のようにも述べている。

実際、それら(インドの伝統)は死に絶えなかった。しかし、この新しい環境のもとでインド系が生き残るためには、同時に伝統への修正を加えていく必要もあった。[16](カッコ内は筆者による)

時代と社会の変遷に合わせて、変わるべきものと変わってはいけないものを見極めながら、人は「生」を紡いでいく。これは何もインド系人に限ったことではなく、近代と伝統のはざまでバランスよく生きていくべきわれわれ全体にもいえることである。

宮沢賢治が農業とのかかわりのなかで自然と人間の関わりを宇宙規模にまで拡大させて考えたように、イスミス・カーンもまたサトウキビ農園の過酷な労働に苦しむインド系民族の現実を目の当たりにすることで、反植民地主義という外向きの意識と民族文化の再確認という内向きの意識を融合的に交錯させた。同じアジア人として、大地を育む作業に深く従事することでこのような思考が生みだされたとすれば、それを単なる偶然の一致として捨ておくのはあまりに忍びない。そこには、農業を暮らしの基盤としてやってきたアジア系独自の自然観がきっと影響しているにちがいない。宮沢やカーンの自然と人間の関係の一元論的なとらえ方が、自然の一部としての人間の生命の有限性とその継承性を彼らに皮膚感覚的に実感させたのだとしてもけっして不思議なことではないのだ。

幽霊鳥は、まさにこの命の有限性と継承性を意識させ、植民地主義とアイデンティティ・クライシスという内外の問題を自らに問うためのメルクマールそのものであり、その意味ではカリブを表象するにうってつけのバードイメージなのである。

## 注

1 一九三四年、トリニダード生まれの作家、芸術家、批評家、実業家。数少ない中国系作家の一人として貴重な存在であり、代表作には『チャトニー・パワー』(二〇〇六)、『カーニバルの王様』(一九八八)の二冊の短編集がある。

2 エドワード・カマウ・ブラスウェイト(一九三〇―　)はバルバドス出身の作家兼カリブを代表する著名な批評家。

3 例えば、マイクロソフトの『エンカルタ』には「あらゆる種類の鳥」とある。

4 詳しくはマーティン・バナール『ブラック・アテナ—I．古代ギリシャの捏造 一七八五—一九八五』片岡幸彦監訳、新評論、二〇〇七年を参照されたい。
5 飯野徹雄『フクロウの文化誌』中公新書、一九九一年。
6 同じく「お化け」を表すカリブの現地語に duppy がある。使用頻度は同じくらい。
7 ibid., p. 94.
8 一般的には「ブードゥー教」や「フードゥー教」などと呼ばれるが、ハリウッドのアメリカニズムによって誤解と偏見とともに世に広まった後の呼称であることから、この宗教の真実の姿と区別するためにあえてこの記述とした。
9 http//en.wikipedia.org/wiki/Moko_jumbie 参照。
10 Baptista, Phona. *Trini Talk.* Port of Spain: Caribbean Information Systems & Services Ltd., 1994. 94.
11 パシュトゥー語を話し、アフガニスタン東南部、パキスタン北西部周辺に住む民族。
12 Dance, Daryl Cumber. *Fifty Caribbean Writers.* New York: Greenwood Press, 1986. 247.
13 Hosay とも呼ばれるシーア派のイスラーム教徒によるモハメッドの孫たちを追悼するための祭りで、一八四〇年代にインド本国からカリブへの移民によってもたらされた。
14 カリンダともいい、一七二〇年代にカリブで誕生した棒を使った武術の一種であるが、民族音楽に合わせて踊りながら対戦するところが独特である。とくにトリニダード・トバゴのカーニバルでよく見かけられる。ルーツはアフリカ。
15 風呂本、松本編『英語文学とフォークロア』南雲堂フェニックス、二〇〇八年。二五四。
16 Dance, Daryl Cumber. *New World Adams—Conversations with Contemporary West Indian Writers.* Leeds: Peepal Tree, 1984. 124.

## 引用・参考文献

Baptista, Phona. *Trini Talk.* Port of Spain: Caribbean Information Systems & Services Ltd., 1994. 94.
Chen.Willi. *King of the Carnival.* London: Hansib, 1988.

Dance, Daryl Cumber. *Fifty Caribbean Writers.* New York: Greenwood Press, 1986. 247.
——. *New World Adams—Conversations with Contemporary West Indian Writers.* Leeds: Peepal Tree, 1984. 124.
Maharaj, Clem. *The Dispossessed.* London: Heinemann, 1992.
飯野徹雄『フクロウの文化誌』中公新書、一九九一年。
風呂本、松本編『英語文学とフォークロア』南雲堂フェニックス、二〇〇八年。二五四。
マーティン・バナール『ブラック・アテナ―I．古代ギリシャの捏造 一七八五―一九八五』片岡幸彦監訳、新評論、二〇〇七年。
山本伸『カリブ文学研究入門』世界思想社、二〇〇四年。

# あとがき

鳥のイメージを文学論のなかで扱う試みそのものは決して新しいものではない。これまでも幾百幾千という論文が、鳥をその主人公にすえて書かれたことだろう。この論集もまたそのひとつであって、その意味では他と大きく趣を異にするものではないかもしれない。

ただ、ひとつ言えることは、この論集に取り上げられている文学のほとんどすべてが、多かれ少なかれ、差別や抑圧や貧困といった歴史と現実を抱える弱者の視点から書かれたものであり、まさにその文脈において鳥が、しかも有機的に語られているということだ。すなわち、この論集が取り上げるようとするのは、テクストと鳥の平面的な関係ではなく、そのコンテクストを巻き込んでの鳥と文学との立体的な関係なのである。

自然な形においていわば遠くて近い関係にある鳥と人間との関係、つまりその空間的距離感と感覚的身近さという絶妙なアンビバレンスによって生み出されてきたバードイメージは、地域ごとの文脈に応じてきわめて多様である。そして、おのおのの独自性を保持しつつも、同時に人間普遍の領域へと突き抜けることによって、鳥のイメージはわれわれのなかに定着してきた。とりわけ、虐げられた立場にある人びとにとっては、鳥は単なるイメジャリー以上の意味をもってきたにちがいない。このことは文学そのものの意味を問い直すうえでも重要なポイントとなる。

近代合理主義的な時流に押され、もはや文学という響きすら脇へと追いやられているかのような昨今、しかし、そんな時代だからこそ、人間存在をあらゆる角度から眺め描く文学は一層重要な意味を持つということを、われわれは再認識すべきではないか。今こそ、時勢に敏感に呼応するだけの人間描写ではなく、人間の営みの本質を深くえぐるようなそんな骨太の文学と評論が必要なのではないだろうか。この論集がそのささやかな一助となることを切に願うものである。

最後に、本書を出版するにあたってお世話になった金星堂専務取締役の福岡正人氏、編集担当の倉林勇雄氏、本城正一氏、ならびに装丁デザインの岡田知正氏に、編著者を代表して心よりお礼を申し上げる次第である。

山本　伸

# 執筆者紹介（執筆順）

**横田　由理**（よこた・ゆり）　広島国際学院大学教授
共編著『エコトピアと環境正義の文学――日米より展望する広島からユッカマウンテンへ』（晃洋書房、二〇〇八年）、『木と水と空と――エスニックの地平から』（金星堂、二〇〇七年）、『新しい風景のアメリカ』（南雲堂、二〇〇三年）／共著『黒人研究の世界』（青磁書房、二〇〇四年）、共訳『環境批評の未来――環境危機と文学的想像力』（音羽書房鶴見書店、二〇〇七年）

**白川　恵子**（しらかわ・けいこ）　同志社大学准教授
共書『独立の時代――アメリカ古典文学は語る』（世界思想社、二〇〇九年）、『黒人研究の世界』（青磁書房、二〇〇四年）／共訳　ヘンリー・ルイス・ゲイツ・ジュニア『シグニファイング・モンキー――もの騙る猿／アフロ・アメリカン文学批評理論』（南雲堂フェニックス、二〇〇九年）／論文「魔女の物語とインディアン――John Nealの*Rachel Dyer*とアメリカ（文学）の独立」（『アメリカ研究』、第四一号、二〇〇七年）、"The Paradox of Independence in Whitman's *Franklin Evans*."（『英文学研究』、第七九巻一号、二〇〇二年）。

**林　千恵子**（はやし・ちえこ）　京都工芸繊維大学准教授
共著『木と水と空と――エスニックの地平から』（金星堂、二〇〇七年）／共訳『アリアドネの糸』（英宝社、二〇〇三年）／論文「サバイバル物語が示唆するもの――アラスカ・ネイティヴ文学の現在――」（『多民族研究』創刊号、二〇〇七年）、「老女置き去りの物語が語るもの――Velma Wallis, *Two Old Women* から見るネイティブ・アメリカン文学」（奈良女子大学英語英米文学会『英語学英米文学論集』第二九号、二〇〇三年）、「聖域としての物語――*Walden* とイロコイ族の物語」（『ヘンリー・ソロー論集』第二八号、二〇〇二年）

**君塚　淳一**（きみづか・じゅんいち）　茨城大学教授
監修著書『アメリカ一九二〇年代――ローリング・トゥエンティーズの光と影』（金星堂、二〇〇四年）／共著『ユダヤ系アメリカ短編の時空』（北星堂書店、一九九七年）、『ホロコーストとユダヤ系文学』（大阪教育図書、二〇〇〇年）、『記憶のポリティックス』（南雲堂フェニックス、二〇〇一年）、『越境・周縁・ディアスポラ――三つのアメリカ文学』（南雲堂フェニックス、二〇〇五年）／論文

「新たなるユダヤ系作家の可能性を探る」（『多民族研究』第二号、二〇〇八年）

**井村　俊義**（いむら・としよし）　東洋英和女学院大学非常勤講師
共著『カリフォルニア総合研究』（音羽書房鶴見書店、二〇一〇年）、『グローバリゼーションとアメリカ・アジア太平洋地域』（大学教育出版、二〇〇九年）、『アメリカ〈帝国〉の失われた覇権——原因を検証する12の論考』（三和書籍、二〇〇七年）／論文「近代化に抗するテクスト——多民族から考えるボーダーランズ」（『多民族研究』一号、二〇〇八年）、「米墨国境地帯から考えるアメリカス——〈ボーダーランズの歴史〉の構築に向けて」（『アメリカス学会』（一二号、二〇〇七年）

**坂野　明子**（さかの・あきこ）　専修大学教授
共編著『ユダヤ系文学の歴史と現在』（大阪教育図書、二〇〇九年）／共著『ソール・ベロー研究——人間像と生き方の探求』（大阪教育図書、二〇〇八年）、『文学的アメリカの闘い』（松柏社、二〇〇〇年）、『女というイデオロギー』（南雲堂、一九九九年）／論文「フィリップ・ロスの九十年代後半——歴史意識とユダヤ人意識の関係をめぐって」（『世界文学』第一〇四号、二〇〇六年）

**田中　千晶**（たなか・ちあき）　大阪大学非常勤講師
共著『英語文学とフォークロア——歌、祭り、語り』（南雲堂フェニックス、二〇〇八年）、『木と水と空と——エスニックの地平から』（金星堂、二〇〇七年）／論文「〈帝国〉への逆襲——Toni Morrison の *Tar Baby* に隠蔽されたフォークロア」（『アメリカ文学研究』第43号、二〇〇六年）、「彷徨する幽霊——*Mumbo Jumbo* に書き込まれたパルマコンとしてのジェス・グルー」（『関西アメリカ文学』第四三号、二〇〇六年）、「再魔術化されたテクスト——*Tell My Horse* における表象不可能なものとしてのヴードゥー」（『関西アメリカ文学』第42号、二〇〇五年）

**峯　真依子**（みね・まいこ）　九州大学大学院在学
論文「黒人奴隷と自由の帰趨」（『九州大学比較社会文化研究』第二七号、二〇〇七年）

**鈴木　繁**（すずき・しげる）　リーハイ大学客員教授
共著『9・11とアメリカ——映画にみる現代社会と文化』（鳳書房、二〇〇八年）／論文 “Cyborg Agency in the Digital Age: On William Gibson's Neuromancer.” *Lore: Rhetoric, Writing, Culture.* (San Diego State University, June 2003), “Posthuman Visions in Postwar US and Japanese Specu lative

Fiction: Re(con)figuring the Western (Post)humanism" (PhD Dissertation, University of California, Santa Cruz, 2008)

**西垣内　磨留美**（にしがうち・まるみ）　長野県看護大学教授
共著『木と水と空と——エスニックの地平から』（金星堂、二〇〇七年）、『ハーストン、ウォーカー、モリスン——アフリカ系アメリカ人女性作家をつなぐ点と線』（南雲堂フェニックス、二〇〇七年）、『黒人研究の世界』（青磁書房、二〇〇四年）、『カリブの風——英語文学とその周辺』（鷹書房弓プレス、二〇〇四年）、『文学と女性』（英宝社、二〇〇〇年）

**清水　菜穂**（しみず・なお）　宮城学院女子大学非常勤講師
共著『木と水と空と——エスニックの地平から』（金星堂、二〇〇七年）、『ハーストン、ウォーカー、モリスン——アフリカ系アメリカ人女性作家をつなぐ点と線』（南雲堂フェニックス、二〇〇七年）、『越境・周縁・ディアスポラ』（南雲堂フェニックス、二〇〇五年）／訳書　ヘンリー・ルイス・ゲイツ・ジュニア『シグニファイング・モンキー——もの騙る猿／アフロ・アメリカン文学批評理論』（監訳、南雲堂フェニックス、二〇〇九年）／論文「James Baldwin の「目撃証人」——*If Beale Street Could Talk* における語りの「逸脱」」『東北アメリカ文学研究』第二五／二六号（二〇〇二年）

**鵜殿　えりか**（うどの・えりか）　愛知県立大学教授
共著『英語文学とフォークロア——歌、祭り、語り』（南雲堂フェニックス、二〇〇八年）、『ハーストン、ウォーカー、モリスン——アフリカ系アメリカ人女性作家をつなぐ点と線』（南雲堂フェニックス、二〇〇七年）、『木と水と空と——エスニックの地平から』（金星堂、二〇〇七年）、『越境・周縁・ディアスポラ——三つのアメリカ文学』（南雲堂フェニックス、二〇〇五年）／論文「裏切りとセクシュアリティ——トニ・モリスンの『青い眼がほしい』における語り手」（『黒人研究』七七号、二〇〇八年）

**中垣　恒太郎**（なかがき・こうたろう）　大東文化大学専任講師
共著『アメリカの旅の文学——ワンダーの世界を歩く』（昭和堂、二〇〇九年）、『9・11とアメリカ——映画にみる現代社会と文化』（鳳書房、二〇〇八年）、『エコトピアと環境正義の文学』（晃洋書房、二〇〇八年）／論文「マーク・トウェインのコロンブス——起源への探求」『アメリカ文学』（アメリカ文学会東京支部、第六六号、二〇〇

五年）、“Searching for the Idealized Girl: Mark Twain and the Lost America” *Journal of Mark Twain Studies*、第一号、二〇〇四年）

**東　雄一郎**（あずま・ゆういちろう）　駒澤大学教授
共著『木と水と空と――エスニックの地平から』（金星堂、二〇〇七年）、『記憶の宿る場所』（思潮社、二〇〇五年）／共訳『アメリカ子供詩集』（国文社、二〇〇八年）、『ハート・クレイン詩集――書簡散文選集』（南雲堂、一九九四年）、『雄牛の幽霊』（思潮社、一九九七年）

**佐藤　江里子**（さとう・えりこ）　駒澤大学非常勤講師
論文「Emily Dickinson の「月」と「海」の変容」（『外国語外国文化研究』国士舘大学外国語外国文化研究会、第一八号、二〇〇八年）、“Dickinson’s Image of the “Moon” (*The Emily Dickinson Society of Japan Newsletter*, No. 27, 2–5, 2008、「エミリ・ディキンスンとロバート・フロストの「井戸」」（『駒澤大学外国語部論集』第六四号最終号、二〇〇六年）、“Emily Dickinson’s Uncertain Love for God” (*The Emily Dickinson Society of Japan Newsletter*, No. 24, 5–8, 2005)、「Emily Dickinson の“Summer”」（『駒澤大学外国語部論集』第六〇号、二〇〇四年）

**山嵜　文男**（やまざき・ふみお）　東京農業大学教授
共著『記憶のポリティックス――アメリカ文学における忘却と想起』（南雲堂フェニックス、二〇〇一年）、『アメリカ文学の冒険』（彩流社、一九九八年）、『シャーウッド・アンダソンの文学』（ミネルヴァ書房、一九九八年）／共訳　ラルフ・エリスン『影と行為』（南雲堂フェニックス、二〇〇九年）、『ラルフ・エリスン短編集』（南雲堂フェニックス、二〇〇五年）

**松本　昇**（まつもと・のぼる）　国士舘大学教授
共編著『英語文学とフォークロア――歌、祭り、語り』（南雲堂フェニックス、二〇〇八年）、『木と水と空と――エスニックの地平から』（金星堂、二〇〇七年）／訳書　ヘンリー・ルイス・ゲイツ・ジュニア『シグニファイング・モンキー――もの騙る猿／アフロ・アメリカン文学批評理論』（監訳、南雲堂フェニックス、二〇〇九年）、ラルフ・エリスン『見えない人間』Ⅰ、Ⅱ（南雲堂フェニックス、二〇〇五年）、ゾラ・ニール・ハーストン『彼らの目は神を見ていた』（新宿書房、一九九五年）／共訳　ラルフ・エリスン『影と行為』（南雲堂フェニックス、二〇〇九年）

**伊達　雅彦**（だて・まさひこ）　尚美学園大学教授
共著『ソール・ベロー研究——人間像と生き方の探求』（大阪教育図書、二〇〇七年）、『アメリカ文学史新考』（大阪教育図書、二〇〇四年）、『日米映像文学に見る家族』（金星堂、二〇〇二年）、『アメリカ映像文学にみる愛と死』（北星堂、一九九八年）、『ユダヤ系アメリカ短編の時空』（北星堂、一九九七年）

**程　文清**（てい・ぶんせい）　帝京大学専任講師
論文 "Narratives of History and Memory in Toni Morrison's Novels" (PhD Dissertation, Rikkyo University, 2006)、"Consuming Desires and Toni Morrison's Fiction"（『黒人研究』七三号、二〇〇三年）、"Ethics of Narrative in Toni Morrison's Novels: A Comparison of Sethe and Eva"（『中部アメリカ文学』五号、二〇〇二年）

**牧野　理英**（まきの・りえ）　日本大学専任講師
論文「カレン・テイ・ヤマシタの Brazil-Maru 論——そのマスキュリニティーとトランスナショナリズムをめぐって」（『多民族研究』多民族研究学会、二〇〇七年）、"The World without Fathers: Reconstructing Faulknerian Masculinities in Toni Morrison's *Beloved*." *The Journal of English Language and Literature* (ELLAK 韓国英文学会、二〇〇六年) "Under the Father's Slaughter: The Gendered Politics between Local Father and Subaltern Daughter in Lois-Ann Yamanaka's *Wild Meat and the Bully Burgers*."（AALA アジア系アメリカ文学研究会、二〇〇五年）

**山本　伸**（やまもと・しん）　四日市大学教授
著書『カリブ文学研究入門』（世界思想社、二〇〇四年）／共編著『世界の黒人文学』（鷹書房弓プレス、二〇〇〇年）／共著『木と水と空と——エスニックの地平から』（金星堂、二〇〇七年）／訳書『クリック？クラック！』（五月書房、二〇〇一年）／共訳『ブラック・アテナ——古代ギリシア文明のアフロ・アジア的ルーツ』（新評論、二〇〇七年）

# 索　引

## ナ



## ハ

バード・イメージ
——鳥のアメリカ文学

2010年4月30日　初版発行

編著者　松本　昇
西垣内　磨留美
山本　伸

発行者　福岡　靖雄

発行所　株式会社 金星堂
（〒101-0051）東京都千代田区神田神保町 3-21
Tel. (03)3263-3828（営業部）
(03)3263-3997（編集部）
Fax (03)3263-0716
http://www.kinsei-do.co.jp

編集担当／ほんのしろ　Printed in Japan
装丁デザイン／岡田知正
印刷所／モリモト印刷　製本所／井上製本所

ISBN978-4-7647-0999-7 C1098